W0400386

Tom Sharpe

Ein dicker Hund

Tom Sharpe

Ein dicker Hund

Roman

Deutsch von Hans M. Herzog

Goldmann Verlag

Die englische Originalausgabe erschien 1996
unter dem Titel »The Midden«
bei Secker & Warburg, London

Umwelthinweis:
Dieses Buch und der Schutzumschlag wurden auf
chlorfrei gebleichtem Papier gedruckt.
Die Einschrumpffolie (zum Schutz vor Verschmutzung)
ist aus umweltschonender und
recyclingfähiger PE-Folie.

Der Goldmann Verlag ist ein
Unternehmen der Verlagsgruppe Bertelsmann

1. Auflage
© 1996 by Tom Sharpe
© der deutschsprachigen Ausgabe 1996 by
Wilhelm Goldmann Verlag, München
Umschlaggestaltung: Design Team München
Satz: Uhl + Massopust, Aalen
Druck: Presse-Druck, Augsburg
Bindung: Großbuchbinderei Monheim
ISBN 3-442-30673-6

Dem
Hotel Llevant

1

Timothy Bright hatte den Ehrgeiz, ein Vermögen zu machen. Er war in dem Glauben erzogen worden, jeder Bright habe ein Vermögen gemacht, und so nahm er ganz natürlich an, ihm werde es genauso ergehen. Sein Leben lang war er von Indizien für den Erfolg seiner Familie umgeben gewesen, in den Häusern, die sämtliche ihm bekannten Brights bewohnten, in ihren Ländereien und parkähnlichen Gärten, in den Brightschen Ahnengalerien an den Wänden der Brightschen Herrenhäuser sowie vor allem in den Geschichten, die sich die Brights über ihre Vorfahren erzählten, deren Unternehmungen im Laufe der Jahrhunderte jenen Reichtum angehäuft hatten, der es den heutigen Brights gestattete, ein so überaus angenehmes Leben zu führen. Von diesen Geschichten bekam Timothy nie genug. Nicht, daß er ihre Bedeutung so recht begriff. Ganz und gar nicht begriff er, daß die Brights im 20. Jahrhundert – vor allem die Generation seines Vaters – nicht das geringste unternommen hatten, um diesen Reichtum zu mehren oder auch nur zu bewahren. Ja, dank ihrer Privatschulerziehung und des daraus resultierenden selbstgefälligen Dünkels hatten sie sich alle Mühe gegeben, Finanzen und Einfluß der Familie vor die Hunde gehen zu lassen. Auch hatten sie dem Vaterland keinen großen Dienst erwiesen, indem sie sich für es opferten. Während die älteren und politisch einflußreicheren Brights ihre Talente eingesetzt hatten, um sicherzustellen, daß Kriege auch wirklich stattfanden, hatten die jüngeren Familienmitglieder von idiotischem Mut beseelt auf den Schlachtfeldern ihr Leben gelassen. Ob dies den Finanzen der Familie zuträglich gewesen war, wußte niemand so genau, aber eins stand fest, was nämlich den Kriegen und der familiären Vorliebe für sportliche Betätigung und Vogeljagd anstelle von Denken und Arbeiten nicht gelungen war, hatten die Erbschaftssteuern und dumpfe Idiotie geschafft.

Das alles hatte man Timothy Bright verheimlicht. Die eine oder andere ältliche Tante hatte wohl mal genörgelt, es sei alles nicht mehr so wie früher, als anscheinend jedes Haus außer einem anständigen Butler auch eine erkleckliche Anzahl Hausangestellter besaß, doch das fand er uninteressant. Ohnehin hatten ihm die wenigen Hausangestellten, die er ab und an sah, wenn sie sich im flüchtigen Sonnenschein vor der Mauer von Onkel Fergus' hübschem alten Küchengarten in Drumstruthie sonnten, nicht imponiert. Das war kaum verwunderlich. Die übrige Familie hielt nichts von Onkel Fergus. Er war ein außergewöhnlicher Bright und ein sehr reicher obendrein. Ein Leben pausenloser Tätigkeit in diversen ungesunden und billigen Gegenden der Welt – er war Vizekonsul auf West-Timor und sogar für die Falkland-Inseln im Gespräch gewesen – hatte Fergus Bright vor den finanziellen Debakeln seiner Brüder und Vettern bewahrt. Seine letzte Ernennung zum Direktor der Königlichen Nervenheilanstalt in der Nähe von Kettering war überaus einträglich gewesen, und da er sich bei seinen Patienten, die durchweg äußerst einflußreiche Verwandte besaßen, großer Diskretion befleißigte, war er fürstlich belohnt worden. Dessenungeachtet hatte man Timothy Onkel Fergus stets als Beispiel für langweilige Rechtschaffenheit und die gesellschaftlichen Gefahren einer guten Bildung hingestellt.

»Onkel Fergus hat in Oxford studiert«, sagte Tante Annie gern, um ihre Brüder zu ärgern, und wurde von den anderen Brights, von denen kaum einer die Universität besucht hatte, regelmäßig mit dem Ruf »Und wohin hat ihn das gebracht? Ost-Timor!« belohnt. Trotz des Wohlstands, der es ihm erlaubte, Drumstruthie zu unterhalten, diente Fergus daher als Negativbeispiel, und Timothy wurde angehalten, seine Helden in den Onkeln Harry, Wedgewood und Lambkin zu suchen, die allesamt Polo spielten, schießen und jagen gingen, sehr exklusiven Clubs in London angehörten, von den famosen Kriegen sprachen, die sie irgendwo geführt hatten, und offenbar ein sehr angenehmes Leben ohne Geldsorgen führten.

»Ich versteh's einfach nicht, Daddy«, hatte Timothy eines Tages zu seinem Vater gesagt, als sie nach Dilly Dell gewandert waren, um sich anzusehen, wie das Faktotum Old Og sein neues Frettchen abrichtete, indem er es in ein Gehege setzte und ein zahmes Kaninchen jagen ließ, denn, wie Old Og sagte: »Gibt kein' echtes Karnickel mehr wegen dieser Mickymaustose oder wie das heißt, drum muß ich mich mit'm gekauften behelfen, klar«, was Timothy verstand.

»Aber das mit dem Geld verstehe ich immer noch nicht«, bohrte er nach, als das Frettchen ins Loch flitzte. »Wozu ist Geld da?«

Bletchley Bright hatte einen Moment lang seine Glupschaugen von der unnatürlichen Welt des Kaninchengeheges abgewandt und kurz seinen Sohn gemustert, ehe er sich wieder wichtigeren Dingen wie beispielsweise sterbenden Kaninchen zuwandte. Er wußte nicht recht, was er von Timothys Frage halten sollte.

»Wofür ist Geld da?« wiederholte er unsicher, doch Old Og nahm ihm die Antwort ab.

»Um's auszugeben, Master Timothy«, sagte er mit hämischem Kichern, das ihm, genau wie seine archaisch-rustikale Sprache, viel Übung abverlangt hatte. »Wird von den' ausgegeben, die's ham, und von den' geklaut, die's nich ham.«

»Tja, so kann man es vermutlich auch sehen«, sagte Bletchley zögernd. Sein einziges öffentliches Amt war das eines Friedensrichters in Voleney Hatch. Das Gespräch wurde von dem jungen Frettchen unterbrochen, das mit blutigem Maul wieder auftauchte.

»Is'n liebes Kerlchen, was?« sagte Old Og liebevoll und wurde für diesen Irrtum prompt in den Daumen gebissen. Er unterdrückte den Drang, etwas Angemesseneres als »Herrgottchennochmal« zu sagen, stopfte das Tier in seine Jackentasche und verschwand, um sich im Dorf etwas Verbandszeug zu besorgen, woraufhin Vater und Sohn zum Tee nach Hause spazierten.

»Sieh mal, mein Sohn«, sagte Bletchley, als sie zweihundert Meter weit gegangen waren und er Zeit gehabt hatte, seine Gedanken zu ordnen. »Geld ist...« Er hielt inne und suchte in einer schlammigen Pfütze nach Inspiration. »Geld ist... nun, ich weiß nicht recht, wie ich's formulieren soll, aber Geld ist... Grundgütiger, ich glaube, ich hab da drüben am Wald eben eine Schleiereule gesichtet. Es wäre doch großartig, eine Schleiereule zu sehen, nicht wahr, Timothy?«

»Aber ich will wissen, wo Geld herkommt«, sagte Timothy, der sich von einer einfachen Taube nicht so leicht aus dem Konzept bringen ließ.

»Ah ja, wo es herkommt«, wiederholte Bletchley. »Ich weiß, wo es herkommt. Es kommt natürlich von anderen Leuten, die es bezahlen.«

»Was für andere Leute, Daddy? Leute wie Old Og?«

Bletchley schüttelte den Kopf. »Ich glaube kaum, daß Old Og besonders viel Geld hat«, sagte er. »So ist das eben, wenn man Gelegenheitsarbeiten und dergleichen verrichtet. Natürlich ist er ausgesprochen glücklich. Man muß kein Geld haben, um glücklich zu sein. Das hat man dir doch gewiß in der Schule beigebracht.«

»Mr. Habback verdient einundneunzig Pfund die Woche«, sagte Timothy. »Scobey hat seine Gehaltsabrechnung auf dem Pult liegen sehen und sagt, das ist nicht sehr viel.«

»Na ja, man kann damit keine großen Sprünge machen«, gab sein Vater zu. »Andererseits haben Lehrer freie Kost und Logis, und das ist ja auch schon einiges.«

»Aber wie komme ich zu Geld?« Timothy ließ nicht locker. »Ich will nicht wie Mr. Habback sein.« Bletchley Bright hatte mürrisch die bleiche Winterlandschaft betrachtet und endlich enthüllt, was offensichtlich das Familiengeheimnis war.

»Du bekommst Geld, indem du ein *Name* wirst«, sagte er schließlich. »Das geschieht an deinem einundzwanzigsten Geburtstag. Ich würde es sehr begrüßen, wenn du das Thema Geld bis zu diesem Zeitpunkt nie wieder erwähnst. Es ziemt sich nicht für einen Bright deines Alters.«

Von diesem Augenblick an war Timothy sicher gewesen, daß er ein Vermögen machen werde, weil er Timothy Bright war und dank seines Namens Anspruch darauf hatte. Und aufgrund dieser Tatsache mußte er sich nicht allzusehr den Kopf darüber zerbrechen, wie er es anstellen wollte. Das würde sich später von ganz allein ergeben, wenn er einundzwanzig und ein *Name* geworden war. In der Zwischenzeit mußte er einige Pubertätsprobleme bewältigen – oder genießen. Nachdem er dank Old Og eine Vorliebe für Hetzjagden entwickelt hatte, durchlitt er in »seinem sechzehnten Jahr zum Himmel«, wie es der Schulkaplan Benedict de Cheyne in einem erläuternden Brief an Timothys Eltern nannte, eine vorübergehende religiöse Krise.

»Wir erleben es häufig, daß sensible Knaben zu derartigen Phantasien neigen«, schrieb dieser, nachdem ihm Timothy während eines längeren Gesprächs unter vier Augen sein Herz ausgeschüttet hatte. »Ich kann Ihnen jedoch versichern, daß der Drang zu übertriebener Frömmigkeit meist recht schnell wieder verfliegt, sobald das anfängliche sündige Gefühl vergeht. Selbstredend werde ich als Timothys spiritueller Mentor und Begleiter alles in meiner Macht Stehende tun, um diese Veränderung zu beschleunigen. Wir werden die Osterfeiertage in einer Hütte in Exmoor begehen. Ich habe oft erfahren, daß eine solche Phase der Isolation hilfreich ist. Ihr gehorsamer Diener in Gott, Benedict de Cheyne.«

»Ich muß gestehen, daß ich es beunruhigend finde, wie er die Sünde betont«, sagte Bletchley zu seiner Frau, nachdem er den Brief mehrmals gelesen hatte.

»Was werden sie deiner Meinung nach in Exmoor tun?« fragte Ernestine. »Ostern ist es da so schrecklich kalt.«

»Darüber möchte ich lieber nicht nachdenken«, sagte Bletchley und verließ das Zimmer, bevor sie von ihm verlangte, darüber zu reden, was für Phantasien Timothy wohl haben mochte. Er schloß sich auf der Toilette im Erdgeschoß ein und versuchte, die Erinnerung an seine eigenen jugendlichen Begierden zu vertreiben, indem er in der Zeitschrift »The Field« Fotos verschiedener Maulwurfsfallen betrachtete. Eine davon hätte er zu gern an Reverend Benedict de Cheyne ausprobiert. Doch Mrs. Bright brachte das Thema am selben Abend bei Tisch wieder zur Sprache.

»Natürlich ist Old Og schuld daran«, sagte sie, als sie vor

ihren Rühreiern Platz nahmen. Bletchley hielt mit seiner Gabel inne.

»Old Og? Was in aller Welt hat Old Og damit zu tun?«

»Timothy war ... nun, Old Ogs schlechtem Einfluß ausgesetzt«, sagte Ernestine.

»Schlechtem Einfluß? Blödsinn«, erwiderte Bletchley. »Old Og ist in Ordnung. Sport an frischer Luft und all so was.«

»So könnte man es auch nennen«, fuhr sie fort. »Meiner Ansicht nach handelt es sich um etwas anderes. Zuzulassen, daß ein sensibler und zarter Junge wie Timothy einem ... nun ja, Old Og ausgesetzt wird.« Sie verstummte und sah auf ihren Teller.

»Ausgesetzt? Du verwendest diesen Ausdruck immer wieder. Wenn du damit andeuten willst, daß sich Old Og an den Jungen heranmacht ...«, schrie Bletchley. »Bei Gott, ich prügle den Lump ... ich werde ihn ...«

»Ach, halt doch den Mund«, sagte Ernestine. »Du blamierst dich doch nach Strich und Faden. Du bist überhaupt nicht in der Lage, ihn zu verprügeln. Nein, diese schauderhafte Kreatur hat Timothy zwei gräßlichen Versuchungen ausgesetzt.« Sie hielt wieder inne. Bletchley war kurz davor, sich von seinem Stuhl zu erheben. »Die eine war dieses schauderhafte Tier mit Blut an der Schnauze, das ein zahmes Kaninchen getötet hat.«

»Es ging aber nicht anders«, unterbrach sie Bletchley. »Schließlich mußte er es abrichten, und Wildkaninchen gab es keine. Außerdem ist es kein schauderhaftes Tier.«

»Alle Frettchen sind schauderhaft«, entgegnete Mrs. Bright. »Und als wäre das noch nicht genug, um das kindliche Gemüt zu verwirren, mußte Og ihn auch noch irgendeinem gräßlichen Dorfmädchen aussetzen, vor dem er sich auszog ...«

»Sich auszog?« sagte Bletchley. »Bei mir hat er so was nicht gemacht. Da mußte sie sich ausziehen. Üppig wie ... Was hast du denn bloß?«

»Du bist ein widerlicher, ekelhafter und hoffnungslos impotenter Mann. Ich weiß wirklich nicht, warum ich mich auf eine Heirat mit dir eingelassen habe.« Und damit stand Ernestine Bright vom Tisch auf und ging nach oben auf ihr Zimmer.

»Ich weiß es«, erzählte Bletchley dem Porträt seines Großvaters Benjamin. »Wegen des Geldes.«

Doch zu gegebener Zeit bewahrheitete sich die Prognose des Kaplans. Als Timothy Bright aus Exmoor zurückkam, hatten sich alle Träume von einem der Religion geweihten Leben gründlich verflüchtigt. Auch seine Einstellung Reverend Benedict gegenüber hatte sich geändert. Statt dessen tat er es zahlreichen vergleichbaren Knaben nach und rasselte durchs Abitur.

»Damit ist Cambridge für dich gestorben, mein Junge«, sagte sein Onkel Fergus zu ihm, als die Ergebnisse eintrafen. Timothy war den Sommer über oben in Drumstruthie. »Das kannst du dir jetzt abschminken. Du mußt es halt im Bankfach versuchen. Ich kenne furchtbar viele Trottel, die es im Bankwesen erstaunlich weit gebracht haben. Offenbar muß man dabei nicht groß nachdenken. Ich erinnere mich, daß dein Großonkel Harold eine Banklehre absolvierte, und ein größerer Trottel als er ist kaum vorstellbar. Ein lieber Kerl, wenn ich mich recht entsinne, dem aber fraglos die nötigen Neuronen für alles andere fehlten. Offen gestanden, um eine moderne Formulierung zu verwenden, er war geistig so herausgefordert, daß er zwanzig Minuten brauchte, um seinen Schlips zu binden. Aber nichtsdestotrotz ein prima Bursche, und natürlich hat die Familie nichts unversucht gelassen, um ihn auf seinen neuen Beruf vorzubereiten. Ich glaube mich zu erinnern, daß Charlie, der Onkel deiner Großmutter, den Ausweg fand. Er schuldete einem Buchmacher in Newmarket eine größere Summe und wäre dem Burschen normalerweise ein Weilchen aus dem Weg gegangen. Statt dessen brachte er die Familie dazu, das nötige Geld zusammenzukratzen, und dann traf Charlie eine Vereinbarung mit dem Buchmacher. Er erklärte sich bereit, den Mann sofort und komplett auszuzahlen, vorausgesetzt, der nahm Großonkel Harold unter seine Fittiche und weihte ihn in alles ein. Der Buchmacher hielt Harold für einen Trottel, war einverstanden, und als Harold ausgelernt hatte, wurde er Banker in der Londoner City. Noch dazu ein verdammt guter, so daß er es bis zum hochgeachteten Präsidenten der Royal Western brachte. Es hieß, er habe herausgefunden, was jemand dachte, indem er sich einfach dessen Hände ansah. Außerordentliche Begabung für einen Burschen, der sozusagen nichts im Kopf hatte. Ich möchte behaupten, daß du im Bankgeschäft eine prima Figur machst, und die Familie könnte im Moment ein wenig finanzielle Unterstützung gut gebrauchen.«

Vom Vorbild seines Großonkels inspiriert, hatte Timothy Bright seinen Vater zu überreden versucht, das Geld dafür vorzuschießen, daß er bei einem Buchmacher in Newmarket in die Lehre ging, sah sich jedoch mit der hartnäckigen Weigerung konfrontiert, Geld zum Fenster rauszuschmeißen.

»Du hast dir Onkel Fergus' Gefasel angehört«, erklärte ihm Bletchley. »Onkel Harold war gar nicht so vertrottelt, und Fergus vergißt, daß er ein mathematisches Genie war. Darauf beruhte sein Erfolg. Hatte nichts mit dem Betrachten von Kundenhänden zu tun. Fergus' Erzählungen nach könnte man meinen, er sei so eine Art Buchmachergehilfe gewesen.«

»Aber Onkel Fergus hat gesagt, er hätte immer auf...«

»Er war so kurzsichtig, daß er so weit gar nicht deutlich

sehen konnte. Allerdings konnte er im Handumdrehen Quadratwurzeln ausrechnen und etwas, das man Primzahlen nennt. Kam einem menschlichen Taschenrechner verdammt nahe.«

Dennoch folgte Timothy Bright dem Rat seines Onkels insofern, als er sich zahlreiche Rennen ansah, bei denen er Buchmachern beträchtliche Geldbeträge gab und rein gar nichts lernte. Dennoch ging er ins Bankfach und wurde an seinem einundzwanzigsten Geburtstag ein *Name* bei Lloyds. Bletchley versuchte ihm klarzumachen, was ein *Name* war.

»Die Sache ist die«, sagte er verlegen. »Die Sache ist die, daß man überhaupt kein Geld einsetzen muß. Dein gesamtes Kapital bleibt angelegt oder in Immobilien oder dergleichen. Vermutlich lassen es einige Leute auf Bausparkassen liegen. Und jedes Jahr zahlt einem Lloyds Prämien. So einfach ist das.«

»Prämien?« sagte Timothy. »Meinst du so was wie Versicherungsprämien?«

»Ganz genau.« Bletchley war hocherfreut, daß der Junge so schnell begriffen hatte. »Genau wie bei einer Autoversicherung. Statt daß die Gesellschaft die Prämien kassiert, verteilt Lloyds sie unter den *Names*. Es ist ein wunderbar gerechtes System, und ich weiß nicht, was wir ohne es getan hätten. Meines Wissens waren die Brights *Names*, seit man *Names* erfunden hat. Wahrscheinlich vor Jahrhunderten. War für uns wirklich ein absolutes Gottesgeschenk.«

Mit diesem ein wenig einseitig optimistischen Ausblick endete das Gespräch. Timothy Bright war ein *Name*.

Nach ein paar Jahren hatte er sich selbst einen gewissen Namen gemacht. Als er Anfang der achtziger Jahre in die City kam, stimmte seine Auffassung, daß die Welt wie auf dem Präsentierteller vor ihm lag, ganz genau mit der Ansicht der damaligen Machthabenden überein. Von seiner Position in der Investmentabteilung der Bimburg Bank aus spielte er bald eine erstaunlich wichtige Rolle bei der Umstrukturierung des Aktienmarktes. Lange bevor sich die Presse des langen und breiten mit Insiderhandel beschäftigte, hatten ein paar eher zwielichtige und – wie einige meinten – clevere Börsenmakler Timothy als Mittelsmann benutzt, in der Gewißheit, ihn aushorchen zu können, ohne daß er auch nur die mindeste Ahnung hatte, worum es ging. Vor allem diese beneidenswerte unfreiwillige Diskretion trug dazu bei, daß er auf der Investmentbanking-Leiter immer höher kletterte. Wenn man Timothy Bright drängte, Aktien schönzureden, tat er dies, und wenn man ihn anwies, sie schlechtzumachen, geschah das ebenfalls. Und natürlich profitierte die Familie Bright von seiner Popularität, besonders Onkel Fergus, der regelmäßig den Nachtzug aus Aberdeen nahm, um seinen Neffen zum Essen einzuladen und über den Geschäftsverlauf der Woche auszufragen. Von diesen unbemerkten Befragungen kehrte Fergus Bright als wohlhabenderer und kenntnisreicherer alter Mann nach Drumstruthie zurück. Natürlich war sein ganzes Geschick als Übersetzer oder sogar Dechiffrierer gefordert, um die echten Informationen von dem Ballast zu trennen, mit dem man Timothy gefüttert hatte, aber der Erfolg lohnte eindeutig die Mühe, und Onkel Fergus konnte Aktien billig erwerben, die in Kürze in bemerkenswerte Höhen klettern, und diejenigen verkaufen, die bald fallen würden. Ja, Timothy hatte es sogar weitgehend Onkel Fergus' Eingriffen in den Markt zu verdanken, daß er schließlich aus der Investmentabteilung von Bimburg in die *Names*-Anwerbeabteilung von Lloyds befördert wurde. Das war zwar nicht der offizielle Titel seines Büros, dessen Existenz sogar hartnäckig dementiert wurde; es hatte jedoch fast ausschließlich die Aufgabe, unter den Millionen »neureichen« Hausbesitzern der Ära Thatcher zu verbreiten, daß man als *Name* bei Lloyds gesellschaftlich anerkannt war und zugleich zwangsläufig finanzielle Vorteile hatte. Als die Immobilienpreise in die Höhe schossen und Britanniens Premierministerin von neuem wirtschaftlichem Erfolg sprach, tat Timothy wie geheißen und warb neue *Names*, damit sie für die zu erwartenden Verluste bei Asbestose, Ansprüchen wegen Umweltverschmutzung und Unmengen anderer Katastrophen aufkamen. Das Leben war eine Wonne. Er bewegte sich in einer Welt der Selbstzufriedenheit und gesellschaftlich anerkannter Habgier. Man konnte sich darauf verlassen, daß Timothy Bright in seinen Clubs und an Wochenenden auf Feten, bei politischen Konferenzen und im kleinen Kreis auf Dinnerpartys verkündete, die Premierministerin habe die Nation vor sich selbst gerettet. Für seine abgöttische Verehrung wurde er mit neuen vertraulichen Informationen über Privatisierungspläne und über die Firmen belohnt, die mit Regierungsaufträgen rechnen konnten. Ja, der Fluß angeblich vertraulicher Informationen schwoll so an, daß sich Fergus überreden ließ, ständig ein Hotelzimmer zu nehmen, statt so viel Zeit auf Bahnfahrten von und nach Schottland zu verbringen. Besonders begeisterte ihn, daß er vorab vom Streik der Bergleute erfuhr und Vorsorge traf, indem er in die Nottingham-Trucks-GmbH und deren für Ersatzteile zuständige Tochtergesellschaften investierte.

»Ein guter Mann und ein Schotte, MacGregor«, sagte er, als Timothy berichtete, wer als Widerpart des Gewerkschaftsführers Scargill zum Chef der Kohlebehörde bestimmt werden sollte.

Selbst Bletchley – normalerweise ein äußerst vorsichtiger Mensch, wenn es um finanzielle Ratschläge seines Sohnes ging – sah sich versucht zu investieren, wenn auch nicht nach der komplizierten Methode, die Fergus so sorgfältig demonstriert hatte. Er nahm den Rat seines Sohnes wörtlich und verlor fast alles mit kanadischem Gold.

»Das war das letzte Mal, daß ich auf deinen idiotischen Sohn gehört habe«, sagte er zu Ernestine. »Der kleine Kretin hat ganz klar gesagt, Gold stehe vor einem phantastischen Comeback. Das wisse er von irgendeinem Blödmann in der Bank von England. Und jetzt sieh dir an, wo es steht. Kein Wunder, daß das Land vor die Hunde geht.«

»Beruhig dich doch, Schatz«, sagte Mrs. Bright. »Timothy macht sich hervorragend, das findet jeder. Man darf ihm nicht alles verderben. Schließlich sind wir nur einmal jung.«

»Gott sei Dank«, sagte Bletchley und machte sich auf, um mit Old Og Zwiesprache zu halten, der ebenfalls glaubte, die Welt sei völlig verkorkst.

»Kommt einem alles mächtig wirr vor«, sagte Og zu ihm. »Neulich ist so'n Kerl vom Ministerium hier aufgetaucht und hat gesagt, wir müssen alle Dachse vergasen. Sag ich zu ihm, wir ham keine Dachse, aber das hört der gar nich. ›Alle vergasen, weil se Tbc ham‹, sagt er. Darauf ich zu ihm: ›Davon weiß ich nix‹, sag ich. ›Aber wir ham immer noch keine Dachse, außer Sie wolln den Rasierpinsel vom Chef vergasen, das is nämlich das einzige Stückchen Dachs hier weit und breit.‹«

Bletchley fand Trost in den Worten des alten Mannes. Sie entführten ihn in die Vergangenheit und in eine Welt, die nie existiert hatte, wo im Sommer ständig die Sonne schien und es Weihnachten regelmäßig schneite.

In mancher Hinsicht war Timothy Brights Welt genauso unwirklich wie die Erinnerungen seines Vaters. Auch er durchlebte die achtziger Jahre im Glauben an das, was ihm die PR-

Leute einredeten, und während Politiker und Geschäftsleute hofften, daß ihre optimistischen Reden erst den Wohlstand schafften, der, wenn man ihnen glaubte, schon längst existierte, nahm Timothy Bright ihre Worte für bare Münze. In der grandiosen Unwissenheit, die vor dem Gesetz kein Milderungsgrund ist, berauschte er sich am Lob von Kriminellen und Gesinnungslumpen wie Maxwell und Ronson und vertrat die Ansicht, eine Gefängnisstrafe dürfe dem gesellschaftlichen Aufstieg nicht im Wege stehen. In Timothys Welt trat niemand zurück, niemand wurde wegen Fahrlässigkeit oder Schlimmerem bestraft. Die Große Glucke gackerte selbstzufrieden über der Londoner City, und Maxwell brachte auch die leiseste Kritik mit extrem harschen Verleumdungsklagen zum Verstummen und machte die Richter Ihrer Majestät zu Helfershelfern seiner schrecklichen Verbrechen. Und Timothy hatte Erfolg. Er war ein vergnügter Idiot, den alle mochten. Doch genauso schnell war er ein mieses Schwein und beileibe kein Dummkopf.

2

Wie auch sonst immer in seinem Leben brauchte er eine ganze Weile, bis er merkte, daß etwas nicht stimmte. Er ging genau wie immer dem nach, was er »seine Arbeit« nannte, suchte dieselben Clubs und Weinstuben auf wie sonst, um dieselben Themen zu besprechen und Kunden zu sagen, welche Aktien sie kaufen oder verkaufen sollten, doch allmählich dämmerte ihm, daß etwas anders war. Offenbar verschwanden Leute ohne Vorwarnung aus seinem Bekanntenkreis, und eine Reihe von Freunden, denen er geraten hatte, *Names* zu werden, erinnerten ihn an seinen Rat.

»Aber damals hatte ich nicht die leiseste Ahnung, daß die Lage schlechter werden könnte«, erklärte er, nur um als verdammter Lügner beschimpft zu werden.

»Du wußtest schon 82, daß amerikanische Gerichte Asbestose-Opfern Unsummen zusprechen würden...«

»Na schön, ich wußte es«, gab Timothy zu. »Aber damals wußte ich nicht, was Asbestose war. Es hätten ja schließlich die Masern oder sonstwas Harmloses sein können.«

»Aber du wußtest, daß man riesige Schadensersatzsummen zuerkennen würde. Und was ist mit der Umweltverschmutzung? Du warst auf der Sitzung, wo zum erstenmal der schmutzige Plan ausgetüftelt wurde, neue *Names* als zusätzliche Zahler zu werben. Und daß du verdammt noch mal nicht behauptest, du wärst nicht dabeigewesen. Wir wissen's besser. Du warst mit Coletrimmer da.«

»Ja, schon, das stimmt«, gab Timothy törichterweise zu. »Ich erinnere mich an die Sitzung, aber ich hatte ja keine Ahnung, daß es um derartig gewaltige Summen gehen würde. Außerdem hab ich nichts damit zu tun, daß du in dieses Syndikat gegangen bist.«

»Ach nein? Warum hast du's denn geschafft, dich da so hübsch rauszuhalten?«

»Ich habe mich nur an Coletrimmers Rat gehalten«, sagte Timothy.

»Na klar. Was Besseres fällt dir wohl nicht ein. Coletrimmer steht das Wasser selbst bis zum Hals, und du bist fein raus. Warum machst du's nicht wie er und verpißt dich irgendwo nach Südamerika?«

In dieser neuen, rauhen Welt fühlte sich Timothy zunehmend isoliert. In seinen Clubs war er so unbeliebt geworden, daß er es dort nicht mehr aushielt, und obwohl er sich noch mit der einen oder anderen alten Freundin aus der berauschenden Zeit des Überflusses traf, ging es mit seinen eigenen Finanzen dermaßen rapide bergab, daß er sie nicht mehr wie früher einladen konnte, woraufhin sie ihn sitzenließen.

»Timothy Bright ist wirklich eine üble Nulpe«, hörte er in einer überfüllten U-Bahn ein Mädchen sagen, das er einmal gemocht hatte. »Früher war er ja schon abtörnend genug. Aber jetzt. Igitt.«

Zu allem Unglück stellte Onkel Fergus seine Besuche in London ein und ließ wissen, er wolle »diesen Idioten Timothy nicht mal in der Nähe von Drumstruthie sehen«. Das traf Timothy besonders hart. Da hatte er seinem Onkel einmal einen guten Rat gegeben und ihn vor einem wahrscheinlich bevorstehenden Krieg in Kuwait gewarnt. Einzig und allein aus der alten Gewohnheit, den wahren Kern hinter dem blanken Unsinn zu suchen, den Timothy gewöhnlich von sich gab, nahm Fergus damals an, ein Krieg sei unwahrscheinlich, und investierte massiv in Aktien der staatlichen irakischen Ölgesellschaft. Er erlitt beträchtliche Verluste, was der alte Mann seinem Neffen nie verziehen hatte. Folglich hatte Timothy keinen vernünftigen Menschen, an den er sich hätte wenden können, als sich seine eigenen finanziellen Schwierigkeiten häuften. Und sie häuften sich in erschreckendem Tempo. Das Haus, das er auf dem Höhepunkt des Immobilienbooms in Holland Park gekauft hatte, war mit einer enormen Hypothek belastet. Als die Rezession zu- und seine Arbeit abnahm, konnte er auf einmal seine Hypothekenzahlungen nicht mehr leisten. Und als wäre das noch nicht genug, war er plötzlich in den Lloydsskandal verwickelt und hatte Hunderttausende

Pfund Schulden. Binnen weniger Monate brach Timothy Brights Welt in sich zusammen.

Zu diesem Zeitpunkt besann er sich auf seinen Ehrgeiz, ein Vermögen zu machen, und die Methode, der sich sein Großonkel Harold dazu bedient hatte. Timothy wandte sich Pferderennen und Glücksspiel zu. Nachdem er beim Pferderennen so gut wie alles verloren hatte, lieh er sich eine Menge Geld und setzte – unter Anwendung eines todsicheren Systems, von dem er gelesen hatte – alles beim Roulettespiel im Markinkus Club. Das Rouletterad ignorierte das System, und als Timothy endlich den Stuhl zurückschob und aufstand, konnte er kaum etwas anderes tun, als zwei sehr gedrungenen Männern zu einem, wie sie es nannten, »Schwätzchen mit dem Boß« ins Büro zu folgen. Daraus wurde weit mehr als ein Schwätzchen, und als Timothy Bright das Kasino zwanzig Minuten später verließ, hatte er keinerlei Zweifel mehr hinsichtlich seiner Zukunft, falls er seine Schulden nicht innerhalb eines Monats beglich.

»Und das ist noch großzügig, Bürschchen«, sagte der offenbar zum Plaudern aufgelegte Mr. Markinkus. »Paß auf, daß du die Frist nicht versäumst. Und Frist heißt bei mir *Galgen*frist. Kapiert?«

Timothy hatte kapiert, und während die Morgendämmerung langsam über London kroch, überlegte er krampfhaft, an wen er sich um Hilfe wenden konnte. In diesem finsteren Augenblick kam ihm die Eingebung, die sein Leben so grundlegend ändern sollte. Ihm fiel seine Großtante Ermyne ein, die kurz vor ihrem in geistiger Umnachtung eingetretenen Tod immer und immer wieder die unvergeßlichen Worte geäußert hatte: »Always look on the Bright side.« Timothy war damals zwar erst elf gewesen, doch diese wie ein Mantra wiederholten

Worte, während Tantchen Ermyne zum letztenmal durch den Flur von Loosemore geschoben wurde, hatten bei ihm einen bleibenden Eindruck hinterlassen. Er hatte Ermynes Mann, Onkel Vernon, der gerade gut aufgelegt und gesprächig wirkte, nach der Bedeutung dieser Worte gefragt, und nachdem der alte Mann etwas von ein paar Jahren Freiheit und Glück genuschelt hatte, war er mit Timothy an der Hand in die Long Gallery gegangen und hatte ihm die Familienporträts gezeigt.

»Das ist die ›Bright-Seite‹ der Familie«, hatte er in einem Tonfall geantwortet, der nach Ahnenverehrung klang. »Wenn es am finstersten aussieht, also wohl normalerweise kurz vor Tagesanbruch, geht der Blick immer auf die Bright-Seite. Das hier ist beispielsweise Croker Bright, kurz bevor ihn die Franzosen gefangennahmen. Seine Stärke waren Hochseepiraterie und danach der übliche Seiden- und Schnapsschmuggel. Besonders gefürchtet war er bei den Spaniern. Starb 1678. Ihm und seinem Sohn hier, Stanhope, verdanken wir sehr viel. Stanhope Bright war ein feiner Kerl. Er war Sklavenhändler und wurde zum Begründer der Bristol Brights. Ein sehr reicher Mann. Sein Vetter hier drüben ist Blakeney Bright, auch bekannt als ›Knochenbrecher‹ Bright, nicht, wie man uns glauben machen möchte, aus irgendwelchen guten landwirtschaftlichen Gründen, sondern weil er eine besonders gefährliche Hochgeschwindigkeitsfördermaschine erfunden hat. Keine Ahnung, was man damit machte. Sicher ist, daß sie nur in den Kohlebergwerken benutzt wurde, wo eine hohe Zahl von Todesfällen völlig akzeptabel war.«

Der alte Onkel Vernon war die Ahnengalerie abgeschritten und hatte dabei die Vorzüge der Brights gerühmt, wobei Timothy erfuhr, wie ein Bright nach dem anderen nicht unerheblichen persönlichkeitsbedingten Widerständen und sonstigen widrigen Umständen zum Trotz sein Vermögen gemacht hatte. Selbst noch nach Abschaffung der Sklaverei hatte beispielsweise der Reverend Otto Bright von der Brightschen Missionsstation auf Sansibar der Kirche erhebliche Beiträge erwirtschaftet, indem er wählerischen Scheichs auf der Arabischen Halbinsel hübsche junge Zentralafrikaner zuführte, während seine Schwester Ursula, ihren weiblichen Neigungen folgend, eine Anzahl junger Frauen aus Houndsditch überredete, in, wie sie es nannte, »säkulare Nonnenklöster« in abgelegeneren südamerikanischen Häfen einzutreten.

Als Timothy Bright nun im Morgengrauen in der Nähe der Edgware Road stand, fielen ihm die Worte seines Onkels ein, und er warf einen Blick auf die Bright-Seite. Es war zwar nicht leicht, aber er überwand sich. Er hatte immer noch so etwas wie eine Stellung bei der Bimburg's Bank, ein auf den Namen eines Freundes zugelassenes Apartment in Notting Hill Gate und fuhr ein neues Motorrad, eine Suzuki 1100, statt seines alten Porsches, den er in einer Garage abgestellt hatte; doch vor allem hatte er noch seine Verbindungen zur Familie Bright. Das war sein wichtigster Aktivposten, und er beabsichtigte, ihn zu nutzen. Mit Hilfe der heutigen Brights und mit dem inspirierenden Vorbild seiner Ahnen würde er einen Weg aus diesen vorübergehenden Schwierigkeiten und Mr. Markinkus' Drohungen finden und sein Vermögen machen. Mit frischem Optimismus eilte er zurück in sein Apartment, wo er den größten Teil des Tages verschlief.

Am Wochenende zermarterte er sich das Hirn nach einem Ausweg. Wenn er nach Hause fuhr und seinen Daddy bat, ihm etwas Geld zu leihen... Nein, das hatte er schon zu oft gemacht, und beim letztenmal hatte Daddy gedroht, ihn als Finanzpsychopathen in eine Anstalt einweisen zu lassen, wenn er in seiner Gegenwart je wieder das Wort »leihen« aussprach. Und Mummy hatte kein Geld, das sie ihm leihen könnte. Vielleicht könnte er Onkel Fergus schreiben, was ihm ... Aber nein, »Glücksspiele« waren für Onkel Fergus ein rotes Tuch, und er hatte einmal in seiner seltsamen presbyterianischen Kirche eine gräßliche Predigt über »Spielhöllen« gehalten, ein Begriff, den er offenbar wörtlich nahm. Es gab kein einziges Familienmitglied, das er in seiner Zwangslage um Hilfe hätte bitten können. Doch als er schließlich am Donnerstag kaum mehr nachdenken konnte und auf dem absoluten Tiefpunkt angelangt war, bekam er an seinem Arbeitsplatz einen Anruf. Er war von einem gewissen Mr. Brian Smith, der Timothy vorschlug, an diesem Abend auf dem Heimweg doch auf einen Drink in der Weinstube »El Baco« in der Pologne Street vorbeizuschauen.

»Sagen wir um halb sieben«, sagte Mr. Smith und legte auf. Timothy Bright dachte über die Einladung nach und kam zu dem Schluß, er habe nichts zu verlieren, wenn er ihr folgte; außerdem hatte ihm etwas in Mr. Smiths Stimme verraten, daß er gut daran tun würde, sie nicht auszuschlagen. Um achtzehn Uhr fünfundzwanzig betrat er die Weinstube und hatte kaum einen Red Biddy bestellt, als der Barkeeper ihm ausrichtete, Mr. Smith sei im Hinterzimmer und erwarte ihn. Ohne sich zu fragen, woher der Barkeeper eigentlich wußte, wer er war, nahm Timothy sein Glas und ging durch die Tür.

»Ah, Mr. Bright, ich heiße Smith, aber Sie können ruhig Brian zu mir sagen«, sagte ein Mann, der weder wie ein Mr. Smith noch wie ein Brian aussah oder klang und den Timothy noch nie zuvor gesehen hatte. »Schön, daß Sie gekommen sind.«

»Wie geht es Ihnen?« Timothy versuchte es mit Höflichkeit.

»Saugut«, sagte Mr. Smith und deutete auf einen Stuhl auf der anderen Seite des Schreibtisches. »Wie ich höre, ham Sie'n paar Schwierigkeiten, wie?«

»In dieser Krise hat jeder so seine Probleme...«, setzte Timothy an, merkte dann aber, daß es Mr. Smith um Konkretes ging. Außerdem säuberte er sich offenbar mit einem langen Rasiermesser die Fingernägel. Mr. Smith verzog sein Gesicht zu so etwas wie einem Lächeln. In Timothys Augen war es unzweifelhaft kein anständiges Lächeln.

»Gut, wir verstehen uns also«, fuhr Mr. Smith fort und halbierte allem Anschein nach eine verirrte Fliege im freien Flug. »Sie brauchen 'n bißchen Geld, und ich hab was, das Sie kriegen können. Was halten Sie davon?«

»Also...«, sagte Timothy, immer noch beeindruckt vom Schicksal der Fliege, »ich... äh... das ist wohl... sehr freundlich von Ihnen.«

»Nicht freundlich. Ein Geschäft«, sagte Mr. Smith und sah in einen Handspiegel, um so mit Hilfe des Rasiermessers besser sein eines Nasenloch entlauben zu können. »Wollen Sie mehr hören?«

»Also...«, antwortete Timothy zögernd und wünschte, der Mann würde nicht ganz so lässig mit dem Rasiermesser herumfuchteln.

»Schön, dann verrat ich's Ihnen«, fuhr Mr. Smith fort. »Sie haben ein Motorrad, ne große elfhunderter Suzuki, stimmt's?«

»Ja«, sagte Timothy.

»Haben Sie'n Onkel?«

»Eigentlich habe ich sogar eine ganze Menge.«

»Logo haben Sie jede Menge. Aber einer is Richter. Der verdammte Richter Sir Benderby Bright?« fiel ihm Mr. Smith ins Wort. »Stimmt's?«

»Aber ja, Onkel Benderby«, sagte Timothy und schluckte trocken. Onkel Benderby machte ihm angst.

»Ihr Onkel Benderby hat ein paar Freunden von mir ein paar Riesengefallen getan. Nämlich fünfzehn Jahre«, fuhr Mr. Smith fort. »Wissen Sie das? Scheiße.«

Timothy wußte es nicht, sah aber, daß sich Mr. Smith soeben leicht in die Nase geschnitten hatte. Die Lage war äußerst unangenehm.

»Das tut mir leid«, murmelte er. »In der Familie ist er auch nicht sehr beliebt.«

Mr. Smith betupfte seine Nasenspitze mit einem blauen Seidentaschentuch und schleuderte das Rasiermesser fachmännisch auf den Schreibtisch, wo es eine Zigarre zerteilte. Er stand auf und holte sich etwas Papier aus dem Klo.

»Hat er 'ne Yacht, die Lex Britannicus heißt?« fragte er, während er seine Nase mit dem Papier betupfte.

»Ja«, bestätigte Timothy, von der Vorführung gefesselt.

»Und Ihr Onkel Benderby segelt damit den Winter über in die Nähe von Barcelona und bringt sie für den Sommer zurück nach Fowey. Im September geht's dann wieder runter. Stimmt's?«

»Ganz recht. Unbedingt«, sagte Timothy. »Zum Segeln ist das eine ganz schön rauhe Zeit. Mit den Äquinoktialstürmen, verstehen Sie. Aber Onkel Benderby sagt, nur zu dieser Zeit kann man ein echter Seemann sein.«

»Und wer wüßte das besser als er, hä?« sagte Mr. Smith mit fiesem Lächeln. Das rotgefleckte Papier auf seiner Nase machte ihn auch nicht gerade vertrauenswürdiger. »Na, Sie und Onkel Benderby sollten sich mal wieder treffen. Und zwar bald. Sie könnten zum Beispiel mit Ihrem schicken Bike und einem Geschenk zu ihm runterfahren.«

»Ein Geschenk für Onkel Ben...?«

»Genau. Ein Geschenk. Sie machen folgendes...«

Die nächsten zehn Minuten lauschte Timothy Bright Smiths Anweisungen. Sie waren glasklar und ergaben, so wie Timothy sie verstand, kein auch nur im mindesten attraktives Gesamtbild.

»Ich soll also mit meinem Motorrad die Fähre von Plymouth nach Santander nehmen, von dort weiter nach Llafranc fahren, wo ich jemanden treffe, der mir ein Paket übergibt, das ich ohne Onkel Benderbys Wissen in der Segelkoje auf seiner Yacht verstaue? Ist das so richtig?« fragte er.

»Einigermaßen. Außer daß Sie vielleicht was mitbringen, damit Sie sich das Geld auch wirklich verdienen. Damit wir wissen, daß Sie die Arbeit ordentlich erledigt haben.«

»Aber das hört sich meiner Ansicht nach äußerst fragwürdig an«, wandte Timothy ein, wurde aber sofort unterbrochen. Mr. Smith hatte in eine Schreibtischschublade gegriffen und einen Umschlag herausgeholt.

»Sehen Sie sich mal Schweinehack an«, sagte er, zog ein Farbfoto raus und schob es über den Tisch. Timothy Bright blickte nach unten auf ein blutiges Etwas, das einmal ein Schwein gewesen sein mochte. Mr. Smith ließ ihn den Anblick auskosten. »Also, wenn Sie nicht wie das Schweinehack hier enden wollen, dann tun Sie einfach das, was ich Ihnen sage. Klar?«

»Schon möglich«, sagte Timothy, der auf keinen Fall mal so enden wollte wie dieses schauderhafte Schwein. »Ich meine, ja, natürlich. Klar.«

Mr. Smith steckte das Foto in den Umschlag zurück und griff sich wieder das Rasiermesser.

»Sie nehmen am Zwanzigsten die Fähre ab Plymouth. Das

läßt Ihnen Zeit, Urlaub von der Bank zu nehmen. Sie haben noch welchen gut. So etwa drei Wochen, und die nehmen Sie.«

»Schon möglich. Ja, natürlich«, sagte Timothy mit schiefem Lächeln. Anscheinend wußte der gräßliche Mann alles über ihn. Es war schrecklich beunruhigend und beängstigend.

»Sie machen also, was alle guten Yuppies und Börsenmakler tun. Im Mai verkaufen, dann fortlaufen. Hier ist Ihr Fährticket und etwas Taschengeld. Sonst noch was?«

»Ich glaube nicht.«

Mr. Smith nahm wieder das Rasiermesser und lächelte.

»O doch, und ob«, sagte er und beugte sich vor, das Rasiermesser in der Hand. »Ja nicht vergessen. Was Wichtiges.« Seine linke Hand holte ein in braunes Packpapier geschlagenes, mit einem Bindfaden sorgfältig umwickeltes Päckchen hervor. Er legte es auf den Schreibtisch und ließ Timothy Zeit, es sich anzusehen. »Probieren Sie gar nicht erst, ein größerer Klugscheißer zu sein, als Sie sind. Sonst enden Sie als Schweinehack, verlassen Sie sich drauf. Und das ist Ihr Geschenk für den Pedro da unten. Wenn Sie's verlieren, dann ... Das Foto heben Sie sich besser auf als 'ne Art Erinnerung.« Seine Hand fuhr zurück zur Schublade und dem Schweinefoto, aber Timothy schüttelte den Kopf.

»Ich brauche keine Erinnerung«, sagte er. »Ich hab mir alles gemerkt.«

»Also, wo treffen Sie den Pedro?«

»Den Hang rauf, vorbei an Kim's Camping«, antwortete Timothy.

»Wann?«

»Ich gehe jede Nacht um halb zwölf vorbei, und zwar an den drei Abenden vom 24. bis zum 26., und in einer dieser Nächte wird er da sein. Aber woran werde ich ihn erkennen?«

»Brauchen Sie gar nicht. Er erkennt Sie. Schließlich hat er ein hübsches Foto von Ihnen. Eins von den ›Vorher‹-Bildern. Er bringt Sie dann hin.« Mr. Smith nahm den blutbefleckten Papierfetzen von seiner Nase.

»Dann gibt er Ihnen den Gegenstand, den Sie in die Segelkoje legen. Wie Sie an Bord kommen, ist Ihre Sache, aber Sie sollten eine gute Ausrede zur Hand haben, falls Sie gesehen werden.« Mr. Smiths Sprache hatte sich verändert. Er war kein Ausländer mehr, klang nicht mal mehr so sehr wie ein Londoner. »Es sei denn, Sie wollen Onkel Benderby besuchen, ihm einen kurzen Höflichkeitsbesuch abstatten. Nichts gegen zu sagen. Das bleibt Ihnen überlassen.«

»Aber wird man das ... äh ... Päckchen nicht bemerken, das ich in die Segelkoje lege?« erkundigte sich Timothy. Diese Frage hatte in seinem Kopf nur ganz allmählich konkrete Form angenommen.

Mr. Smith schüttelte den Kopf.

»Man wird es bemerken und auch wieder nicht. Er hatte so was schon vorher an Bord. Als wär es einer seiner Fender, verstehen Sie. Sieht genau wie alle anderen aus. Genauso zerschrammt. Identisch mit dem, der seit ein paar Tagen fehlt. Und zu gegebener Zeit, beispielsweise im Juni, wird der liebe alte Onkel nach Fowey segeln, und Sie werden schon lange vor seiner Ankunft zu Hause sein und gemütlich im Bett liegen.«

»Verstehe«, sagte Timothy und hatte das dumpfe Gefühl, daß er wahrscheinlich nie wieder gemütlich im Bett liegen würde. Selbst sein Vater hatte zugegeben, daß er vor Benderby Bright Angst hatte, und gesagt, die Urteile des Richters fielen seiner Meinung nach zu hart aus. Richter Bright hatte mehrmals seine Ansicht bekundet, Drogenschmuggler und Dealer gehörten wirklich lebenslänglich hinter Gitter, ohne eine

Chance auf Bewährung. Und es war allgemein bekannt, daß er anläßlich der letzten beiden Jahresdiners der Britischen Zollbehörde der gefeierte Ehrengast gewesen war. Die Aussicht, einen mit Gott weiß wie vielen Kilogramm einer verbotenen Substanz gefüllten Fender in der Segelkoje der Lex Britannicus zu verstauen, erfüllte Timothy mit fast ebenso großem Entsetzen wie der schaurige Vorgang, bei dem man zu »Schweinehack« verarbeitet wurde. Nicht ganz. Richter Benderby Bright verstand sich nicht darauf, Schweine mit Rasiermessern die Haut vom Leibe zu ziehen. Noch nicht. Schwer zu sagen, wie er reagieren würde, wenn je herauskäme, daß sein Neffe daran beteiligt gewesen war, ihm einen Fender voller Drogen unterzuschieben. Andererseits war es beinahe unvorstellbar, daß Zollbeamte in Fowey die Yacht jemals durchsuchen würden.

»Da müssen Sie sich keine Sorgen machen«, sagte Mr. Smith, als hätte er Timothys Gedanken gelesen. »Ungefähr so wahrscheinlich, als würde der Papst auf dem Petersplatz Kondome verteilen.« Er unterbrach sich und spielte wieder mit dem Rasiermesser.

»Eins noch«, sagte er dann. »Eins dürfen Sie nie vergessen. Wenn Sie auch nur in die Nähe der Polizei kommen, auch nur an 'nem Bullenkloster vorbeilatschen oder das Telefon in die Hand nehmen, beispielsweise Ihr Mobiltelefon, dann bedeutet das für Sie nicht bloß Schweinehack. Dann hast du zuallererst mal keinen verfickten Schwanz zum Ficken mehr. Keine Eier, keinen Pimmel. Und das ist erst der Anfang. Tage später heißt's dann Schweinehack für dich. Langsam. Gaaanz langsam. Krieg das jetzt in deinen dämlichen Kackkopf.«

Und wieder flog das Rasiermesser zitternd in die Tischplatte und blieb dort stecken.

Timothy Bright verließ um Viertel nach acht die Weinstube,

das braune Päckchen an sich gepreßt und mit einem Umschlag in der Tasche, der fünftausend Pfund enthielt. Wenn er tat wie geheißen, hatte Mr. Smith gesagt, bekam er nach seiner Rückkehr noch einmal fünfundzwanzigtausend. Das war genau die Summe, die er Mr. Markinkus im Kasino schuldete. An diesem Abend betrank er sich vor dem Schlafengehen. Am Morgen tauchte er verspätet in Bimburg's Bank auf. Dort wartete ein Brief auf ihn. Der setzte ihn davon in Kenntnis, daß er sich ab dem 18. Mai um keinen Urlaub mehr bemühen mußte. Timothy Bright hatte seinen Arbeitsplatz verloren.

3

In seinem Häuschen in Pud End schlenderte Victor Gould über den alten Krocketrasen auf sein Sommerhaus samt Arbeitszimmer mit Meerblick zu. Aus dessen Fenster konnte er auf die Flußmündung sehen und die in Richtung Ärmelkanal auslaufenden Fischerboote und Yachten beobachten. Normalerweise beruhigte es ihn sehr, wenn er an seinem Schreibtisch saß, doch heute fand er dort keinen Trost. Soeben erst hatte er einen üblen Schock erlitten, und er brauchte Zeit zum Nachdenken. Mrs. Leacock, die das Haus putzte und sich um Victor kümmerte, wie es dessen Frau Brenda formulierte, hatte auf dem Dielentisch eine Notiz hinterlassen, daß Mr. Timothy angerufen und gefragt habe, ob es in Ordnung sei, wenn er für ein paar Tage runterkäme. Es war überhaupt nicht in Ordnung, ja es hätte nicht weniger in Ordnung sein können, wenn Timothy Bright es mit Bedacht darauf angelegt hätte. Es war die schlimmste Nachricht, die Mr. Gould seit geraumer Zeit erhalten hatte, und sie war genau in dem Augenblick auf seinem Dielentisch gelandet, als er sich amüsieren wollte, als etwas kurz bevorstand, worauf er sich seit über einem Jahr freute. Er hatte allein ganz ausgezeichnet die Zeit verbracht (außer wenn morgens Mrs. Leacock vorbeikam, und der konnte er aus dem Weg gehen), während seine Frau einen längeren Urlaub in Amerika machte, wo sie ihre Verwandten besuchte. Victor Gould war sehr dafür, daß sie ihre Verwandten besuchte, solange er nicht mitzukommen brauchte. Zu den Prüfungen seines Ehelebens gehörte, daß er durch die Heirat mit Brenda Bright auch in ihre vermaledeite Familie eingeheiratet hatte. Nicht daß er dort jemals willkommen gewesen wäre. Die Brights hatten von Anfang an keine Zweifel daran aufkommen lassen, daß er weder ihre Klasse noch ihre Kultiviertheit besaß. Oberst Barnaby Bright, hochdekorierter Offizier, Träger des Verdienstkreuzes und Anwalt, hatte sogar den Versuch unternommen, seiner Tochter am Tag vor der Hochzeit in ihrem Schlafzimmer die Ehe auszureden.

»Mein liebes Kind«, hatte er begonnen, wobei er absichtlich auf Victors Hose stand und seine Stimme erhob. »Du mußt einfach einsehen, daß es sich bei diesem Kerl um einen Lump und Schurken handelt.« Einen Moment lang hatte sich der nackte Victor im Nebenraum darauf etwas eingebildet. Es gefiel ihm ganz gut, ein Lump und Schurke zu sein. Der Oberst verbesserte sich. »Ein schäbiger, schleimiger Lump, ein dreckiger Zuhälter und Gigolo von der Sorte, die in Brighton in Hotelfoyers herumlungern und sich an reiche alte Weiber ranschmeißen.«

Im Ankleidezimmer war Victor Gould vor Wut rot angelaufen und hätte fast geniest. Von Brendas Erwiderung wurde ihm allerdings noch kälter. »Das weiß ich alles, Daddy. Ich weiß, daß er gräßlich ist und keiner von uns, und daß in den Adern der Familie Gould schlechtes Blut fließt, weil Victors Onkel Joe unehrenhaft aus der Marine entlassen wurde, nachdem er versucht hatte, an einem Putz- und Flicknachmittag einen Heizer in den Arsch zu ficken...«

Einen Moment lang war Victor zu schockiert gewesen, um zuzuhören. Onkel Joes Schande war ihm neu, und daß seine Verlobte mit dem Begriff »arschficken« vertraut war, hatte ihn genauso überrascht, wie es offenbar den Oberst umgehauen hatte.

»Und natürlich stimmt alles, was du über ihn gesagt hast«, fuhr sie fort. »Aber genau deshalb brauche ich ihn. Das verstehst du doch, nicht wahr, Daddy?« (Ein gurgelndes Geräusch, das ihr Vater von sich gab, ließ darauf schließen, daß er überhaupt nichts verstand.) »Ich brauche ein Scheusal wie Victor, um meinem Leben einen Sinn zu geben.«

Der nackte und frierende Viktor hatte versucht, sich mit seiner neuen Rolle als Ehemann abzufinden. Oberst Bright hatte da offenbar auch so seine Schwierigkeiten.

»Sinn? Sinn?« grölte er cholerisch. »Wozu in Dreiteufelsnamen brauchst du einen Sinn? Du bist eine Bright, oder etwa nicht? Was brauchst du da noch für einen Sinn? Du mußt nicht irgendeinen Dreckslumpen heiraten, um einen Sinn zu finden. Der Mann ist ein komplettes Arschloch. Der wird dir das Leben regelrecht zur Hölle machen, mit anderer Leute Frauen Affären haben und bei so was Widerwärtigem wie Greyhoundrennen Geld verlieren. Verflucht, der Kerl ist ja nicht mal Jäger.« Letzteres war offenbar das Schlimmste, was dem Oberst einfiel. Doch Brenda blieb eisern.

»Natürlich nicht, du alter Schatz. Dazu ist er viel zu feige, und außerdem trägt der Ärmste ein Bruchband.«

»Lieber Gott«, sagten der Oberst und Victor wie aus einem Mund. »Aber dieser verfluchte Mensch ist doch erst fünfundzwanzig. Wieso zum Teufel braucht er in seinem Alter ein Bruchband?«

Das hätte Victor auch gern gewußt. Er hatte noch nie im Leben ein Bruchband auch nur gesehen. Brendas Erwiderung hatte auch ihn umgehauen.

»Ich glaube, es hat etwas mit seinem Hodensack zu tun, Daddy«, flötete sie. »Natürlich weiß ich noch nicht genau, was. Vielleicht kann ich dir da nach den Flitterwochen mehr erzählen.« Doch Oberst Bright wollte nichts mehr über seinen zukünftigen Schwiegersohn hören. Mit einem angewiderten Grunzen machte er auf dem Absatz kehrt – diesmal auf Victors Hemd – und stürmte aus dem Schlafzimmer. Von diesem Moment an hatte er einen großen Bogen um seinen Schwiegersohn gemacht und nur mit ihm gesprochen, wenn er dazu gezwungen war. Und die Einstellung der Familie hatte sich nie geändert. Genausowenig, so fiel ihm jetzt auf, wie die von Brenda. Damals war er fast sofort ihrem Charme erlegen und dem köstlichen »Muuh«, das sie ausgestoßen hatte, als sie ihn fragte, ob sie nicht ein schlaues kleines Mädel war, daß sie ihren Daddy so flink losgeworden sei. Erst später, als sie verheiratet waren und Brenda beschlossen hatte, nun habe sie selbst genug von Sex und wolle lieber andere Leute mit Sexproblemen beraten, ging Victor auf, was sie mit dem Satz gemeint hatte, sie brauche ein Scheusal wie Victor, um ihrem Leben einen Sinn zu geben. Mit »Sinn« hatte sie gemeint, sich moralisch überlegen zu fühlen. Victor war das letztlich egal gewesen. Seine Rolle als moralisch minderwertiges Wesen hatte durchaus ihre Vorteile. Es stand ihm frei, ein ausschweifendes Liebesleben zu führen, während Brenda die Befriedigung blieb, ihm zu vergeben. Diese Vergebung fand Victor zwar äußerst enervierend, konnte ihr dafür aber wohl kaum Vorwürfe machen. Seine eigentliche Fehde führte er mit der Familie Bright. Und nun würde sein meistgehaßter Bright, Timothy, in sein Haus eindringen. Als wäre das noch nicht genug, erwartete er auch noch seinen Neffen Henry, der eben erst von einer Reise nach Südamerika und Australien zurückgekehrt war.

»Wie ungeheuer lästig«, murmelte er und sah voller Verzweiflung aus dem Fenster. Er hatte bereits den erfolglosen Versuch unternommen, Timothy Bright zu Hause in London anzurufen. Wie üblich, wenn er mit den Brights zu tun hatte, konnte er nichts dagegen unternehmen, daß der Kerl bei ihm auftauchte. Bisher hatte er eine Strategie entwickelt, dank der er sie weitgehend auf Distanz halten konnte, indem er kurz vor ihrem Eintreffen die Zentralheizung abstellte und zahlreiche Stromausfälle herbeiführte, während sie sich gerade auf der Toilette oder im Bad befanden. Alles in allem war dieses System relativ erfolgreich gewesen, obwohl natürlich als Folge davon sein Ruf zusätzlich gelitten hatte. Für Timothy Bright würde er sich noch größere Unannehmlichkeiten einfallen lassen müssen. Victor Gould hatte nicht vor, sich den Besuch seines Neffen verderben zu lassen.

In London beendete Timothy Bright die Vorbereitungen zu seiner Spanienreise. Er hatte seinen Arzt aufgesucht und sich ein Beruhigungsmittel verschreiben lassen, außerdem hatte er viel mehr als sonst getrunken. Weil er kaum je nüchtern war – Alkohol und Beruhigungsmittel verringerten seine Angst vor Schweinehack –, fielen seine Pläne mit der Erkenntnis zusammen, daß er übler dran war, als er bisher gedacht hatte. Wegen seiner Familie war er besonders verbittert. Timothys Ansicht nach hätten sie ihm helfen und ihm Geld geben müssen.

Schließlich hatte er in der City viel für sie getan. Statt dessen schien ihnen sein Schicksal völlig gleichgültig zu sein. Sie ließen zu, daß er sich bei den Markinkus-Brüdern bis über beide Ohren verschuldete und daß die Bank ihn auf die Straße setzte. Die Brights hatten ihr Geld immer Bimburg's anvertraut, schon seit ewig und drei Tagen, und wenn jemand seinen Einfluß hätte geltend machen können, damit er seine Stellung behielt, dann sie. Er kam nicht auf den Gedanken, daß er es nur ihrem Einfluß verdankte, die Arbeit überhaupt bekommen und so lange behalten zu haben. Nach diesem anhaltenden Selbstmitleid schmiedete er diffuse Rachepläne. Wenn die Familie ihm jede Hilfe verweigerte, warum sollte er irgend etwas für sie tun? Von da ab lag der Einfall nicht mehr fern, sich selbst zu nehmen, was ihm die Familie schuldete. Schwierig wäre es nicht. Die eklige alte Tante Boskie, die so um die neunzig war, hatte ihm, als sie letztes Jahr im Krankenhaus lag, die Vollmacht ausgestellt, einige Aktien zu verkaufen, und die hatte sie nie widerrufen. Außerdem war sie gesundheitlich nicht auf dem Damm und würde gar nichts merken. Es würde ihr nicht auffallen, wenn noch ein paar Aktien fehlten. Die Hälfte davon warf sowieso keine große Dividende ab. Warum eigentlich sollte er sie nicht nehmen? Zumal wenn sie ihn vor Schweinehack bewahrten. Tantchen Boskie würde ihm die Aktien gewiß schenken, wenn sie von Schweinehack wüßte, oder etwa nicht? Für Timothy stand das sozusagen außer Frage. Ganz gewiß würde sie, das wußte er. Nachdem Timothy Bright seine kaum vorhandenen Skrupel überwunden hatte, verkaufte er erst ihre Aktien, dann noch einige von Onkel Baxter, und hatte schließlich über hundertzwanzigtausend Pfund Bargeld dabei, als er London verließ. Natürlich würde er alles mit Zinsen zurückzahlen, sobald seine derzeitige Notlage überwunden war. In der Zwischenzeit hatte er einen Notgroschen, auf den er zurückgreifen konnte, falls etwas wirklich schieflief. Mit dieser hübschen Idee im Hinterkopf und dem seltsamen braunen Päckchen von Mr. Smith in einer seiner Satteltaschen machte er sich auf nach Cornwall.

Als er dort ankam, saßen Victor Gould und sein Neffe Henry draußen auf dem Rasen und schlürften in der Abendsonne ihre Drinks.

Timothy Bright war betrübt. Mit Henry hatte er nicht gerechnet. Er hatte gehört, daß Tante Brenda in Amerika war, und angenommen, Onkel Victor wäre allein. Bei den Brights galt Onkel Victor als bärbeißiger alter Geselle, der bei keinem, den Timothy kannte, übermäßig beliebt war, und Timothy wäre nie auf den Gedanken gekommen, daß er ein eigenes Privatleben hatte. Wenn Timothy mal in Pud End gewesen war, um Tante Brenda zu besuchen, hatte Onkel Victor immer in seinem Sommerhaus gehockt oder im Garten herumgewerkelt, war ihm jedenfalls wie eine Art Anhängsel seiner Tante vorgekommen, das Botengänge machte, die Einkäufe für sie erledigte und gelegentlich mal mit seinem Schlauchboot rausfuhr oder angelte oder dergleichen. Das war schließlich ein Hauptgrund gewesen, weshalb Timothy sich Pud End als Aufenthaltsort ausgesucht hatte. Er konnte ziemlich sicher sein, daß kein Mitglied der Familie Bright während Tante Brendas Abwesenheit dorthin kommen würde, und da Onkel Victor mit den anderen Brights nie etwas zu tun hatte, würden diese nie erfahren, wo sich Timothy aufhielt oder was er machte. Und jetzt kam ihm Henry dazwischen. Timothy stieg von seinem Motorrad und nahm den Helm ab.

»Ihr braucht nicht aufzustehen«, sagte er. »Ich hol mir ein Glas und setze mich zu euch. Ich schätze, ich weiß, wo alles ist.« Dann ging er schwungvoll ins Haus.

»Siehst du jetzt, was ich meine?« sagte Victor. »Er ist absolut unerträglich.«

»Warum läßt du dir es dann gefallen?« fragte Henry. »Sag ihm, er soll Leine ziehen.«

Victor Gould lächelte verbittert. »Mein lieber Junge, ich stelle fest, daß du keinen Begriff von den Komplikationen und Kompromissen hast, die eine Ehe für den Mann zwangsläufig mit sich bringt. Die Familienbindungen deiner Tante sind stärker, als ... tja ... als alles außer einer Art Mutterinstinkt. Ich könnte diesen Flegel genausowenig rausschmeißen und danach glücklich und zufrieden mit deiner lieben Tante weiterleben, wie ein Flußpferd in einem Schlammloch mit den Ohren wedeln und davonfliegen könnte. Ich bin dazu verdammt, dieses Monstrum zu ertragen. Wollen wir hoffen, daß er morgen wieder abreist.«

Doch Timothy, der mit einem Glas von Victors bestem Malt-Whisky ins Freie trat, beraubte ihn bald dieser Hoffnung.

»Es hieß, du wärst allein, Victor«, sagte er. »Dachte, ich komm mal runter und muntere dich auf. Unser Onkel Victor ist ein mißmutiger alter Bursche.«

»Stimmt auffallend«, sagte Victor. »Wirklich sehr mißmutig.«

»Ich wußte gar nicht, daß du Motorrad fährst«, sagte Henry nach einer kurzen, peinlichen Stille, die Timothy nicht aufgefallen war.

»Aber ja, macht mächtig viel Spaß. Heutzutage einfach das einzig mögliche Fortbewegungsmittel in London.«

Es wurde ein höllischer Abend. Timothy betrank sich, half nach dem Essen nicht beim Spülen und redete die ganze Zeit von der City, Aktien und Wertpapieren, über Themen also, die die anderen nicht im mindesten interessierten. Am schlimmsten war, daß er Henry daran hinderte, von seinem Sabbatjahr zu erzählen.

»Lieber Gott, du siehst doch, was er für ein Ekel ist«, sagte Victor auf der Treppe, als er sich endlich ins Bett rettete. »Ich ertrag die Vorstellung einfach nicht, daß er noch einen Tag bleibt. Dann lass ich mich zu einer Verzweiflungstat hinreißen.«

»Keine sehr angenehme Kreatur«, pflichtete ihm Henry bei und ging nachdenklich auf sein Zimmer im ersten Stock. Der arme alte Onkel Victor wurde auch nicht jünger, und es war schrecklich, daß er um des lieben Friedens willen diesen grauenhaften Yuppie in seinem Haus ertragen mußte. Unten hatte Timothy den Fernseher aufgedreht.

»Das ist zuviel«, murmelte Henry und ging wieder nach unten, um das Gerät etwas leiser zu stellen. Er ertappte Timothy dabei, wie er sich aus einer Dose von Victors geliebtem Perth-Tabak bediente.

»Den hat er übrigens speziell für sich herstellen lassen«, sagte Henry.

»Schon, aber er merkt es gar nicht. Er ist zu alt dafür. Ehrlich, er tut mir leid«, behauptete Timothy. »Er war mal ein lustiger Zeitgenosse, jedenfalls sagen das manche Leute, aber jetzt kommt er mir verflucht griesgrämig und alt vor. Willst du auch was haben?«

»Ich glaube nicht«, sagte Henry, nahm die Dose aber trotzdem an sich. Und dann sah er eine Stunde lang fern und lauschte Timothys Geschwätz. Als Henry Gould schließlich auf sein Zimmer ging, hatte er ein paar feste Ansichten entwikkelt, von denen er selbst die wohlwollendste nur ungern in Worte gefaßt hätte. Als er morgens nach unten kam, war sein Onkel schon auf und machte sich etwas Toast und Kaffee.

»Ich dachte mir, ich bin besser früh auf den Beinen, bevor er sich herabläßt, uns mit seiner Gegenwart zu beglücken«, sagte Victor. »Ich muß schon sagen, er hat in dem anderen Zimmer eine ziemliche Sauerei hinterlassen, und es sieht so aus, als hätte er den Whisky weitgehend niedergemacht. Hoffentlich ist er dadurch eine Weile aus dem Verkehr gezogen. Wir könnten auf dem Küstenweg spazierengehen und im Riverside Inn zu Mittag essen.«

Henry schaute aus dem Fenster auf den frischen Sommertag. Er und Onkel Victor würden sich nun trotz allem amüsieren. Nach dem Frühstück zogen sie los, und kurz bevor sie aufbrachen, ging Henry nach oben in sein Zimmer, nahm die Dose Old Perth Special Mixture mit runter und stellte sie neben das Fernsehgerät. Vielleicht funktionierte sein Plan nicht, aber falls doch, wäre Timothy Bright selber schuld daran.

4

Als sie zum Tee nach Pud End zurückkamen, war es später Nachmittag. Timothy Bright flegelte sich vor dem Fernseher herum. Auf dem Küchentisch lagen noch die Reste seines Brunchs, und er hatte sich offenbar eine Dose echten Belugakaviar genehmigt, die er in der Speisekammer entdeckt hatte. Allerdings schien er es nicht zu bereuen, war nicht einmal dankbar.

»Wo seid ihr gewesen?« fragte er beinahe ungehalten. »Ich war den ganzen Tag allein hier.«

Henry griff ein, bevor sein Onkel explodierte.

»Wir haben einen sehr ausgedehnten Spaziergang unternommen. An der Steilküste entlang«, sagte er. Timothy entging die Anspielung.

»Warum habt ihr mich nicht geweckt? Ein Spaziergang hätte mir gutgetan«, nörgelte er.

»Als ich heute morgen bei dir reingeschaut habe, warst du noch weggetreten, deshalb«, erklärte Henry. »Außerdem hätte es dir nicht besonders gefallen. Sehr windig und böig.«

Victor räumte in der Küche auf.

»Danke für dein Taktgefühl«, sagte er, als Henry sich zu ihm gesellte. »Hat mich mit ziemlicher Sicherheit vor einem Verfahren wegen Mordes bewahrt. Ich weiß, ich bin in dem Alter, wo man sich über nachlassende Umgangsformen und dergleichen beschwert, aber dieser junge Mann überzeugt mich wirklich davon, daß so manches nicht mehr so ist wie früher. Ein kurzer – oder noch besser: ein langer – Einsatz als Zwangsarbeiter würde bei ihm zweifellos Wunder wirken. Allerdings wäre es wohl auch ein Wunder, wenn das bei ihm wirkt.«

»Würde mich nicht überraschen, wenn ihm so etwas bevorsteht, Onkel Victor«, sagte Henry ruhig, während er sich an den Abwasch machte. »Er hat ganz sicher irgendein krummes Ding vor.«

»Ach ja?« sagte Victor mit einem Hauch von Optimismus in der Stimme. »Darf ich fragen, woher du das weißt?«

»Ich bin gestern nacht aufgeblieben, hab bei dem besoffenen Idioten gesessen und mir seine Angebereien angehört. Er hat mir zwar nicht erzählt, worum es genau geht, ließ aber keinen Zweifel daran, daß er an einem, Zitat, dollen Ding, Zitat Ende, dran sei, womit meiner Erfahrung nach fast immer etwas Ungesetzliches gemeint ist.«

»Wirklich höchst interessant. Wie schön, wenn ihn die Polizei hier festnähme. Das hätte garantiert abschreckende Wirkung auf die restliche Familie Bright, die uns hier dann wohl nie mehr besuchen käme.«

»Andererseits hätte Tante Brenda damit noch etwas, was sie dir vergeben könnte«, gab Henry zu bedenken.

Victor zuckte zusammen. »Das ist nicht witzig, mein Junge, überhaupt nicht witzig. Ich hoffe um deinetwillen, daß deine Frau absolut unversöhnlich ist. Du hast ja keine Ahnung, was für eine gefährliche Waffe das Verzeihen ist. Ich werde nie vergessen, wie Brenda damals Hilda Armstrong verziehen hat, daß sie... ist ja egal, irgendwas. Natürlich machte sie das in aller Öffentlichkeit, auf einer Sitzung des Frauenvereins, oder vielleicht war es auch eine Gemeinderatssitzung. Äußerst peinlich für alle. War bestimmt beim Gemeinderat, weil ich an Veranstaltungen des Frauenvereins nicht teilnehme. Jedenfalls hat es dazu geführt, daß die Armstrongs geächtet wurden und der alte Bowen Armstrong, als er sich nicht von ihr scheiden ließ, Haßbriefe und ähnlichen Schmutz bekam. Schließlich mußten sie zurück nach Rickmansworth ziehen und so tun, als wäre das Leben auf dem Land Hildas Gesundheit abträglich gewesen. Dabei sah sie wirklich bemerkenswert aus... tja, äh, das zeigt nur, wie tödlich Verzeihen sein kann.«

»Übrigens, Onkel«, sagte Henry, als sie in der Küche fertig waren, »ich gebe dir den guten Rat, den Perth Spezialtabak nicht anzurühren. Ich weiß, daß es deine Lieblingssorte ist, aber Timothy hat davon geraucht, und...« Er zögerte einen Moment.

»Und was?« wollte Victor wissen.

»Eventuell ist er ein wenig verunreinigt, Onkel V. Das heißt... Tja, ich glaube halt...«

Doch Victor Gould unterbrach ihn. »Schweig still. Ich glaube und hoffe, daß ich verstehe. Und denk ja nicht, ich mache dir einen Vorwurf. Übrigens, wo hast du das Zyanid gefunden?«

Henry lachte. »So schlimm ist es nicht, Ehrenwort. Bloß etwas, das ich in Australien bekommen habe. Ich weiß nicht genau, wie es wirkt, weil ich so was nicht nehme, aber es ist eine Art stärkere Variante von... Willst du's wirklich wissen?«

»Vielleicht besser nicht«, sagte Victor. »Ich werde mich ein Weilchen in mein Arbeitszimmer zurückziehen und meditieren.«

Er überquerte den Rasen, ging ins Sommerhaus, setzte sich in seinen Lieblingssessel und dachte, wie angenehm es doch war, einen so liebenswürdigen und intelligenten Neffen wie Henry zu haben, der ihm half, mit dieser Krise fertigzuwerden. Und mit Timothy Bright fertigwerden zu müssen, kam in der Tat einer Krise gleich. Zu den Geheimnissen menschlicher Psychologie gehörte, daß eine Familie, der Brenda entstammte, die ja trotz aller ihrer Fehler – zu denen, in Henrys Augen, ihre Bigotterie gehörte – intelligent und zivilisiert war, eine Kreatur wie Timothy hervorgebracht hatte. Vielleicht hatte er das Pferd von hinten aufgezäumt, und das Eigenartige war eher Brendas Auftauchen in einer Familie, die abgesehen von ihr aus faulen, snobistischen und egoistischen Kretins bestand. Und schon nickte Victor Gould bei dem Gedanken ein, daß es ihm völlig egal war, was Henry in seinen Tabak getan hatte. Wenn es ihnen den gräßlichen Timothy vom Hals schaffte, konnte es so schlecht nicht sein.

Timothy Bright saß vor dem Fernseher und fragte sich, was es wohl zum Abendessen gab. Es war zwar noch früh, aber einen Drink könnte er jetzt vertragen. Wäre Henry nicht mit im Zimmer gewesen, hätte er sich aus dem Eckschrank bedient, aber in Henrys Anwesenheit war es ihm ein wenig peinlich. Statt dessen griff er nach der Tabaksdose und stopfte seine Pfeife, um zu zeigen, daß er sich alles erlauben konnte, wenn er nur wollte. Der ihm gegenübersitzende Henry versuchte nicht hinzusehen. Er hatte keine Ahnung gehabt, wieviel »Krötenstoff« er hineintun sollte, und besaß nur eine ganz vage Vorstellung von seiner Wirkung. Halluzinogene Drogen waren nie sein Ding gewesen, und die Bufo sonora hatte er nur für einen Freund mitgebracht, der über bewußtseinsverändernde Drogen forschte. In Brisbane hatte man ihm lediglich erzählt, »Krötenstoff« sei so ziemlich das stärkste LSD, das es gab, und man werde davon auf einen höllischen Trip geschickt. Und einen Trip hatte sich Timothy Bright wirklich verdient.

Andererseits hatte Henry keine Lust, sitzen zu bleiben und mitanzusehen, was geschah. Bloß das nicht. Er stand auf und wollte soeben das Zimmer verlassen, als Timothy die Pfeife anzündete.

»Muß schon sagen«, murmelte er. »Dieser Spezialknaster is'n bißchen daneben. Riecht verdammt merkwürdig.«

»Das ist Onkel Victors Spezialmischung«, sagte Henry. »Schon möglich, daß die etwas ungewöhnlich ist.«

»Kann man wohl sagen. Schmeckt auch eigenartig«, sagte Timothy und inhalierte. Das war augenscheinlich ein schlimmer Fehler. Der Tabak war viel zu stark, um wie eine Zigarette geraucht zu werden. Timothy stierte äußerst seltsam vor sich hin, dann nahm er die Pfeife aus dem Mund und stierte auch sie an. Offenbar passierte etwas, das er nicht ganz verstand. Das Wörtchen »ganz« konnte man ersatzlos streichen. Timothy Bright verstand überhaupt nichts. Er nahm noch einen Zug und überlegte. Sein erster Eindruck, daß er aus dem Schornstein eines Krematoriums inhalierte, hatte sich völlig verflüchtigt. Timothy Bright rauchte weiter. Er befand sich in einer merkwürdigen neuen Welt, in der nichts so war, wie es zu sein schien, und vertraute Gegenstände zu sich ständig verändernden Formen und Farben wurden. In dieser Welt war nichts unmöglich; Dinge kamen auf ihn zu und bogen plötzlich scharf ab oder stülpten gänzlich unerwartet ihr Inneres nach außen und nahmen wieder ihre ursprüngliche Gestalt an. Und noch nie hatte er solche Geräusche gehört. Die Fernsehstimmen hallten in seinem scheinbar höhlenartigen Hirn wider, und es gab Augenblicke, in denen er, eine winzige Gestalt, unter der Apsis seines eigenen Schädels stand. Und es gab noch andere Stimmen in dieser gewaltigen Kuppel aus gewölbtem Knochenmaterial, Stimmen, die nachhallten wie verklingender Donner und ihm befahlen, zu verschwinden, fortzulaufen, solange noch Zeit war und ehe das große Schwein mit dem Rasiermesser kam, um sich an ihm zu rächen. Timothy Bright gehorchte seiner eigenen inneren Stimme und lief. Mit großen Augen und ohne etwas zu sehen lief er an Henry vorbei in den Garten zu seiner Suzuki, und kurz darauf hatte dieses zauberhafte Gefährt nach einem letzten Kiesaufspritzen Pud End verlassen und jagte über die Landstraße auf das zu, was auch immer sein Ziel sein mochte, bloß weg von dem rasiermesserbewehrten Schwein. Hinter Timothy blieben Henry und sein Onkel auf dem Krocketrasen zurück und starrten ihm entgeistert nach.

»Grundgütiger«, sagte Victor, als der Motorradlärm verklungen war. »Hab ich mir das nur eingebildet, oder war er wirklich von einer Art Aura umgeben?«

»Ich hab keine Aura gesehen«, sagte Henry. »Aber ich weiß, was du meinst. Außerdem fährt er ohne Licht.«

»Mit unglaublicher Geschwindigkeit«, ergänzte Victor, bemüht, die allmählich in seinem Hirn keimende Hoffnung zu unterdrücken. Dann sahen beide zum Vollmond auf.

»Gut möglich, daß der sein Verhalten zum Teil erklärt«, sagte Victor. »Woraus um Himmels willen besteht dieses Zeugs?«

»Bloß aus irgendeiner Kröte«, antwortete Henry. »Und ich hab keine Ahnung, ob jemand Genaues weiß. Vermutlich kennen Nervengasexperten die präzisen Inhaltsstoffe, aber die Zusammensetzung verändert sich vermutlich von Kröte zu Kröte. Ich muß wohl meinen Freund, den Biochemiker, fragen.«

»Tja, ich schätze, wir sollten uns einen Drink genehmigen«, sagte Victor. »Entweder um zu feiern oder um zu trauern oder beides. Welch eine Erleichterung, ihn aus dem Haus zu haben.«

Sie gingen hinein und stellten den Fernseher ab.

»Mein Gewissen macht mir ein wenig...«, setzte Henry an, aber sein Onkel unterbrach ihn.

»Mein lieber Junge, der verdammte Narr hat sich von etwas genommen, was ihm nicht gehörte, und damit basta. Zweifellos wird er in zwei Stunden wieder auftauchen und sich dann als genauso unangenehm wie zuvor erweisen.«

Doch das tat Timothy nicht. Mit rasender Geschwindigkeit war er auf der Autobahn schon weit Richtung Norden vorgedrungen und mißachtete die Straßenverkehrsregeln, als existierten sie gar nicht, was sie in den noch vorhandenen Resten von Timothys Verstand auch nicht taten. An ihre Stelle war ein Gefühl für das Mögliche getreten, das jeder Erfahrung Hohn lachte. Timothy war sich nicht einmal bewußt, daß er sich auf einer Autobahn befand. Selbst das minimale Denkvermögen, über das er einmal verfügt hatte, war ihm abhanden gekommen. Bei eingeschaltetem Autopiloten aber war er in der Lage, ein ungeheuer schnelles Motorrad zu lenken, ohne auch nur im mindesten zu wissen, was er tat. Kurz gesagt, während der »Krötenstoff« durch seinen Blutkreislauf zirkulierte und mit seinen Synapsen unglaubliche Dinge anstellte, war Timothy Bright auf die Stufe eines hirnlosen, in grauer Vorzeit lebenden Urmenschen regrediert, hatte aber die mechanischen Fähigkeiten eines modernen, biersaufenden Rowdys beibehalten. Man hätte nicht sagen können, daß er völlig den Verstand verloren hatte, eine Einschätzung, zu der zwei Verkehrspolizisten gelangten, als die Suzuki mit 274 km/h auf ihrem Radar auftauchte und sie beschlossen, ihn nicht zu verfolgen, weil sie sonst nur mit einer grausigen Einsammelaktion befaßt gewesen wären, bei der sie Unmengen von Leichensäcken benötigt hätten.

Wie wahrscheinlich so ein Ende war, kam Timothy Bright nicht in den Sinn. Er befand sich im Mittelpunkt einer gigantischen Disko, wo Flammen und Schatten um ihn herumtanzten und sich Schreckensgestalten zu komplizierten Lichtmustern wanden und drehten, die Geräusche und Notenmuster waren, aus denen wiederum Farben und endlos lange Lichterketten wurden, ehe sie sich von den Katzenaugen in der Straße lösten und in die Gesichter von Mr. Markinkus und Mr. B. Smith verwandelten.

Hätte die Suzuki noch viel schneller fahren können, hätte Timothy in diesem Augenblick dafür gesorgt, daß sie es tat. Er befand sich nun in den Klauen einer aberwitzigen panischen Angst, die nur einen beinahe unerträglichen Höhepunkt erreichte, um von einer anderen abgelöst zu werden. Unter ihm rauschten die Kilometer unbemerkt dahin. Den auf ihn zuschwimmenden Rücklichtern von Personen- und Lastwagen wich er wie den Bildern in einem Videospiel aus, und zwar mit, so schien es den anderen Fahrern, beängstigender Leichtigkeit. Gegen zehn Uhr hatte Timothy die Autobahn verlassen und fuhr auf Nebenstraßen durch ein leicht gewelltes Hochland mit seinen Städtchen und Dörfern, bewaldeten Tälern und munteren Flüßchen. Hier verlangsamte er auf Anweisung seines Autopiloten vor Kurven, bremste, wenn nötig, und rollte hügelaufwärts und in Moorgegenden, wo wundersamerweise Schafe kurz vor oder kurz hinter ihm die Straße überquerten und es kaum Anzeichen menschlicher Besiedlung gab. Irgendwo vor ihm befand sich ein Schutz vor den Dämonen in seinem Schädel, und irgendwo vor ihm lag ein paradiesisches Land unendlicher Glückseligkeit. Zwar änderten sich die Bilder fortwährend, doch in unterschiedlicher Form trieb ihn auf seiner Fahrt der immer gleiche Fluchtbefehl voran. Weiter und immer weiter drang er in eine ihm bislang völlig unbekannte Welt vor, die er auch nie würde wiederfinden können. Und die ganze Zeit über war sich Timothy Bright seiner Handlungen und seiner Umgebung nicht bewußt. Seine Hand am Gashebel drehte sich mal in diese, mal in jene Richtung, verringerte die Geschwindigkeit in den Kurven und beschleunigte auf den Geraden. Er wußte davon nichts. Für ihn beherrschten seine inneren Erlebnisse das Sein. Irgendwann im Verlauf dieser Nacht taten sich sein Körpergefühl und die Bilder in seinem Hirn zusammen, so daß er der festen Meinung war, er stehe in Flammen und müsse sich seiner Haut entledigen, um nicht zu verbrennen. Er hielt das Motorrad in einer bewaldeten Gegend an einem Bach an, riß sich die Kleidung vom Leib und schleuderte sie die Böschung hinab, bevor er wieder auf die Suzuki stieg und splitterfasernackt in eine unendliche Landschaft fuhr. Nach weiteren fünfzehn Kilometern kam er an die Stelle, wo die Six Lanes End in die nach Norden führende Parson's Road mündete. Timothy Bright brauste über die Kreuzung und auf eine den »Twixt & Tween«-Wasserwerken gehörende Privatstraße. Ungeachtet ihrer holprigen Oberfläche jagte er die Suzuki voran. Kurz klapperten Rindergitterroste unter ihm, und schon befand er sich auf der Hochebene Scabside Fell, wo er zwischen Feldsteinmauern und offenem Grasland dahinfuhr. Vor ihm hielt ein großer steinerner Damm das Wasser des Stausees zurück. Und hier an dieser Stelle endete die nächtliche Fahrt. Gerade als er beschleunigte und auf das zusteuerte, was für ihn wie der Himmel so blau, so blau aussah, registrierte ein älteres Schaf, das auf der warmen Straße geschlafen hatte, verschwommen irgendeine Gefahr und rappelte sich auf. Für Timothy Bright war es lediglich ein Wölkchen. Gleich darauf stieg das Schaf in die Luft und wurde mitsamt dem Motorrad über die tiefste Stelle des Stausees geschleudert. In eine andere Richtung flog Timothy Bright, der seine Umgebung immer noch nicht wahrnahm, durch die Luft und landete auf dem gegenüberliegenden Ufer in einem Wäldchen aus jungen Fichten. Während er schlaff tiefer sackte und auf einem Polster aus Fichtennadeln landete, kannte er keine Furcht. Eine Zeitlang blieb er in der Dunkelheit liegen, bis die Überzeugung, Schweinehack habe angefangen, ihn auf die Füße und aus dem Wäldchen trieb. Jetzt war er ein Vogel oder wäre einer gewesen, wenn ihm nicht ständig der Erdboden in die Quere gekommen wäre. Dreimal fiel er auf den Asphalt und trug zusätzliche Blessuren davon. Und einmal blieb er mit dem Fuß in den Eisenstäben eines Gitters stecken, das er für eine riesige Venusmuschel hielt. Doch mittlerweile ließ die von dem »Krötenstoff« hervorgerufene völlige Bewußtseinsspaltung nach. Nachdem er sich der gräßlichen Umklammerung der Muschel entzogen hatte, wurde ihm merkwürdig kalt.

Er mußte nach Hause, allerdings fehlte dem Zuhause, wohin er mußte, eine klar umrissene Identität. Zuhause war einfach, wo ein Haus war, und vor ihm zeichnete sich die Silhouette eines Gebäudes ab. In der Halbwelt zwischen mentaler Erregung und eingeschränkter Wahrnehmung arbeitete er sich in diese Richtung vor und sah sich plötzlich mit einer massiven Steinmauer und einem eisernen Tor konfrontiert. Genau das hatte er gewollt. Er rüttelte an den Torflügeln; sie waren verschlossen. Auf der anderen Seite sah ihn möglicherweise etwas Dunkles an. Das war unwichtig. Nichts war wichtig, außer in ein warmes Bett zu kommen. Timothy Bright griff in die schmiedeeisernen Torflügel und begann zu klettern. Von oben wollte er fliegen.

Auf der anderen Seite wartete begierig ein großer Rottweiler. Von Welpenbeinen an war er aufs Töten abgerichtet und konnte es kaum mehr abwarten.

Oben angekommen, zögerte Timothy Bright einen Moment lang. Er war wieder ein Vogel, und diesmal wollte er unbedingt fliegen. Er ließ die Spitzen um ihn herum los und stand kurz da, die Arme weit ausgebreitet. Einen ganz kurzen Augenblick lang schwebte er durch die Luft. Als er nach unten stürzte, hatte der Rottweiler wie das Schaf auf dem Damm eine dumpfe Ahnung von Gefahr. Dann fielen aus gut drei Metern Höhe sechsundachtzig Kilo Yuppie auf ihn.

Als die Beine unter dem großen Hund einknickten und seine gesamte Atemluft sowie Teile des Abendessens aus seinen diversen Körperöffnungen entwichen, wußte er, daß er einen Fehler begangen hatte. Seine Kiefer schlugen aufeinander, die Zähne bohrten sich ineinander, und er rang verzweifelt nach Luft. In einem letzten Versuch, dem Erstickungstod zu entgehen, wollte er auf die Beine kommen. Doch die lagen ausgestreckt zu beiden Seiten des Körpers und rührten sich nicht. Erst als Timothy Bright seitlich wegrollte, konnte sich das Tier aufrappeln. Aber der Rottweiler war eine kaputte Kreatur. Er stieß einen jämmerlichen Pfeifton aus und schleppte sich um die Ecke des Hauses zu seinem Zwinger. Timothy blieb ein wenig länger auf dem kiesbedeckten Vorhof des Hauses liegen. Auch ihm hatte es die Luft aus der Lunge getrieben, wenn auch nicht so schlimm wie dem Rottweiler, doch der Drang, schlafen zu gehen, hatte sich noch verstärkt. Er rappelte sich schwankend auf und fand die Haustür, die unter einer Lampe vor ihm auftauchte. Sie öffnete sich, als er an dem Knauf drehte. Die Flurbeleuchtung brannte. Timothy näherte sich der dunklen Treppe und ging nach oben, unendlich müde. Vor ihm befand sich eine Tür. Er öffnete sie, trat ein und fand das Bett. Als er hineinkletterte, rührte sich jemand auf der anderen Seite, sagte: »Gott, stinkst du nach Hund«, und schlief weiter. Timothy Bright machte es genauso.

5

Im Konferenzspeiseraum des Underview Hotels in Tween saß der Polizeipräsident, Chief Constable Sir Arnold Gonders, einem festlichen Dinner zugunsten des Dezernats für Schwerverbrechen der Grafschaft Twixt und Tween vor. Nominell wurde das Dinner anläßlich der Pensionierung von Detective Inspector Holdell gegeben, der seit Einrichtung dieses Dezernats dabeigewesen war. Eigentlicher Anlaß dieser Feier jedoch war die Entscheidung des Generalstaatsanwalts in London, kein Verfahren gegen einundzwanzig Mitarbeiter des Dezernats einzuleiten, die Beweise gefälscht, Geständnisse erfunden, Bestechungsgelder angenommen, unberechtigt Gewalt ausgeübt und in großem Stil Meineide geleistet hatten, was mehrere Dutzend völlig unschuldige Personen bis zu achtzehn Jahren ins Gefängnis gebracht hatte, während ebenso viele schuldige Kriminelle in aller Ruhe zu Hause schliefen und von neuen gräßlichen Verbrechen träumten, die sie begehen konnten.

Über diesen Stand der Dinge war der Chief Constable besonders erfreut. Er hatte den Tag in London verbracht und sich privat mit dem Innenminister und dem Generalstaatsanwalt getroffen, um die Entscheidung zu erfahren. Wie er es gegenüber seinem Stellvertreter Harry Hodge formulierte: »Ich hab's ihnen auf den Kopf zugesagt: Die Moral der Truppe hat Priorität. ›Höchste Priorität‹, hab ich gesagt, ›und wenn Sie diese Moral unterminieren wollen, nur zu, zerren Sie meine Jungs vor Gericht. Dann quittiere ich aber den Dienst als Chief Constable, damit Sie's wissen.‹ Tja, sie haben's begriffen, soviel steht fest.«

Ganz so hatte es sich allerdings nicht abgespielt.

Die Entscheidung war zwei Wochen zuvor gefallen, und schon damals hatte der Generalstaatsanwalt seine überzeugendsten Argumente auffahren müssen, um dem Innenminister klarzumachen, daß ein Gerichtsverfahren nicht im öffentlichen Interesse sei. Er hatte das Problem beim Mittagessen im Carlton Club erläutert.

»Wenn man diese Kiste verfickter Würmer erst mal aufmacht«, sagte er, »kommt einem anschließend die Büchse der Pandora wie ein Geburtstagsgeschenk vor.«

Darauf hatte der Innenminister herumgekaut, genau wie auf seinem Stück Lammleber.

»Wissen Sie, so hab ich's zwar noch nie gesehen«, sagte er

schließlich und fuhr sich mit der Hand über seine fettigen Haare. »Aber vermutlich müssen sie's.«

»Müssen sie was?« fragte der Staatsanwalt.

»Ficken. Geht wohl gar nicht anders. Ist doch logisch.«

»Was ficken?« fragte der Generalstaatsanwalt, der allmählich glaubte, es ginge um seine eigene Vorliebe für Prostituierte. Doch sosehr er sich auch das Hirn zermarterte, ihm fiel keine ein, die Pandora hieß.

»Andere Würmer«, sagte der Innenminister. »Alle Würmer sind vom selben Geschlecht, oder ein Tier vereinigt beide Geschlechter. Das heißt vermutlich ›zwittrig‹.«

Der Generalstaatsanwalt versuchte, seine Gedanken zu ordnen. Er hatte kein Interesse an zwittrigen Würmern.

»Also, zurück zum Dezernat für Schwerverbrechen von Twixt 'n Tween«, sagte er. »Die Sache ist die: Wir haben da oben Sir Arnold Gonders, der zwar nicht unbedingt mein Fall ist, aber in der Staatskanzlei einen gewissen Einfluß besitzt. Sie hat ihn ernannt, und er hat bei ihr einen Stein im Brett.«

»Tatsächlich?« sagte der Innenminister und dachte im stillen, in dem Fall müsse Sir Arnold Gonders ja schwer korrupt sein. »Hat sich wohl beim Bergarbeiterstreik mächtig gegen diesen Drecksack Scargill reingehängt, was?«

»Und wie. Ist knüppelhart geblieben. Wollte gepanzerte Polizeipferde gegen Streikposten einsetzen und dergleichen. Auch Wasserwerfer mit irgendeiner gefärbten Säure. Kriegt seine Anweisungen offenbar von Gott, genau wie dieser andere Irre. Wenn Sie mich fragen, läßt das Gott verfickt abartig aussehen.«

Der Innenminister musterte ihn zweifelnd. Heutzutage konnte man bei Generalstaatsanwälten nie so ganz sicher sein.

»Sie haben's mit Ficken, stimmt's?« fragte er. »Schon mal dran gedacht, es zwittrig zu probieren?«

Der Generalstaatsanwalt lächelte gezwungen. Auch er hatte so seine Zweifel, was den Innenminister anging. Man munkelte, daß er sich gelegentlich Damenklamotten anzog.

Alles in allem war es ein recht unerfreuliches Essen gewesen, aber wenigstens hatte er den Minister dazu überreden können, daß man das Dezernat für Schwerverbrechen von T & T und den dazugehörigen Chief Constable aus vernünftigen parteipolitischen Gründen besser in Ruhe ließ. Bei letzteren handelte es sich um ein Bauunternehmen in Tweentagel, über das sich Sir Arnold bei ihren privaten Telefonaten ein wenig zu gut informiert gezeigt hatte. Dem Generalstaatsanwalt wäre nie in den Sinn gekommen, daß die familiären Geschäftsinteressen der ehemaligen Premierministerin so weit reichten. Nach Sir Arnolds angedeuteter Drohung war er froh, sich nicht auch noch in dieses Wespennest gesetzt zu haben. Kurz und gut, Sir Arnold Gonders wußte viel zuviel, als daß man sich mit ihm anlegen konnte.

Doch als der Chief Constable jetzt am Kopf der Tafel saß und auf seine Jungs runterschaute, zog er seine eigene, unkompliziertere Version der Ereignisse vor. Sie paßte besser zu dem Selbstbild, das er von sich hatte, das des gütigen Vaters seiner Männer, der freudig seine eigene Karriere opfern würde, damit sie weiter ihren Glauben an sich als Hüter des Gesetzes hochhalten konnten. Natürlich spielte auch Gott eine Rolle. Nie im Leben hätte Sir Arnold etwas erreicht, wenn Gott nicht immer an seiner Seite gewesen wäre. Na ja, zumindest fast immer.

Wie er es einmal seinem Stellvertreter gegenüber formuliert hatte: »Sie sollten sich mit Religion befassen, Harry, glauben Sie mir. Um Klassen besser als die Rotarier. Es vermittelt einem wirklich Sinn, Sie verstehen schon. Hat man Gott an seiner Seite, weiß man, daß man recht hat. Seit ich an Gott glaube, hat sich mein Golfhandicap um vier Schläge verbessert. Seit fast genauso vielen Jahren steh ich bei zweiundzwanzig, und plötzlich bin ich bei achtzehn. Das ist für mich Beweis genug.«

Auf alle Fälle war es ohne Zweifel eine rundum gelungene Feier. Der Champagner floß in Strömen, und der größte Drogendealer der Gegend hatte ein halbes Dutzend Kisten Cognac spendiert. Sie waren aus dem Keller eines bekannten Weinkenners geklaut worden und von garantiert guter Qualität. Sogar Kissogramm-Mädchen waren da, nackt bis auf die aufgemalten Sträflingsstreifen; sie waren vom Sohn der ehemaligen Premierministerin bezahlt worden und überbrachten die Grußbotschaft: »Auf den guten alten Bill. Macht weiter so, Jungs, und zeigt ihnen, wo der Hammer hängt.« Das kam sehr gut an, obwohl Sir Arnold – der den Abend mit Gin Tonics begonnen und mit Whisky fortgeführt hatte, dann von einigen Constables dazu animiert worden war, ein paar große Newcastle Ale mit ihnen zu leeren, bevor er sich über den Champagner zu einem besonders gemeinen Côte de Provence und schließlich dem Cognac vorgearbeitet hatte – so seine Zweifel kamen, ob es eine gute Idee war, wenn nackte, mit Streifen bemalte Frauen durch die Gegend stolzierten und mit ihren Mösen wackelten.

»In meiner Jugend hätte ich das nicht gemacht«, sagte er zu Hodge. »Aber es ist ja bloß Spaß und trägt zur Hebung der Moral bei.«

»Schätze, daß auch andere Sachen gehoben werden«, sagte sein Stellvertreter, was der Chief Constable geflissentlich überhörte. Er überlegte, ob ihm danach war, sein Ding in Glenda zu stecken oder nicht. Wohl eher nicht. Mittlerweile hatte Chief

Inspector Rascombe zu einer Rede angesetzt. Sir Arnold zündete noch eine Montecristo No. 1 an und lehnte sich zufrieden zurück, um zu lauschen.

»Von einem guten Detective wie Rascombe kann man nicht erwarten, daß er auch noch ein verdammter Redner ist«, hatte er vor dem Dinner zu Hodge gesagt, und Rascombe bewies, wie recht er damit hatte. Erst gegen Ende der ihm zugestandenen zehn Minuten bekam die Rede richtig Feuer. Vorher hatte sich der Inspector auf die hervorragende Arbeit konzentriert, die das Dezernat und insbesondere der scheidende Detective Inspector Holdell geleistet, sowie die Verbrechen, die sie »aufgeklärt« hatten. Doch dann war er in die Offensive gegangen und hatte erstaunlich eloquent von der beispiellosen Schmutzkampagne gesprochen, die die Medien gegen die großartigste Gruppe Menschen eingeleitet haben, mit der es ihm je vergönnt gewesen sei, für die Verteidigung von Recht und Gesetz zusammenzuarbeiten.

»Die Öffentlichkeit muß begreifen«, so lauteten seine Schlußworte, »und die beschissenen Weltverbesserer müssen endlich verdammt noch mal einsehen, daß wir das Gesetz sind (Beifall) und eine verschworene Gemeinschaft erster Ordnung, und wenn ihnen das nicht paßt, können sie uns mal im Dunkeln begegnen oder sich in die Büsche schlagen!« Der dieser Analyse der polizeilichen Rolle in der Gesellschaft geltende Beifall begeisterte den Chief Constable dermaßen, daß er sich noch einen Cognac genehmigte und als ein wahrhaft glücklicher Mann aufstand. In seiner eigenen Rede pries er Holdell für dessen Hingabe, mit der er Tween zu einer sicheren Stadt gemacht habe, was, da sie unter den Provinzstädten landesweit in puncto Gewaltverbrechen an zweiter Stelle rangierte, ein nüchternes und unvoreingenommenes Publikum wohl kaum beruhigt hätte. Einer der jüngeren Kellner bekam sogar einen Hustenanfall. Doch der Chief Constable redete weiter und immer weiter und schloß mit einer Mahnung an »alle anwesenden Beamten, daß unser Inselstaat kurz vor einer neuen und furchtbaren Invasion steht, die diesmal vom international organisierten Verbrechen ausgeht. Die Kriminellen – und wir alle wissen, wer sie sind – versuchen bereits, unsere großartigen Traditionen der Gerechtigkeit und des Fair play zu unterwandern, indem sie nämlich die Grundlagen der Moral untergraben, die, wie wir alle wissen, im Familienleben wurzeln. Die sogenannten Alleinerziehenden – ein selten unsinniger Begriff, denn zur Erziehung eines Kindes gehören immer zwei, Mutter und Vater –, also diese gewissermaßen eingeschlechtliche Familie ist ein Krebsgeschwür an allem, was wir Briten verkörpern. Ich jedenfalls kann euch versichern, ich lasse nicht zu, daß Frauen mit kurzen Haaren und Männer mit Ihr-wißt-schon-Was und diese Affen von sonstwo (dabei schaute er sich mit gespielter Vorsicht im Speisesaal um) mit den großen Schwengeln ihre Nasen in die Art und Weise stecken, wie wir in diesem Land immer alles geregelt haben.« Er schloß mit seinem gewohnten Gebet an den »Allmächtigen Gott, Vater unser, stehe uns bei in unserem Kampf gegen die Mächte des Bösen und jene, die unreinen Herzens sind, die fortgesetzt versuchen, das Dezernat daran zu hindern, überall Deinen Willen zu tun. Amen«.

Er setzte sich bei dem erwarteten rauschenden Beifall hin und betrachtete die Kissogramm-Mädchen wohlwollender. Sehr wohlwollend sogar. O ja, es war gut für die Moral, auf so einer Party richtig sexy Mädchen zu haben. Man hatte die Tische weggeschoben und eine Fläche freigeräumt; es sollte offenbar getanzt werden. Na, da sollten mal die Jüngeren ran, der Chief Constable jedenfalls hatte Besseres zu tun. Vor allem wollte er die restliche Nacht mit Glenda verbringen und sich von ihr einiges beibringen lassen. Das war einer der Vorteile seines Alten Bootshauses oben am Stausee, in dem sich seine Frau so gern aufhielt. So konnte er sich hier in der Stadt mit Glenda treffen. Er hatte das Bootshaus extrem günstig erworben, als die »Twixt & Tween«-Wasserwerke privatisiert wurden, und für die Renovierung und Modernisierung des Hauses einen Haufen Geld ausgegeben. Damals hatte er es als hübsche kleine Fluchtburg gesehen, doch jetzt, nachdem Lady Vy das Haus zu ihrem Eigentum erklärt hatte, hielt er sich möglichst selten dort auf. Und an diesem Wochenende gab es für ihn einen besonderen Grund, nicht dort aufzukreuzen. Vy war in Harrowgate gewesen, um ihr sogenanntes Tantchen Bea abzuholen, und mittlerweile würden die beiden im Bootshaus sein und Gott weiß was treiben. Nicht daß es ihm noch irgendwas ausmachte. Glenda war ein nettes Mädchen und wußte, wie man einem Mann das gab, was ihm gefiel. Genau, er würde in ihre Wohnung gehen und ... Als er sich gerade gedanklich mit dieser angenehmen Aussicht beschäftigte, kam Sergeant Filder vorbei und beugte sich zu ihm herab.

»Draußen ist leider dieser Bob Lazlett vom ›Echo‹ und verlangt eine Stellungnahme, Sir«, sagte er.

»Verdammt, um diese nachtschlafende Zeit? Was für 'ne Stellungnahme?«

»Er sagt, er hat gehört, daß die Anklage fallengelassen wurde, und ...«

Wütend drückte der Chief Constable die Zigarre in den Resten eines Camemberts aus.

»Verdammt, wo hat er das gehört? Ich habe keine Verlautbarung abgegeben, und in London hieß es, sie gäben Montag eine ab, damit es nicht mehr in den Sonntagszeitungen erscheint.«

»Davon weiß ich nichts, Sir, aber draußen lungert ein ganzes Rudel von diesen Ärschen rum, einschließlich Channel 4 und der BBC. Ich hab ihnen gesagt, das Dinner findet bloß wegen Inspector Holdells Verabschiedung statt, aber das haben sie mir nicht abgekauft.«

Sir Arnold Gonders schob seinen Stuhl nach hinten und erhob sich, fuchsteufelswild. »Harry«, brüllte er seinen Stellvertreter an, »stecken Sie diese verfluchten Weiber schnell in ihre Klamotten und sorgen Sie dafür, daß die Jungs nicht über die Stränge schlagen. Nein, noch besser, überlassen Sie das alles Rascombe. Wir beide ziehen hier Leine, und zwar schnell. Ich laß mich an diesem Wochenende nicht von den Scheißmedienheinis fotografieren. Sollen die Dummbeutel doch verrotten. Wir nehmen den Hinterausgang.« Er ging ins Foyer hinaus, während sich der Stellvertretende Chief Constable eindringlich mit dem Chief Inspector unterhielt. Ein kurzer Blick über die Galerie auf den Eingangsbereich unten zeigte Sir Arnold, daß die Lage weit schlimmer war als vermutet. Die Journalisten waren überall, und lediglich die Anwesenheit etlicher Polizisten in Uniform verhinderte, daß der Mob die Treppe hinaufströmte. Sir Arnold ging zurück in den Speisesaal.

»Wo ist der Hintereingang?« wollte er von Sergeant Filder wissen.

»Hinten lungern auch welche von denen herum«, teilte ihm der Sergeant mit. Sir Arnold genehmigte sich noch einen großen Cognac und reichte die Flasche an Hodge weiter. Er war müde, und er wäre erledigt, wenn er sich in diesem Zustand einer Horde sensationslüsterner Reporter stellte. Daß er breit war, wäre für die Drecksäcke ein gefundenes Fressen.

»Also, Filder, gehen Sie zur Geschäftsleitung und sehen Sie zu, daß Sie Hodge und mir Zimmer für die Nacht beschaffen«, sagte er. »Sollen diese Scheißkerle doch acht oder mehr Stunden auf der Straße verbringen. Offiziell jedenfalls waren Hodge und ich heute nacht nicht hier.«

»Ich bin mir nicht sicher, ob das so eine gute Idee ist, Sir«, sagte Hodge zu ihm. »Soviel ich weiß, haben sie einen der Kellner bestochen, und der hat ihnen von den Kissogramm-Mäusen erzählt.«

Sir Arnold glotzte trübe in eine Publicityhölle, die beinahe so schlimm war wie die einiger Opfer des Dezernats. Er wußte nur zu gut, was die Medien dem Ruf eines Menschen antun konnten. Er selbst hatte sie oft genug benutzt. Sir Arnold kippte seinen Cognac runter.

»Wir müssen das Dementi logistisch vorbereiten«, sagte er und rief Rascombe zu sich. »Wir waren heute nacht nicht hier, klar? Hodge und ich waren nicht hier. Sie haben diese Sache hier für Holdell organisiert, und Ihres Wissens bin ich immer noch in London. Klar weiß ich, daß die wissen, daß wir hier sind. Aber wenn wir alle die Klappe halten, können sie's nicht beweisen. Stimmt's?«

»Stimmt«, sagte Rascombe, der die Prozedur kannte.

»Keine Interviews. Keine Stellungnahmen. Kein gar nix. Totale Nachrichtensperre. Hodge und ich waren nicht hier, und wenn der verfluchte Hotelmanager seine Alkohollizenz behalten will, hält er sich besser an unsere Variante. Sorgen Sie dafür, daß er weiß, wo seine Interessen liegen. Also dann, Filder, fordern Sie ein Zivilfahrzeug an und lassen Sie's in der Blight Street warten.«

»Ich kann Sie in meinem Wagen mitnehmen«, bot der Sergeant an. »Er steht hinten im Parkhochhaus.«

Der Stellvertretende Chief Constable wirkte verängstigt.

»Aber wie kommen wir aus dem Hotel raus?« fragte er.

»Tja, man könnte immer noch ein kleines Ablenkungsmanöver inszenieren«, schlug der Inspector vor. »Ein paar kaputte Kameras, und diese Arschgeige Bob Lazlett kriegt ein paar Zähne ausgeschlagen. Kann nichts schaden.«

»Wär eine verdammte Katastrophe«, widersprach Sir Arnold. »Am liebsten wär mir, wenn sich dieser kleine Kacker den Hals bräche, aber den Gefallen können wir ihm nicht tun. Jedenfalls nicht heute nacht. Irgendeine dunkle Gasse und keine Zeugen wären was anderes.«

Dank eifriger Unterstützung des Geschäftsführers fuhr zwanzig Minuten später ein großer Lkw vor den Lieferanteneingang, die Ladeklappe ging runter, und die Förderbänder entluden die Morgenvorräte des Hotels. Als das beendet war, huschten Sir Arnold und Harry Hodge, in weiße Laborkittel gekleidet, über die Ladeklappe und verschwanden.

»Was für ein Scheißchaos«, nuschelte der Chief Constable betrunken. Die Cognacflasche war leer. »Will verflucht sein, wenn ich jetzt nach Hause fahre. Diese Dreckskerle belagern garantiert das Haus.«

»Sie können jederzeit mit zu mir kommen«, bot Hodge an. Doch Sir Arnold war nicht in Stimmung, der bissigen Mrs. Hodge unter die Augen zu treten, bloß das nicht. Und Glenda kam jetzt schon gar nicht mehr in Frage. Wenn die auch nur einen Hauch von seiner Fahne mitbekäme, wär die Kacke hoch zehn am dampfen.

»Ich lass mich von Filder zum Bootshaus rauffahren. Wenn diese Dreckskerle da raufkommen, hetz ich den Hund auf sie.«

Es war kurz vor drei, als der Chief Constable endlich aus

dem Lieferwagen stieg, sich erschöpft in den Polizei-Rover fallen ließ und zum Scabside-Stausee aufbrach.

6

Es hatte angefangen zu regnen, und der Mond war verschwunden, als Sir Arnold Gonders am Alten Bootshaus aus dem Polizeiwagen wankte. Er war erschöpft, besoffen und mißgelaunt.

»Ist alles in Ordnung, Sir?« erkundigte sich der Sergeant, als der Chief Constable vor dem schmiedeeisernen Tor stand und endlich seine Schlüssel fand.

»Das wär's, wenn diese Scheißreporter nicht den verfluchten Abend verdorben hätten«, blaffte er und öffnete das Tor.

»Jawohl, Sir, die Medien sind eine verdammte Bedrohung«, sagte der Sergeant und fuhr über den Damm zur Hauptstraße bei Six Lanes End. Hinter ihm wunderte sich der Chief Constable, nachdem er das Tor wieder verschlossen hatte, warum Genscher, sein Rottweiler, der offenbar humpelte, so asthmatisch keuchte.

»Wir dürfen doch ihre Ladyschaft nicht wecken, stimmt's, alter Kumpel?« sagte Sir Arnold heiser und ging zur Haustür. Nachdem er mit dem Schlüssel herumhantiert hatte, stellte er erzürnt fest, daß er ihn nicht brauchte. Wieder diese verdammte Vy. Andauernd ließ sie die Bude offenstehen. Dabei hatte er sie wiederholt vor Einbrechern gewarnt.

»Wie reizend, und das ausgerechnet von dir, Liebling«, hatte sie entgegnet. »Der große Beschützer persönlich, der immer erzählt, wie er die Welt für Otto Normalverbraucher sicherer machen will. Dabei würde mit Genscher im Garten bloß ein Verrückter auch nur davon träumen, hier reinzukommen. Werd erwachsen.« Ein typisches Beispiel dafür, wie diese Frau immer mit ihm umsprang.

Jedenfalls würde er nicht das Risiko eingehen, sie jetzt zu wecken. Nicht daß es einfach gewesen wäre, bei den vielen Tabletten, die sie nahm, und dem Alkohol. Sir Arnold stand im Hausflur, tastete nach dem Lichtschalter und stieß auf frischen Putz. Offenbar hatte Vy den Schalter versetzen lassen. Ständig ließ sie Bauarbeiter und Klempner kommen und andauernd alles verändern. Nicht daß er Licht brauchte. Bloß Vy nicht wecken. Um ganz sicherzugehen, zog er sich die Schuhe aus und taperte so leise wie möglich die Treppe rauf; da hörte er das Schnarchen. Er hatte sich zwar durchaus schon über ihr Schnarchen beschwert, aber dies hier war etwas ganz anderes. Hörte sich an, als furzte sie in ein Schlammbad. Eins stand fest: Er würde nicht im selben Bett mit diesem Schweinelärm schlafen. Dann lieber im Gästezimmer. Er ging zum Pinkeln ins Bad, fand aber die Lampenkordel nicht. Die verdammten Bauarbeiter hatten sie nicht wieder da aufgehängt, wo sie hingehörte. Sir Arnold zog sich im Dunkeln aus, stieg dann auf den oberen Treppenabsatz und wollte gerade das Gästezimmer betreten, als ihm einfiel, daß dort wahrscheinlich Tante Bea lag. Zu dieser ekligen alten Schachtel ins Bett zu steigen wollte er nicht riskieren. Auf gar keinen Fall. Er tastete sich durch den Flur zurück, wobei er unausgesetzt seine Frau verfluchte. Typisch für sie, einfach die Lichtschalter versetzen zu lassen. Wollte immer alles anders haben. Vor der Schlafzimmertür zögerte er erneut. Lieber Gott, was für ein grauenhaftes Geräusch. Dann kam ihm der Gedanke, daß etwas wirklich Schlimmes passiert sein könnte. Vielleicht hatte Vy eine Überdosis von diesen verdammten Pillen geschluckt, die ihr der Arzt gegen Depressionen verschrieben hatte. Womöglich hyperventilierte sie. Zweifellos aber tat sie irgendwas Ungewöhnliches. Und war Schnarchen nicht gefährlich? Das hatte er kürzlich gelesen. Einen Augenblick lang regte sich im Kopf des Chief Constable eine finstere Hoffnung. Er war versucht, sie weiterschnarchen zu lassen. In der Zwischenzeit nahm er besser ein Vitamin C und eine halbe Tablette Disprin. Sir Arnold tastete sich ins Bad zurück und fand das Redoxon. Jedenfalls glaubte er das. Kurz darauf wußte er, daß er sich getäuscht hatte. Die Scheißdinger waren die Gebißreiniger von der verdammten Tante Bea. Im Dunkeln spuckte Sir Arnold verzweifelt ins Handwaschbekken, während ihm wahnwitzige Gedanken über seine Frau und deren vermaledeite Verwandtschaft durch den Kopf schossen. Und dann besaß sie auch noch die Frechheit, ihn für ihre nervlichen Probleme verantwortlich zu machen. Die rührten daher, behauptete sie, daß sie mit einem Mann verheiratet war, der so eine enge Beziehung zu Gott und den zahlreichen gräßlichen Verbrechern hatte, mit denen er zusammenarbeitete. Welche Verbrecher sie meinte, hatte sie nicht näher ausgeführt, er war sich aber immer bewußt gewesen, daß sie und ihre Familie der Ansicht waren, sie habe unter ihrem Stand geheiratet, was jedoch ohnehin unvermeidlich war, es sei denn, sie hätte ein führendes Mitglied der königlichen Familie abbekommen. Die Gillmott-Gwyres waren entsetzliche Snobs. Andererseits war ihr auch seine Beziehung zu Gott alles andere als recht, und wenn sogar der Allmächtige gesellschaftlich nicht zu den gehobeneren Schichten zählte, wüßte Sir Arnold gern, wer dann. Leider hatten Lady Vys Nerven sehr darunter gelitten, daß irgendein Witzbold aus der Funkreparaturabteilung ihr Autotelefon zweimal so programmiert hatte, daß es sie mit höchst zweifelhaften Etablissements unten am Hafen verband. Als Vy das Telefon wieder benutzte, hatte sie den Knilch drangehabt, dem der Heilige Tempel des Göttlichen Seins gehörte, oder gelegentlich auch, in ihrem Fall bei der zweiten Gelegenheit, Das Himmlische Tor zum Paradies. Lady Vy, die eigentlich versucht hatte, ihre Schwester zu erreichen, die angeblich noch am Leben war, hatte zu ihrem Entsetzen deutliche Indizien dafür erhalten, daß ihr Mann tatsächlich mit Gott telefonierte, bei dem es sich noch dazu eindeutig um einen Asiaten handelte, der ganz erpicht darauf war, ihr »sämtliche sexuellen Hilfsmittel, Kräuter oder vibrierenden Gerätschaften anzubieten, die Ihnen himmlische Befriedigung garantieren. Bei Nichtgefallen Geld zurück. Massage und manuelle Hilfe ebenfalls erhältlich.« Ihre Reaktion auf diesen ersten Anruf bestand darin, daß sie ihren Jaguar und zwei andere Autos abschrieb, als sie die Autobahnauffahrt zur M-85 runterfuhr. Drei Wochen später, bei dem zweiten Vorfall, erzählte sie Gott – oder wer auch immer am Himmlischen Tor zum Paradies das Sagen hatte, und wenn es der Erzengel Gabriel persönlich war –, er solle sich zum Teufel scheren, »du Arschgesicht«. Das hatte zur Folge, daß sie schreckliche Gewissensbisse bekam, bevor ihr auch nur ansatzweise klarwurde, daß sie womöglich tatsächlich mit Gott gesprochen hatte.

»Du redest andauernd mit dem verflixten Mann«, hatte sie Sir Arnold hysterisch angebrüllt. »Und was weiß ich denn, vielleicht sogar ... Aber warum ich? Warum von allen elenden Sündern ausgerechnet auf mir rumhacken?«

Das alles war ganz grauenhaft gewesen, aber glücklicherweise hatte Sir Arnold genau gewußt, mit wem sie gesprochen hatte – Glenda benutzte einige Hilfsmittel des Dreckskerls –, und er hatte dem Schwein klargemacht, daß er ihn für lange

Zeit geschäftlich und persönlich aus dem Verkehr ziehen würde, falls er je wieder Gott spielte. Lady Vy hatte das nicht geholfen. Sie war seither nicht mehr dieselbe und hatte ihm mit Scheidung gedroht, falls er in ihrer Gegenwart je wieder »Gott ist Liebe« sagte. Sir Arnold hatte dem verfluchten Inder die Schuld gegeben, und seine Frau hatte sich selbst die Schuld gegeben, weil sie einen Polizisten geheiratet hatte. Schließlich hatte ihr Arzt sie überredet, einen Psychiater zu konsultieren, der ihr mitgeteilt hatte, sie leide unter – bei Frauen ihres Alters und mangelnder sexueller Befriedigung – ganz natürlichen Beschwerden. Dieser Diagnose hatte der Chief Constable – der in der Hoffnung, daß sie zugeben würde, Ehebruch begangen zu haben, die Praxis des Psychiaters abhören ließ – erst einmal zugestimmt. Die Frau war offensichtlich depressiv, ihr fehlte es an sexueller Befriedigung, und er hatte sich manchmal gefragt, zu welchen Ergebnissen man wohl gelangt wäre, hätte man sie einem dieser Tests unterzogen, die man an Kugelstoßerinnen bei Olympischen Spielen ausprobierte. Der nächste Vorschlag des Psychiaters, sie müsse mindestens zweimal die Woche auf ihren ehelichen Rechten bestehen, gefolgt von Vys heiserem Gelächter und ihrem Einwand, er kriege ja nicht mal einmal im Jahr eine Erektion, geschweige denn zweimal die Woche, gefiel ihm schon viel weniger. Er hatte die verdammte Frau schon immer eher wegen ihrer gesellschaftlichen Kontakte attraktiv gefunden als wegen etwas, das auch nur entfernt sexueller Anziehungskraft glich. Ja, schon bevor ihm der Herr seinen sündigen Lebenswandel aufgezeigt hatte, waren für ihn schlanke und mädchenhafte Figuren wie die von Glenda viel anziehender gewesen als Vys muskulöser und disproportionierter Oberkörper. Und doch, angetrieben von ihrem diabolischen Gelächter und massiven Dosen Vitamin E, hatte er sich mächtig ins Zeug gelegt, um ihre ehelichen Bedürfnisse zu befriedigen. Glücklicherweise sorgten die Antidepressiva im Verein mit Vys allabendlichem Quantum Gin dafür, daß sie zu benebelt war, um auf Sex zu bestehen oder auch nur zu wissen, wann sie keinen hatte. Dennoch wollte Sir Arnold sie nicht völlig verlieren – durch ihren Vater, Sir Edward Gillmott-Gwyre, übte sie Einfluß aus, und sie brachte ihrem Mann die gesellschaftliche Anerkennung ein, auf die er sonst verzichten müßte.

Doch dem grauenhaften Schnarchen nach zu urteilen steckte sie jetzt in ernsthaften Schwierigkeiten. Er stieß sich von der Badezimmerwand ab, wankte erneut durch den Flur und hatte schon die Schlafzimmertür geöffnet, als ihm ein anderer beunruhigender Gedanke kam. Noch nie hatte er gehört, daß sie einen solchen Lärm machte. Und natürlich hatte sie vermutet, er würde – wie nach einer schweren Nacht üblich – in Tween bleiben. Vielleicht schlief dieses grauenvolle Mannweib namens Tante Bea in seinem Bett. Falls ja, stand der alten Schlampe eine böse Überraschung bevor. Auch wenn er seine Frau nicht mochte, er wollte verdammt sein, wenn er sich in seinem eigenen Schlafzimmer von einer Lesbe vertreten ließ. Der Chief Constable schlich ganz vorsichtig mit ausgestreckten Händen auf das Bett zu, und als er in Richtung Geschnarche herumtastete, berührten seine Finger Haare. Sir Arnold Gonders blieb im Dunkeln abrupt und stocksteif stehen. Das waren nicht Vys Haare – ihre Locken waren für ihn unverwechselbar –, und Beas waren es auch nicht, sie hatte kurze, glatte Haare. Er hatte soeben langen, fettigen Kopfbewuchs gefühlt, das waren Männerhaare und, wenn er's recht bedachte, war das ein Männerschnarchen. Das war unverwechselbar. Und noch etwas anderes war unverwechselbar. Der

Geruch. Jetzt wußte er, warum Genscher humpelte und keuchte. Er wußte auch, daß er es mit einem äußerst gefährlichen Einbrecher zu tun hatte.

Sein Leben lang hatte er gewußt, daß so etwas geschehen würde, falls Vy die verfluchte Tür nicht abschloß ... besoffen und erschöpft wie er war, dachte er alles andere als klar. Durch das verwirrte Hirn des Chief Constables huschte der Gedanke, das Haus sei von der IRA eingenommen worden. Er mußte an seine Waffe in der Nachttischschublade rankommen, an die Waffe und an den Alarmknopf. Mit größter Vorsicht ertastete er den Nachttisch und zog langsam die Schublade auf. Das verdammte Ding klemmte. Er zog fester, und laut quietschend kam es ein Stück weit heraus. Im nächsten Augenblick bewegte sich jemand auf dem Bett. Sir Arnold zögerte nicht länger. Wenn er nicht an die Knarre kam ... seine Hand tastete im Schubladeninneren herum, doch da war weder eine Waffe noch ein Alarmknopf. Er packte die hölzerne Nachttischlampe an ihrem Schirm und schwang den Lampenfuß in Richtung Schnarchen. Ein gräßliches dumpfes Wummern, die Glühbirne zersplitterte, der Stecker flog aus der Steckdose, und das Schnarchen brach ab. Während Sir Arnold im Dunkeln einen Schritt zurücktrat, um an den Hauptlichtschalter neben der Tür zu kommen, trat er in eine Glühbirnenscherbe, schnitt sich in den Fuß und fluchte. Als es ihm endlich gelang, das Licht anzudrehen, war ziemlich klar, daß die Lage weit entsetzlicher war, als sogar er vermutet hatte. Lady Vy war nämlich wach – ein reflexhaftes Zucken von Timothy Brights Bein hatte sie in einen lebensähnlichen Zustand versetzt – und hatte ohne ihre Kontaktlinsen Probleme, ihre Mitmenschen auseinanderzuhalten. Was sie für Sir Arnold hielt, lag aus einer schlimmen Kopfwunde blutend neben ihr im Bett, während ein nackter

Mann mit einer Art Prügel in der Hand in Türnähe stand und schrecklich fluchte. Lady Vys angeschickertes, anti-depressives Hirn war überzeugt, daß sie jeden Moment vergewaltigt und ermordet werden sollte. Sie grapschte, für eine Frau in ihrem Zustand erstaunlich flink, nach dem Revolver des Chief Constables, den sie in ihrer Nachttischschublade aufbewahrte. Er war ihr letztes Verteidigungsmittel, und sie war bereit, es auch zum Einsatz zu bringen. Ihr erster Schuß traf den Spiegel in dem rechts vom Mörder befindlichen viktorianischen Kleiderschrank. Beim zweiten versuchte Lady Vy sorgfältiger zu zielen, und dabei wurde ihr halbwegs bewußt, daß der Angreifer ihr mit irgendwie bekannter Stimme etwas zubrüllte.

»Verdammte Scheiße, leg die Scheißknarre hin ...«

Die zweite Kugel verfehlte ihn auf der anderen Seite, und nachdem sie durch die vordere Wand des Heißwasserboilers rein- und aus der hinteren Wand wieder rausgeflogen war, irrte sie noch ein wenig durchs Badezimmer. Ein dritter Schuß erwies sich als überflüssig. Sir Arnold war durch die Tür verschwunden und hatte sie hinter sich ins Schloß geworfen. Lady Vy griff nach dem Alarmknopf, mit dem jede Polizeistation im Umkreis von fünfzig Meilen darüber informiert wurde, daß Einbrecher das Wochenendhaus des Chief Constable betreten hatten.

Für Sir Arnold Gonders war die folgende halbe Stunde ein Vorgeschmack auf die Hölle. Als die Sirene auf dem Dach zu heulen anfing und im Garten installierte Halogenlampen das gesamte Gebäude taghell erleuchteten, während in einem Dutzend Polizeiwachen gleichzeitig ein Notalarm höchster Priorität ausgelöst wurde, wußte er, daß seine Laufbahn kurz vor dem Abgrund stand. Er stürzte sich die dunkle Treppe hinunter und hatte das Telefon in seinem Arbeitszimmer schon halbwegs erreicht, als die Dielenbeleuchtung anging und sich ihm die ältliche schottische Haushälterin in ihrem Nachthemd in den Weg stellte.

»O Sir Arnold, wissen Sie'n, was hier vor sich geht?« fragte sie.

Der Chief Constable schob sie mit der blutigen Nachttischlampe beiseite. Diese dämliche alte Ziege, natürlich wußte er nicht, was vor sich ging. In seinem Arbeitszimmer warf er die Lampe auf den kostbaren Perserteppich und schnappte sich das Telefon. Die Nummer, die korrekte kodierte Telefonnummer, um den Alarm abzublasen? Verflucht, wie ging die noch mal? Schließlich wählte er verzweifelt 999 und wurde gefragt, welchen Notfalldienst er in Anspruch nehmen wolle. Die Frage war wichtiger, als ihm in diesem Moment klar wurde, obwohl das Haus noch nicht in Flammen stand.

»Polizei«, blaffte er und wurde mit einem Tonband verbunden, das ihn bat, sich in Geduld zu üben, die Polizei sei überlastet. Sir Arnold war das bekannt. Er hatte den Text selbst seiner Sekretärin diktiert.

»Während Sie darauf warten, daß man sich Ihrer annimmt«, fuhr die beruhigende Frauenstimme fort, »möchten wir von der Polizeibehörde Twixt und Tween Sie gern darauf aufmerksam machen, für welche sonstigen Tätigkeiten wir der Öffentlichkeit noch zur Verfügung stehen.

Unsere Beamten engagieren sich an den Schulen bei der Verkehrserziehung auf allen Ebenen, sei es an Grund-, Mittel- oder Oberschulen. Außerdem veranstalten wir für ältere Mitbürger und Personen weiblichen Geschlechts regelmäßig Selbstverteidigungskurse. Zu diesen können Sie sich ...«

»Verpiß dich, du Schlampe«, schrie der Chief Constable und knallte den Hörer auf. Soeben war ihm eine neue und sogar noch schrecklichere Möglichkeit in den Sinn gekommen. Vy mit einem jungen Mann im Bett ... Ein Lustknabe! Er mußte irgendwie und unbedingt verhindern, daß Dutzende von Polizisten in dem Haus eintrafen, in dem er mit ziemlicher Sicherheit den Liebhaber seiner Frau ermordet hatte. Doch zuallererst mußte er irgendwie diese infernalische Sirene abstellen. Von frischem Entsetzen gepackt, schoß er auf der Suche nach Sicherungen durch den Hausflur in die Küche und wühlte in der Speisekammer herum, wo sie einmal gelegen hatten. Die Scheißdinger waren nicht mehr an ihrem Platz. Diese Vy und ihre Elektriker. Und wozu gab es eigentlich Notfalldienste, wenn man zu den Ärschen nicht durchkam? Die anderen Hausbewohner waren auch keine Hilfe. Als er sich in Richtung Arbeitszimmer in Bewegung setzen wollte, um die verfluchte Sirene auf dem Dach mit einer Salve aus seinem Gewehr zum Schweigen zu bringen, sah er sich plötzlich Tantchen Bea gegenüber.

»Ist etwas Schreckliches passiert?« erkundigte sie sich und musterte dabei mit minimalem Interesse, aber beträchtlichem Ekel seine Anatomie. »Ich dachte, ich hätte Schüsse gehört, und dann gingen all die gleißenden Scheinwerfer an, und diese gräßliche Sirene. Kannst du die nicht abstellen?«

»Nein«, sagte der Chief Constable. »Und es ist nichts Ernstes passiert.«

»Na, aber ich kann es«, sagte Tantchen Bea. Hinter ihr hatte das Telefon im Arbeitszimmer zu klingeln angefangen. Einen Augenblick lang verhakten sie sich in der Tür ineinander, dann riß sich der Chief Constable los und eilte ins Arbeitszimmer. In der Küche entdeckte Bea den Hauptschalter, und das Sirenengeheul verstummte. Mit der Haushälterin folgte sie ihm und blieb in der Tür zum Arbeitszimmer stehen. Der Chief Constable hatte den Hörer abgenommen.

»Hier spricht Harry Hodge, der hiesige Stellvertretende Chief Constable«, sagte eine merkwürdig beherrschte Stimme.

»Das weiß ich. Ich weiß genau, wer dran ist«, brüllte Sir Arnold zurück.

»Gut, gut«, sagte die Stimme, bewahrte aber immer noch eine nervtötende Ruhe. »Sind Sie wohlauf? Ich wiederhole, sind Sie wohlauf? Lassen Sie sich für die Antwort Zeit.« Das tat Sir Arnold nicht. Schlimm genug, splitterfasernackt im Arbeitszimmer zu stehen, während eine Frau mittleren Alters in einem irritierenden Kimono ihn und das Blut auf dem Fußboden anstarrte...

»Und ob ich verdammt noch mal wohlauf bin. Der Knopf wurde versehentlich betätigt, mehr nicht.«

»Gut, sehr gut«, sagte der Stellvertretende Chief Constable und blieb ruhig. »Das verstehe ich durchaus. Sie sind also wohlauf? Ich wiederhole, sind Sie wohl...«

»Hören Sie, Hodge, was soll das heißen, Sie verstehen? Ich stehe hier pudelnackt, und Sie...« Dabei drehte er sich zu Tantchen Bea um. »Verpiß dich, lieber Himmel...«

»Versuchen Sie, die Ruhe zu bewahren«, sagte der bescheuerte Hodge in demselben gelassenen Tonfall. »Alles ist unter Kontrolle. Also. Sind Sie wohlauf? Ich wiederhole...«

»Wenn Sie mich noch einmal fragen, ob ich wohlauf bin, Hodge, breche ich Ihnen den verfluchten Hals, so wahr mir Gott helfe. Ich hab Ihnen ich weiß nicht wie oft erzählt, daß ich wohlauf bin. Wie oft muß ich es noch wiederholen?«

Er hörte den Stellvertretenden Chief Constable immer wieder so ziemlich dieselbe Frage stellen. Sir Arnold fiel die vereinbarte Antwort ein.

»Hodge«, sagte er, und seine neue kontrollierte Ruhe war auf ihre Art ebenso seltsam wie die seines Stellvertreters.

»Hodge, ich bin wohlauf. Ich wiederhole, ich bin wohlauf. Wiederhole. Ich bin wohlauf.«

»Tja, das ist dann ja in Ordnung«, stellte Hodge beinahe bedauernd fest. »Es war also ein falscher Alarm? Soll ich die Jungs vom SEK zurückpfeifen?«

»Die was?«

»Das Schnelle Einsatzkommando«, sagte Hodge, und in seine Stimme schlich sich neuer Zweifel.

»Diese Schweine?« grölte der Chief Constable. »Natürlich pfeifen Sie die sofort zurück. Was glauben Sie, warum ich Sie angerufen habe?«

»Mich angerufen, Sir? Mich angerufen? Ich möchte zu einem solchen Zeitpunkt keineswegs Ihr Urteilsvermögen in Frage stellen, doch in Wirklichkeit habe ich Sie angerufen. Sind Sie sicher, daß Sie auch wirklich wohlauf sind?«

Der Chief Constable riß sich mit übermenschlicher Energie zusammen.

»Hodge, bitte glauben Sie mir, wenn ich Ihnen sage, daß ich völlig wohlauf, wohlauf, wohlauf bin. Begriffen? Ich bin voll und ganz wohlauf und will wieder ins Bett.«

»Wenn Sie das sagen, Sir. Dennoch kommt es mir jammerschade vor, daß wir nicht die Gelegenheit ergreifen und das Ganze als Übung nutzen.«

»Nein. Ich wiederhole, nein. Ich wiederhole, nein, auf gar keinen Fall. Ende der verfluchten Durchsage.« Und sobald er den Hörer aufgelegt hatte, wandte sich der Chief Constable sogar noch drängenderen Problemen zu.

7

Und das erste bestand darin, daß er wieder ins Schlafzimmer ging und sich Vy zur Brust nahm. Sie war für diese Ereignisse verantwortlich. Jeder vernünftige Ehemann, der nach Hause kam und irgendeinen dreckigen jungen Gigolo mit seiner Frau im Bett fand, hätte ähnlich gewalttätig reagiert. Was er getan hatte, war gewissermaßen sogar recht schmeichelhaft für sie und ein Indiz für das richtige Maß an Eifersucht. Daß sie so irrational mit der Knarre herumgefuchtelt hatte, war zweifellos überflüssig gewesen. Er hätte getötet werden können, und was wäre dann aus ihr geworden? Andererseits hatte er nicht die Absicht, zurück in das Schlafzimmer zu gehen, ehe sie versprach, auf jede Gewaltanwendung zu verzichten. Vor der Schlafzimmertür blieb er stehen.

»Liebling, Liebling«, rief er leise. »Ich bin's. Du weißt schon. Ich. Pooh der Bär und Wackelzehchen und...«

Im Schlafzimmer hatte Lady Vy inzwischen ihre Kontaktlinsen und die Ursache ihres Irrtums gefunden.

»Um Gottes willen, nicht zu so einer Zeit. Nicht wo...«

Sir Arnold stürzte durch die Tür. Er mußte verhindern, daß sie noch mehr sagte, Knarre hin oder her.

»Pssst«, zischte er, glaubte aber zu flüstern. Und dann, eher für die Ohren der beiden Frauen unten bestimmt als für Lady Vy: »Also, Liebes, du mußt dir keine Vorwürfe machen. Wir machen alle mal Fehler...«

»Vorwürfe machen? Mir Vorwürfe machen? Ich wache auf und erlebe mit, wie du jemanden mit einer Nachttischlampe totschlägst...«

»Nein, Liebes, nein, das stimmt aber nicht ganz.« Sein Flüstern war eher eine Art Grölen. Dann, sotto voce: »Meine Güte, hier haben die Wände Ohren.«

Lady Vy sah ihn belämmert an.

»Hier haben Wände Ohren? Du stehst da im Adamskostüm und teilst mir in einem beschissenen Flüsterton mit, daß Wände Ohren haben? Hast du einen Sprung in der Schüssel?«

Sir Arnold fuchtelte hektisch in Richtung Tür.

»Wir brauchen keine Zeugen«, sagte er im Gesprächston.

»Du vielleicht nicht«, bemerkte Lady Vy. »Du brauchst ganz sicher keine, aber was mich betrifft...«

Sir Arnold ging zum Bett und schlug die Decke zurück, die Timothy Brights nackten Körper bedeckte.

»Halt den Mund und hör mir zu«, zischte er. »Ich komme nach Hause und finde dich mit dem hier in den Federn. Mit irgendeinem miesen Lustknaben, mit dem du's in meinem verdammten Bett getrieben hast, und der Arsch hat die Frechheit, hier zu schlafen und zu schnarchen...«

Er brach ab, betrachtete Timothys zerschrammte Knie, Hände und Arme, von dem schwer lädierten Oberkörper und dem übel zugerichteten Gesicht ganz zu schweigen, und änderte seine Ansicht über Vy. Wenn der arme Teufel und Vy sich leidenschaftlich geliebt hatten, war er heilfroh, daß es ihm nie gelungen war, sie sexuell in diesem Ausmaß zu erregen. Einen Sekundenbruchteil lang kam ihm der Gedanke, daß seine Frau zu viele Draculafilme gesehen hatte. Oder Kannibalenstreifen. Nur das fehlende Blut auf ihrer Gesichtscreme überzeugte ihn vom Gegenteil. Den Kopf dieses Brutalos sah er sich lieber nicht an. Aus der Kopfwunde sickerte immer noch Blut aufs Kissen. Jedenfalls war Lady Vy seiner Aufmerksamkeit gewiß.

»Was erzählst du da von ›Lustknaben‹ und ›es getrieben haben‹, du verkommene Kreatur?« fauchte sie ihn mit beinahe echt wirkender Arroganz an. »Glaubst du etwa, ich würde auch nur im Traum daran denken, mit so einem... einem Milchbart zu schlafen, der noch ein Kind ist?«

Sir Arnold betrachtete noch einmal den Burschen auf dem Bett. Ihm war nie die Idee gekommen, seine Frau könnte einen Endzwanziger für ein Kind halten. Oder für einen Milchbart, was auch immer das heißen mochte. Es kam ihm irgendwie widernatürlich vor. Er versuchte, wieder aufs Thema zu kommen.

»Was hast du denn von mir erwartet? Wenn du unerwartet irgendwann zu nachtschlafender Zeit nach Hause kämst und ein nacktes Mädchen neben mir fändest, was hättest du dann gedacht?«

»Mir wäre völlig klar gewesen, daß du keinen normalen Sex mit ihr hattest«, warf ihm Lady Vy vor. »Fellatio würde dir ja vielleicht was bringen, aber nicht mit mir. Für so was bin ich nicht mehr jung genug.«

Sir Arnold schenkte diesem leicht durchschaubaren Versuch, ihn vom Thema abzulenken, keine Beachtung.

»Also schön«, hakte er nach. »Wer ist das? Sag mir einfach, wer das ist.«

»Wer das ist?«

»Ich habe doch wohl ein Recht darauf, wenigstens das zu erfahren.«

»Du fragst mich...? Ich weiß es nicht.«

»Du weißt es nicht? Du mußt es wissen. Ich meine...« Sir Arnold glotzte sie an. »Ich meine, man hat doch nicht irgendeinen kleinen Scheißer im Bett, ohne herauszufinden, wer er ist. Das ist... das ist...«

»Tja, wenn du's wirklich wissen willst: Ich dachte, du wärst's gewesen«, sagte Lady Vy mit frischer Arroganz.

Der Chief Constable starrte sie mit offenem Mund an.

»Ich? Eben noch sagst du, ich bekäm keinen hoch, wenn ich keinen geblasen kriege, und jetzt bin ich auf einmal der Knilch, der dich gerammelt hat, daß dir Hören und Sehen vergangen ist.«

Einen Augenblick lang sah es so aus, als würde Lady Vy wieder zum Revolver greifen.

»Ich sag's dir doch andauernd«, schrie sie. »Niemand hat irgendwas getan. Ich wußte nicht mal, daß er da war.«

»Das mußt du aber. Es klettern nicht einfach irgendwelche Leute zu dir ins Bett, ohne daß du's merkst.«

»Na schön, vermutlich war ich mir vage bewußt, daß jemand ins Bett stieg, dachte aber natürlich, du wärst es. Er stank halt nach Hund und Schnaps. Woher zum Teufel sollte ich wissen, daß es jemand anderes war?«

Sir Arnold versuchte sich aufzurichten.

»Ich stinke nicht nach Hund und Schnaps, wenn ich ins Bett komme.«

»Hätte mich fast getäuscht«, sagte Lady Vy. »Wenn ich's recht bedenke, ist es ihm sogar gelungen.«

Sie tastete auf der anderen Seite des Bettes nach der Ginflasche. Sir Arnold entriß sie ihr und nahm einen Schluck. »Und jetzt«, fuhr sie fort, als sie die Flasche zurückbekam, »jetzt hast du ihn einfach ermordet.«

»Doch nicht ermordet, lieber Himmel«, sagte er. »Totschlag. Ganz was anderes. Bei Totschlag geben Richter häufig...«

Lady Vy lächelte furchtbar.

»Arnie, Liebling«, sagte sie mit einer Bosheit, die im Laufe von Jahren herangereift war. »Offenbar ist es noch nicht bis zu dem Ding durchgedrungen, was du dein Hirn nennst, daß du erledigt, finito, fertig und am Ende bist. Deine Karriere ist aus und vorbei. All die großzügig dotierten Direktionsposten für geleistete Dienste, all die hübschen Jobs, die einflußreiche Persönlichkeiten wie Fred Bload dir auf dem Tablett servieren wollten, weil du den Objektschutzdienst leitest, den du deine Polizei nennst, die sind jetzt alle futsch und weg. Du steckst bis über beide Ohren in Exkrementen, wie Daddy es immer formuliert hat. Und es ist ganz egal, was irgendein seniler alter Richter sagt, den die Generalstaatsanwaltschaft handverlesen hat, damit du nicht ins Gefängnis kommst. Du bist total am Ende, Baby.«

Sir Arnold Gonders hörte sie nur unterschwellig, und außerdem wußte er es ohnehin. Es gab einige Verbrechen, die auch ein Chief Constable nicht ungestraft begehen konnte, und zu denen gehörte zweifellos, in seinem eigenen Bett einen jungen Mann mit einem stumpfen Gegenstand totzuschlagen. Als ob das noch nicht schlimm genug wäre, konnte er auch nicht die ehemalige Premierministerin um Hilfe bitten. Sie war nicht mehr an der Macht.

Er nahm Timothy Brights Handgelenke und fühlte nach dem Puls. Der war, alles in allem, erstaunlich kräftig. Im nächsten Augenblick kramte er im Schrank nach einer Taschenlampe.

»Was hast du jetzt vor?« wollte Lady Vy wissen, als er mit der Lampe in einen von Timothys Augäpfeln leuchtete und dessen Iris betrachtete.

»Unter Drogen«, stellte er schließlich fest. »Bis unter die Schädeldecke voll mit Drogen.«

»Schon möglich«, sagte Lady Vy, die jetzt ein wenig weinerlich wurde. »Aber sieh dir mal an, was du mit seiner Schädeldecke gemacht hast.«

Sir Arnold zog es vor, das lieber nicht zu tun. »Wenn du bei dem einen Urintest machst, brennt der dir glatt'n Loch ins Röhrchen«, sagte er.

»Bist du sicher? Es kommt einem so unwahrscheinlich vor.«

Der Chief Constable senkte die Taschenlampe und drehte sich zu ihr um.

»Unwahrscheinlich? Unwahrscheinlich? Alles was unwahrscheinlicher ist, als nach Hause zu kommen, und... Vergiß es. Sieh dir seine Knie, sieh dir seine Hände an. Was verraten sie dir?«

»Er kommt einem ziemlich wohl... wohlproportioniert vor, jetzt wo du es erwähnst.«

»Scheiß auf seine Proportionen«, knurrte der Chief Constable. »Die Haut darauf ist abgeschürft. Der Dreckskerl wurde über den Boden geschleift. Und wo sind seine Klamotten?« Nachdem er sich im Zimmer umgesehen hatte, zog er einen Morgenmantel an und ging nach unten. Es war keine Kleidung zu finden. Als der Chief Constable schließlich ins Schlafzimmer zurückkam, wußte er, was passiert war, und versuchte sich mit dem abzufinden, was auf ihn zukam.

»Das ist eine abgekartete Sache und nichts anderes. Hier will mich jemand reinlegen. Jeden Moment werden jetzt die Presseschweine eintreffen, und...«

»O Gott, wir haben für zwölf Uhr Leute auf ein paar Drinks eingeladen«, unterbrach Lady Vy, deren gesellschaftliche Verpflichtungen ihren Tribut forderten. »Mit dem Parlamentsabgeordneten, mit dem du so gut befreundet bist. Glaubst du...«

Der Chief Constable glotzte in den nächsten Abgrund.

»Wir müssen rasch handeln«, sagte er. »Dieser Mistkerl wird nicht mehr hier sein, wenn sie kommen. Er kommt runter in den Heizungskeller.«

Jetzt war Lady Vy an der Reihe, einen Blick in die Hölle zu werfen.

»Aber die Heizung wird mit Öl betrieben. Du kannst dich seiner unmöglich im Heizkessel entledigen. Wie kommst du nur auf solche Einfälle?«

»Das tu ich ja gar nicht, Herrgott noch mal. Ich will ihn überhaupt nicht verbrennen. Ich will ihn doch bloß auf Eis legen, bis die Sache nicht mehr so heiß ist, mehr nicht.«

Sir Arnold ließ seine Frau allein mit diesen seltsamen Widersprüchen fertigwerden, und eilte wieder nach unten. Als er zurückkam, hatte er Paketklebeband und zwei Plastikmüllsäcke dabei.

»Was hast du vor?« fragte Lady Vy. Sir Arnold verließ das Zimmer erneut und durchstöberte das Bad. Er kam mit einer Rolle Hansaplast zurück. Lady Vy glotzte ihn groß an.

»Was... Was willst du...«

»Halt die Klappe, und mach dich nützlich«, fuhr er sie an. »Wir werden diesen Scheißkerl so fest verschnüren, daß er nicht weiß, wo zum Teufel er gesteckt hat.«

»Mein lieber Arnold, du glaubst doch nicht allen Ernstes, daß ich dir bei diesem gräßlichen Plan behilflich sein werde.«

Der Chief Constable unterbrach seine Bemühungen, Timothys Beine in einen Müllsack zu stecken, und richtete sich auf.

»Hör mir zu«, sagte er mit beängstigendem Nachdruck. »Ich will nichts mehr hören von deinem hochnäsigen ›Lieber Arnold‹-Gewäsch. Und damit eins klar ist: Wenn ich wegen dieser Sache hier gesellschaftlich in die Gosse gespült werde, glaub bloß nicht, daß du nichts abbekommst, denn da täuschst du dich. Diesmal machst du dir die Hände schmutzig.«

»Also wirklich. Man könnte meinen, ich hätte etwas mit seiner Anwesenheit zu tun.«

»Hört sich nach einer vernünftigen Annahme an. Und ich werd dir zuliebe noch ein bißchen deutlicher. Du und dein Tantchen Bea, ihr steht auf S und M. Ihr gabelt ihn irgendwo auf – er sieht aus, als könnte er aus Harrowgate sein – und injiziert ihm Crack, oder die süße B verpaßt ihm mit ihrer Spritze und kolumbianischem Eis 'ne Wirbelsäulenpunktion, und dann schleppt ihr ihn hier rein und amüsiert euch ein wenig. Alles klar?«

Lady Vy blickte allmählich durch. »Das würdest du nie wagen. Du würdest es nicht wagen, so etwas... ich meine, Daddy...«

»Versuch's doch«, sagte Sir Arnold. »Laß es doch drauf ankommen. Und deinem verdammten Daddy wird dein Foto in der verdammten ›Sun‹ gefallen mit der Unterschrift ›TOCHTER EINES EARLS IN LESBISCHEM LIEBESNEST ENTDECKT‹, und dazu alles über dich und deinen kessen Transvestiten mit ihrer Heroinsucht und...«

»Aber Bea ist Aromatherapeutin und Streßberaterin. Sie ist...«

»Wie geschaffen für die ›Sun‹ und die ›News of the World‹, das ist sie. Und verglichen mit dem Aroma, das sie absondern wird, wenn du mir jetzt nicht hilfst, riecht diese Hundescheiße wie Chanel No. 5. Also halt jetzt diesen verfluchten Sack auf, während ich seine Beine reinstopfe.«

Doch Timothy Bright war augenscheinlich zu groß und sperrig für den Müllsack. Schließlich zogen sie die Bettlaken ab und wickelten ihn darin ein. Sir Arnold nahm das Paketklebeband und machte sich so gründlich an die Arbeit, daß das Etwas, das sie unter gewaltigen Schwierigkeiten runter in den Keller zerrten, wie eine mumifizierte Leiche mit Nasenlöchern aussah. Schließlich ließen sie Timothy in der allerdunkelsten

Ecke des Kellers fallen, hinter den alten gemauerten Weinregalen.

»Das müßte den Scheißkerl eine Weile ruhigstellen«, sagte Sir Arnold, dessen Hoffnungen umgehend zunichte gemacht wurden, als sich Timothy Bright bewegte und stöhnte. Einen Augenblick lang zögerte der Polizeichef. Dann reichte er Lady Vy die Taschenlampe und begab sich zur Treppe.

»Sorg nur dafür, daß er sich nicht rührt«, sagte er und eilte in die Küche hoch. Er kehrte mit einer Bratenspritze aus Plastik, einem Meßbecher und einer Flasche Whisky zurück.

»O mein Gott, was hast du jetzt vor?«

»Halt die Klappe«, befahl der Chief Constable. »Und wakkel nicht mit der Taschenlampe rum. Ich will mich mit der Menge nicht vertun.«

»Wozu ist diese Bratenspritze?« fragte Lady Vy.

»Na, jedenfalls nicht, um Hähnchen mit Bratensaft zu begießen«, sagte Sir Arnold. »Damit flößen wir dem Dreckskerl etwas ein, um ihn ruhigzustellen. Beispielsweise alle zwei Stunden fünfzig Milliliter Scotch mit ein paar von deinen Valium und etlichen dieser rosa Pillen, die du abends schluckst. Dann weiß der Bursche nicht, wo er ist oder war oder welche Tageszeit gerade ist.«

Lady Vy betrachtete das auf dem Kellerboden liegende Bündel und bezweifelte, daß der Whisky nötig war. Die anderen Beruhigungsmittel waren es gewiß nicht.

»Gib ihm die Pillen, dann faßt er ohnehin nie wieder einen klaren Gedanken«, sagte sie. »Und du solltest es meiner Meinung nach nicht mit diesem Ding in ihn reinpumpen. Sonst erstickt er mit ziemlicher Sicherheit.«

»Ich werd's nicht reinpumpen. Eher reinträufeln. Einverstanden?«

Doch Lady Vy starrte ihn an.

»Du bist wahnsinnig. Absolut durchgedreht. Du schlägst vor, fünfzig Milliliter mit Valium vermischten Whisky zu träufeln... Großer Gott.«

»Nein«, sagte der Chief Constable bestimmt. »Und ich will mir das in diesem Augenblick nicht anhören müssen. Also, halt das Ding mal...«

Er hielt die große Plastikspritze hoch.

»Ich halte gar nichts«, sagte Lady Vy genauso bestimmt. »Du kannst machen, was du willst, aber ich werde mich nicht der Beihilfe zum Mord schuldig machen.«

»Und ob du das tun wirst«, sagte der Chief Constable mit furchterregender Miene. Lady Vy hielt die Spritze. Fünf Minuten später hatte Timothy Bright erfolgreich seine erste Dosis Valium mit Whisky eingenommen. Lady Vys rosa Antidepressiva waren am Ende doch nicht in dem tödlichen Gebräu gelandet.

»Das müßte sicherstellen, daß er eine Weile nicht aufwacht«, sagte Sir Arnold, als sie die Kellertreppe hinaufstiegen. »So bleibt er bewußtlos, bis ich die Gelegenheit habe, mir irgendwas einfallen zu lassen.«

Er schloß die Kellertür ab. Den Rest der Nacht versuchte er, auf der Couch in seinem Arbeitszimmer zu schlafen, während Lady Vy im ersten Stock das Bett frisch bezog und noch eine Tablette nahm. Während er sich zwischen kurzen Schlaf- und angsterfüllten Wachphasen hin- und herwälzte, kramte er in seinem Gedächtnis nach einem besonders rachsüchtigen Finsterling, von dem diese Falle hätte stammen können. Es gab einfach zu viele Verbrecher, die einen Groll gegen ihn hegten. Und wieso war die Journaille noch nicht an seiner Türschwelle aufgetaucht? Vermutlich, weil er das Schnelle Einsatzkommando zurückgepfiffen hatte. Das Eintreffen des Kommandos wäre der Vorwand für eine massive Invasion der Presse gewesen. Aber sie brauchten die Jungs vom SEK, die sie zum Alten Bootshaus lotsten. Sir Arnold war froh, daß es so einsam gelegen war. Und trotzdem, irgendwas war verdammt komisch. Morgen früh würde er herumtelefonieren, um herauszufinden, ob jemand einen Tip bekommen hatte, daß ein spektakuläres Ereignis bevorstand. Nein, lieber nicht. Schweigen, absolutes, komplettes und völliges Schweigen war die beste Reaktion. Schweigen, und dann würde er mit Gottes Hilfe diesem Alptraum entkommen. Wenn dieser Drecksack nur nicht starb.

Im großen Schlafzimmer oben verfluchte Lady Vy ihre eigene Torheit. Das Wasser aus dem durchlöcherten Boiler war unter der Badezimmertür durchgelaufen und sickerte jetzt durch den Teppich in den Fußboden. Schon vor vielen Jahren hätte sie auf Daddy hören sollen. Er hatte immer gesagt, um ein erfolgreicher Polizist zu werden, müsse man ein sadistischer Kretin sein, und damit hatte er den Nagel auf den Kopf getroffen.

8

In Pud End erwachte Henry Gould und hatte das ungute Gefühl, etwas Schreckliches getan zu haben. Er brauchte ein Weilchen, bis ihm einfiel, was es war, und als er es wieder wußte, war er ehrlich besorgt.

»Großer Gott«, murmelte er und stand rasch auf. »Wie kann man bloß jemandem so einen idiotischen Streich spielen.« Als er nach unten kam, saß sein Onkel in der alten Bauernküche über seinem Frühstückskaffee, neben sich das Radio. Er sah ausgesprochen fröhlich aus für jemanden, der mit ziemlicher Sicherheit soeben einen Neffen verloren hatte. Daran zweifelte Henry nicht. Im nüchternen Morgenlicht war er überzeugt, daß sein Vetter nicht mehr unter den Lebenden weilte. Niemand, den man bis an die Synapsen mit Bufo sonora abgefüllt hatte, konnte über eine längere Strecke ein dermaßen schweres Motorrad fahren und am Leben bleiben. »Krötenstoff« verwirrte einem gewaltig den Verstand.

»Du mußt nicht so bedrückt gucken«, sagte Victor zu ihm. »Ich höre mir seit sechs Uhr den Lokalsender an, und sie haben keinen Unfall erwähnt, in den ein Motorrad verwickelt war, was sie sich sonst zur Abschreckung nie entgehen lassen. Timothy schläft vermutlich in irgendeiner Hecke seinen Rausch aus. Solche Typen haben den Teufel immer auf ihrer Seite.«

»Das möchte ich wirklich hoffen. Weiß der Himmel, was das für ein ›Krötenzeug‹ ist. So wie das angeschlagen hat, fand ich schon erstaunlich, daß er die Maschine überhaupt besteigen, geschweige denn fahren konnte.«

Doch als Victor Gould am späten Vormittag in das Gästezimmer ging, um zu lüften, stellte er fest, daß Timothy Bright ein braunes Päckchen und eine große Reisetasche dagelassen hatte. In der Überzeugung, Timothy werde bestimmt zurückkommen und beides abholen, verstaute Victor es in dem Schrank unter der Treppe. Das war zwar eine ziemlich fürchterliche Vorstellung, aber immerhin war Timothy einstweilen abwesend.

Timothy Bright wäre ebenso besorgt gewesen wie sein Onkel, hätte es sein Zustand zugelassen. Doch so schlief er glücklich weiter, sich seiner Lage nicht bewußt, und da der »Krötenstoff« nun mit Valium und Whisky aufgefrischt worden war, stellte er mit seinen Neuronen ganz neue Dinge an. Zum Glück wußte er nichts davon, daß er in zwei blutbefleckte Laken und einen Kissenbezug gewickelt war und daß man ihn in die äußerste Ecke des Kellers vom Alten Bootshaus gequetscht hatte, wo er beinahe aussah wie einer der Kohlensäcke, die früher dort gelagert hatten.

Über seinem Kopf und draußen im Garten schlenderten die Gäste der Gonders umher, in den Händen Gläser mit einem eher säuerlichen Weißwein, der Sir Arnold von Ernest Lamming als »erstklassiger kleiner Vouvray« angedreht worden war, was gar nicht so falsch war, obwohl der Chief Constable inzwischen wünschte, er hätte nicht ganz soviel von dem Zeug gekauft. Vor allem war ihm selber überhaupt nicht danach, viel von irgendwas zu trinken. Er hatte mit Unterbrechungen drei Stunden geschlafen und sich beim Aufwachen gefühlt, als habe er nicht nur viel zuviel getrunken, sondern im Laufe der Nacht auch halluziniert. Was scheinbar passiert war, nämlich daß er eventuell irgendeinen Dreckskerl umgebracht hatte, der mit Vy im Bett gewesen war, konnte unmöglich Wirklichkeit sein. Tatsächlich hatten sämtliche Ereignisse der vergangenen Nacht etwas so Alptraumhaftes an sich, daß er liebend gern den gesamten Tag allein geblieben wäre, um herauszufinden, was zum Teufel eigentlich vorgefallen war. Statt dessen war er gezwungen, eine Jovialität zu heucheln, nach der ihm überhaupt nicht zumute war. Diesen Batteriesäure-Vouvray trank er jedenfalls nicht. Er hielt sich an Wodka mit Tonic und hoffte, daß der seinem Denkvermögen auf die Sprünge half.

Die Uniformität seiner Gäste war ein Indiz für die bemerkenswerten gesellschaftlichen Veränderungen, die in den achtziger Jahren stattgefunden hatten. Früher wäre etwa ein Chief Constable, der so viele Freunde aus der Immobilien- und Baubranche sowie der Finanzwelt und so wenige aus der früher einmal »Gentry« genannnten alten ländlichen Oberschicht hatte, durchaus suspekt gewesen. Das galt besonders für Twixt und Tween. Diese Gegend war einmal für die Schwerindustrie und die Werften von Tween berühmt gewesen, für die Moorhuhnjagden und riesigen Ländereien der Großgrundbesitzer von Twixt. Auf der Party der Gonders war keiner der alten Stahlbarone anwesend, und statt Industriefirmen waren solche aus dem Dienstleistungssektor vertreten. Kein Großgrundbesitzer hätte sich gern unter die Gäste im Alten Bootshaus gemischt. Andererseits waren auch keine Gewerkschafter anwesend. Sir Arnold Gonders hatte den politischen Katechismus des Thatcherismus wirklich gut verinnerlicht: Nur Geld war wichtig, und zwar vorzugsweise das neueste Geld, das von kaum etwas anderem redete und dem nichts etwas bedeutete. Zahlreiche Personen aus dem Fernseh- und Showgeschäft waren anwesend.

»Kommunikation ist die eigentliche Kunst eines Chief Constable«, hatte Sir Arnold einmal doziert. »Wir müssen dafür sorgen, daß die Leute auf unserer Seite bleiben.«

Das war eine aufschlußreiche Aussage, die unterstellte, daß die Gesellschaft hoffnungslos entzweit war. Hätten die Menschen im Polizeidistrikt Twixt und Tween nicht gewußt, auf welcher Seite sich Sir Arnold Gonders befand, wäre ein Blick auf die Gästeliste recht aufschlußreich gewesen. Len Bload von Bload and Babshott, PR- und Finanzberater des Grafschaftsrates, war mit seiner Frau Mercia gekommen, ehemaliges Model und Masseuse, die es zu einem Chefposten bei »B and B« gebracht hatte. Len Bload redete den Chief Constable immer mit »Mein Junge« an und betrachtete Sir Arnold offensichtlich als aktives Mitglied seiner Mannschaft.

»Ich seh es so, daß wir uns alle umeinander kümmern müssen, mein Junge. Wenn wir's nicht tun, wer dann? Das verraten Sie mir mal«, hatte Len Bload häufiger gesagt, als sich Lady Vy erinnern mochte. Außerdem konnte sie keine Frauen ausstehen, die so offen über Sex mit der Hand redeten wie Mercia Bload. Dann waren da noch die Sents. Die Bloads mochte sie nicht, doch die Sents waren ihr regelrecht verhaßt. Harry Sent handelte.

»Fragen Sie mich nicht, womit. Mit allem. Nennen Sie mir irgendwas, ich hab's. Irgendwo hab ich alles. Kennen Sie meinen Wahlspruch? ›Bei Harry Sent wird nicht gepennt.‹ Klar? Bei mir. Wird nicht gepennt. Tolles Motto, das ich gratis von Lenny gekriegt habe. Wissen Sie, warum?« Lady Vy wollte es überhaupt nicht wissen, aber es hieß nun mal, daß Adel verpflichtete. »Denn als ich mal Heaven gevögelt habe, mußte ich an Mercia denken, um überhaupt einen hochzukriegen. Stimmt das nicht, Heaven?« Mrs. Sent nickte, säuerlich lächelnd. »Ich ficke besser, wenn ein Foto von Mercia im Bikini auf dem Kopfkissen liegt, stimmt's?« Ein Anflug von Schmerz zog über Olga Sents Miene. Lady Vy hätte ja Mitleid mit ihr gehabt – allein schon die Qual, von einem so widerwärtigen Menschen wie Harry Sent »Heaven« genannt zu werden, hätte eine schwächere Frau vernichtet –, wenn sie nicht einmal mitangehört hätte, wie Mrs. Sent sie »diese Gonders-Kuh« genannt hatte, »so snobistisch, dabei ohne das nötige Kleingeld. Von mir aus könnte sie tot umfallen.«

Lady Vy hatte sich damals bei Sir Arnold über diese Bemerkung beschwert, doch er hatte bloß erwidert: »Weißt du, man muß sich mit den Einheimischen gut stellen.« Was ein bißchen übertrieben war, wenn man bedachte, daß der alte Sent behauptete, er sei aus Polen geflüchtet, um bei der polnischen Exilarmee zu kämpfen. Und jemand hatte Olga einmal zutreffend beschrieben, indem er behauptete, sie sähe aus wie die Wächterin in einem Konzentrationslager, die man wegen Verbrechen gegen die Menschlichkeit hängen müßte. Andererseits gab es in der Grafschaft zahlreiche Menschen, die nur einmal eine Party des Chief Constables besucht und Gründe gefunden hatten, nie wieder auf eine zweite zu gehen. Unter anderem fehlte der Lord Lieutenant Sir Percival Knottland, der in der Grafschaft die Krone vertrat. Er hatte immer noch nicht überwunden, daß er auf einer Party bei den Gonders einen Mann kennengelernt hatte, der ihm empfohlen hatte, in eine bestimmte Pizzakette zu investieren, »weil es dabei um viel mehr als bloß Käse und Anchovis geht, Sie verstehen«. Der Lord Lieutenant glaubte zu verstehen und beschwerte sich beim Chief Constable, doch Sir Arnold hatte ihm vertraulich versichert, der Bursche sei in Ordnung.

»Ehrlich gesagt, er ist einer unserer Topspitzel. Wüßte ohne ihn nicht, was ich machen sollte. Muß ihn bei Laune halten.«

»Aber er hat mir geraten, in Pietissima Pizza Parlours zu investieren«, sagte der Lord Lieutenant. »Sagte irgendwas von wegen der Schnee dabei sei ganz bestimmt nicht von gestern. Ob ich wisse, was er meine? Ich fand, das klang äußerst verdächtig. Sollten Sie diese Pizzakette nicht besonders gründlich unter die Lupe nehmen?«

Der Chief Constable hatte ihn vertraulich beiseite genommen.

»Unter uns: Das habe ich bereits. Eine solide Investition, soweit ich weiß. Ich hab selber zehntausend angelegt. Müßte Ihr Geld in 'nem halben Jahr verdoppeln.«

»Und Sie glauben wirklich nicht, daß diese Pietissima Parlours zum Vertrieb von Drogen benutzt werden?« fragte der Lord Lieutenant.

»Herrjemine, hoffentlich nicht. Kann's allerdings nicht garantieren. Heutzutage mischt doch jeder bei so was mit. Ich werd mal meine Drogenleute fragen, würde mir aber keine grauen Haare wachsen lassen. Geld ist schließlich Geld.«

Der Lord Lieutenant war so angewidert gewesen, daß er der Premierministerin geschrieben, aber nur einen mehr als rüden Antwortbrief des Inhalts erhalten hatte, er solle gefälligst seine Rolle als Lord Lieutenant wahrnehmen, eine, wie angedeutet wurde, ausschließlich repräsentative und überflüssige Rolle, und die Polizeiarbeit Profis wie Sir Arnold Gonders überlassen, der eine so ausgezeichnete Arbeit leiste etc. pp. Der Lord Lieutenant hatte den Rat befolgt und seither einen großen Bogen um den Chief Constable gemacht.

Auch andere blieben den Festen fern. Und zwar die echten »Einheimischen«, die Bauern und gewöhnlichen Bewohner der umliegenden Dörfer, die den Gonders oder ihren Gästen keine Vorteile verschaffen konnten, aber zu einer älteren, tiefer in der Gegend verwurzelten Tradition gehörten. Am meisten Antipathie für das an jenem Sonntag auf dem Rasen der Gonders versammelte menschliche Treibgut empfanden die Middens, Marjorie Midden von Middenhall und ihr Bruder Christopher, der fünfzig Kilometer entfernt in Strutton einen Bauernhof bewirtschaftete. Von Anfang an war Sir Arnold mit Miss Midden aneinandergeraten. Sie wohnte in einem alten Bauernhaus hinter dem als Middenhall bekannten, weitläufigen viktorianischen Gebäude, in dessen Zimmern Logiergäste wohnten. Gegen seinen Plan, die als Folly Moss bekannte Gemeindeflur einzuzäunen, hatte sie sich mit der Begründung gewehrt, die Dorfbewohner von Great Pockrington benutzten diese seit tausend Jahren als Weideland. Auf Sir Arnolds Argument, in Pockrington wohne heute nur noch eine Familie, und der Mann arbeite in der Ziegelei von Torthal und habe kein Interesse, irgendwas auf Folly Moss weiden zu lassen, erwiderte Miss Midden, in Pockrington hätten einmal zweihundert Familien gewohnt, und wer könne beim jetzigen Zustand der Welt wissen, ob es in Zukunft nicht wieder genauso viele würden.

»Jimmy Hall mag dem Chief Constable sehr wenig bedeuten«, hatte sie auf einer öffentlichen Versammlung gesagt, »aber er verkörpert das Recht des gemeinen Mannes auf die Gemeindeflur. Für seine Rechte muß man kämpfen, und solange ich da bin, tritt man sie nicht mit Füßen.«

Sir Arnold hatte es mit dem Argument versucht, er wolle nur Stacheldraht hochziehen, um anderer Leute Schafe fernzuhalten, und Jimmy Hall könne das Land nutzen, wenn er wollte. Es half alles nichts. Miss Midden hatte erwidert, Stacheldraht zeige nur allzuoft die Grenzen der Freiheit an und begrenze ungerechtfertigterweise die Bewegungsfreiheit der Menschen. Die Gemeindeflur war nicht eingezäunt worden.

Es gab noch anderen Ärger. Einer von Sir Arnolds Streifenwagen hatte ein offenkundig von einem Betrunkenen gelenktes Fahrzeug über die Auffahrt auf das Middenhallsche Gut verfolgt. Einen älteren Mann, der über den Rasen gestolpert war, hatte man zu Boden geworfen und ihm Handschellen angelegt. Überall sonst in der Gegend von Twixt und Tween wäre ein derartiges Vorgehen der Polizei unkommentiert geblieben. In etlichen Wohngegenden am Stadtrand von Tween hätte es vielleicht höchstens den dortigen Jugendlichen einen Vorwand für eine Schägerei mit den Cops geliefert, aber das war ja nicht anders zu erwarten. Doch der Chief Constable fand es erschreckend und schockierend, daß ein angeblich gesetzestreues Mitglied der Mittelklasse das Gesetz benutzte, um zwei seiner Beamten vor Gericht zum Gespött zu machen, obwohl die ganze Angelegenheit durch ein kurzes Gespräch mit ihm hätte bereinigt werden können.

Darauf hatte Miss Midden allerdings verzichtet und statt dessen eine völlig überzogene Vendetta gegen die beiden Constables geführt. Schließlich hatten sie lediglich den vermeintlichen Fahrer zum Polizeirevier nach Hexstead mitgenommen, als er nicht ins Röhrchen pusten wollte – und sie beide in der Ausübung ihrer Pflichten angegriffen hatte –, wo die von einem Polizeiarzt entnommene Blutprobe eindeutig ergab, daß der Blutalkoholspiegel des Beschuldigten weit über dem zulässigen Wert lag. Das führte dazu, daß der Beschuldigte, Mr. Armitage Midden, ein älterer Großwildjäger, der kürzlich aus Kenia zurückgekehrt war, wo man ihn als »Buffalo« Midden kannte, des gefährlichen Fahrens, des Fahrens mit einem defekten Rücklicht, des Angriffs auf zwei Polizeibeamte und des Fahrens unter Alkoholeinfluß angeklagt wurde. Am nächsten Tag wurde besagter Mr. Midden auf Kaution freigelassen, nachdem er zur Begrüßung eine unangenehme Nacht hinter Gittern verbracht hatte und von Miss Midden persönlich zurück nach Middenhall gefahren worden war. Zu allen Beamten auf dem Polizeirevier von Hexstead war sie ausgesprochen unausstehlich gewesen.

Doch erst während des Prozesses erfuhr die Polizei, daß der Angeklagte a) keinen Führerschein besaß, b) eine solche Abneigung gegen Automobile hatte, daß er einmal zu Fuß von Kapstadt bis Kairo gegangen war und sich c) seinen beachtlichen Ruf als ausgezeichneter Schütze durch lebenslange Abstinenz erworben hatte. Kurz gesagt, es war für den Chief Constable, die beiden an der Festnahme beteiligten Beamten und den Polizeiarzt ein gräßlich peinlicher Fall gewesen, der nicht dazu beigetragen hatte, den Ruf der Polizeibehörde von Twixt und Tween zu verbessern. Miss Midden war zu ihrem Vetter Lennox gegangen und hatte ihm aufgetragen, einen äußerst süffisanten und erfahrenen Anwalt aus London mit der Wahrnehmung des Falles zu beauftragen. Das Kreuzverhör der polizeilichen Zeugen durch den Anwalt war für den Chief Constable besonders peinlich geworden, da er sich dummerweise hatte aufrufen lassen, um als Zeuge zugunsten seiner eigenen Constables und der Polizeibehörde von Twixt und Tween auszusagen.

Im nachhinein war Sir Arnold der Meinung, daß man ihn verleitet hatte, als Zeuge aufzutreten und wie ein Idiot oder Schlimmeres dazustehen. Er hatte die absolute Integrität des Polizeiarztes bezeugt, ehe der Richter das Verfahren einstellte. Und dann war da noch »Buffalo« Middens makellose militärische Laufbahn, während der ihm für hervorragende Tapferkeit in Burma zweimal der DSO und das Verdienstkreuz verliehen worden war. Im Zuschauerraum hatte Miss Midden ihren Triumph genossen. Der Chief Constable hatte sich bemüht, sie nicht anzusehen, konnte sich aber vorstellen, was sie empfand. Nämlich das genaue Gegenteil von dem, was er empfand.

Doch jetzt ging ihm nicht Miss Middens Arroganz durch den Kopf. Im Verlauf der Party mußte er immer wieder an den Burschen im Keller denken. Besonders ärgerte und verstörte ihn Ernest Lamming, der wiederholt behauptete, Sir Arnold habe eine hervorragende Auswahl an Weinen, und nachsehen wollte, ob sie auch vorschriftsmäßig gelagert wurden.

»Ich verkaufe ja schließlich kein billiges Gesöff. Nur Spitzenlagen, und Sie haben da ein paar phantastische Stöffchen wie diesen 56er Bergerac und den 47er Fitou. Der ist jetzt das eine oder andere Pfündchen wert, wenn Sie sich richtig drum gekümmert haben. Das heißt, ich will mal gucken, ob Sie die Flaschen auch wirklich auf der Seite liegen haben und so weiter. Falls sie senkrecht stehen, trocknen die Korken aus, und Ihre Investition geht den Bach runter.«

»Ich habe ihn rüber ins Haus am Sweep Place gebracht«, behauptete Sir Arnold. »Hielt es für keine gute Idee, so wertvollen Wein hier draußen zu lassen, wo das Haus die ganze Woche über leersteht.«

»Aber da haben Sie doch nicht mal einen Keller«, sagte Lamming. »Hier draußen war's genau richtig für den guten Tropfen. Der Keller hier ist speziell dafür angelegt worden, daß der Champagner und was die Wasserwerks-Millionäre noch so tranken hier gelagert wurde, wenn sie Ende vorigen Jahrhunderts zu 'nem Gelage vorbeikamen.«

Sir Arnold wurde durch das Eingreifen von Ralph Pullborough gerettet, einem der neuen Wasserwerks-Millionäre, dessen Gehalt soeben um achtundneunzig Prozent erhöht worden war, während die Wassergebühren um fünfzig Prozent in die Höhe geschossen waren.

»Nun hören Sie mal, Ernest, alles was recht ist. Ich möchte keine abfälligen Bemerkungen über Wassergebühren und dergleichen mehr hören«, sagte er. »Und ich verwahre mich dagegen, Wasserwerks-Millionär genannt zu werden. Sie wissen sehr wohl, daß ich schon lange, bevor ich ins Wasserfach gegangen bin, Millionär war. Wer Leistungsfähigkeit will, muß dafür zahlen. So lautet das Gesetz des Marktes. Bei dem Gesöff, das Sie verkaufen, ist es genauso.«

»Ich verkaufe kein Gesöff«, gab Lamming wütend zurück.

»Diesseits von Berlin finden Sie keine bessere Flasche Blue Nun als meine. Aber mit Ihrem Wasser kann man keinen Blumentopf gewinnen. Als ich vorhin über den Damm gefahren bin, trieb ganz in der Nähe ein totes Schaf. Und das Leitungswasser ist so schlecht, daß wir Ruby eine Umgekehrte-Osmose-Spirale einbauen mußten, damit das Badewasser sauber bleibt.«

»Ihr Armen, eine Spirale«, säuselte Pullborough, »wie überaus passend für sie. Hat es am Anfang sehr weh getan? Ich muß sie unbedingt fragen.«

Sir Arnold eilte außer Hörweite und mischte sich unter die Gäste. Am interessantesten fand der Chief Constable dabei eine Bemerkung, die er aufschnappte, als er an der Gruppe um Edgeworth vorbeikam, dem Abgeordneten für West Twixt.

»Sie ist eine verfluchte Plage, diese Miss Midden«, sagte Edgeworth gerade. »Ihr halbes Leben verbringt sie damit, die Ausweisung von Bauland zu verhindern, das der Gemeinde helfen würde. Ich wünschte bei Gott, jemand brächte sie zum Schweigen.«

»Soll das heißen, daß sie ihre Nase in das Bauvorhaben in Ablethorpe gesteckt hat?« fragte jemand. »Man rettet ein paar Bäume und verschenkt die Gelegenheit, Erschließungssubventionen zu erhalten. Welchen Sinn soll das haben?«

»Da liegt das Problem, bei diesen sogenannten alteingesessenen Familien. Sie glauben offenbar, die Vergangenheit zählt. An die Zukunft denken sie nicht.«

Sir Arnold ging in sein Arbeitszimmer und schloß die Tür. Er war erschöpft und mußte an seine eigene Zukunft denken. Der Wodka hatte nur vorübergehend geholfen. Warum hauten die Leute nicht ab, damit er eine Mütze Schlaf nehmen und dem Mistkerl seine nächste Dosis Whisky mit was auch immer verabreichen konnte? Er setzte sich und dachte über Miss

Marjorie Midden nach. Über sie und diesen Major MacPhee. Wenn er nur herausfinden könnte, ob es eins der Wochenenden war, an denen sie unterwegs waren und Vögel beobachteten oder Gärten besichtigten. Das Haus der Middens wäre der ideale Ort, um dort das Schwein im Keller abzuladen. Auf Middenhall wohnten alle möglichen alten Spinner, und auch wenn er sich nicht traute, persönlich rüberzufahren, so lag das Bauernhaus der Middens, in dem die alte Ziege und Major MacPhee wohnten, so günstig abgeschieden. Es wäre nett, wenn man ihr die Sache mit dem jungen Lustknaben anhängen könnte. Das war eine köstliche Idee. In der Zwischenzeit würde er es mit einem Telefonat probieren. Er wählte Miss Middens Nummer. Niemand ging ran. Später wollte er in Middenhall anrufen, um herauszufinden, ob sie wirklich weg war. Als er an der Küchentür vorbeikam, hörte er, wie sich Tantchen Bea mit Mrs. Thouless, der Haushälterin, unterhielt.

»Ich verstehe wirklich nicht, warum Arnold gesagt hat, er hätte den Wein rüber zum Sweep Place gebracht, wo es doch offenkundig gelogen ist. Und bei einem 47er Fitou! Haben Sie eine Vorstellung davon, wie gräßlich das wäre?«

Zum Glück war die Haushälterin taub. Sie führte Selbstgespräche über Glas und Blut auf dem Fußboden des ganzen Schlafzimmers, und daß der Spiegel kaputt sei, und über das viele Wasser. Sir Arnold eilte nach oben, um nachzusehen, ob auch keine Blutflecken an der Wand über dem Bett waren. Es waren keine da, und die Flecken auf dem Teppich stammten alle von ihm. Er bemerkte auch zufrieden, daß Vy auf dem Bett weggetreten war. Auf der Party hatte sie Gin mit Appletizer getrunken und so getan, als wäre es Champagner. Es hatte nicht funktioniert. Der Gin hatte gewonnen.

9

Als schließlich sämtliche Gäste gegangen waren, stand Sir Arnold kurz vor der völligen Erschöpfung. Allein panische Angst hielt ihn auf den Beinen. Angst und schwarzer Kaffee. Doch im Laufe des Nachmittags tauchte ein neues Stimulans auf. Das kam mit der Erkenntnis, daß derjenige, der diesen schmierigen Burschen zu seinem, Sir Arnolds, Haus und in sein Bett geschafft hatte, einen auf dem Grundstück befindlichen Komplizen haben mußte. Sämtliche Fakten – soweit er sie überblickte – deuteten auf diesen unwiderlegbaren Schluß hin. Jedenfalls konnte ihn Sir Arnold in seinem schlimmen Zustand nicht widerlegen. Statt dessen klammerte er sich an gewisse Tatsachen, und zwar zunächst einmal an die, daß jemand, und falls er diesen Jemand zu fassen bekam... egal, jemand (Sir Arnold zog die Formulierung »irgendein Scheißkerl« vor) das schmiedeeiserne Tor aufgeschlossen hatte, um irgendwelche anderen Scheißkerle samt dem jetzt im Keller befindlichen jungen Drecksack hereinzulassen und, als diese gegangen waren, das Tor wieder verschlossen hatte. Anders hätten sie nie und nimmer hereinkommen können. Die Mauern und mit Stahlläden verrammelten Fenster auf der Stauseeseite des Hauses machten jeden anderen Weg unmöglich. Wenn es um Selbstschutz ging, war der Chief Constable nicht zu schlagen. Soviel also zum ersten Punkt, der durch den zweiten bestätigt wurde, nämlich durch den erbärmlichen Zustand des Rottweilers. Sir Arnold fühlte sich schrecklich, doch der Hund war in einem noch übleren Zustand. Die Beine hatten sich zwar wieder erholt, und er konnte gehen, na ja, jedenfalls humpeln, doch in so ziemlich jeder anderen Hinsicht wirkte das Tier so, als hätte es den Fehler begangen, sich mit einer äußerst mißgelaunten Planierraupe anzulegen. Seine Kiefer waren besonders übel dran, und wenn Genscher hin und wieder versuchte, zu bellen oder sonst irgendwie hörbar zu protestieren, brachte er lediglich eine Art Gähnen zustande. Aus seiner massigen Kehle drang kein Laut; nur wenn er humpelte, keuchte er dabei. Unter günstigeren Umständen hätte Sir Arnold seine Frau veranlaßt, den Tierarzt anzurufen, doch das kam nicht in Frage. Die Umstände waren so ungünstig wie noch nie, und er hatte nicht vor, irgendeinem Scheißtierarzt zu gestatten, im Haus herumzuschnüffeln. Noch weniger wollte er Lady Vy oder dieser ekelhaften Bea erlauben, irgendwohin zu gehen. Genscher würde stumm leiden müssen. Trotzdem lieferte der Hund weitere Beweise, daß Bea dem Schwein behilflich gewesen war, das den Kerl in sein Bett gesteckt hatte. Der Hund kannte die blöde Kuh und mochte sie inzwischen offenbar. Sir Arnolds angewiderten Meinung nach hätte er sie zerfleischen müssen, als sie das erstemal das Grundstück betrat. Statt dessen hatte er ihr vertraut. Sir Arnold verschwendete kein Mitgefühl an das Tier. Seinen gegenwärtigen Zustand hatte es einzig und allein sich selbst zuzuschreiben. Bestimmt hatte die vermaledeite Frau das Vieh mit einer Brechstange bearbeitet.

Als er diesen Gedanken weiterspann, fragte er sich, womit sie wohl Lady Vy bearbeitet hatte. Vermutlich mit einer annähernd tödlichen Dosis Antidepressiva. So etwa das Doppelte ihrer üblichen Menge. Und das zusätzlich zu ihrer täglichen Flasche Gin. Tja, was Bea konnte, konnte er schon lange, und er würde nicht zulassen, daß jemand seine Pläne zur Beseitigung des in Laken gewickelten Burschen durchkreuzte.

Jetzt sah er sich mit dem praktischen Problem konfrontiert, den Kerl aus dem Keller zu schaffen und sich seiner irgendwo anders zu entledigen. Hatte er das erst einmal erfolgreich hinter sich gebracht, wäre jeder Versuch, ihn zu erpressen, absolut verräterisch. Die verfluchte Bea würde kein Wort sagen können. Die Gelegenheit wäre verstrichen. Es war ein angenehmer Gedanke. Sir Arnold widmete seinen Verstand der Lösung dieses Problems. Erstens müßte das Haus nahe genug sein, um in einer Stunde hin- und wieder zurückfahren zu können. Irgendwann zwischen zwei und drei Uhr morgens wäre ideal. Und diesmal würde Tantchen B diejenige sein, die etwas bekam, was sie in den Schlaf wiegte. Beispielsweise achtzig Milligramm Valium in ihrem Tonic. Das würde zweifellos genügen. Oder in den Gin? Nein, Tonic war besser. Sie trank mehr Tonic. Er ging ins Wohnzimmer, holte eine Flasche und mixte den Trunk. Und es könnte nichts schaden, wenn Vy auch eine Portion abbekam. Er wollte nicht, daß sie seinen Plan durchkreuzte oder auch nur wußte, wie er aussah. Er kannte seine Frau. Sie hatte die grenzenlose Fähigkeit, ihre unangenehmen Erlebnisse zu vergessen und sich nur auf das zu konzentrieren, was ihr angenehm war. Mit Hilfe von genügend Gin konnte sie jedes Verbrechen vergessen. Wegen Vy ließ er sich keine grauen Haare wachsen.

Seine Gedanken wanderten zurück zu Middenhall. Wenn er doch nur absolut sicher sein könnte, daß Miss Midden weggefahren und das alte Bauernhaus unbewohnt war ... es wäre der ideale Ort, um den Dreckskerl abzuladen. Es war nahe genug, um schnell dorthin zu kommen, aber gleichzeitig weit genug entfernt, um jeden Verdacht von dem Alten Bootshaus abzulenken. Am allerbesten war, daß sich in der Nähe die vielen dubiosen Exzentriker der Familie Midden in der eigentlichen Hall aufhielten. Eigentlich wäre es zwar leichter, den Kerl dort im Garten abzuladen, doch es bestand immer die Gefahr, daß er in der kühlen Nachtluft erfror. Nein, er mußte ein Gebäude betreten, und zwar vorzugsweise ein Haus, wo man den Mann garantiert einigermaßen bald fand. Und das Bauernhaus lag nahe genug bei Middenhall, daß man seine seltsamen Bewohner verdächtigen würde.

Wenn Miss Midden nach Hause kam und diesen kleinen Flegel in ihrem Bett fand, wäre es sehr interessant zu erfahren, wie sie reagierte. Trotz seiner Erschöpfung mußte der Chief Constable bei dem Gedanken beinahe lächeln. Erneut rief er in dem Bauernhaus an, doch niemand ging ran. Statt dessen versuchte er es in Middenhall und verlangte den Major zu sprechen.

»Er ist leider übers Wochenende verreist«, sagte eine Frauenstimme. Sir Arnold nahm all seinen Mut zusammen.

»Dann ist vielleicht Miss Midden verfügbar?« fragte er.

»Sie ist auch nicht da. Die beiden kommen nicht vor Montag oder sogar Dienstag zurück.«

»Och, ich kann warten«, sagte der Chief Constable, und noch ehe die Frau fragen konnte, mit wem sie sprach, hatte er aufgelegt.

Jetzt mußte er nur noch den Land Rover zu dem alten Kuhstall hinunterschaffen, damit man oben im Haus nicht hörte, wie er den Motor anließ. Sobald er diese beiden wesentlichen Dinge erledigt hatte, setzte sich Sir Arnold und ruhte ein wenig aus. Und er brauchte gar nicht bis zwei Uhr früh zu warten, um in Aktion zu treten. Um zehn Uhr abends hatte Tantchen Bea verkündet, sie sei hundemüde, und war ins Bett marschiert, gefolgt von Lady Vy, die ausgesprochen eigenartig pink aussah. Sir Arnold hoffte, daß er nicht zuviel Valium in dem Tonic aufgelöst hatte. Egal, das ließ sich jetzt nicht ändern. Er begab sich in den Keller und verabreichte dem ungebetenen Besucher sein letztes Gläschen Whisky, bevor er versuchte, den Körper ins Erdgeschoß zu wuchten. Zu diesem Zeitpunkt wurde ihm klar, daß er es mit einem mächtig schweren Brocken zu tun hatte. Den Kerl in den Keller zu schaffen, war recht einfach gewesen. Zum einen hatte Vy ihm geholfen, zum anderen war es immer bergab gegangen. Den Klotz wieder nach oben zu kriegen, war etwas vollkommen anderes. Sir Arnold schleifte Timothy Bright die Kellertreppe halb hinauf und ließ dabei die Last zweimal fallen, um keinen Herzinfarkt zu bekommen. Danach änderte er seine Pläne bezüglich des Fluchtweges nach draußen. Wenn er den Knilch noch mal fallen ließ, brachte er ihn womöglich um, und wenn er weiter versuchte, ihn die Treppe raufzuschaffen, brachte er sich mit ziemlicher Sicherheit selbst um. Nachdem Sir Arnold seinen rasenden Puls fast wieder auf Normalwerte gebracht hatte, stand er auf und ging zur Luke. Ursprünglich war sie benutzt worden, um Bierfässer und Kohlen in den Keller zu schaffen. Jetzt würde er sie benutzen müssen, um den Kerl nach oben zu schaffen. Sir Arnold zog an den Seilen und schob die Riegel auf. Dann ging er ins Erdgeschoß, nach vorne zum Hof, und öffnete die Luke von oben. Neben ihm gab Genscher ein seltsames Keuchen von sich und schniefte. Die arme Kreatur war immer noch in einem erbärmlichen Zustand. Doch Sir Arnold hatte nicht die Zeit, um sich wegen der Probleme des Rottweilers den Kopf zu zerbrechen. Er mußte über viel wichtigere eigene nachdenken. Aus der Garage holte er ein Seil und ließ das eine Ende durch die Luke in den Keller runter. Dann ging er selbst zurück in den Keller und schleppte den Körper zu der Bierrampe unter der Luke. Dort band er das Seil um die Taille des Burschen. So weit, so gut. Gerade wollte er wieder die Treppe hinaufgehen, als er zu seinem Schrecken auf dem Fußboden über sich Schritte hörte. Was zum Teufel ging da vor? Diese verfluchte Bea konnte doch jetzt nicht durch das Haus schleichen. Es war unmöglich. Er hatte selbst gesehen, wie sie drei Gin Tonics gekippt hatte, und die Tonicflasche enthielt jede Menge Valium. Die Frau mußte die sprichwörtliche Konstitution eines Pferdes haben, um mit solchen Mengen Beruhigungsmitteln im Körper wach zu bleiben. Oder vielleicht hatte die Kuh gemerkt, daß ihr Drink gepantscht war, und ein Gegenmittel genommen. Offensichtlich war sie viel schlauer, als er vermutet hatte. Und die Kellertür stand offen. Das mußte ihr einfach auffallen.

Oben stolperte Tante Bea auf der Suche nach etwas Natron durch die Küche, nach irgendwas, damit sich nicht mehr alles um sie drehte. So besoffen hatte sie sich schon lange nicht mehr gefühlt, dabei hatte sie seltsamerweise nur drei kleine Gin Tonics getrunken, noch dazu mit viel mehr Tonic als Gin. Wenn das so weiterging, würde sie dem Alkohol ganz abschwören müssen. Offenbar war ihre Leberfunktion stark beeinträchtigt. Wie sie so gegen den Küchentisch stolperte, sich an die Rückenlehne eines Stuhls klammerte und schließlich Platz nahm, verwirrte sie über die Maßen. Noch verwirrter war sie von dem übermächtigen Drang zu singen. Diesen Impuls hatte sie seit Ewigkeiten nicht mehr verspürt, und gewöhnlich tat sie so etwas in ihrer eigenen Wohnung, am liebsten im Bad. Schön und gut, wenn man eine erfolgreiche Frau und im großen und ganzen ein eher maskuliner Typ war, aber es war nicht sehr hilfreich, außerdem eine wirklich grausige Sopranstimme zu haben. Doch aus irgendeinem diffusen Grund war ihr jetzt danach, »If you were the only girl in the world and I was the only boy« zu singen. Sobald diese Laute zum Chief Constable in den Keller vordrangen und als Annäherungsversuch interpretiert wurden, kam ihm die neue und erschreckende Idee, daß das grauenhafte Tantchen Bea ihm einen schauderhaften Antrag unterbreitete, den er stehenden Fußes verwarf. Wie zur Bestätigung der aberwitzigen Theorie, daß er von einer dreisten Lesbierin umworben wurde – und wenn sie anders ausgesehen hätte, wäre dem normalerweise passiven Sir Arnold diese Erfahrung durchaus recht gewesen –, stand Tantchen Bea auf, ging rüber zum Keller und spähte die Treppe hinunter.

»Wenn irgendwer da unten ist, kann er jetzt zu Tantchen B raufkommen und mir zeigen, wo der Hammer hängt«, flüsterte sie. Der Chief Constable kauerte sich in der Ecke zusammen. Er hatte in seinem Leben zahlreiche Phantasien gehabt, aber diese gehörte auf keinen Fall dazu. »Alle an Bord von Tantchen B. Letzte Bestellung und Sterbesakramente. Der Rest ist Schweigen.« Und nach diesen unheilschwangeren Worten machte sie die Kellertür zu und schloß ab. Im Dunkeln lauschte Sir Arnold Gonders ihren sich entfernenden Schritten und verwünschte den Tag, an dem seine Frau diese abscheuliche Person in ihr Leben hatte treten lassen. Aber egal, er mußte erstens raus aus dem Scheißkeller, und zweitens den Knilch hinter sich herzerren. Der einzige Weg nach draußen führte jetzt über die Bretter der Bierfaßrampe. Im Licht des Mondes, das gelegentlich durch die dahinjagenden Wolken schien, versuchte er die Planke hinaufzuklettern, indem er sich mit den Händen an deren Seiten festhielt und immer einen Fuß vor den anderen setzte. Auf halber Strecke rutschte er aus und drückte sich schließlich an die Planke wie eine Kröte bei der Paarung. Unendlich vorsichtig, um sich keine Splitter in die Hände zu rammen, hangelte er sich nach unten und dachte noch einmal über das Problem nach. Er brauchte rutschfeste Sohlen oder, da die nicht zur Verfügung standen, irgendwas, das er an der Planke befestigen konnte und das nicht rutschte. Einen Moment lang dachte er daran, Timothy Bright vorübergehend als Leiter zu verwenden, ja, er hatte ihn sogar schon gegen die Planke gelehnt, als er befand, daß das keine sehr intelligente Lösung sei.

Es sei denn, er band den Burschen fest... Sir Arnold legte das Projekt zu den Akten und machte sich mit seiner Taschenlampe auf die Suche nach etwas, worauf er stehen konnte. Er fand es hinter einem der steinernen Weinregale, und zwar in Gestalt eines lädierten Koffers, der alte Ausgaben von *La Vie Parisienne* enthielt und einmal einem Angestellten des Wasserwerks gehört hatte, der seine Freizeit offenbar damit verbracht hatte, sich unbekleidete Französinnen aus den dreißiger Jahren anzusehen. Sir Arnold hatte die Illustrierten zu seinem eigenen Amüsement behalten, doch jetzt sollte der Koffer einem besseren Zweck dienen.

Fünf Minuten später stand der Chief Constable draußen an der kühlen Nachtluft und ergriff das an dem Körper im Keller befestigte Seil. Einen Augenblick lang stand er da und dachte über das Problem nach. Es war erstaunlich, wie schwierig ganz einfache Aufgaben wurden, sobald es an ihre Durchführung ging. Eins wollte er auf keinen Fall, nämlich das Seil durch die Luke zurückrutschen lassen, falls er es loslassen mußte. Er ging über den kopfsteingepflasterten Hof und band das Seilende an das Bein einer Bank in seiner Werkstatt. Als er sich aufrichtete, wurde ihm klar, daß es alles andere als einfach sein würde, den Körper nach oben zu ziehen. Jetzt wünschte er, er hätte die Flasche Whisky nicht im Keller liegengelassen. Bevor er sich ans große Zerren machte, konnte er einen ordentlichen Schluck vertragen. Er ging zu den Verandafenstern und entdeckte voller Dankbarkeit, daß Tantchen Bea die nicht auch geschlossen hatte. In seinem Arbeitszimmer goß er sich einen großen Chivas Regal ein und kippte ihn runter. Ja, jetzt ging es ihm schon besser.

Wieder im Hof, packte er das Seil und fing an zu ziehen. Langsam schob sich der Körper die Bretter hoch, und gerade als Sir Arnold glaubte, jetzt hätte er es geschafft, rutschte er auf dem Kopfsteinpflaster aus, und mit einem widerwärtig dumpfen Geräusch schlug Timothy Bright wieder auf dem Kellerboden auf. Während der Chief Constable nach Luft rang, winselte neben ihm Genscher. Sir Arnold sah auf den riesigen Hund hinab und hatte eine Idee. Ihm war die perfekte Methode eingefallen, wie man den verfluchten Flegel rauf- und rausbekam. Er ging in die Werkstatt, wo er mehrere Rollen Isolierband fand.

»Genscher, alter Junge, komm her und mach dich nützlich«, rief er leise. »Du wirst jetzt mein stummer Diener.«

Fünf Minuten später war der Rottweiler tatsächlich einer. Da zwanzig Meter Isolierband um sein Maul und den Hinterkopf gewickelt waren, konnte er nicht mal mehr winseln, und sein Atem ging nun noch keuchender und angestrengter.

»Dann wollen wir mal«, sagte Sir Arnold. »Nur noch eins.« Und damit band er das Seil an das Hundehalsband. Danach trat er zurück und atmete tief durch, bevor sich seine gesamte Wut entlud, die sich in ihm aufgestaut hatte, seit er auf der Feier des Dezernats für Schwerverbrechen von der Presse verfolgt worden war.

Als er in Genschers bis dato unversehrten Hodensack trat, machte das Riesenvieh einen Satz vorwärts, ohne aus dieser schrecklichen Heimsuchung und der veränderten Beziehung zu einem Herrchen, das ihn bisher beinahe gut behandelt hatte, schlau zu werden. Im Keller – und zu seinem Glück ahnungslos, welches Schicksal ihn erwartete – schoß Timothy die Rampe hinauf, durch die Luke und auf die Pflastersteine, wo er von dem verzweifelten Hund über den Hof gezerrt wurde. Während sich Genscher vor seinem eigenen Hinterteil in Sicherheit brachte, holperte Timothy hinter ihm drein und wurde in die Werkstatt gezerrt, wo er mit dem Bein der Bank zusammenstieß, abprallte und sich schließlich unter dem rechten Vorderrad von Lady Vys Mercedes verkeilte.

Draußen versuchte Sir Arnold, das Seil loszubinden. Mittlerweile spürte er den Chivas Regal, und ihm wurde bewußt, daß das Haustier ihm nicht mehr traute.

»Ist ja schon gut, Genscher, alte Kumpel«, flüsterte er heiser, aber erfolglos. Der Rottweiler war kein sehr intelligenter Hund und alles andere als in Topform, wußte aber genug und war noch so gut beieinander, daß er Herrchen aus dem Weg ging, die eine Hundeschnauze mit einer halben Meile Isolierband umwickelten und einem anschließend in die Klöten traten.

Von dem durch den Hof stolpernden Chief Constable verfolgt, hetzte Genscher auf das einzige Schlupfloch zu, das er fand, und sprang durch die Luke. Hinter ihm straffte sich das Seil, und einen Augenblick lang schien es, als folgte ihm der in Laken gewickelte Körper. Doch Timothy Bright klemmte zu fest unter dem Mercedes, und das Seil wickelte sich um einen Stützpfeiler der Garage. Während der Rottweiler Anstalten machte, sich auf halber Strecke die Rutsche hinunter zu strangulieren, handelte Sir Arnold. Was auch immer geschah, der Bursche sollte ihm nicht wieder durch die Lappen gehen. Er tastete zwischen den Werkzeugen auf der Bank herum, erwischte einen Meißel und hackte im Knien auf das Seil ein. Die meisten Versuche gingen daneben, doch irgendwann riß das Seil, und ein dumpfer Aufprall aus dem Keller ließ darauf schließen, daß der Rottweiler die restlichen anderthalb Meter bis zum Boden überwunden hatte. Sir Arnold erhob sich und hievte den Mann unter dem Mercedes hervor.

Dann holte er den Schubkarren, lud Timothy quer darüber und rollte ihn langsam zu dem im Kuhstall wartenden Land Rover hinunter. Zweimal fiel der Körper zu Boden, und zweimal wuchtete er ihn wieder auf den Karren, doch am Ende hob er ihn tatsächlich in den Laderaum des Fahrzeugs. Dann warf er einen Blick auf die Uhr. Es war fast ein Uhr nachts. Oder war es zwei? Egal. Ihm war mittlerweile schnurzpiepe, wieviel Uhr es war, solange sich Miss Midden, das alte Miststück, wirklich und wahrhaftig außerhalb des Bauernhofs aufhielt. Der Chief Constable war besoffen, geistig völlig ausgelaugt, und wurde nur von seinem Selbsterhaltungstrieb in Gang gehalten. Er wollte sich nicht damit aufhalten, den elenden Burschen hier aus den Laken zu pellen. Das würde er tun, sobald er den Sack auf Gut Midden ausgeladen hatte. Sir Arnold setzte sich auf den Fahrersitz und löste die Handbremse. Der Land Rover rollte langsam den Hügel hinunter, weg vom Alten Bootshaus und dem Stausee.

Sobald der Chief Constable außer Sichtweite war, ließ er die Kupplung kommen, und der Motor sprang an. Fünfundzwanzig langsame Minuten später und immer noch ohne Licht fahrend, bog er Richtung Midden ab und stieg aus, um das Tor zu öffnen. Er zögerte kurz. Noch war es Zeit, den Mistkerl anderswo abzuladen. Hatte er das Tor erst einmal hinter sich gelassen, gab es kein Zurück mehr. Und nur ein kleines Stück die Straße hinunter zu seiner Rechten lag die eigentliche Middenhall.

Die Einfahrt zu dem Anwesen war nur vierhundert Meter weit entfernt. Sir Arnold sah die Birken, die vor der Gutsmauer standen. Nein, sogar zu dieser späten Stunde trieben sich auf dem Anwesen womöglich Ausgeflippte herum. Entweder hier oder gar nicht. Er stieß das Tor auf, fuhr auf den Hinterhof und dann unter dem Torbogen hindurch zur Vorderseite des Hauses. Dort blieb er eine Weile mit laufendem Motor stehen, doch es ging kein Licht an. Vor ihm lag noch ein Tor und der Weg, der einmal die alte Viehtrift gen Süden gewesen war. Der Weg war unbefestigt und führte über das Hochland, auf ihm würde er sich aber ausgezeichnet vom Haus entfernen können, sobald er hier fertig war. Der Chief Constable stellte den Motor ab, stieg aus und horchte. Abgesehen von dem Zischen in seinem rechten Ohr, das er auf zuviel Whisky zurückführte, war die Nacht still.

Er ging nach hinten zum Land Rover und zog sich ein Paar Spülhandschuhe über. Dann begab er sich – verstohlen, wie er fand – zur Haustür und beleuchtete mit seiner Taschenlampe das Schloß. Es war zu seiner Erleichterung kein Chubb, ja nicht einmal ein kompliziertes Yale-Schloß.

Hier einzubrechen dürfte kein Problem sein. Es war sogar überflüssig. Die Tür war unverschlossen. Typisch Frau, dachte der Chief Constable, bevor ihm einfiel, daß die Tür zwar nicht verschlossen sein mochte, es aber eine Kette geben konnte, und dann kam er auch nicht rein. Noch etwas kam ihm in den Sinn. Vielleicht war Miss Midden gar nicht unterwegs. Möglicherweise hatte sie sich anders entschieden und war doch nicht übers Wochenende verreist. Darauf hätte er eher kommen können. Sir Arnold zog sich von der Haustür zurück und ging durch den Torbogen zum hinteren Hof. Hier stellte Miss Midden für gewöhnlich ihr Auto ab. Er sah auf der anderen Hofseite in der alten Scheune nach, die zu seiner Erleichterung leer war. Danach probierte er es an der Hintertür, doch die war abgeschlossen, noch dazu mit einem Chubb. Da kam man unmöglich rein. Er ging einmal ums Haus und rüttelte an den Fenstern. Es waren altmodische Schiebefenster, und an einem war der Riegel kaputt. Sir Arnold Gonders schob das Fenster auf und kletterte hindurch. Im Licht seiner Taschenlampe sah er, daß er sich im Eßzimmer befand. Ein großer Mahagonitisch, um den man Stühle aufgestellt hatte und auf dem eine Schale welker Blumen stand, daneben ein großes altes Sideboard, über dem ein Spiegel hing. Zu seiner Linken war eine Tür. Er ging hindurch und kam in ein Zimmer mit Bett, einem Schreibtisch, einem Sessel und einem Bücherregal. Ein paar Herrenschuhe, Hausschuhe und ein Morgenmantel. Bestimmt Major MacPhees Zimmer. Praktischer ging es nicht.

Mit frischem Selbstvertrauen machte er das Fenster auf und kehrte zum Land Rover zurück. Zehn Minuten später war Timothy Bright die mit Klebeband umwickelten Laken los, und der Chief Constable hatte ihn unter einigen Schwierigkeiten durch das offene Fenster ins Schlafzimmer des Majors gewuchtet. In diesem Augenblick sah er Scheinwerfer die Straße hochkommen. Er wartete nicht ab, wer um diese nachtschlafende Zeit von Stagstead heraufkam. Erstaunlich flink für einen betrunkenen und erschöpften Menschen rollte er den bewußtlosen Timothy unter das Bett, kletterte durch das Fenster und schloß es wieder. Dann eilte er zum Land Rover, öffnete das Tor zur Trift, fuhr hindurch und schloß es wieder, ehe ihm einfiel, daß er das vordere Fenster offen gelassen hatte. Er zögerte kurz, doch die Scheinwerferkegel kamen schon viel näher. Als sie in Richtung Bauernhaus einbogen, fuhr Sir Arnold langsam und ohne Licht über das Hochland, wobei er sich an einer Wand aus windgebeugten Dornbüschen auf der einen Seite orientierte. Erst als er die Parson's Road erreicht hatte und von Midden aus nicht mehr zu sehen war, schaltete er die Scheinwerfer an und fuhr mit normaler Geschwindigkeit zum Alten Bootshaus zurück. Hinter ihm brachte der Nachtwind den Vorhang im offenen Fenster zum Flattern.

10

Als sie in dem alten Humber, einem Kriegsmodell, das sie von ihrem Vater geerbt hatte, zu dem Bauernhaus zurückfuhr, war Miss Middens Stimmung auf dem Nullpunkt. Sie hatte sich auf das Wochenende am Solway Firth gefreut, auf Besichtigungen von Gartenanlagen und auf Wanderungen. Doch Major MacPhee hatte ihre Pläne durchkreuzt. Wie üblich. Sie hätte vernünftig sein und ihm nicht erlauben sollen, allein nach Glasgow zu fahren. Die Stadt setzte dem dummen kleinen Mann immer arg zu, sowohl geistig wie auch körperlich. Diesmal hatten sich er und die Stadt selbst übertroffen.

»Sie haben sich ja übel zugerichtet«, hatte sie zu ihm gesagt, als sie ihn auf der Unfallstation des Krankenhauses entdeckt hatte. »Ich weiß wirklich nicht, warum ich mich mit Ihnen abgebe.«

»Es tut mir schrecklich leid, meine Liebe, aber Sie kennen mich ja«, sagte der Major.

»Leider. Allerdings nicht mehr lange, wenn Sie so weitermachen«, hatte sie erwidert. »Das ist Ihre letzte Chance. Ich weiß wirklich nicht, was in Sie gefahren ist.«

Doch natürlich wußte sie es. Unmengen Scotch Whisky.

Und wie üblich, wenn er in Glasgow war, hatte sich der Major in mehr abscheulichen Pubs, als seine Erinnerung hergab, in einen Zustand gräßlicher Verwegenheit getrunken, und sich dann eine besonders explosive Bar voller junger Iren ausgesucht, um mit sehr lauter Stimme zu verkünden, man müsse bloß die Sondereinheit »B Specials« einrücken lassen, um die Probleme Nordirlands zu lösen oder, was noch besser wäre, die 1920 im Kampf gegen Irland erprobte Truppeneinheit »Black and Tan«. Man mußte kein Prophet sein, um vorauszusehen, wie die Iren auf diesen furchtbaren Vorschlag reagierten. In der anschließenden Schlacht war Major MacPhee durch eine bis zu diesem Zeitpunkt mit WEINE & SPIRITUOSEN beschriftete Milchglasscheibe auf die Straße geworfen, anschließend aber von einem riesigen Glasgower in die Kneipe zurückgeschleudert worden, der etwas dagegen hatte, daß kleine Männer mit kupferroten Schnurrbärten seine Freundin sexuell belästigten. Danach hatte der Major herausgefunden, was eine echte Kneipenschlägerei war, als sich nämlich fünfunddreißig besoffene Iren ohne ersichtlichen Grund um ihn und um ihn herum prügelten. Am Ende rettete ihn die Polizei, die ihn irrtümlich für einen unbeteiligten Zuschauer hielt und schnell ins Krankenhaus brachte. Als Miss Midden ihn dort schließlich fand, hatte er mehrere Stiche über seinem grün und blau geschlagenen rechten Auge. Damit war ihre letzte Hoffnung verflogen, das Wochenende im Balcarry Bay Hotel fortzusetzen. Kein anständiges Hotel hätte den Major aufgenommen. Seine Hose war zerrissen, und er hatte seinen Hemdkragen und einen Schuh verloren. Die Ärztin auf der Unfallstation hatte keinerlei Mitleid gezeigt. Sie war das gesamte Wochenende im Dienst gewesen und auf Leute wie Major MacPhee überhaupt nicht gut zu sprechen.

»Sie haben großes Glück, daß Sie noch am Leben sind«, sagte sie zu ihm. »Und wenn man Sie das nächstemal in einem derartigen Zustand hier einliefert, werde ich eine psychologische Untersuchung erwägen. Auf den Straßen dieser Stadt laufen viel zuviele durchgedrehte Säufer herum.«

Miss Midden war ganz ihrer Meinung.

Als sie aus der Stadt hinausfuhren, ließ Miss Midden ihrem Zorn freien Lauf.

»Sie sind wirklich ein ausgesprochen gräßlicher Mensch«, sagte sie. »Und verrückt. Sie haben mir das Wochenende verdorben, indem Sie sich aufgeführt haben wie... wie, na, wie die Sorte Mensch, der Sie nun mal sind.«

»Es tut mir wirklich leid, Ehrenwort«, winselte der Major. »Aber sobald ich mich in einer Bar befinde – oder besser noch, in einer richtigen Kneipe –, überfällt mich so ein schreckliches Verlangen.«

»Wir alle haben schreckliche Verlangen«, sagte Miss Midden. »Ich habe in diesem Augenblick eins und würde dem sehr gern nachgeben, wenn ich nicht wüßte, daß Ihnen das ein gewisses perverses Vergnügen bereitete. Sie leiden offenkundig unter einem Todeswunsch.«

»Das ist es nicht«, sagte der Major durch seine geschwollenen Lippen. »Das Verlangen überkommt mich ganz plötzlich. Eben stehe ich noch da, einen Fuß auf der Fußleiste, einen kleinen dreifachen Maltwhisky in der Hand und irgendeinen netten Menschen neben mir, und urplötzlich überkommt mich der unwiderstehliche Drang, auf den größten Rüpel weit und breit zuzugehen und ihm zu sagen, er solle die Fresse halten. Oder irgendwas, das ihn zum Nachdenken bringt. Es ist phantastisch mitzuerleben, wie ein wirklich starker, kräftiger Schläger zum Leben erwacht. Sein Gesichtsausdruck totaler Verblüffung, zunehmender Glanz in seinen Augen, wie er die Fäuste ballt und für den Schlag die Schultern vorschiebt. Bestimmt habe ich mehr richtig große Männer Schläge austeilen sehen als die Hälfte der Berufsboxer weltweit.«

»Und was haben Sie davon? Es ist ein Wunder, daß Sie keinen Hirnschaden haben. Wenn Sie ein Gehirn hätten, das Schaden nehmen könnte.«

Eine Zeitlang fuhren sie schweigend weiter, Miss Midden in die Überlegung vertieft, wie merkwürdig es war, daß sie Middenhall mit seinen eigenartigen Bewohnern übernommen hatte, und der Major schmollte wegen etwas anderem.

Kaum hatten sie die Grenze überquert, als Major MacPhee auch schon einschlief, und Miss Midden grübelte beim Fahren weiter über ihre seltsamen Lebensumstände nach. Zunächst einmal fand sie sich trotz seiner gelegentlichen Ausbrüche immer noch mit dem erbärmlichen Major ab. Er machte sich auf dem Gut nützlich und arbeitete im Haus mit. Außerdem war er ein recht guter Koch, wenn auch nicht so gut, wie er behauptete. Und seine masochistischen Zechtouren in Glasgow gehörten wohl zu der nötigen Tarnung, mit der er seine Feigheit kaschierte. Er war wirklich ein äußerst verabscheuungswürdiges Geschöpf. Aber, und in Miss Middens Augen war es ein wichtiges »aber«, er wienerte tagtäglich seine festen, kleinen Halbschühchen und achtete so peinlich genau auf sein Aussehen, daß er sogar eine Weste trug und mit einer Taschenuhr herumlief. Daß sie aus Silber war, während die Kette über seinem Bauch golden glänzte, rührte Miss Midden. Ja, was sein Aussehen betraf, war er sehr pingelig, er pflegte seinen kleinen Schnurrbart und färbte sich heimlich die Haare. Sogar seine Anzüge waren so gut, wie er es sich leisten konnte, und damit sie wie maßgeschneidert aussahen, hatte er sich angewöhnt, sie an der Taille enger zu machen. Miss Midden hielt das für eine nützliche Marotte. Der Major mußte sich dem Schnitt seiner Jacketts anpassen, folglich aß er sehr wenig. Dennoch hatte er sich ein Bäuchlein zugelegt und trug in letzter Zeit einen dunkelblauen zweireihigen Blazer, an den er sich die Messingknöpfe eines schottischen Highland-Regiments genäht hatte, die er in einem Trödelladen in Stagstead aufgetrieben hatte. Das Regiment war schon längst aufgelöst worden, ehe der Major seine Heereslaufbahn hätte beginnen können. Das wußte Miss Midden und war versucht gewesen zu fragen, warum er sich nicht auch noch einen Kilt zulegte, brachte es aber nicht übers Herz. Es war nicht nötig, ihn in seinem Stolz zu kränken, er hatte so wenig davon. Ohnehin hatte er erbärmlich dünne Beinchen... Nein, es war besser zu schweigen. Jedenfalls gab es Zeiten – so wie jetzt –, da wäre sie ihn am liebsten los.

Andererseits war Major MacPhee trotz all seiner Fehler kein Midden, und da unten in Middenhall so viele Familienmitglieder – oder Menschen, die sich als Verwandte ausgaben – wohnten, sprach die Tatsache für ihn, daß er keine Ansprüche an sie stellte. Wie sie es gegenüber Phoebe Turnbird drüben im Carryclogs House formuliert hatte: »Natürlich ist er ein ganz albernes Männchen, und falls er je gedient hat, dann wahrscheinlich als Unteroffizier beim Verpflegungsregiment, aber wenigstens kann ich ihn rausschmeißen, wann immer mir danach ist, was ich von den Leuten in der Hall nicht behaupten kann. Die habe ich am Hals. Manchmal träume ich, das Anwesen ist abgebrannt, und ich kann mich retten. Dann wache ich auf, und da steht es noch, in all seiner geballten Scheußlichkeit.«

»Aber es ist ein hübsches Haus... auf seine Weise«, sagte

Phoebe, doch Miss Midden ließ sich nicht bevormunden oder für dumm verkaufen. Carryclogs House war schön, Middenhall nicht.

Als sie jetzt durch die Nacht auf den schmalen Straßen heimfuhr, die sie so gut kannte und bei dieser Gelegenheit so sehr verabscheute, verfluchte sie den Major und ihre Rolle als Herrin von Middenhall. Am allermeisten verfluchte sie Middenhall. Zu Beginn des Jahrhunderts von ihrem Urgroßvater »Black« Midden erbaut, um der Welt zu beweisen, daß er mittels billiger eingeborener Arbeitskräfte und des massiven Einsatzes von Geschäftspraktiken, die man sogar nach den damals in Johannesburg geltenden laschen Maßstäben für fragwürdiger und hinterhältiger hielt, als gesellschaftlich akzeptabel war, demonstrierte das Herrenhaus (»Steinhaufen« wäre der passendere Begriff) seinen überhaupt nicht vorhandenen Geschmack. Oder, um präziser zu sein, daß er zwar Geschmack hatte, aber von einer Sorte, die man nur grauenhaft nennen konnte.

Middenhall selbst zu beschreiben, war nahezu unmöglich. Das Gebäude kombinierte die schlimmsten Marotten sämtlicher Architekturstile, die »Black« Midden überhaupt nur einfielen, mit einer hervorragenden und, wie es schien, unerschütterlichen strukturellen Stabilität. Insofern spiegelte es präzise den Charakter des alten Mannes wider.

»Es soll ein Monument für meinen Erfolg im Leben sein«, sagte er dem ersten Architekten, den er beauftragte. »Und ich habe es nicht soweit gebracht, indem ich nett und wischiwaschi war. Ich hab's auf die harte Tour geschafft und will ein Haus hinterlassen, das genauso hart ist wie ich.«

Der Architekt, ein Mann mit hochentwickeltem Gespür, hatte so seine eigenen Vorstellungen davon, wie es sein Auftraggeber »geschafft« hatte, und nahm zu Recht an, daß dessen Angestellte ein äußerst hartes Leben hatten.

Dementsprechend besaß sein Entwurf den Charme eines Blockhauses aus Beton (»Black« Midden hatte im Burenkrieg zahlreiche Blockhäuser für die Briten gebaut). Der alte Mann hatte den Entwurf abgelehnt.

»Ich sagte ein Haus, kein verdammtes Gefängnis«, sagte er. »Ich will Türme und Erker, Fenster mit Buntglasscheiben und eine riesige Veranda, auf der ich sitzen und meine Pfeife rauchen kann. Und wo sind die Badezimmer?«

»Na, hier ist eins, und da drüben noch eins, und ...«

»Ich will neben jedem Schlafzimmer eins haben. Ich will nicht, daß die Leute in Morgenmänteln herumlatschen und die Dinger suchen. Mir ist egal, was andere Leute haben. Ich will was Besseres. Und anders soll es sein.«

Der Architekt, der das bereits wußte, zog los und zeichnete zusätzliche Türme und Erker, Fenster mit Buntglasscheiben und eine riesige Veranda und zu jedem Schlafzimmer ein Badezimmer. Doch »Black« Midden war immer noch nicht zufrieden.

»Wo sind die vorderen Säulen, wie man sie in Griechenland hat?« wollte er wissen. »Und die Wasserspeier?«

»Säulen und Wasserspeier?« wiederholte der Architekt mit schwacher Stimme. Er hatte zwar gewußt, daß er es mit einem schwierigen Kunden zu tun hatte, doch das war zuviel. »Sie verlangen, daß ich Säulen und Wasserspeier anbaue?«

»Das hab ich gesagt, und so meine ich's auch.«

»Aber die passen doch nicht zueinander. Will sagen ...«, protestierte der Architekt, ein Anhänger des für seine schlichten Häuser bekannten Schotten Charles Mackintosh.

»Weiß ich selber. Ich bin doch kein verfluchter Trottel«,

behauptete »Black« Midden steif und fest. »Die Säulen sollen die Vorderfront des Hauses stützen, und die Wasserspeier sollen das Wasser aus den Dachrinnen leiten.«

»Wenn Sie es so wollen«, sagte der Architekt, der zwar das Geld brauchte, sich aber allmählich fragte, welchen Schaden dieses gräßliche Gebäude seinem Ruf zufügen würde. »Allerdings gibt es ein kleines Problem mit der Veranda. Das heißt, wenn Sie Säulen und eine Veranda wollen ...«

»Und ob.« »Black« Midden ließ nicht locker. »Und es ist Ihre Aufgabe, Probleme zu lösen. Und stellen Sie die Säulen nicht vor die Veranda. Ich will da sitzen und die Aussicht genießen. Die soll mir nicht von Unmengen verdammt großer Säulen vor meiner Nase verschandelt werden. Stellen Sie sie dahinter.«

Der Architekt war gegangen und hatte zwei Wochen lang verzweifelt versucht, die Forderungen seines gräßlichen Kunden unter einen Hut zu bringen, während er am Rande eines Nervenzusammenbruchs stand. Schließlich hatte er einen Entwurf vorgelegt, der das Wohlwollen des Alten fand. Middenhall hatte Wasserspeier und Buntglasscheiben. Jedes Schlafzimmer hatte ein Badezimmer, die Säulen standen hinter der riesigen Veranda, und es gab alle nur denkbaren Türme und Erker, Balkone und Loggien.

»Black« Midden war begeistert. Was man von den übrigen Middens nicht behaupten konnte. Die Familie hatte nie irgendwelche gesellschaftlichen Ambitionen gehabt, und die Middens waren durchaus damit zufrieden gewesen, Kleinbauern oder Ladenbesitzer zu sein, und gelegentlich studierten sie sogar und wurden dann Arzt oder Anwalt. Sie sahen sich selbst gern als solide, ehrbare Menschen, die hart arbeiteten und sonntags in die Kirche gingen. »Black« Midden zerstörte diesen angenehmen Ruf. Seine Exzesse beschränkten sich keineswegs darauf, ein abscheuliches Haus zu bauen. Er hatte eine Serie von der Natur mehr als üppiger Mätressen, die man beim besten Willen nicht alle weiß nennen konnte, nach Middenhall bringen lassen, und zwar immer in offenen Kutschen, so daß man ihre Anwesenheit nicht ignorieren konnte; dann hatten sie ihre ausladenden Reize nicht nur auf den Rasenflächen zur Schau gestellt, sondern auch – bei der denkwürdigsten Gelegenheit –, als sie auf einem Gartenfest, zu dem sich der Bischof von Twixt törichterweise eingefunden hatte, nackt im See schwammen.

»Na, dieser dämliche alte Arsch wird mich nicht vergessen«, hatte »Black« Midden damals bemerkt und anschließend nachhaltig dafür gesorgt, daß ihn auch kein anderer je vergaß, der nach Middenhall kam, indem er die Auffahrt mit einer Reihe Skulpturen aus besonders hartem Granit säumen ließ, von denen jede einzelne ein vorgeblich mythisches Ereignis abstoßend authentisch darstellte, wenn man von der Größe absah. Am Ende der Auffahrt genoß eine sieben Meter große Leda allzu offenkundig die Zuneigung eines gewaltigen Schwans, während es weiter unten die Sabinerinnen von ein paar gut bestückten römischen Soldaten besorgt bekamen.

Das alles hatte »Black« Midden ausgesprochen gut gefallen. Andere waren anderer Meinung. Ein Jahr lang hatte sich »Black« Midden trotz örtlichen Widerstands gegen die scheußlichen Statuen behauptet, indem er unter immensen Kosten Personal von außerhalb der Grafschaft anstellte. Schließlich hatte er sich – von seiner gesamten Verwandtschaft und der restlichen Grafschaft geächtet – nach Lausanne zurückgezogen, wo er 1931 an Affendrüsenvergiftung starb, als er versuchte, seine Männlichkeit zurückzugewinnen.

Damals waren die Statuen von einem Sprengkommando aus

den Steinbrüchen in Long Stretchon geschleift worden, wobei auch eine Anzahl Fenster in Middenhall zu Bruch gegangen waren, was, wie man annahm, vor allem auf den Versuch von »Blacks« Neffen Herbert Midden zurückzuführen war, das gesamte Haus in die Luft zu sprengen. »Black« Middens Rache zeigte sich erst bei der Verlesung seines Testaments. In dem von den erfahrensten Londoner Anwälten aufgesetzten Dokument hatte er das Haus, Grundbesitz, Ländereien und sonstigen Nachlaß sowie sein gesamtes Vermögen dem jeweils jüngsten Midden einer Generation vermacht, unter der Bedingung, daß Middenhall unverändert erhalten blieb und man jedem Midden ein Zimmer zur Verfügung stellte, der eines beanspruchte. Damals hatte es sich nicht so angehört, als seien diese Bedingungen eine große Belastung. Kein zurechnungsfähiger Midden würde in dem gräßlichen Haus wohnen wollen, und das Einkommen aus der Midden-Stiftung war beträchtlich. Als Miss Midden das Anwesen erbte, war alles anders geworden.

11

Zunächst waren die Veränderungen minimal gewesen, so minimal, daß einige Middens, beispielsweise der Bankier Lawrence Midden in Tween, behaupteten, mit dem Tod des lästigen Onkels habe sich die Lage wieder normalisiert.

»Da wäre zwar noch dieser unzerstörbare Palazzo«, gab er zu und ließ in einem Aufwasch seinen Gefühlen über Ausländer, Kunst und Verschwendungssucht freien Lauf. »Aber die Stiftung stellt Geld für die Instandhaltung bereit, und wie es heißt, sind reichlich Mittel vorhanden.«

»In Liechtenstein«, sagte Herbert verbittert. »Und wer sind die Vermögensverwalter? Wissen wir irgendwas über sie? Nein, gar nichts. Außer ihrer Adresse, und wenn sich die als Briefkasten entpuppte, würde mich das nicht wundern. Oder als Postfach, in der Hölle.«

Das stimmte. »Black« Middens Gelder waren so diskret auf weltweit verstreute Nummern- und Geheimkonten verteilt worden, daß die Middens ihm nie auf die Spur gekommen wären, selbst wenn sie versucht hätten herauszufinden, wie hoch das Gesamtvermögen war, und die in Liechtenstein errichtete Barriere aus Verschwiegenheit überwunden hätten. Doch die vierteljährlichen Überweisungen gingen regelmäßig ein, so daß es einige Jahre lang möglich war, die Gärten und den künstlichen See mit seiner kleinen Insel in ihrem ursprünglichen Zustand zu erhalten. Middenhall selbst mußte nicht instand gehalten werden. Dafür war das Haus zu klotzig stabil. Offenbar mußte in ihm nur gefegt, gebohnert und staubgewischt werden, was das Hauspersonal übernahm. Doch es kam zu Veränderungen, die kein Midden vorhergesehen hatte, wie den Beginn des Krieges 1939. Middenhall wurde für die Dauer des Krieges vom Verteidigungsministerium requiriert. Herbert Midden kam bei einem Luftangriff auf Tween ums Leben, und seinen Platz in der Erbfolge nahm Miss Middens Vater Bernard ein. Da der erst achtzehn war, als ihn die Japaner in Singapur gefangennahmen und bis zum Kriegsende als Kriegsgefangenen behielten, blieb es dem inzwischen mehr als achtzigjährigen Lawrence überlassen, alles in seiner Macht Stehende zu unternehmen, um dafür zu sorgen, daß das Haus von den diversen in ihm untergebrachten Einheiten möglichst schwer beschädigt wurde. Alle sandten stumme Stoßgebete aus, daß die Deutschen ihren Beitrag zum architektonischen

Erbe Englands leisten würden, indem sie ihre größten Bomben auf das Gemäuer schmissen.

Doch es sollte nicht sein. Middenhall blieb unversehrt. Auf dem Grundstück wurden jede Menge Nissenhütten errichtet, und in dem ummauerten Garten baute man einen Schießstand, während das gesamte Anwesen mit Stacheldrahtzaun umgeben und das Pförtnerhäuschen am Beginn der Auffahrt zu einem Wachhaus wurde. Was in dem Lager vor sich ging, wußte niemand. Es hieß, dort würden Agenten und Saboteure ausgebildet, bevor sie über dem besetzten Europa absprangen; daß man irgendwo auf dem Grundstück einen tiefen Bunker errichtet hatte, wo Englands Widerstandskämpfer im Falle einer erfolgreichen deutschen Besetzung unterkommen sollten. Nur zweierlei stand fest: daß die Kanadier das Haus als Lazarett benutzt hatten, und daß dort gegen Kriegsende deutsche Generäle und hohe Offiziere festgehalten und verhört wurden, weil man hoffte, die vom architektonischen Irrsinn Middenhalls hervorgerufene geistige Desorientierung würde sie zermürben.

Der Krieg hatte noch andere Auswirkungen. Laut den Treuhändern in Liechtenstein hatten »Black« Middens versteckte Gelder unter dem Fall Hongkongs schwer gelitten und, was noch schlimmer war, seine Investitionen in gewisse deutsche Industrien waren durch tausend Luftangriffe von Lancaster-Bombern im wahrsten Sinne des Wortes vom Antlitz der Erde gefegt worden. Als Krönung dieser Serie finanzieller Katastrophen waren zahlreiche Goldbarren, die der Alte in einer Bank in Madrid deponiert hatte, mitsamt den Bankdirektoren verschwunden. Diese Nachricht und der Verdacht, daß die Treuhänder logen, bestätigten Lawrence Midden in seinem Haß auf alles Ausländische, insbesondere ausländische Bankiers.

»In England hätte das nie geschehen können«, murmelte er zwei Wochen später auf seinem Totenbett.

Doch es sollte noch schlimmer kommen. Als sich Großbritannien aus seinem Weltreich zurückzog, nahm »Black« Middens Vermögen ab und mit ihm die vierteljährlichen Schecks. Gleichzeitig machten Menschen überall in Afrika und Asien, die behaupteten, Middens zu sein, ihr Recht auf Kost und Logis in Middenhall geltend. Im Reisegepäck brachten sie koloniale Vorurteile und eine fordernde Arroganz mit, die im umgekehrten Verhältnis zu ihrer Armut stand.

Das Haus war ein Hexenkessel aus Unzufriedenheit und hitzigen Streitereien geworden. An Sommerabenden hallten Rufe über die Veranda wie: »Boy, noch einen rosa Gin!« oder: »Von den Kaffern in Kampala sind wir verdammt viel besser bedient worden. In diesem Scheißland rührt offenbar keiner mehr einen Finger.« Was, da der fragliche »Boy« eine junge Frau aus Twixt war, die ihrer Mutter in der Küche half, wo diese als Köchin arbeitete, nicht dazu beitrug, die Qualität der Mittag- und Abendessen zu verbessern, und durchaus erklären mochte, warum eines besonders heftigen Abends eine Nacktschnecke im Coq au vin entdeckt wurde.

Miss Middens Vater, ein sanftmütiger Mensch, der den größten Teil seines Lebens seit dem Krieg in einem Büro in Stagstead gearbeitet und an den diversen Verdauungsbeschwerden herumlaboriert hatte, die er sich während seiner Tätigkeit bei der burmesischen Eisenbahn zugezogen hatte, fand die Lage unerträglich. Laufend mußte er die Köchin und das übrige Personal beschwichtigen oder Ersatz für sie finden. Nachts lag er wach und fragte sich, ob es nicht besser wäre, seine Familie zu verlassen und sich in einer friedlicheren Gegend wie Belfast niederzulassen. Lediglich sein Pflichtgefühl hielt ihn zurück. Sein Pflichtgefühl und der Gedanke, daß die verdammten Kolonialisten, wie er sie nannte, zwangsläufig in nicht allzu ferner Zukunft sterben mußten, und zwar entweder eines natürlichen Todes oder – was wahrscheinlicher war – an einer durch eine verständlicherweise wahnsinnige Köchin hervorgerufenen Massenvergiftung. Irgendwann jedoch hatte das Haus ihn zermürbt, und als ein gebrochener Mann sah er sich schließlich aufgrund seines schlechten Gesundheitszustandes gezwungen, in eine Mietwohnung mit Meerblick nach Scarborough zu ziehen. Miss Midden war zurückgeblieben und übernahm »dieses Schlangennest«.

Das hatte sie recht bereitwillig getan. Sie war aus härterem Holz geschnitzt als ihr sanftmütiger Vater, und es hatte ihr zutiefst mißfallen, wie er von den Leuten behandelt worden war, die er im Krieg hatte verteidigen müssen. »Diese verdammten Kolonialisten«, die Middens, die aus Fernost und Indien, aus Kenia und Rhodesien gerannt kamen, sobald ihre Bequemlichkeit bedroht war, und die in keinem Krieg gekämpft hatten, sollten jetzt bessere Manieren lernen. Oder Middenhall verlassen und Bedürftigeren Platz machen. Einige Monate nachdem sie das geworden war, was die Bewohner der Hall scherzhaft und abschätzig »Die Herrin von Middenhall« nannten, hatte Miss Midden sie gezähmt. Oder ihren Widerstand gebrochen. Nicht daß da viel zu brechen gewesen wäre, bei diesen gingetränkten Geschöpfen, die Eingeborene herumkommandiert hatten, die sie »Wilde« nannten, obwohl sie selbst nie etwas für deren Bildung oder Zivilisierung getan hatten. Das gelang Miss Midden problemlos und vorsätzlich, indem sie nämlich Edgar Cunningham Midden aufs Korn nahm, der sich gern EC nennen ließ. Sie hatte einfach vorsätzlich während einer Frostperiode an dem zentral gesteuerten

Heizkörper den Hebel für sein Zimmer abgebrochen, ihm die Benutzung eines elektrischen Heizgerätes verweigert sowie, um sein Unbehagen noch zu steigern, ihre Kenntnisse der komplizierten Installationen in Middenhall dazu genutzt, das heiße Wasser in seinem Bad abzustellen. Auf ECs Beschwerden hatte sie geantwortet, er sei hier nicht in Afrika. Und als er sofort ein anderes Zimmer verlangt und getönt hatte: »Und zwar unverzüglich. Laß die Dienstboten meine Sachen hintragen«, bevor er zu einem späten Frühstück nach unten stapfte, war Miss Midden diesem Verlangen nachgekommen. Als Edgar Cunningham Midden von seinem Morgenspaziergang zurückkam, war ihm ein sehr kleines Zimmerchen über der Küche angewiesen worden, in dem früher der Mann gehaust hatte, der sich um den Zentralheizungskessel gekümmert hatte, der nachts befeuert werden mußte. Ein Bad gab es nicht, und aus dem Fenster hatte man einen nicht gerade erbaulichen Blick auf den Hinterhof und die Mülleimer. Natürlich war EC in die Luft gegangen und hatte sein altes Zimmer zurückverlangt. Miss Midden sagte, das habe sie bereits Mrs. Devizes zugewiesen, die soeben dorthin umziehe.

»Ihr altes Zimmer hat ihr nicht gefallen, darum habe ich ihr deins gegeben«, sagte sie. »Wenn du es zurückhaben willst, solltest du mit ihr sprechen.«

Das war das allerletzte, was EC vorhatte. Er verabscheute Mrs. Devizes, eine angeheiratete Midden, und hatte sie schon öffentlich »diese Erbschleicherin« genannt. Statt dessen hatte er vorgeschlagen, in ihr altes Zimmer zu ziehen, worauf er zur Antwort bekam, das werde gerade renoviert. Nach einer Woche, während der ihn der Küchenlärm direkt unter ihm wach gehalten hatte – Major MacPhee hatte die Anweisung erhalten, die Nächte dort zu verbringen und alle Viertelstunde etliche große Töpfe fallen zu lassen –, verließ der alte Rüpel in einem zerbeulten Taxi Middenhall. Miss Midden stand zum Abschied mit verschränkten Armen auf der Veranda. Dann hatte sie sich zu den anderen Gästen umgedreht und gefragt, ob noch jemand abreisen wolle, denn dies sei der richtige Zeitpunkt dazu.

»Ich werde keinesfalls hinnehmen, daß das Personal unhöflich behandelt wird«, sagte sie und schlug dabei mit der Peitsche gegen ihre Reithose. Sie hatte ihren Standpunkt unmißverständlich klargemacht. Die Gast-Middens hatten von nun an Köchin und Putzfrauen mit ausgesuchter Höflichkeit behandelt und ihre Streitereien untereinander ausgetragen.

Als Miss Midden jetzt zum Bauernhof zurückfuhr, war ihre Stimmung am Tiefpunkt angelangt. Wegen ihrer eigenen erbärmlichen Gefühlsduselei waren ihre Wochenendpläne durchkreuzt worden. So sah sie es jedenfalls. Sie hatte schon vom allerersten Tag an mit dem erbärmlichen Major Mitleid gehabt, als sie ihm auf dem Busbahnhof in Tween begegnet war, wohin er aufgrund einer Anzeige von ihr in der Zeitschrift »The Lady« gekommen war, in der sie eine »Stellung für einen handwerklich versierten Mann« angeboten hatte. Wie er in seinen gewienerten Schühchen, dem Regimentsschlips und einem alten Regenmantel über dem Arm so dastand, war er offenkundig weder handwerklich versiert noch besonders männlich, so daß Miss Midden ihm beinahe spontan gesagt hätte, er solle es vergessen. Statt dessen schnappte sie sich einen seiner alten Koffer, den sie nach hinten in den Humber lud, und sagte dem Major, er solle einsteigen. Diese spontane Reaktion war ihr selbst immer unerklärlich geblieben. Der Major war so oft abgewiesen worden, daß man seine Erwartung förmlich mit Händen greifen konnte. Unter anderen Umständen hätte

Miss Midden auf ihren gesunden Menschenverstand gehört, doch für den gesunden Menschenverstand war der Busbahnhof von Tween zu trostlos.

»Irgendwie wird er's schon machen«, hatte sie im stillen gedacht, als sie an diesem ersten Nachmittag weggefahren waren, obwohl es eine unbekannte Größe war, was jemand wie der Major machen konnte. Wahrscheinlich alles vermasseln, woran er sich versuchte. Und ihr fünf Jahre später ein Wochenende verderben.

»Eines Tages, eines Tages«, sagte sie laut, um ihn zu wecken, als sie auf den Hof hinter dem alten Bauernhaus fuhren. Es war ein Ausdruck der Hoffnung und immer mehr auch eine Absichtserklärung. Eines Tages würde sie eine sich plötzlich bietende Gelegenheit ergreifen und aus dem Verwandtenkreis, der Hausarbeit, dem Anderer-Leute-Leben-Ordnen ausbrechen und... was finden? Nicht das Glück. Sie war nicht dumm genug, um diesem Trugbild hinterherzujagen, so wie sie auch keinen Augenblick lang geglaubt hatte, Heirat und eine Familie seien die Antwort. Dafür hatte sie zu lange mit ihren Verwandten zusammengelebt. Die meisten Morde wurden an Familienmitgliedern verübt. Außerdem gab sich Miss Midden kaum Illusionen hin, was ihre Person betraf. Sie war keine schöne Frau. Sie war zu untersetzt und muskulös, um wenigstens attraktiv genannt zu werden. Außer von einem gewissen Typ Mann. Wenn wieder einmal das Miasma von Major MacPhees sexuellen Phantasien in die Atmosphäre trat, kam ihr gelegentlich der schmutzige Gedanke, sie könnte darin womöglich irgendeine abscheuliche Rolle übernehmen. Nein, sie hoffte und beabsichtigte, eines Tages die Abenteuerlust wiederzuentdecken, die sie als Kind erlebt hatte, wenn sie allein zwischen den Weidenröschen und vor sich hinrostenden Maschinen in dem verlassenen Steinbruch auf dem Folly Down Fell gespielt hatte. Dort hatte sie ekstatische Augenblicke voller ungeahnter Möglichkeiten erlebt, und dieser Ort hatte für sie immer noch etwas Zauberhaftes. Doch als sie nun aus dem alten Humber stieg, war ihre Stimmung alles andere als ekstatisch.

»Wenn Sie auch nur ein Fünkchen Verstand besitzen, gehen Sie mir morgen früh aus dem Weg«, sagte sie zu dem Major und ließ ihn ohne Schuhe die Treppe zur Küchentür hinaufhumpeln. Fünf Minuten später lag sie im ersten Stock und schlief.

12

Major MacPhee saß auf seiner Bettkante und schwelgte in Selbstmitleid. Er hatte Kopfweh, die Stiche über dem einen Auge schmerzten, seine Lippen ebenfalls, und ein Zahn war locker. Seine Hände waren bandagiert und, was am allerschlimmsten war, er hatte ein teures Paar Schuhe verloren. Sie waren zwar nicht beide verlorengegangen, aber Schuhe mußten nun mal ein Paar sein, und er hatte den einen Schuh verloren. Auf seine Schuhe war er so stolz, wie er im nüchternen Zustand nie auf sich selbst stolz sein könnte. Es waren vielleicht die wichtigsten Gegenstände, die er besaß, um seine Erbärmlichkeit zu kaschieren.

Besonders die festen Halbschuhe. Die hatte er bei Trickers in der Jermyn Street gekauft und sie jeden Abend auf Hochglanz geputzt, wenn er auf seiner Bettkante saß, bevor er sich, wie er es formulierte, aufs Ohr haute. Und jetzt hatte er sie verloren, und außerdem war Miss Midden wütend auf ihn. Sie war schon früher wütend auf ihn gewesen, doch er wußte, daß ihr Zorn diesmal anders war. Diesmal war er nicht grob beleidigend und so kühl, wie er es noch nie erlebt hatte. Der Major genoß anderer Leute Zorn. Sein Leben lang waren die Leute zornig auf ihn gewesen, verächtlich zornig und im Zorn beleidigend, aber noch nie hatte ihn jemand gehaßt. An ihm war nichts Hassenswertes. Er war einfach albern und schwach und hatte nie den Mut besessen, irgend etwas zu machen. Man machte etwas mit ihm, und zwar schon immer. »Du elender kleiner Waschlappen!« hatte ihn sein Vater immer und immer wieder angebrüllt. »Kannst du denn nicht auf eigenen Füßen stehen?« Seine Mutter war auch nicht viel besser gewesen. Zwar freundlicher, aber sie hatte ihn permanent ausgeschimpft und ihn angehalten, sein Gesicht und die Hände zu waschen, oder es noch häufiger für ihn gemacht. Immer und immer wieder hatte er versucht, sich aus seiner Abhängigkeit zu lösen, doch Furcht und seine eigene Passivität hatten das jedesmal verhindert. Und bei jeder neuen Niederlage war sein Selbsthaß gewachsen. Irgendwann war er fortgelaufen, zur See. Doch nicht einmal das stimmte. Er hatte sich planlos aufs Meer treiben lassen und hatte als Hilfskoch auf einem Öltanker gearbeitet, der kurze Fahrten zwischen Rotterdam und kleinen Häfen entlang der Küste unternahm. Bei diesem Job war er zwar nicht alt geworden, hatte aber dabei gelernt, wie man auf Schiffen Arbeit findet, und anschließend als Kabinensteward auf einem Kreuzfahrtschiff angeheuert. Auf seiner dritten Fahrt schloß ihn ein pensionierter Heeresoffizier ins Herz, um dessen Kabine er sich gekümmert hatte. Er war Major und hatte in der leisen Hoffnung für die Kreuzfahrt gespart, vielleicht eine reiche Witwe zu finden, die er nicht zu abstoßend fand, um sie zu heiraten. Statt dessen lernte er den jungen Willy MacPhee kennen und tat allerhand Dinge mit ihm. Es war nicht das erste Mal gewesen, sondern war schon auf Schiffen und in Häfen passiert. Er war es gewohnt, geschlagen und auf die Knie gezwungen zu werden. Doch der Major war anders. Er war zwar arm, aber ein Offizier von echtem Schrot und Korn und wußte, wie man sich kleidete. Das merkte MacPhee an den in seine Jackettaschen genähten Etiketten und an dem Stoff. Doch am allermeisten merkte er es an seinen Schuhen. Sie waren ebenfalls bei Trickers gekauft, und das Leder glänzte blitzblank. Er hatte fünf Paar, die drei braunen ausnahmslos feste Halbschuhe, und er untersagte dem Steward MacPhee streng, sie statt seiner zu putzen.

»Das tu ich immer als erstes, bevor ich mich aufs Ohr haue. Ich mußte es tun, als ich zur Armee ging, und seither ist es mir zur Gewohnheit geworden. Also laß dich nie von mir dabei erwischen, wie du sie anfaßt. Hast du das verstanden, Steward?«

»Jawohl, Sir«, sagte MacPhee, bemüht, sich ebenfalls ein militärisches Auftreten zuzulegen. »Verstanden, Sir.«

Er faßte sie aber doch an, und als der echte Major auf Barbados an einem durch die unerwartete Heftigkeit und das unerwünschte sexuelle Geschick einer sehr reichen Frau aus Sunningdale verursachten Herzinfarkt starb, erbte er die Schuhe. Oder er stahl sie. Er stahl auch etliche Anzüge und versteckte sie in seinem Spind. In diesem Augenblick entschied sich MacPhee für seine zukünftige Laufbahn. Er würde zur Armee gehen, sich seine eigenen Anzüge schneidern lassen und feste Halbschuhe bei Trickers kaufen. Als das Schiff in Southampton anlegte, ging MacPhee das letztemal an Land und suchte ein Rekrutierungsbüro. Er fand nur eins für die Königliche Marineinfanterie. Der zuständige Sergeant wies ihn ab.

»Wenn du willst, kannst du eine ärztliche Untersuchung vornehmen lassen, Jungchen. Aber das würde ich mir an deiner Stelle sparen. Du erfüllst nicht die Norm. Jedenfalls nicht bei der Marineinfanterie. Versuch's beim Heer«, hatte er freundlich, aber verächtlich gesagt. Das war die erste von vielen Ablehnungen gewesen. Schließlich nahm er eine Stellung als Diener bei einer alten Soldatenfamilie an und prägte sich drei Jahre lang ein, wie Offiziere sprachen und sich benahmen. Er eignete sich die Redeweise an und hörte Geschichten, die er weitererzählen konnte, als wären sie seine eigenen. Der Zwang, Offizier zu werden, und sei es auch nur in seinem eigenen Bewußtsein, wurde zur fixen Idee. Äußerlich war er unterwürfig, doch innerlich übte er das selbstsichere Auftreten und probte die Arroganz des Militärs.

MacPhee war raffiniert genug, um zu wissen, daß er sich keinen zu hohen Rang zulegen durfte, Major genügte durchaus, und daß er unter älteren Menschen und vornehmen Leuten leben mußte, die sich hüteten, zu neugierig zu sein. Auf all das achtete er im Haus des Obersten, wo gelegentlich irgendein alter Angehöriger der indischen Armee Mrs. Longstead »Memsahib« nannte und man Offiziere der unteren Ränge nicht ermunterte, ungefragt ihre Ansichten vorzutragen. Und die ganze Zeit über kochte der echte Willy MacPhee vor Neid und machte nur ganz selten mal eine Sauftour in London oder Portsmouth. Doch das war schon lange her. Mittlerweile war er durch das Land gezogen, von einer Garnisonsstadt zur anderen, und hatte sich das Auftreten des Mannes zugelegt, der er gern gewesen wäre. Am Ende hatte er Miss Midden gefunden und war von ihr akzeptiert worden. Diese Stellung war ideal für ihn. Middenhall lag weit entfernt von jeder größeren Stadt, und die aus Übersee gekommenen Middens waren zu alt oder zu egoistisch und, genau wie er, zu sehr von Miss Midden abhängig, um sich mehr als nur oberflächlich für die Vergangenheit des »Majors« zu interessieren. Und bis zu diesem Wochenende hatte ihn Miss Midden akzeptiert, ohne zu deutlich durchblicken zu lassen, daß sie seine Tarnung durchschaute.

Doch jetzt war es anders, und er hatte Angst. Mit peinlicher Sorgfalt entkleidete er sich, zog seinen Schlafanzug an, stieg in sein schmales Bett und fragte sich, wie er ihr Wohlwollen gewinnen konnte. Außerdem überlegte er, wenn auch nur kurz, wo der Gestank von Hundescheiße herkam. Gleich darauf schlief er ein. Zwanzig Zentimeter unter ihm schlief die Ursache des Gestanks weiter. Valium, Whisky und der restliche »Krötenstoff« machten Timothy Bright immer noch bewußtlos. Erst im Morgengrauen rührte er sich ein wenig und schnarchte kurz. Für Major MacPhee, den das Geräusch geweckt hatte, war dieses Schnarchen ein Zeichen dafür, daß er noch lange nicht wohlauf war. Nicht allein seine Verletzungen bereiteten ihm Sorge. Offenbar hatte auch sein Gehör gelitten. Er tröstete sich mit dem Gedanken, daß er sich das soeben Gehörte bestimmt nur eingebildet hatte oder sogar von seinem eigenen Schnarchen geweckt worden war. Vorsichtig drehte er sich um und schlief weiter. Um sieben wachte er erneut auf, diesmal weil seine Blase voll war. Er stand auf und humpelte in sein kleines Bad. Als er zurückkam und sich schwer auf das Bett sinken ließ, dachte er zuerst, mit der Matratze stimme etwas nicht. Sie war zwar nicht dick, aber einen harten Knubbel hatte sie noch nie gehabt. Im nächsten Moment war er absolut sicher, daß sein Hirn – wie Miss Midden unterstellt hatte – geschädigt war. Er hörte ein Stöhnen, und der Knubbel unter ihm (Timothy Brights Schulter) bewegte sich. Major

MacPhee lag, von seinem wild pochenden Herzen abgesehen, reglos da und lauschte schreckerfüllt auf ein weiteres Geräusch, doch es blieb still im Zimmer. Es sei denn... es sei denn, er hörte jemanden atmen. So war es. Jemand lag unter dem Bett, und dieser Jemand hatte geschnarcht und gestöhnt. Vor Angst wie gelähmt, versuchte er nachzudenken, was ihm aber nur in äußerst beschränkter Form gelang. Kindische Panik hatte ihn gepackt. Zehn Minuten lang lag er bewegungslos da, lauschte dem gräßlichen Atmen und probierte, all seinen Mut zusammenzunehmen, um aufzustehen, das Licht anzumachen und unter dem Bett nachzusehen. Das war zwar fast unmöglich, doch irgendwann gelang es ihm. Ganz, ganz vorsichtig zog er die Vorhänge auf – das Licht würde er auf keinen Fall einschalten –, bückte sich dann und spähte in das Halbdunkel unter dem Bett. Im nächsten Augenblick richtete er sich kerzengerade auf und stolperte zur Tür. Das Gesicht, das er soeben gesehen hatte, war die Bestätigung seiner schlimmsten Ängste. Es war blutig und aschfahl. Unter seinem Bett lag ein ermordeter Mann. Oder einer, der noch nicht ermordet war, aber im Sterben lag. Und dieser Mann war splitterfasernackt.

Der Major flüchtete ins Eßzimmer und wollte gerade weiter in den Flur gehen und nach Miss Midden rufen, als ihm bewußt wurde, wie sie reagieren würde, und er abrupt stehenblieb. Sie hatte ihm befohlen, ihr am Morgen aus dem Weg zu gehen, und sie hatte es ernst gemeint. Aber in seinem Zimmer lag ein Sterbender, ein nackter Mann, der ermordet worden war. Major MacPhee verlor den Kopf. Seine ganze Fassade fiel, und er war nur noch genauso kindisch und hilflos, wie er es sein Leben lang gewesen war. Er sah lediglich, daß man ihm das Schlimmstmögliche antat. Sein lädiertes und genähtes Gesicht verzerrte sich. Auch er wurde aschfahl. Er wußte sich nicht mehr zu helfen. Er lehnte an der Wand und zitterte unkontrolliert. Er zitterte zwanzig Minuten lang, ehe er sich so weit erholte, daß er sich setzen konnte. Doch auch jetzt konnte er noch keinen klaren Gedanken fassen. Seine verborgenen Schuldgefühle stiegen in seinem Hirn auf, kamen aus ihrem Versteck und schlugen über ihm zusammen. Er hatte sie nie überwunden, und jetzt überwältigten sie ihn ganz und gar, verstärkten die panische Angst. Schließlich rappelte er sich auf und ging zu dem Sideboard, wo er eine Karaffe mit Whisky aufbewahrte. Er brauchte einen Drink. Unbedingt. Major MacPhee setzte sich an den Eßzimmertisch und trank. Und dort saß er immer noch, als Miss Midden um neun Uhr nach unten kam. Die Karaffe war leer, der Major hatte sich auf den Fußboden übergeben und lag nun sinnlos betrunken in seinem eigenen Erbrochenen.

»Sie dreckiger Mistkerl, Sie widerwärtiger kleiner Schwindler«, schrie sie. Der Major hörte sie nicht. »Verdammt noch mal, jetzt reicht's mir mit Ihnen. Sie fliegen noch vor Einbruch der Dunkelheit aus diesem Haus. Bei Gott, ich schmeiß Sie raus.«

Dann drehte sie sich um, ging kochend vor Wut weiter in die Küche und machte eine Kanne sehr starken Tee. Der Major hörte sie nicht. Er nahm nicht mehr wahr, was in einer Welt vorging, die so viele Schrecken barg. Doch unter dem Bett hörte Timothy Bright ihre Worte und zitterte. Er fror, er hatte einen ekligen Geschmack im Mund, und durch sein Hirn zuckten Visionen von einem enthäuteten Schwein. Drohend ragten ein Paar Hausschuhe vor ihm auf, und erst nach einer Weile merkte er, daß keine Füße darin steckten und darüber keine Beine waren. Dennoch hatten sie etwas schrecklich Bedrohliches an sich: Sie gehörten ihm nicht. Er trug keine billigen

Hauslatschen aus Filz. Seine waren aus Leder und mit Wolle gefüttert. Als er den Blick langsam von den Dingern entfernte, sah er die Holzbeine eines Stuhls, den unteren Teil einer Tür, eine Scheuerleiste, das untere Viertel einer Garderobe mit dazugehörigem Spiegel, eine rosa Tapete mit Blumenmuster und einen gleißend hellen Sonnenstrahl, der darüber und ein Stückchen quer über den Fußboden verlief.

All das war ihm völlig unbegreiflich. Er hatte diese Dinge nie zuvor gesehen, und der Blickwinkel, aus dem er sie jetzt sah, machte sie noch unverständlicher, noch sinnloser. Weder kannte noch verstand er sie. Sie gehörten irgendwie zu seinem furchtbaren, von innen kommenden Grauen. Doch die Worte, die Miss Midden im Wohnzimmer dem lethargischen MacPhee an den Kopf geschleudert hatte, ergaben für Timothy einen Sinn. Er verstand: »Sie dreckiger Mistkerl, Sie widerwärtiger kleiner Schwindler« und: »Verdammt noch mal, jetzt reicht's mir mit Ihnen. Sie fliegen noch vor Einbruch der Dunkelheit aus diesem Haus. Bei Gott, ich schmeiß Sie raus.« Timothy Bright verstand das sehr gut. Er lag unter dem Bett und versuchte, aus seinem Zustand schlau zu werden. Das brauchte seine Zeit, eine weitere Stunde, während der schwere Schritte im Flur und das Knallen einer Tür in seinem Kopf widerhallten. Doch nachdem im Nebenzimmer noch einige Drohungen gemurmelt worden waren, hörte er die Haustür ins Schloß fallen und das Knirschen von Schritten auf Kies.

Miss Midden, der ganz schlecht war vor Abscheu und Ekel darüber, daß sie diese Kreatur MacPhee jemals unter ihre Fittiche genommen hatte, hatte das Haus verlassen und ging nun durch das schmale Tor in der Gartenmauer über das offene Hochland auf Carryclogs House zu. Die Schafe standen vor ihr auf und suchten das Weite. Miss Midden bemerkte sie kaum. Auch sie versank in einer privaten Welt voller Wut und Frustration. Fast bedauerte sie, daß der Major noch lebte. Sie hatte ihn atmen sehen. Außerdem begriff sie einfach nicht, was in das gräßliche Männlein gefahren war. Auf seinen sogenannten »Zechtouren« in Glasgow hatte er sich häufig genug danebenbenommen, aber im Haus, in ihrem Haus, war er nicht nur immer nüchtern, sondern auch ausgesprochen unterwürfig und wohlerzogen gewesen. Und jetzt dies. Daraus konnte sie nur schließen, daß er verrückt sein mußte, unheilbar verrückt. Nicht daß ihm das etwas nützte. Auch ohne seinen Alkoholwahn hatte sie schon genug Probleme mit den Leuten drüben in Middenhall. Sobald er sich wieder bewegen konnte, würde sie ihn aus dem Haus entfernen, ein für allemal, und wenn sie es mit vorgehaltener Waffe tun mußte. Vor Einbruch der Dunkelheit war er weg, soviel stand fest. Als sie in Sichtweite von Carryclogs House kam, änderte Miss Midden die Richtung. Sie hatte nicht die Absicht, Phoebe Turnbird ihre Gefühle oder die aktuelle Situation zu offenbaren. Ihre eigene Gefühlsduselei war schon belastend genug, und sie wollte Phoebe nicht das Vergnügen gönnen, ihr Mitgefühl an die Frau zu bringen. Und ihre Schadenfreude. Um zwölf Uhr setzte sich Miss Midden auf einen Felsvorsprung mit Blick über den Stausee und aß die mitgebrachten Sandwiches. Dann legte sie sich ins Gras zurück und betrachtete den wolkenlosen Himmel. Der war wenigstens sauber und blau. Kurz darauf nickte sie ein, erschöpft von dem späten Zubettgehen am Vorabend und von ihren Gefühlen.

13

Auch Sir Arnold Gonders hatte keinen angenehmen Tag hinter sich; von der Nacht ganz zu schweigen. Es war vier Uhr morgens gewesen, als er den Land Rover am Kuhstall abgestellt hatte, zum Haus gegangen war und beunruhigt festgestellt hatte, daß in Tantchen Beas Zimmer Licht brannte.

»Diese verdammte Frau«, murmelte er erbittert vor sich hin und fragte sich, was man ihr um alles in der Welt – außer einer ordentlichen Dosis Valium – noch verabreichen mußte, damit sie nachts schlief. Er ließ die Haustür links liegen, huschte zu den Arbeitszimmerfenstern und stieg ein. Sir Arnold schlich sich nach oben und schlief sofort tief und fest. Er hatte alles in seiner Macht Stehende getan. Der Rest blieb dem Schicksal überlassen.

In Wirklichkeit blieb es weitgehend Genscher überlassen. Der Rottweiler hatte im Keller eine schreckliche Nacht lang verzweifelt versucht, sich des Maulkorbs aus Isolierband zu entledigen. Bei seinem brutalen Versuch, den Hund daran zu hindern, daß er nach einem Tritt in den Hodensack bellte oder – noch gefährlicher – zubiß, hatte der ohnehin nicht übertrieben tapfere Sir Arnold dem Hund das Atmen fast unmöglich gemacht, und Genscher hatte stundenlang vergeblich versucht, das elende Band abzukratzen, bis er offenbar zu dem Schluß gekommen war, daß er dabei wahrscheinlich auch seine Nase verlieren würde. Da der Hund nicht winseln oder sonst irgend etwas Konstruktives tun konnte, brachte es überhaupt nichts, daß er von seiner Nase abließ, sondern führte nur dazu, daß er sein lädiertes Hinterteil gegen die Mauer schlug. In seinem Wahn war er die Treppe hochgeklettert und hatte als Hilferuf seinen Kopf gegen die Kellertür geschlagen. Um sieben Uhr morgens hallte das Haus vom dumpfen Wummern eines hundertvierzig Pfund schweren durchgedrehten Rottweilers wider, der sich alle paar Sekunden gegen die Tür warf. Sogar die normalerweise tief schlafende Mrs. Thouless, deren Taubheit verhinderte, daß man sie in die Gehässigkeiten dieses Haushalts hineinzog, wurde so sehr durchgerüttelt, daß sie zu dem Schluß kam, in ihrer unmittelbaren Umgebung erfolge gerade so etwas wie ein Luftangriff. Da sie im Krieg in Little Kineburn direkt im Schatten des großen Staudamms aufgewachsen war, als viele Leute annahmen, die Deutschen würden den Damm bombardieren und die Wasser des Stausees sich über das Dörfchen ergießen, jagten Luftangriffe Mrs. Thouless eine Heidenangst ein. Um sechs Uhr zwanzig aus ihrem Bett vertrieben, begab sie sich in ihrem Morgenmantel in die Küche und beabsichtigte, eventuell im Keller Zuflucht zu suchen. Mittlerweile hatten Genschers Bemühungen, Aufmerksamkeit zu erregen, ein wenig nachgelassen. Nichtsdestotrotz erbebte die Kellertür jedesmal, wenn er sich dagegen schmiß. Mrs. Thouless betrachtete die Tür. Sie wußte nicht, was sie davon halten sollte. Dann schloß sie sie ganz vorsichtig auf und schob den Riegel zurück. Gleich darauf wußte sie mit absoluter Sicherheit, daß sie nicht Gefahr lief, in ihrem Bett ertränkt oder bombardiert zu werden. Ein viel schlimmeres Grauen hatte sie umgeworfen, und zwar in Gestalt eines irrsinnigen Rottweilers, um dessen Kopf ein grotesker Knoten aus zwanzig Meter Isolierband gewickelt war. Mrs. Thouless, die Hunde schon an guten Tagen nicht leiden konnte und sich besonders vor großen deutschen in acht nahm, konnte angesichts dieser Erfahrung und Erscheinung ihre halb ehrerbietige Haltung nicht beibehalten und schrie laut auf.

Wenn es etwas bedurft hätte, um Genscher in noch größere Panik zu versetzen, dann dieser Schrei. Im Haus gab es nirgends Sicherheit. Er mußte ins Freie, koste es, was es wolle. Ohne zu zögern rannte er gegen die Hintertür und prallte gegen Sir Arnolds Golfschläger, die klappernd auf den gefliesten Boden fielen. Es folgte ein weiteres Krachen, vermischt mit Mrs. Thouless' schottischen Schreien, als das Riesentier mit unter dem Gewicht von Unmengen Isolierband hängendem Kopf die Kommode irrtümlich für eine leichtere Tür hielt und sich dagegen warf. Doch Genschers Zeit war abgelaufen. Umgeben von fallenden Tellern und Untertassen, rutschte der Rottweiler, der mittlerweile sichtlich an Sauerstoffmangel litt und überlaut durch seine blutigen Nasenlöcher röchelte, über Mrs. Thouless' liegenden Körper und fiel in den dunklen Keller zurück.

Im ersten Stock hatte der Krach in der Küche sogar den erschöpften Chief Constable aus einem tiefen und willkommenen Schlaf gerissen. Er setzte sich im Bett auf und sah, wie Lady Vy in ihrem Morgenmantel, seine 38er Scott & Webley umklammernd, auf die Tür zumarschierte, die schwarze Augenblende drohend hoch in die Stirn geschoben.

»Was zum Teufel geht hier vor?« fragte er heiser.

»Bestimmt wieder einer deiner blöden Streiche«, sagte seine Frau und stieß mit ihrem Fuß die Tür auf. Unten hatte Mrs. Thouless ihre Schreie intensiviert, und das auf den gefliesten Boden scheppernde Geschirr ließ vermuten, daß jemand die gesamte Küche zerdepperte. Weit mehr als das Geschrei der Haushälterin versetzte dieses Geräusch Lady Vy in Wut.

»O weh, meine Platzteller«, brüllte sie und stürzte die Treppe hinunter.

In einem gräßlich aussehenden durchsichtigen Nachthemdchen, das sie hastig in einen schwarzen Lederrock gesteckt hatte, kam hinter ihr Tantchen Bea in der irrtümlichen Annahme aus ihrem Zimmer geschlurft, ihre geliebte Vy werde von dem widerwärtigen Sir Arnold geprügelt.

»Laß sie los«, rief sie, als sie das Schlafzimmer betrat, ihre Lenden mit dem Rock gürtend, den sie so hastig übergezogen hatte. »Laß los, du abscheuliches Geschöpf. Hast du mit deinen Untaten nicht schon genug Schaden angerichtet?«

Sir Arnold, der gerade dabei war, seine Pantoffeln zu suchen, und sich über die Seite des Bettes bückte, konnte nichts Passendes erwidern, denn gleich darauf wurde er von schwarzem Leder umfangen, als Bea sich auf ihn warf. Eine halbe Minute lang rangen sie auf dem Bett miteinander, bis Tantchen Bea ihn aufs Bett gedrückt hatte, ihren Irrtum erkannte und sich fragte, was nun zu tun war. Was sie von Sir Arnold sah, nämlich ein Auge, das bösartig über den Saum des schwarzen Rocks schielte, während das andere möglicherweise die darunterliegenden Wonnen genoß, war für sie kein Anreiz, den festen Griff zu lockern, mit dem sie ihn hielt. Zu wissen, daß sie nie wieder in einer Situation sein würde, es ihm einmal mit gleicher Münze heimzuzahlen, machte diesen bereits gewichtigen Vorteil noch gewichtiger. Ebenso boshaft wie genüßlich schaute sie heimtückisch auf ihn herab und schob dann flink seinen ganzen Kopf unter ihren Rock. Das war ebenso unklug wie entgegenkommend. Der von den unbegreiflichen Schrecken des Wochenendes geschwächte Sir Arnold war nämlich immer noch stark genug, um sich des grauenhaften Ansinnens zu erwehren, die lesbische Liebhaberin seiner Frau mit der Zunge zu befriedigen, was sie, so vermutete er, von ihm erwartete. In den schwarzen Lederfalten konnte man das schwer sagen, und die Alternative, daß sie ihn ersticken wollte, war vielleicht sogar noch schlimmer. Die Alternativen ließen dem Chief Constable keine Wahl. Mit der geballten Kraft der Verzweiflung eines Mannes, der zwischen den Beinen einer schweren Frau steckte, holte Sir Arnold tief gräßlich riechende Luft und stieß nach oben. Es war zwar ein entsetzliches Erlebnis, doch einen Augenblick lang sah er Land. Sein kahler Schädel durchbrach den Bund des Rockes, wurde aber sofort wieder in die Dunkelheit gestoßen, als Tantchen Bea – die zum erstenmal in ihrem Leben die Freuden erlebte, die ein Mann, wenn auch ein verängstigter und hektischer, geben konnte – ihn zurückschob. Das Handgemenge ging noch ein paar Minuten weiter, als sie bei jedem neuen Auftauchen Sir Arnolds die Wonnen der Dominanz erlebte und Sir Arnold deren Schrecken. Als er sich endlich nicht mehr unter ihr rührte und klar wurde, daß er geschlagen war, hob sie unklugerweise den Rock und lächelte auf sein gerötetes, schwitzendes Gesicht hinab. Als der Chief Constable an ihrer Scham vorbeispähte und dieses Lächeln sah, bäumte sich sein gedemütigtes Ego und so ziemlich alles andere ein letztes Mal auf. Er riß den Kopf zur Seite und schlug die Zähne in ihre Leistengegend. Daß die Zähne nicht seine eigenen waren und daß das gleiche für ihre, wie er gehofft hatte, Leisten galt, war dem Chief Constable ziemlich egal. Mit einem furchtbaren Aufschrei hob sich Tantchen B vom Bett und schien auf einem Kissen aus Schmerzen zu schweben, ehe sie wieder auf Sir Arnold zustürzte. Diesmal gab es an ihren Absichten nichts zu deuteln. Sie würde das Schwein umbringen.

In genau diesem Augenblick kehrte Lady Vy mit dem rauchenden Revolver zurück. Sie war absolut nicht in der Stimmung, ihren Mann beim augenscheinlich sehr eigenartigen Liebesspiel mit ihrem Tantchen Bea anzutreffen. Genauer gesagt geriet ihr Tantchen Bea, dem Gesichtsausdruck nach zu urteilen, bei diesem Akt in eine derartig leidenschaftliche Verzückung, daß ihr die Zunge aus dem Mund hing, während sie vor Lust stöhnte und schrie. Dieser Anblick, so kurz nachdem sie in der Küche Mrs. Thouless entdeckt hatte, die der Länge nach neben der Kellertür auf dem Boden gelegen hatte, das Kleid seltsam verrutscht, und irgend etwas von einem riesigen Untier gestöhnt hatte, war zuviel für Lady Vy. Sie war nach oben gekommen, um Sir Arnold zu sagen, daß es dem verdammten Kerl im Keller gelungen war, irgendwie aus dem Keller zu entkommen, nachdem er dem Haushund vorher meterweise Isolierband um den Kopf gewickelt hatte. Mit einem Mut, der aus ihrer jahrelangen Überzeugung herrührte, jedem Hausangestellten moralisch überlegen zu sein, war Lady Vy über Mrs. Thouless hinweggetreten und hatte ohne zu zögern in den Keller geschossen.

Diesmal hatte Genscher keine Zweifel, warum ihm der gräßliche Maulkorb verpaßt worden war. Wenn er auch nichts über das Schicksal der Zarenfamilie gelesen hatte, merkte er doch, daß der Keller eine ideale Meuchelmordstätte abgab und daß Herrchen und nun Frauchen – nachdem es ihnen nicht gelungen war, ihn zu hängen, als sie die Gelegenheit dazu hatten – wild entschlossen waren, ihn zu erschießen. Als die Kugeln von den Wänden prallten, suchte Genscher leise winselnd in einem der Weinregale Zuflucht. Lady Vy machte das Licht an und ging langsam die Treppe hinunter, den Revolver in der ausgestreckten Hand.

»Komm raus und stell dich«, rief sie. »Ich weiß, daß du da unten bist. Komm raus, oder ich schieße.«

Doch der Rottweiler hütete sich und gab keinen Mucks von sich. Er verkroch sich in der äußersten Ecke des steinernen Weinregals und wartete auf den Tod.

Überraschenderweise blieb er davon verschont, und im nächsten Moment eilte Lady Vy wieder die Treppe hinauf.

Als sie jetzt das Schlafzimmer betrat, war sie von dem Geschehen dort zu verdutzt, um die Neuigkeit auszusprechen, die sie mitgebracht hatte.

»B Liebling, wie konntest du nur?« fragte sie kläglich und fächelte mit dem Revolverlauf vor ihrem Gesicht herum. Tantchen Bea drehte sich zu ihrer Freundin um und sah sie mit einer furchtbaren Grimasse an.

»Noch bin ich nicht fertig«, fauchte sie, eine Fehlinterpretation der Vergangenheitsform. »Aber wenn es soweit ist...«

»Das darfst du nicht tun«, kreischte Lady Vy. »Ich lasse nicht zu, daß du dich so gräßlich erniedrigst. Und ausgerechnet mit ihm!«

»Was soll das heißen, ›mit ihm‹? Ich wüßte nicht, wen ich sonst...«

»Ich ertrag's nicht, B. Sag es nicht. Ich hör nicht zu.«

Sir Arnold, der sich diesen Wortwechsel zunutze machte, gelang es, tief Luft zu holen, und ziemlich schwach quäkte er: »Hilfe, hilf mir.« Tantchen Bea drückte ihn nach unten.

»Stirb, du Ungeheuer, stirb«, schrie sie und zog den Rock fest über sein fleckiges Gesicht.

Lady Vy sank neben dem Bett zu Boden.

»O Liebling, B, ich, Liebling, nicht er«, schluchzte sie. Tantchen Bea bemühte sich, dieses bizarre Verlangen zu verstehen. Sie wußte, daß Vy eine unterwürfige Frau war, war aber bisher noch nie gebeten worden, einen geliebten Menschen umzubringen. Sie fand diese Bitte eindeutig pervers und ausgesprochen geschmacklos.

Was man von dem Chief Constable nicht behaupten konnte. Als er versuchte, dem Tod durch Ersticken in den schwarzen

Lederfalten zu entgehen, hätte er liebend gern den Platz mit seiner Frau oder sonst jemandem getauscht, der Lust hatte, eines so gräßlichen Todes zu sterben. Und was »geschmacklos« anging, war er da ebenfalls anderer Meinung. Höchstens das genaue Gegenteil, aber das beschäftigte ihn im Augenblick weniger. Als er in die schwarze Hölle stierte, unter der sich Tantchen Bea *Bas Couture* vorstellte, dachte er entsetzt an seinen bevorstehenden Nachruf. Er konnte sich beim besten Willen nicht ausmalen, wie die Redaktionen von »Sun« und »News of the World« Worte finden sollten, die zweideutig genug waren, daß sowohl der Presserat als auch der Appetit ihrer Leser auf Anzügliches zufriedengestellt wurden. Nicht daß er mehr als ein flüchtiges Interesse an seinem Postmortem-Ruf hatte. Er starb eines schrecklichen Todes, wenn auch nicht durch die Hand, so doch durch die Beine einer Frau, die er aus gutem Grund verabscheute. Als er ohnmächtig wurde, hörte er noch schwach Vys Stimme.

»Aber du hast geschworen, daß du Männer haßt, B«, schrie sie, von hysterischer Eifersucht befallen. »Du hast mir versprochen, du würdest wirklich nie, niemals einen Mann anrühren, und jetzt sieh dich an.«

»Ich versuch's ja«, schrie Tantchen B zurück und kämpfte mit dem Rock. »Aber er ist noch nicht tot.«

»Ist noch nicht tot?« wiederholte Lady Vy mit so schwachem Stimmchen, daß selbst der Chief Constable nicht recht wußte, ob er richtig gehört hatte. Was glaubte das Scheißweib eigentlich, was er hier tat? Sich köstlich amüsieren? Endlich dämmerte es Lady Vy, daß die Lage nicht so war, wie sie angenommen hatte.

»O Gott, nein, nein, das darfst du nicht, liebste B«, plärrte sie. »Weißt du denn nicht, was du uns damit antust?«

»Mir ist egal, was ich uns damit antue«, schrie Tantchen B zurück. »Im Augenblick interessiert mich bloß, was ich ihm damit antue. Du solltest mal sehen, was das Ungeheuer mir angetan hat.«

Diese Aufforderung war für die verzweifelte Lady Vy zuviel.

»Zeig's mir, o zeig's mir, Liebling«, sagte sie und warf sich auf das, was der Chief Constable mittlerweile für sein Totenbett hielt. Als sie an Tantchen Bs seltsamem Rock zerrte, tauchte sein Gesicht auf und war fast so schwarz wie das Kleidungsstück. Sir Arnold schnappte nach vergleichsweise frischer Luft und glotzte durch blutunterlaufene und vorquellende Augen hoch in das Gesicht seiner debilen Frau. Zum erstenmal in zweiundzwanzig Jahren hatte es einen gewissen Reiz für ihn. Und was sie tat, sogar noch mehr. Lady Vy zog den Rock von Bs Beinen. Einen Moment lang sah es so aus, als wolle sie sich zu ihm unter das Drecksding gesellen, aber Tantchen Beas Aufmerksamkeit wurde nun auf etwas anderes gelenkt. Sie interessierte sich weniger dafür, ihren Angreifer umzubringen, sondern wollte herausfinden, ob sie womöglich an seinem Biß verblutete. Sie ließ sich zurück aufs Bett fallen, und der Chief Constable und Lady Vy betrachteten gerade, was er angerichtet hatte, als sich jemand an der Schlafzimmertür zu Wort meldete.

»Ich bin hier, um zu kündigen«, erklärte Mrs. Thouless mit fester Stimme. »Ich bleibe in keinem Haus, wo so seltsame Dinge passieren. Das heißt, verzeihen Sie bitte die Störung, Ma'am, aber dieses Ding unten ist wieder aus dem Keller gekommen, und für eine anständige Frau ist es nicht der passende Anblick am frühen Morgen.«

Mit einer Unbekümmertheit, die vom jahrelangen Umgang mit peinlichen Momenten und betretenen Dienstboten herrührte, glitt Lady Vy von dem Bett und näherte sich der armen Haushälterin.

»Wie können Sie es wagen, hier einzutreten ohne anzuklopfen?« wollte sie wissen. Für den Chief Constable, der mit der Begeisterung eines Mannes über Tante Beas Knie spähte, der vorübergehend dem Tod von der Schippe gesprungen war, und dem es im Grunde herzlich egal war, was aus seinem Ruf in der Öffentlichkeit wurde, war Mrs. Thouless' Eingreifen ein Geschenk des Himmels. Wenn andererseits Lady Vy so anmaßend und arrogant auftrat, verließ die verdammte Haushälterin das Haus womöglich auf der Stelle. Das war keine Aussicht, die ihm zusagte.

»Liebe Mrs. Thouless«, rief er, »Sie dürfen uns nicht verlassen.«

Von der Zimmertür aus bemerkte die Haushälterin, welch fragwürdiger Natur die ehelichen Arrangements ihrer Arbeitgeber waren. Sie glotzte aus kurzsichtigen Augen auf Sir Arnolds Kopf, dann auf Tantchen Bea und schließlich zu Lady Vy hoch.

»O Mum«, sagte sie, und auch der letzte Rest ihres schottischen Akzents war verschwunden. »O Mum, ich weiß nicht, was ...«

Lady Vy erstickte ihren Protest.

»Jetzt reißen Sie sich mal zusammen, Mrs. T«, sagte sie. »Ich weiß, es war ein anstrengender Morgen, und Sie hatten ein langes Wochenende, aber es besteht kein Grund, das alles zu dramatisieren. Gehen Sie einfach runter, und machen Sie uns allen eine schöne Kanne Tee.«

»Jawohl, Mum, wie Sie wünschen, Mum«, sagte Mrs. Thouless mit hängendem Unterkiefer und begab sich völlig verstört zur Treppe.

Lady Vy widmete ihre Aufmerksamkeit nun dringenderen Problemen und nahm den Revolver wieder in die Hand.

»Ich muß schon sagen«, sagte sie mit offenbar wiedergewonnenem sozialen Selbstbewußtsein. »Es ist schon ein starkes Stück, wenn das Personal einfach ohne anzuklopfen ins Schlafzimmer marschiert. Es ist unfaßbar, was aus diesem Land geworden ist.«

Auf dem Bett reagierte Tantchen Bea auf den Appell an ihre Kinderstube.

»Meine Liebe«, sagte sie, »ich habe in Washam genau die gleichen Schwierigkeiten. Es ist beinahe unmöglich, jemanden zum Bleiben zu überreden, und sie fordern ganz horrend hohe Löhne und zwei freie Abende die Woche.«

Und dann bedeutete sie dem Chief Constable mit einem letzten obszönen Rucken ihres Rocks, er könne jetzt gehen. Sir Arnold kletterte vom Bett und verschwand fluchtartig im Bad, wo er hektisch mit einer Zahnbürste und kaltem Wasser hantierte. Heißes gab es keins. Es war keine Zeit gewesen, den Boiler reparieren zu lassen. Und der Chief Constable starrte in den Badezimmerspiegel und fragte sich, was Gott ihm damit hatte sagen wollen, daß er ihn so eine furchtbare Tortur hatte durchmachen lassen, als ihm dämmerte, daß Mrs. Thouless etwas Wichtiges gesagt hatte. Was war es gewesen? » ... dieses Ding ist wieder aus dem Keller gekommen ...« Welches Ding? Und warum war dieses Etwas nicht der passende Anblick für eine anständige Frau? Zum erstenmal an diesem Morgen sah der Chief Constable plötzlich alles in einem größeren zeitlichen Rahmen und nicht mehr nur die vergangenen fünf Minuten. Jemand war unten im Keller gewesen und hatte bemerkt, daß der junge Lump verschwunden war. Natürlich. Das erklärte alles, insbesondere Tantchen Beas mörderische Attacke auf ihn. Sie hatte herausgefunden, daß ihr Komplize verschwunden war, und war nach oben geeilt, um ihn aus Rache umzubringen. Oder so ähnlich. Die nächtlichen Unternehmungen und das furchtbare Wochenende forderten ihren Tribut, was seine Fähigkeit zu rationalem Denken anlangte. Nur eins wußte er mit Sicherheit, daß er sich mit drei Frauen in einem abgeschiedenen Haus befand, von denen er die eine verabscheute, die andere verachtete und die dritte gerade in der Küche eine Kanne Tee machte. Von den dreien hatte einzig Mrs. Thouless einen minimalen Reiz für ihn, und der war ausschließlich praktischer Natur. Gerade wollte er aus dem Bad eilen und sich nach unten in die relativ sichere Küche flüchten, als ihm der Schuß einfiel. Und Vy hatte die verdammte Knarre mit nach unten genommen. Worauf zum Teufel hatte sie geschossen? Ohne klar zu denken, stolperte Sir Arnold aus dem Bad ins Schlafzimmer, wo seine Frau damit beschäftigt war, Tantchen Beas Leistengegend mit Eau de Cologne zu betupfen, und sich fragte, ob eine Tetanusspritze empfehlenswert sei. »Oder eine gegen Tollwut«, sagte Lady Vy und bedachte ihren Mann mit einem bösen Blick. Sir Arnold beschloß, sie lieber nicht zu befragen. Statt dessen begab er sich nach unten in die Küche, um selbst nachzusehen, was dort vorgefallen war. Er traf eine recht gut erholte Mrs. Thouless an, die sich wieder mit ihrer Rolle als Haushälterin abgefunden hatte und das Isolierband von der Schnauze des demoralisierten Rottweilers abwickelte. Sir Arnold trank seine Tasse Tee und verwünschte den Hund, seine Frau, die mordgierige Liebhaberin seiner Frau und am allermeisten den Unhold, der einen unter Drogen gesetzten Flegel in seinem Bett untergebracht hatte.

14

Nach einer Weile konzentrierte er seine Überlegungen darauf, Rachepläne zu schmieden. Er könnte dieses verdammte Lesbenekel oben zur Rede stellen und Aufklärung verlangen, was sie sich davon erhofft hatte, als sie den Lump in das Alte Bootshaus gebracht hatte. Es ergab keinen Sinn. Andererseits hatte sie soeben versucht, ihn umzubringen, und es wäre ihr fast gelungen. Es wäre ihr gelungen, wenn Vy nicht dieses eine Mal rechtzeitig gekommen wäre. Die verdammte Bea war also verrückt. Verrückt, geisteskrank, hatte einen Sprung in der Schüssel, nicht alle Tassen im Schrank und war eine männermordende Wahnsinnige. (Der Chief Constable war sicher, daß sie ausschließlich Männer umbringen wollte.) Und obendrein hatte sie eine Komplizin oder einen Komplizen. Auch daran zweifelte er keinen Moment. Sie hätte unmöglich allein das Alte Bootshaus verlassen, irgendwohin fahren, um den jungen Rüpel aufzugabeln, ihn unter Drogen setzen, zurückfahren und die Treppe hochschleppen können. Das war undenkbar. Sie hatte den ganzen Abend lang mit Vy getrunken. Er hatte Vy danach gefragt, und sie hatte ihm die Wahrheit gesagt. Daran zweifelte er nicht. Seine Frau war genauso verblüfft gewesen, den Mistkerl bei sich im Bett vorzufinden, wie er. Es gab also noch einen großen Unbekannten, und wenn er daran dachte, wurde der Chief Constable – ohnehin immer am Rande der Paranoia – rasend vor Wut. Und Angst. Man hatte eine Verschwörung ausgebrütet, um ihn zu vernichten. Ausgebrütet? Das Wort ausgebrütet war nicht stark genug, und außerdem erinnerte es zu sehr an Eier und Hennen und etwas Natürliches. Doch es war schließlich absolut nichts Natürliches dabei, irgendeinen jungen Blödmann bis zur Halskrause mit Drogen abzufüllen, bevor man ihn nackt auszog und in das eheliche Bett eines ehrenwerten Chief Constable steckte. Es war ein Akt diabolischer Unnatürlichkeit, blanker Bosheit und böswilliger Absicht. Von Ausbrüten konnte dabei keine Rede sein. Diese abscheuliche Tat war erdacht, vorsätzlich geplant und auf teuflische Weise umgesetzt worden, um seinen Ruf zu ruinieren. Wenn dieses kleine Komplott herausgekommen wäre, hätte ihn das den Kopf gekostet. Wenn es jetzt herauskäme, wäre er immer noch erledigt. Wenn er es recht bedachte, befand er sich sogar in einer weit schlimmeren Lage als zuvor, weil er dem jungen Dreckskerl eins über den Schädel gezogen und ihn vierundzwanzig Stunden lang verschnürt im Keller zwischengelagert hatte. Er hätte den Lump sogar töten können. Gut möglich, daß der Mistkerl tot unter dem schmalen Bett im Midden-Haus lag und in diesem Augenblick vielleicht die Totenstarre eingesetzt hatte. Auf dem Gesicht des Chief Constable brach kalter Schweiß aus, und er begab sich in sein Arbeitszimmer, um nachzudenken. Wie er so an seinem Schreibtisch saß und sich wie das heulende Elend fühlte, durchforstete er sein Hirn nach einem Motiv. Erpressung fiel ihm als erstes ein und war auch am naheliegendsten. Aber warum in Gottes Namen sollte ihn die brutale B erpressen wollen? Dazu bestand kein Anlaß. Die Frau hatte genug eigenes Geld, jedenfalls hatte Vy ihm das immer erzählt. Zugegeben, Vy hatte das Hirn einer geistig herausgeforderten Pfauenhenne, aber Vermögen roch sie meilenweit gegen den Wind. Das gehörte zu den Tugenden ihrer Oberschichtherkunft. Nein, Tantchen Bea mußte ein anderes Motiv haben. Abgrundtiefer Haß auf ihn? Den hatte sie allerdings. Und zwar nicht zu knapp. Nicht daß es dem Chief Constable etwas ausmachte. Unmengen von

Leuten haßten ihn. Er war es gewohnt, gehaßt zu werden. Das gefiel ihm sogar recht gut. Es gab ihm ein Gefühl von Macht und Autorität. Für ihn gehörten Respekt und Furcht zum Haß. Gefürchtet und respektiert zu werden, gab ihm das Gefühl, etwas wert zu sein. So stand für ihn fest, daß er etwas bedeutete.

Andererseits wollte er verdammt sein, wenn er wußte, was alles andere bedeutete. Es mußte einfach ein noch perverseres Motiv geben. Niemand machte sich solche Umstände, um ihn zu ruinieren. Nein, Tantchen Bea war lediglich eine bereitwillige Komplizin, eine Mittäterin, die Tore öffnen und Genscher beruhigen konnte. Aller Wahrscheinlichkeit nach war sie erpreßt oder wenigstens überredet worden, als Insider mitzuwirken. Nicht daß dazu eine große Überredungskunst nötig gewesen wäre. Ja, das klang schon besser. Da draußen gab es jemanden – und hier schloß die Phantasie des Chief Constable jeden einzelnen Übeltäter in Twixt und Tween mit ein –, der wild entschlossen war, ihn zu vernichten. Oder, und das klang nach einer rationaleren Erklärung, der ihn mit der Drohung erpreßte, ihn auffliegen zu lassen. Das war viel wahrscheinlicher. Tja, da stand ihm nun einiges bevor. Außer natürlich, der junge Bursche war tot, dann nämlich wäre die Kacke so richtig am Dampfen. Erneut brach auf seinem bleichen Gesicht der Schweiß aus. Der Chief Constable gab es auf. Er war zu erschöpft zum Nachdenken. Sobald er sich vergewissert hatte, daß Vy und B mittlerweile in der Küche frühstückten, stieg er nach oben und ins Bett. Er brauchte jetzt seinen Schlaf.

Viel bekam er nicht davon. Eine halbe Stunde später stürmte seine Frau ins Zimmer und weckte ihn. Sie war stinksauer.

»Du widerst mich an«, teilte sie ihm mit. »Kannst du denn niemanden in Frieden lassen?«

»Niemanden in Frieden lassen? Ich bin nicht mal in die Nähe der Schlampe gekommen. *Sie* hat *mich* angegriffen.«

»Du glaubst doch nicht ernsthaft, daß ich dir das abnehme? Bea hat eine Abneigung gegen Männer. Sie findet sie abstoßend.«

»Ein Gefühl, das auf Gegenseitigkeit beruht«, erwiderte der Chief Constable. »Aber ganz egal, was sie abstoßend findet, sie hat kein Recht, durch die Gegend zu laufen und zu versuchen, Leute umzubringen.«

»Du mußt sie irgendwie provoziert haben. Sie ist ein sanfter und friedlicher Mensch.«

Sir Arnold musterte sie aus blutunterlaufenen ungläubigen Augen.

»Friedlich?« blaffte er. »Friedlich? Dieses Weibsstück? Du hast eine verdammt eigenartige Vorstellung von Frieden. Ich hab bloß meine Pantoffeln gesucht. Das war auch schon alles. Hab mich unter dem Bett nach meinen Pantoffeln umgesehen, da stürzt sie sich ohne die leiseste Vorwarnung auf mich.«

»Das glaub ich nicht. Jedenfalls bin ich nicht hier, um mich mit dir herumzustreiten. B und ich brechen jetzt auf. Wir fahren nach Tween. Du kannst mitkommen, wenn dir danach ist.«

Um nichts in der Welt, dachte Sir Arnold, schwieg aber.

»Und wo wir schon mal beim Thema sind, du weißt ja vermutlich, daß der junge Mann entkommen ist. Er hat Isolierband um Genschers Schnauze gewickelt und ist abgehauen.«

»Ach ja?« sagte Sir Arnold und überlegte, wie er sich diese neue Interpretation der Ereignisse zunutze machen konnte. »Der Kerl ist entwischt, nachdem er Genscher Klebeband ums Maul gewickelt hat? Wirklich sehr seltsam.«

»Er ist durch die Luke gekrochen«, sagte Lady Vy. »Offenbar hast du ihn nicht gut genug verschnürt, und Gott sei Dank haben ihn der Whisky und das Valium nicht umgebracht.«

»Wirklich ganz erstaunlich«, sagte Sir Arnold. »Und du glaubst nicht, daß die Leute, die ihn hergebracht haben, eventuell ihren Irrtum bemerkt und ihn dorthin geschafft haben, wo sie ihn eigentlich hinhaben wollten?«

»Woher zum Teufel kann ich wissen, was ich glauben soll?« Lady Vy musterte mißtrauisch ihren Mann. »Du machst übrigens den Eindruck, als hättest du nicht besonders viel geschlafen. Du solltest mal einen Blick in den Spiegel werfen. Wie das blühende Leben siehst du nicht gerade aus.«

»So fühle ich mich auch nicht«, sagte der Chief Constable. »Und dir ginge es auch nicht anders, wenn du von dieser grauenhaften Bea fast erstickt worden wärst. Und erwähn ihr gegenüber um Himmels willen nicht den Kerl im Keller.«

»Du glaubst doch nicht etwa, daß sie's noch nicht weiß? Also ehrlich, bist du naiv. Bei dem Heidenlärm? Sie hat nichts gesagt, weil sie zu taktvoll ist. Sie hat bloß geglaubt, du prügelst mich. Auch Mrs. Thouless hat das Blut gesehen.«

Müde setzte sich der Chief Constable im Bett auf. Auf solche Neuigkeiten hätte er gern verzichtet.

»Hat sie dir *das* gesagt?« stammelte er.

»Nicht direkt, aber sie hat gefragt, was sie mit dem blutbefleckten Teppich in deinem Arbeitszimmer machen soll. Und du mußtest natürlich eine blutige Nachttischlampe neben dem Schreibtisch stehenlassen.«

»Großer Gott«, sagte der Chief Constable. »Ein wahres Wunder, daß sie die Story nicht schon an die ›Sun‹ verkauft hat.«

»Da sie weiter nichts gesehen hat, weiß sie nicht recht, was vorgefallen ist.«

»Da ist sie hier nicht die einzige«, sagte der Chief Constable und glitt unglücklich unter die Bettdecken zurück. Er fühlte sich sterbenselend.

Genau wie Timothy Bright. Nachdem er eine Weile unter dem Bett gelegen, auf Geräusche gehorcht und keine gehört hatte, kroch er langsam und unbeholfen hervor und versuchte sich aufzurappeln. Fast wäre es ihm gelungen. Halb stand er schon, als er wieder umfiel und mit dem Kopf gegen die Kante des Stuhls schlug, auf den der Major seine gefalteten Kleidungsstücke gelegt hatte. Der Stuhl kippte um, und Timothy Brights Kopfwunde begann wieder zu bluten, diesmal auf das Tweedjackett des Majors und dessen schicke kleine Weste. Ein Weilchen blieb Timothy Bright liegen, um zu überlegen, wo er war oder warum er nackt war, fror und Hunger hatte und warum er im Mund einen Geschmack wie ... Er wußte nicht, was für einen Geschmack er im Mund hatte. Erneut versuchte er sich aufzurappeln, diesmal klammerte er sich ans Bett, ließ sich darauf fallen und blieb liegen. Allmählich konnte er klarer denken. Damit ihm wärmer wurde, zog er das Federbett über sich und fühlte sich ein wenig besser. Nur ein wenig. Ein furchtbares Durstgefühl brachte ihn dazu, sich wieder hinzustellen. Das gelang, und nun stand er leicht schwankend da und horchte. Im Haus war es still. Nichts bewegte sich. Die Sonne schien durch das Fenster, und im Freien sah er ein Stück Gemüsegarten mit dicken Bohnen und einer Reihe Stangen für Erbsen. Dahinter einen hölzernen Schuppen, ein Wäldchen mit hohen Bäumen und eine Feldsteinmauer, hinter der noch mehr Bäume standen. Es gab kein Zeichen von Leben, sah man von einer Drossel ab, die auf einem Betonweg ein Schneckenhaus zertrümmerte. Eine Katze schlich um die Erbsenstangen und erstarrte, die Augen auf die Drossel gerichtet. Dann machte sie kehrt und schlich äußerst verstohlen um die dicken Bohnen vorwärts. Einen Augenblick lang war Timothy Bright von dem sich abzeichnenden Drama wie gebannt, doch dann flog die Drossel weg, und die Katze trollte sich. Jetzt erst fiel ihm das Blut auf dem Kopfkissen und dem Federbett auf. Es war frisches Blut. Er blutete. O Gott, er mußte irgendwas unternehmen. Die Badezimmertür stand offen, und er ging ins Bad, griff sich ein Handtuch und wischte sich damit über den Kopf. Jetzt war eine Menge Blut an dem Handtuch, und als er sich im Spiegel über dem Waschbecken betrachtete, erkannte er sich selbst nicht wieder. Sein Gesicht war von getrocknetem Blut bedeckt, die Haare davon verklebt, sein Oberkörper zerkratzt und von schlimmen blauen Flecken übersät. Urplötzlich sah er wieder das Bild von dem enthäuteten Schwein vor sich, und er torkelte rückwärts. Das Badezimmer des Majors war nicht sonderlich groß, es bestand lediglich aus einer Duschkabine mit einem kleinen Abstellbrett unter dem Rasierspiegel, wo er seine Flasche mit Imperial Russian Eau de Cologne aufbewahrte (wenigstens die Flasche war echt, die hatte er einem reichen Freund gemopst, aber den Inhalt schon vor geraumer Zeit verbraucht und mit 4711 nachgefüllt). Timothy torkelte rückwärts in den Duschvorhang aus Plastik, an den der Major mühsam ein recht hübsches Stück Blumenbordüre von Laura Ashley genäht hatte, und als Timothy stolperte, klammerte er sich an das Regalbrett. Die Flasche Imperial Russian Eau de Cologne fiel in das Waschbecken und zerbrach. Ihr folgten der Rasierpinsel, das Rasiermesser des Majors, das er ganz vorsichtig benutzte, um seine Haare zu schneiden, bevor er sie färbte, seine Zahnbürste und die Schere, die er für seinen Schnurrbart brauchte. Doch was Timothy Bright fertigmachte, war das Rasiermesser. Es erinnerte ihn an eine Szene aus einem Alptraum, aus dem Alptraum, der mittlerweile eine zentrale Bedeutung in seinem Leben erlangt hatte, in dem sich ein Mann mit glänzenden schwarzen Haaren im Hinterzimmer einer Kneipe die Nasenspitze abgeschnitten und von Schweinehack geredet hatte und davon, was mit Timothy Bright geschehen würde, falls er nicht irgend etwas Schreckliches tat. Es erinnerte ihn an das entsetzliche Foto von dem Schwein. Irgendwo ganz tief in seinem Inneren weckte es vielleicht sogar die vergessene Furcht vor Old Ogs Frettchen Posy mit der blutigen Schnauze, nachdem es das Kaninchen getötet hatte. In seiner Panik fiel er nach hinten in die Dusche und riß dabei den Duschvorhang mit sich, und dann saß er da, und Blut lief den Vorhang und die Wand hinunter. Saß da, weinte vor Angst, und Blut lief ihm übers Gesicht. Er weinte leise. Im Haus herrschte wieder Ruhe.

So blieb es auch über Mittag und bis in den Nachmittag hinein. Dann erst erhob sich Major McPhee aus seinem Erbrochenen und kroch auf allen vieren in den Hausflur. Auch ihm kam die Stille gerade recht. Sie schien zu bedeuten, daß Miss Midden rüber nach Middenhall gegangen war und er sich somit in das Bad im ersten Stock begeben konnte, um sich zu säubern, und nicht durch sein Zimmer gehen mußte, vorbei an der Leiche unter seinem Bett. Er war zwar, außer nach militärischen Kriterien, kein besonders reinlicher Mensch, verspürte aber den Drang, sich wenigstens Gesicht und Hals zu waschen, bevor er sich anzog... Erst als er im Bad angekommen war und den Wasserhahn aufgedreht hatte, dämmerte ihm, daß sich seine einzigen Kleidungsstücke in seinem Schlafzimmer befanden, das er folglich betreten mußte, um sie zu bekommen. Er hielt sich am Waschbecken fest und war so vernünftig, sein

Gesicht nicht im Spiegel zu betrachten, sondern beugte den Kopf über das warme Wasser und tauchte das Gesicht mehrmals ganz leicht hinein. Die Stiche über den Augen schmerzten. Irgendwie wusch er sich Hände und Hals mit Seife. Er leerte das Waschbecken, tauchte das Gesicht erneut ins Wasser und trocknete es ganz leicht mit einem Flanellhandtuch ab. All das brauchte Zeit und mußte langsam und bedächtig vor sich gehen. Das erforderte sein körperlicher Zustand. Er fühlte sich elend, so elend wie noch nie in seinem Leben. Und dann mußte er auch noch die Leiche loswerden, ehe Miss Midden sie fand und die Polizei verständigte. Er mußte die Schweinerei im Eßzimmer beseitigen. Und Miss Midden konnte jeden Moment zurückkommen. Er nahm ein sauberes Handtuch aus dem Schrank, trocknete sich ab, nahm es mit nach unten und hielt sich dabei am Geländer fest. Doch als er zur Schlafzimmertür kam, kehrte seine panische Angst zurück, und nur der Gedanke an Miss Midden und die Polizei bewog ihn, sie zu öffnen und einen Blick hineinzuwerfen. Was er sah, ließ ihn erstarren. Seine Kleidung lag auf dem Boden neben dem umgeworfenen Stuhl und war blutbefleckt. Auch auf dem Federbett war Blut, und das Kissen glänzte regelrecht davon. Der Major wimmerte und sah sich hektisch im Zimmer um. Schließlich schlich er hinein und schaffte es bis zur Kommode, um sich ein Hemd zu holen, wobei er ununterbrochen die Tür seines kleinen Badezimmers im Auge behielt. Der Mann war offensichtlich da drin. Irgendwie zog der Major sich das Hemd an und hatte gerade seinen Kleiderschrank geöffnet, um eine saubere Hose und ein Jackett herauszuholen, als er aus dem Bad ein Geräusch hörte. Es war seltsam und beängstigend, ein schluchzendes Stöhnen und Ächzen. Der Major nahm die Kleidungsstücke, die er brauchte, holte ein Paar Schuhe aus dem Regal und rannte ins Eßzimmer, um sich fertig anzuziehen. Seine Lage war fast noch schlimmer als zuvor, als er geglaubt hatte, der junge Mann sei tot. Dann hätte er sich einfach einer Leiche entledigen, sie nach draußen schaffen und irgendwo verstekken müssen, bevor er sich seine nächsten Schritte überlegte. Mit einem lebendigen Menschen war das unmöglich. Um eine Weile auf andere Gedanken zu kommen, ging er auf Strümpfen in die Küche, holte etwas Wasser und einen Lappen aus der Spüle, wischte das Erbrochene vom Boden auf und stellte die leere Karaffe in das Sideboard. Er konnte jederzeit Whisky nachfüllen. Miss Midden trank kaum etwas und merkte im Augenblick vielleicht gar nicht, daß sie leer war. Kaum war er fertig und zurück in der Küche, als er im Hof Schritte hörte. Miss Midden war wieder da.

15

Sie war von ihrem Nickerchen unter dem strahlend blauen Himmel erwacht und hatte sich mit frischer Entschlußkraft erhoben. So wollte sie nicht weiterleben. Sie wollte sich ihre Wochenenden nicht mehr von einem erbärmlichen Schmarotzer wie McPhee verderben lassen, denn genau das war er, nichts weiter als ein Schmarotzer ihrer Gastfreundschaft und Gutmütigkeit. Sie hatte genug von ihm. Doch ihre Entschlossenheit ging noch weiter. Sie war es endgültig leid, sich um Middenhall und die dort wohnenden Schmarotzer zu kümmern, denn auch sie waren nichts anderes als arrogante, egoistische, verwöhnte Schmarotzer, deren Arbeit immer Diener verrichtet hatten und die auch ihr – wäre sie nicht der Mensch gewesen, der sie nun mal war – die Rolle einer Dienerin aufgezwungen hätten. McPhee (sie war nicht mehr willens, seinen falschen militärischen Rang zu verwenden. Er hieß McPhee, und vermutlich war auch der Name falsch) hatte sich für diese Leute als nützlich erwiesen. Er war der vierte Mann beim Bridge gewesen, hatte sich immer wieder ihre Erzählungen über Afrika und das gute Leben angehört, das sie dort geführt hatten, und er hatte ihnen gern beigepflichtet, daß überall alles vor die Hunde gehe.

Miss Midden sah das anders. »Die gute alte Zeit«, deren gute alte Zeit, war die schlechte alte Zeit anderer Menschen gewesen, mit langen Arbeitszeiten, erbärmlichen Löhnen und der brutalen Annahme, daß die Angehörigen der Unterklasse, ob schwarz oder weiß, dazu da waren, verachtet und ausgegrenzt zu werden. Und sie schimpften. O Gott, wie diese Leute schimpften. Sie schimpften über das staatliche Gesundheitssystem, das sie während ihres verwöhnten, in exotischen Ländern verbrachten Lebens mit keinem Penny finanziert hatten. Der alte Mr. Lionel Midden war wütend gewesen, als er auf eine Hüftgelenkoperation warten mußte, und als er anschließend aus dem Krankenhaus in Tween zurückkam, beklagte er sich über das schlechte Essen und daß sich die Schwestern geweigert hatten, ihn mit »Sir« anzureden. Dabei war er nie mehr gewesen als ein sogenannter Personalanwerber für irgendeine Bergwerksgesellschaft in Sambia, das er immer noch beharrlich Nord-Rhodesien nannte.

Alle anderen waren genauso. Fast alle. Mrs. Laura Midden Rayter, die schon bei ihrer Heirat 1956 darauf bestanden hatte, ihren Mädchennamen beizubehalten, war anders. Sie half beim Spülen, saugte in ihrem eigenen Zimmer Staub und machte sich auch sonst im Haus nützlich, und Arthur Midden, der Zahnarzt in Hastings gewesen war und depressive Schübe bekam, wenn er aus therapeutischen Gründen bizarre Holzkohlezeichnungen von offenen Mündern anfertigte, zahlte sogar für Kost und Logis.

»Ich falle dir nicht gern zur Last, meine Liebe«, sagte er, als er zum erstenmal nach Middenhall kam, »aber hier oben ist es friedlich, und seit Annies Tod brauche ich Gesellschaft. Als Zahnarzt schließt man kaum Freundschaften, und Hastings ist ziemlich heruntergekommen, wo sich dort jetzt so viele junge Leute Drogen spritzen. Ich habe nie gern Spritzen gegeben, und der Anblick von Injektionsnadeln schlägt mir immer noch aufs Gemüt.«

Nein, nicht alle waren Schmarotzer oder Jammerlappen, aber die meisten. Außerdem hatte Miss Midden Middenhall nie gemocht, schon als Kind nicht. Es war ein wirklich deprimierend häßliches Haus, und sie teilte die Abneigung ihres Vaters dagegen. Übrigens hatte sie sich nur einverstanden erklärt, es zu übernehmen, damit er sich in ein Altersheim zurückziehen konnte. Als sie jetzt über das holprige Grasland ging und den feuchten Stellen auswich, wo das Riedgras wuchs, wurde ihr klar, daß es auch für sie an der Zeit war, sich zurückzuziehen. Sie würde ihren Vetter Lennox aufsuchen, der nach Onkel Leonard, seinem Vater, Rechtsanwalt der Familie geworden war, und ihm mitteilen, daß sie nicht mehr gewillt war, die Verantwortung für das Anwesen zu tragen. Er mußte halt jemand anderes finden. Das Bauernhaus wollte sie behalten, es eventuell an Sommergäste vermieten, um etwas Geld zu verdienen, aber nicht mehr dort wohnen. Sie würde wegziehen und sich eine Arbeit suchen. Ein wenig Geld hatte sie beiseite gelegt, nicht genug, um davon leben zu können, aber genug, um sich ein neues Leben aufzubauen. Sobald dieser Entschluß gefaßt, diese Entscheidung getroffen war, betrat sie den Hof und wappnete sich innerlich, um McPhee den Marschbefehl zu geben. Doch als sie eintrat und ihn da stehen sah, wußte sie, daß ihn etwas viel Schlimmeres belastete als ein Kater. Er glotzte sie aus vor Schreck geweiteten Augen und am ganzen Körper zitternd an. Einen Moment lang dachte sie, er sterbe. Noch nie und bei niemandem hatte sie einen so greifbaren panischen Schrecken erlebt. Der Mann existierte nicht mehr, weder als Mensch noch auch nur als Lebewesen. Er war zu etwas Undefinierbarem geworden, die Angst hatte ihn beinahe verflüssigt. Ein paar Sekunden lang verschlug ihr sein Zustand die Sprache. Dann sagte sie: »Was in Gottes Namen ist hier los?«

McPhee klammerte sich am Küchentisch fest und öffnete den Mund. Seine Lippen zitterten, der Mund zuckte, er sabberte. Miss Midden zog einen Stuhl heran und schob McPhee auf die Sitzfläche.

»Ich sagte: Was ist hier los?« wiederholte sie grob. »Antworten Sie mir.«

Der Major richtete seine gequälten Augen auf sie.

»Es ist in meinem Zimmer«, stieß er hervor.

»Was ist in Ihrem Zimmer?« Jetzt war sie sich ziemlich sicher, daß er sich im Delirium tremens befand. »Sagen Sie mir, was in Ihrem Zimmer ist!«

»Ein Mann. Er ist ermordet worden. Überall ist Blut. Auf meinem Bett, auf dem Federbett, auf meiner Kleidung.«

»Blödsinn«, fuhr Miss Midden ihn an. »Sie leiden an Wahnvorstellungen, weil Sie den vielen Whisky getrunken haben.«

Der Major schüttelte den Kopf, oder sein Kopf wackelte unkontrolliert. Was von beidem, ließ sich unmöglich sagen.

»Es ist wahr, es ist wahr. Er lag mit blutverschmiertem Gesicht unter meinem Bett. Er war nackt.«

»Quatsch mit Soße. Sie leiden an akuter Alkoholvergiftung. Ein nackter Mann mit blutverschmiertem Gesicht unter Ihrem Bett? Dummes Zeug.«

»Es stimmt, ich schwör's. Er war da.«

»Aber jetzt ist er nicht mehr da? Natürlich nicht. Weil er nie da war.«

»Ich schwöre ...«

Doch Miss Midden hatte von dieser Panikmache die Nase voll. »Stehen Sie auf«, sagte sie. »Stehen Sie auf und zeigen Sie ihn mir.«

»Nein, das kann ich nicht.«

»Stehen Sie auf, runter von dem Stuhl. Sie zeigen mir jetzt sofort diesen Mann.«

Der Major versuchte aufzustehen, sackte aber wieder nach hinten. Miss Midden packte ihn am Jackettkragen und zerrte ihn auf die Füße. Doch er zitterte und wimmerte nur.

»Sie widern mich an«, sagte sie und ließ los. Er sackte auf den Stuhl zurück. »Na schön, dann geh ich eben selber.«

Als sie die Küche durchquerte, meldete sich der Major zu Wort.

»Seien Sie um Gottes willen vorsichtig. Ich sage die Wahrheit. Er ist im Bad. Womöglich ist er gefährlich.«

Miss Midden betrachtete ihn verächtlich und betrat den Flur. Durch das Eßzimmer ging sie zur Zimmertür des Majors und öffnete sie. Dann hielt sie inne. Blut. Auf dem Bett war Blut, Unmengen von Blut. Genau wie auf der Kleidung neben dem umgekippten Stuhl. Miss Midden spürte, wie sich Angst und Schrecken ihrer bemächtigten. Doch das hielt nicht lange an. Erneut durchquerte sie das Eßzimmer und betrat ihr kleines Büro, wo sie ihre doppelläufige Flinte aufbewahrte. Ganz gleich, was im Schlafzimmer geschehen war und wer sich im

Bad befand – und was wußte sie denn, vielleicht waren dort ja mehr als eine Person –, er würde sich einem geladenen Gewehr gegenübersehen. Sie schob zwei Patronen in den Verschluß und klappte das Gewehr zu. Dann ging sie zurück. Beim Betreten des Eßzimmers sah sie das offene Fenster. Da sie nun auf einen möglichen Einbruch vorbereitet war, bemerkte sie den Dreck auf dem Fußboden unter dem Fenster. Sie begab sich zur Schlafzimmertür und sah sich gründlich um, ehe sie eintrat und dabei das Gewehr auf die Badezimmertür richtete. Zwei Meter weiter blieb sie stehen.

»In Ordnung«, sagte sie mit lauter und erstaunlich fester Stimme. »Kommen Sie da raus. Kommen Sie raus. Ich stehe hier mit einem geladenen doppelläufigen Gewehr, öffnen Sie also die Tür und kommen Sie langsam heraus.«

Nichts geschah. Miss Midden zögerte und lauschte aufmerksam. Sie hörte nichts. Sie ging ins Eßzimmer zurück und eilte dann weiter in die Küche.

»Sie begleiten mich jetzt«, befahl sie McPhee, und diesmal erhob er sich. Ihr Mut hatte ein wenig auf ihn abgefärbt, außerdem entfaltete das Gewehr eine eigene Überzeugungskraft. Als er das Zimmer durchquert hatte, führte sie ihn in das Schlafzimmer.

»Was soll ich tun?« fragte er mit leiser zittriger Stimme.

Miss Midden deutete in Richtung Badezimmertür.

»Aufmachen. Und dann treten Sie beiseite«, befahl sie.

»Aber … aber … angenommen …«, fing er an.

»Nehmen Sie gar nichts an. Öffnen Sie einfach die verdammte Tür und treten Sie beiseite«, sagte sie. »Und wenn jemand so dumm ist und Widerstand leistet, kriegt er zwei Läufe ab«, fuhrt sie laut fort. »Und jetzt los.«

Major McPhee ging voran, drückte den Türgriff runter und

schob. Die Tür flog auf, er huschte in eine Zimmerecke und hielt sich die Hände vor die Ohren. Miss Midden hatte die Flinte in Schulterhöhe angelegt und bewegte sich vorsichtig in Richtung Bad. Es war sehr klein, und nun sah sie auch die beiden aus der Dusche ragenden schmutzigen Füße. Sie trat zur Seite und spähte hinein, das Gewehr immer noch im Anschlag. In der Plastikduschwanne, den zerknitterten Vorhang neben sich, kauerte ein junger Mann. Sein Gesicht war mit getrocknetem Blut bedeckt, auch sein Oberkörper war blutig, und das aus der Dusche tropfende Wasser hatte sich eine helle Bahn über die blutige Haut gebahnt, die sich bis über den Nabel nach unten zog. Aber er lebte. Das verrieten ihr seine Augen, die sie unter der Maske aus getrocknetem Blut wild anglotzten. Lebendig und verängstigt, beinahe so verängstigt wie der Major. Anscheinend hatten alle Männer Angst. Doch dieser hier war verletzt und hatte verständlicherweise Angst.

»Wer sind Sie?« fragte sie und senkte die Waffe. Offenbar wirkte diese Frage beruhigend auf den jungen Mann. Vielleicht tauchte in seinen Augen sogar ein Funken Hoffnung auf. »Ich fragte: Wer sind Sie? Wie heißen Sie?«

»Timothy«, antworte Timothy Bright.

»Können Sie aufstehen? Wenn nicht, bleiben Sie einfach liegen, und ich rufe den Krankenwagen.«

Wieder tauchte die Furcht in Timothy Brights Augen auf, aber er rappelte sich auf und stand nun nackt in der Dusche.

»Und jetzt kommen Sie hierher«, sagte sie. »Kommen Sie her und setzen Sie sich aufs Bett.«

Timothy Bright trat aus der Dusche und tat wie geheißen. In dem helleren Zimmer konnte ihn Miss Midden besser sehen. Er war ein ziemlich junger und gutgebauter Mann. Sie lehnte das Gewehr an die Ecke von McPhees Bücherregal.

Vor dem Mann, der sich Timothy nannte, hatte sie keine Angst.

»Wie sind Sie in diesen Zustand geraten?« fragte sie und schob die verfilzten Haare beiseite, um seine Kopfwunde besser sehen zu können.

»Das weiß ich nicht.«

»Hat Sie jemand zusammengeschlagen? So muß es gewesen sein.« Die Wunde auf der Kopfhaut war doch nicht so schlimm, und Kopfwunden bluten immer heftig.

»Das weiß ich nicht.«

»Na schön, legen Sie sich hin, dann werfe ich mal einen Blick in Ihre Augen.« Sie schaute in jedes Auge, drehte dabei seinen Kopf zum Fenster. »Und Sie wissen nicht, wie das geschehen konnte?«

»Ich erinnere mich an gar nichts.«

»Gehirnerschütterung. Ich rufe einen Krankenwagen. Sie gehören ins Krankenhaus. Und die Polizei verständige ich auch.«

Sie zog das Federbett über ihn und wollte gerade in den Hausflur gehen, wo das Telefon stand, als Timothy Bright sie aufhielt. Plötzlich war ihm eingefallen, was der Schweinehack-Mann mit dem Rasiermesser gesagt hatte:

»Eins dürfen Sie nie vergessen. Wenn Sie auch nur in die Nähe der Polizei kommen, auch nur an 'nem Bullenkloster vorbeilatschen oder das Telefon in die Hand nehmen, beispielsweise Ihr Mobiltelefon, dann bedeutet das für Sie nicht bloß Schweinehack. Dann hast du zuallererst mal keinen verfickten Schwanz zum Ficken mehr. Keine Eier, keinen Pimmel. Und das ist erst der Anfang. Tage später heißt's dann Schweinehack für dich. Langsam. Gaaanz langsam. Krieg das jetzt in deinen dämlichen Kackkopf.«

Und das hatte Timothy Bright getan. Sogar jetzt, als er keine Ahnung hatte, was ihm zugestoßen war, wo er war oder wer diese Frau war, die ihn mit vorgehaltener doppelläufiger Flinte aus dem kleinen Badezimmer gescheucht hatte und behauptete, er habe womöglich eine Gehirnerschütterung und gehöre in ein Krankenhaus, war ihm diese furchtbare Drohung noch in so lebhafter Erinnerung wie in dem Moment, als der Mann sie ausgestoßen hatte. Und das Rasiermesser war zitternd dort steckengeblieben, wohin es der Mann mit den nach hinten gekämmten öligen schwarzen Haaren so fachmännisch geworfen hatte.

»Nein, keine Polizei, keine Polizei oder Krankenwagen«, stieß er hervor. »Mir geht's gut. Wirklich. Gut.«

Miss Midden drehte sich wieder zum Bett um und betrachtete ihn.

»Keine Polizei? Keine Polizei? Und Sie sagen, Ihnen geht's gut? Das kann man wirklich nicht behaupten. Sind Sie auf der Flucht oder so was?« Aus ihrer Stimme war nur noch sehr wenig Mitgefühl herauszuhören. Timothy Bright schüttelte den Kopf. Aus seiner Ecke betrachtete ihn der Major genau. Er war ein Experte, was verkommene Kleinkriminelle und deren Ängste anging. Aus dem hier wurde er überhaupt nicht schlau. Snob. Schrecklich vornehm. Kein gewöhnlicher Wirtshausrüpel. Dieser hier kam aus gutem Haus. Sogar nackt und verdreckt wie er war, strahlte er eine Selbstsicherheit aus, die der Major nie im Leben erlangen würde. Neid schärfte seine Menschenkenntnis, den gesellschaftlichen Durchblick, der bei dem Versuch, im reißenden Strudel seines Selbstmitleids den Kopf über Wasser zu halten, seine Hauptwaffe gewesen war. Mit diesem Burschen hier stimmte etwas nicht, aber was, wußte der Major nicht. Schwul war er auch nicht. Das wäre dem Major sofort aufgefallen. Aber irgend etwas stimmte nicht.

Miss Midden ging in das Zimmer zurück und griff zum Gewehr, das sie an das Bücherregal gelehnt hatte. Über das Bett gebeugt, fragte sie: »Was ist eigentlich passiert? Sie sagen's mir besser, oder ich rufe die Polizei. Spuck's aus, Jungchen. Was haben Sie im Schilde geführt?«

Timothy Bright suchte verzweifelt nach einer plausiblen Erklärung. Er wußte nicht, was er im Schilde geführt hatte. Vielleicht hatte er wirklich eine Gehirnerschütterung. Alle seine Erinnerungen blieben bruchstückhaft. Irgendwie spielte eine Reise nach Spanien eine Rolle, die etwas mit Onkel Benderby zu tun hatte. Er war auf seinem Motorrad gefahren.

»Ich hatte ein Motorrad«, sagte er und kramte in seinem Gedächtnis.

»Nur weiter. Sie hatten ein Motorrad. Was ist damit geschehen?«

Timothy Bright hatte keine Ahnung.

»Wie sind Sie dann hier hereingekommen?« wollte Miss Midden wissen.

Auch darauf konnte er ihr keine Antwort geben.

»Sie wissen es vielleicht nicht, aber ich finde es heraus. Ich oder die Polizei. Sie haben die Wahl.«

Timothy Bright lag auf dem Bett und wimmerte.

»Männer«, sagte Miss Midden. »Erbärmlich.« Sie machte auf dem Absatz kehrt und verließ das Zimmer. Im Eßzimmer betrachtete sie den Dreck auf dem Fußboden und dann das offene Fenster. Sie ging zur Haustür, betrat den Kies und sah sich das Blumenbeet unter dem Fenster an. Dort waren Fußabdrücke zu erkennen, und ein paar vom Major gepflanzte weiße Petunien waren von irgendwelchen Füßen zertreten worden.

Miss Midden ging ins Haus zurück und probierte es im Wohnzimmer auf der anderen Seite des Flurs. Nichts ließ darauf schließen, daß jemand dort gewesen wäre. Das gleiche galt für den Hausflur. Sie ging die Treppe hoch und sah in jedes Zimmer, fand aber keinerlei Anzeichen, daß etwas durcheinandergebracht worden wäre. Und es fanden sich auch nirgendwo Kleider. Ihr Büro war genauso wie immer. Die Küche auch. Keine Spur von Kleidungsstücken. Sie ging in den Hinterhof und langsam um das Haus herum, schaute sogar im Kuhstall und im Schuppen nach, fand aber weder Jeans noch Schuhe oder Hemd. Alles war genauso, wie sie es verlassen hatte. Ratlos ging sie zurück ins Haus und wollte gerade das Eßzimmer betreten, als sie Stimmen hörte. Sie blieb stehen. Der Major stellte Fragen. Miss Midden schlich ins Zimmer und lauschte.

16

Das war ein ganz anderer Major als der, der vorhin noch in der Ecke gekauert hatte. Und was er tat, war äußerst nützlich. Er unterhielt sich verständnisvoll mit dem jungen Mann. McPhees Groll, ebenso oberflächlich wie verkommen, hatte sich bald gelegt, und da die akute Gefahr nun vorbei war, versuchte er, aus der Situation irgendwelche Vorteile zu ziehen.

»Man hat Ihnen wirklich übel mitgespielt, deshalb können Sie sich nicht erinnern«, sagte er. »Aber es fällt Ihnen wieder ein. Ist erst zwei Tage her, da fuhr ich nichts Böses ahnend mit dem Fahrrad meines Weges, als plötzlich völlig unerwartet ein Traktor auf die Strecke einbog. Ich mußte mit sechs Stichen genäht werden, und nicht mal daran konnte ich mich erinnern. Wahrscheinlich sind Sie von Ihrem Motorrad gefallen ... Hoffentlich hatten Sie einen Helm auf. Sonst hätten Sie dabei sterben können. Irgendwas muß Ihnen in die Quere gekommen sein. Motorräder sind eine gefährliche Sache. Was haben Sie denn für eins?«

»Eine Suzuki.«

»Ist das ein sehr schnelles?«

»Ich bin schon zweihundertdreißig damit gefahren«, sagte Timothy.

»O je, wie konnten Sie nur? Das ist ja schließlich das Doppelte der erlaubten Höchstgeschwindigkeit. Da hatten Sie aber Glück, daß die Polizei Sie nicht geblitzt hat. Wollen Sie deshalb nicht, daß wir die Polizei verständigen?«

Timothy Bright griff diese Ausrede begierig auf.

»Ja. Ich wollte meinen Führerschein nicht loswerden.«

»Und was ist mit Ihrer Familie? Die wird doch wissen wollen, ob Sie wohlauf sind. Wo wohnt sie denn?«

»Sie hat ein Haus ... ich weiß nicht«, sagte Timothy Bright.

Miss Midden schlich sich auf Zehenspitzen davon. Endlich verdiente sich der Major seine Brötchen. Nackte und verletzte junge Männer waren sein Bier. Sie hingegen brauchte jetzt ein Täßchen Tee und Zeit, um über ihr weiteres Vorgehen nachzudenken. Ihr erster Impuls, die Notfalldienste anzurufen, war verflogen. Der junge Timothy war nicht so schwer verletzt, wie er aussah. Er redete recht deutlich, litt wahrscheinlich an einer leichten Gehirnerschütterung und nicht an einem Schädelbasisbruch, wie sie zuerst befürchtet hatte. Es gab auch andere Gründe, nicht die Behörden einzuschalten. Mit den Leuten im Rathaus, deren Hauptbeschäftigung darin bestand, ihre berufliche Existenz irgendwie zu legitimieren, war sie nie zurechtgekommen. Eines Tages waren ein Mann und eine Frau von der Gesundheitsbehörde in aller Ruhe in die Küche unten in Middenhall marschiert, weil sie annahmen, das Gebäude sei ein Altersheim, und hatten ihr in der folgenden Auseinandersetzung vorgeworfen, sie habe keine Erlaubnis zur Führung eines Pflegeheimes, genausowenig wie eine Genehmigung, um... Miss Midden hatte sie vom Gelände gejagt und ihren Vetter Lennox, den Anwalt, eine förmliche Beschwerde wegen unbefugten Betretens an den Grafschaftsrat schreiben lassen. Nicht daß das die Beamten abgeschreckt hätte. Wenig später war ein Mann von der Feuerwehr aufgetaucht, diesmal in Besitz eines offiziellen Dokumentes, das ihn ermächtigte, »die Pension oder das Hotel Middenhall« daraufhin zu überprüfen, ob das Gebäude die erforderlichen Fluchtwege und Brandschutztüren aufwies. Miss Midden hatte ihm schimpfend den Irrtum ausgeredet, Middenhall sei mehr als nur ein Privathaus, und war dabei mit ihren üblen Beleidigungen auch persönlich geworden. Der Mann war wie ein begossener Pudel abgezogen, und Lennox Midden hatte wieder einen Brief schreiben müssen. Ein anderes Mal hatten die Wasserwerke Twixt & Tween unter dem Vorwand, für das gesamte Wasser in der Grafschaft und insbesondere für den Bach zuständig zu sein, der den von »Black« Midden angelegten künstlichen See speiste, Inspektoren geschickt, die überprüfen sollten, ob von dort auch keine giftigen Substanzen in den Stausee flossen. Die einzige giftige Substanz, die ihnen begegnet war, war Miss Midden persönlich gewesen. Wieder hatte sich Lennox gezwungen gesehen, darauf hinzuweisen, der See sei 1905 angelegt worden, und jedwede in den Stausee eingeleiteten giftigen Chemikalien stammten mit ziemlicher Sicherheit aus der Gülle eines zehn Kilometer weiter an der Lampaeter Road ansässigen Milchbauern. Alles in allem hatte Miss Midden von übereifrigen Beamten, die sich permanent einmischten, die Nase gestrichen voll. Und bei allem, was die Polizei betraf, ging ihr besonders schnell der Hut hoch. Den alten »Buffalo« hatten Polizisten über den Rasen gejagt und ihn über Nacht in einer Zelle in Hexstead eingesperrt, nachdem sie ihn mißhandelt und ihm Trunkenheit am Steuer vorgeworfen hatten. Und dieser verdammte Chief Constable hatte versucht, die als Polly Moss bekannte Gemeindeflur für seine private Nutzung einzuzäunen. Wegen dieser Angelegenheit hatte sie sich mit ihm angelegt und gewonnen, genau wie sie wegen »Buffalo« Midden vor Gericht die Oberhand behalten hatte. Sie hatte gewonnen und den korrupten Unmenschen gedemütigt. Er würde sich alle zehn Finger danach lecken, seine Männer im Haus herumlungern, Fragen stellen und die Nasen in ihre, Miss Middens, Privatangelegenheiten stecken zu lassen. Sie würden wissen wollen, woher die Verletzungen des Majors stammten und... Nein, die Polizei wollte sie als allerletzte hier haben. Genausowenig wie der junge Mann offensichtlich. Er hatte eine Heidenangst davor gehabt, daß sie verständigt würde. Vermutlich war er irgendein Verbrecher oder ein Junkie. Miss Midden saß am Küchentisch und schenkte sich noch eine Tasse Tee ein. Eine Stunde später saß sie immer noch dort, als der Major mit der Neuigkeit auftauchte, Timothy Bright habe sich im Bad gesäubert und erklärt, er sei hungrig, und ob er etwas zu trinken haben könne. Miss Midden musterte ihn ungehalten und antwortete: »Wasser.« Sie stand auf, öffnete den Kühlschrank und holte ein paar Eier heraus, um ein Omelett zu machen. Sie hatte selbst Hunger, und der Major brauchte eindeutig etwas zu essen. Er sah gespenstisch aus, und zwar verdientermaßen. Und jetzt war er anscheinend verstört, weil der junge Mann in seinem Waschbecken eine Flasche Kölnisch Wasser zerbrochen und den Duschvorhang zerrissen hatte. Erbärmlich. Doch es war ihm gelungen, dem jungen Mann noch ein paar Informationen zu entlocken.

»Er ist so was wie ein Finanzier in der Londoner City. Wo genau, weiß er nicht mehr.«

»Finanzier? Finanzier, daß ich nicht lache!« sagte Miss Midden, die ein betont altmodischer Mensch war und sich unter Finanziers Herren in mittleren Jahren und dunklen Nadelstreifenanzügen vorstellte.

»Eine Yuppie-Variante davon«, fuhr der Major fort. »Die sitzen vor Computerbildschirmen und rufen Leute an. Die haben Sie bestimmt schon mal im Fernsehen gesehen.«

Das war eine dumme Bemerkung. Miss Midden sah nicht fern, hatte kein Gerät im Haus und erlaubte dem Major keins in seinem Zimmer.

»Wenn Sie diesen Müll sehen wollen, gehen Sie doch rüber ins Schlangennest und sehen ihn sich bei denen da an«, sagte sie jedesmal, wenn er darum bat, einen Fernseher in sein Zimmer stellen zu dürfen. »Die Bewegung wird Ihnen guttun.«

»Warum fürchtet er sich denn so vor der Polizei?« fragte sie jetzt. »Haben Sie das auch herausgefunden?«

»Er hat Angst, weil jemand gedroht hat, ihm etwas Furchtbares anzutun, falls er auch nur in ihre Nähe geht.«

»In die Nähe der Polizei?«

Der Major nickte.

»Er ist also in irgendwelche dunklen Geschäfte verwickelt. Entzückend. Jetzt habe ich zwei von euch im Haus. Ich wüßte gern, wie er überhaupt hierhergekommen ist.«

»Das weiß er selbst nicht. Er hat ein Motorrad. Ein sehr schnelles. Vielleicht hatte er einen Unfall und ...«

»Und dann zieht er sich pudelnackt aus und klettert durchs Fenster und ...« Miss Midden brach ab. Gerade war ihr eingefallen, daß sie die Kette vorgelegt hatte, bevor sie übers Wochenende abgereist war, und als sie eben rausgegangen war, hatte die Tür zwar ein Stückchen offengestanden, aber die Kette lag immer noch vor. Das führte zu dem nächsten Schluß: Der junge Bursche hatte das Haus nicht aus eigener Kraft betreten. Und er hatte sich nicht aus eigenem Antrieb unter dem Bett des Majors schlafen gelegt. Jemand hatte ihn hereingebracht, und dieser Jemand war auf das Blumenbeet getreten, um das Fenster zu öffnen. Und schließlich hatte dieser Jemand gewußt, daß sie übers Wochenende weggefahren war. Während sie die Eier aufschlug und verquirlte, kreisten ihre Gedanken um die Bewohner von Middenhall. Kein anderer wußte, daß sie zum Solway Firth gefahren war. Übrigens wußte man nicht einmal in Middenhall, daß sie wieder da war. Mit dem Schneebesen und neuem Schwung bearbeitete Miss Midden die Eier.

Sir Arnold Gonders' Gedanken wanderten auf ähnlichen Pfaden, hatten aber eher etwas mit den schwungvoll gequirlten Eiern gemein. Nur teilweise erholt, wachte er auf. Wenn überhaupt, hatte seine bisherige Erschöpfung bis zu einem gewissen Grad seine Erkenntnis darüber getrübt, in welcher Gefahr er sich befand. Jetzt traf sie ihn mit voller Wucht. Er war möglicherweise der Mörder von... bestimmt ließ sich auf Totschlag plädieren. Nein, das ging nicht. Nicht in seinem Fall. Er war der Chief Constable, der oberste Hüter von Recht und Gesetz in Twixt & Tween, und für die Medien wäre es ein gefundenes Fressen, wenn sie ihn in der Luft zerrissen. O ja, er hatte sie sich in der Vergangenheit warmgehalten, zumindest einige von ihnen, vor allem die Leute vom kommerziellen Fernsehen, um es den Arschgesichtern von dem politischen BBC-Magazin »Panorama« heimzuzahlen, die ihm und den Jungs wegen des Vergewaltigers und Mörders schwer zugesetzt hatten, der ein schönes Stück seiner lebenslänglichen Strafe abgesessen hatte, ehe man herausfand, daß sein Sperma nicht dem entsprach, das man im Opfer gefunden hatte. Doch der Chief Constable war lange genug im Geschäft, um zu wissen, daß es in den Medien keine Loyalität gab und der Dolchstoß in den Rücken gang und gäbe war. Er dachte an all die Zeitungen, die sich bei ihm besonders ins Zeug legen würden, an den »Guardian« und den »Independent«, möge Gott sie in der Hölle schmoren lassen, dazu der »Daily Telegraph« mit diesem knochenharten Redakteur. Sogar die »Times« würde sich anschließen. Was den »Mirror« und die »Sun« anging ... Es lohnte sich nicht, auch nur einen Gedanken daran zu verschwenden.

Beim Rasieren, als er versuchte zu frühstücken, während er den mittlerweile völlig verängstigten Genscher zum Land Rover zerrte und während er über den Damm nach Six Lanes End und über die Autobahn nach Tween fuhr, überschlugen sich die Gedanken des Chief Constables. Er mußte die Reifen am Land Rover wechseln lassen, damit auch ja keiner irgendwelche Dreckspuren von Miss Middens Hinterhof zu ihnen zurückverfolgen konnte. Vielleicht hatte er Reifenspuren auf der alten Trift zurückgelassen. Lieber Himmel, warum hatte er letzte Nacht nicht an so was alles gedacht. Hinten im Wagen hopste und torkelte der Rottweiler und versuchte, nicht in die Ecke mit den blutverschmierten Laken und dem Paketband zu kommen. Sir Arnold schmiß sie in zwei Mülleimer, die etliche Meilen voneinander entfernt standen, das Klebeband in die erste und die verdreckten Laken in die zweite. Danach fühlte er sich etwas besser. Seine Überlegungen wurden konstruktiver. Das Büro würde er nicht vor morgen aufsuchen. Er hatte eine ganz ausgezeichnete Entschuldigung, um den Dienst heute noch nicht wiederaufzunehmen. Er mußte der Medienmeute aus dem Weg gehen, die ihn wegen der Entscheidung des Generalstaatsanwalts interviewen wollte. Außerdem hatte er einen Kater, der alle bisherigen Kater in den Schatten stellte. Sein Stellvertreter Harry Hodge würde ihn ersetzen. In der Zwischenzeit wollte er auf eigene Faust ermitteln, wer ihm mit Hilfe dieser blöden Kuh Bea etwas angehängt hatte. Er war dahintergekommen, daß dieser Mistkerl seine Pläne kennen und gewußt haben mußte, daß er sich in jener Nacht im Alten Bootshaus aufhalten würde. Der Chief Constable dachte darüber nach und kam zu keinem ganz eindeutigen Schluß, außer daß seine Rückkehr den Plan offenbar irgendwie vereitelt hatte, genau wie Miss Middens Rückkehr ihm fast einen Strich durch die Rechnung gemacht hätte. Wie er so auf der Parsons's Road dahinfuhr, kam ihm noch eine Idee. Er hielt neben einer Telefonzelle am Straßenrand und sah sich um, ob auch niemand in der Nähe war. Dann wählte er die Nummer des Polizeireviers in Stagstead, hielt sich, als der diensthabende Beamte abnahm, die Hand vor den Mund und sprach mit hoher verstellter Stimme. Es war eine kurze Nachricht, kurz und präzise, und er wiederholte sie nur einmal, ehe er den Hörer einhängte und sich rasch davonmachte. Miss Midden stand die nächste äußerst unangenehme Überraschung bevor.

Dabei wäre der Chief Constable unangenehm überrascht gewesen, wenn er das Gespräch mitangehört hätte, das in seinem Haus am Sweep Place in Tween zwischen Tantchen Bea und Lady Vy stattfand, als sie an diesem Vormittag kurz vor dem Mittagessen dort eintrafen.

»Mein Liebling, wenn ich doch nur gewußt hätte«, sagte Bea, »wenn ich nur gewußt hätte, was du bei ihm durchmachen mußtest, ich hätte es nie erlaubt.«

»Ich wußte nicht, was ich tun sollte«, gestand Vy unter Tränen, »ich fühlte mich so allein. Mir hat er gesagt, er würde dafür sorgen, daß die ganzen gräßlichen Revolverblätter die Geschichte erfuhren, falls ich es weitersagte. Ich fand den Gedanken an den Skandal unerträglich. Und in meinem Bett lag ein junger Mann. Das konnte ich nicht leugnen.«

Bea sah sie aus schmalen Augen an.

»Oh, er ist wirklich ein gerissener Hund, gar kein Zweifel«, sagte sie. »Ich muß zugeben, daß er gerissen ist. Aber das bin ich auch, und außerdem ist er nicht besonders subtil vorgegangen.«

»Liebling, das ist mir zu hoch. Was meinst du damit?«

»Frag dich doch mal folgendes«, sagte Bea. »In deinem Bett lag ein junger Mann. Daran zweifle ich nicht. Aber wo ist er jetzt?«

»Ich hab keine Ahnung«, gab Lady Vy zu. »Ich hab im Keller nachgesehen, und er ist über Nacht verschwunden.«

»Genau. Arnold hat dich dazu gebracht, ihm zu helfen, als er ihn im Keller verschnürte, damit du noch mehr zu seiner Komplizin wurdest. Ist das nicht der Fall?«

»So muß es wohl sein«, gab Lady Vy zu. »Daran habe ich noch gar nicht gedacht.«

»Und du sagst, er war wirklich fest verschnürt? In zwei Plastiksäcken?«

»Also, in die Müllsäcke kriegte Arnold ihn nicht rein. Er

mußte die Bettlaken nehmen. Und haufenweise Klebeband. Du hast ja keine Ahnung, mit wieviel Band er ihn eingewickelt hat.«

»Und trotzdem verschwindet der junge Mann. Kommt dir das nicht merkwürdig vor?«

Lady Vy strengte ihr winziges Hirn an. Es war zwar beruhigend, daß ihr Tante Bea immer wieder einiges erklärte, aber manchmal begriff sie nicht, was sie ihr sagen wollte.

»Die ganze Geschichte kam mir merkwürdig vor«, bekannte sie. »Ich hab schließlich noch nie zuvor einen jungen Mann in meinem Bett gefunden. Und er sah wirklich recht gut aus, wenn man sich das Blut einmal wegdachte.«

Tantchen Bea mußte sehr an sich halten.

»Nein, Liebes, ich meinte doch ... kam es dir nicht ausgesprochen seltsam vor, daß er so schnell entkommen konnte, obwohl du doch geholfen hattest, ihn fest zu verschnüren?«

»Ja, da hast du wohl recht«, gab Lady Vy zu. »Wo ihn Arnold auch noch mit Beruhigungsmitteln vollgepumpt hat, damit er ruhig blieb.«

»Ja, natürlich. Arnold hat gesagt, er habe ihn mit Beruhigungsmitteln vollgepumpt. Arnold hat dieses gesagt, und Arnold hat jenes gesagt, aber ganz sicher weißt du nur, daß du ihm geholfen hast, den Mann zu verschnüren, und daß der weg war, als du am nächsten Tag nachsehen wolltest. Was für ein wundersames Ereignis, nicht wahr? Jedenfalls wäre es das gewesen, wenn Arnold ihn nicht eigenhändig losgebunden und ihm geholfen hätte, zu entkommen.«

»Aber warum hätte er das tun sollen?« fragte Vy, die bei ihrem Versuch, das Geheimnis zu ergründen, immer noch im dunkeln tappte.

»Weil, Liebste, weil es sich bei der ganzen Geschichte um

einen raffinierten Plan handelt, um sicherzustellen, daß du Arnold nicht irgendwann später mal verläßt und ihm Schwierigkeiten machst.«

»Aber warum sollte ich...«, setzte Vy an, ehe sie selbst zu einem Schluß kam. »O Bea, du denkst doch nicht wirklich...?«

Diese Frage war absolut überflüssig. Tante Bea dachte nämlich sehr intensiv nach. Für die Abfolge eigenartiger Ereignisse, die sich zugetragen hatten, hatte sie bereits eine rationale Erklärung ausgetüfftelt. Und die ließ nur einen Schluß zu: Sie mußte Vy dem unheilvollen Einfluß ihres Mannes entziehen. Falls vor dem letzten Wochenende in dieser Hinsicht noch irgendwelche Zweifel bestanden hatten – und dem war nicht so –, so war sie sich nun sicher, daß sie Vy vor einem Mann rettete, der bereit war, jedes Verbrechen zu begehen, um seine schändlichen Ziele zu erreichen. Daß Sir Arnold sie in die Leistengegend gebissen hatte, war keineswegs dazu angetan, ihn für Bea in irgendeiner Weise sympathischer zu machen, und jetzt besaß sie die erforderlichen Beweise, um ihn zur Strecke zu bringen. Und zugleich würde sie Vy beschützen. Sie stand auf und nahm Lady Vy bei der Hand.

»Mein Liebling, geh bitte nach oben und pack deine Sachen. Und ich will keine Widerworte hören. Ich kümmere mich um alles. Tu einfach, was ich dir sage.«

»Aber, Bea Liebling. Ich kann doch nicht einfach abreisen...«

»Du reist nicht ab, Liebes. Du begleitest mich heute lediglich nach London. Keine Diskussion. Wir werden deinen Vater aufsuchen.«

Und mit diesem zweifelhaften Trost – eigentlich konnte sie auf einen Besuch bei Sir Edward Gillmott-Gwyre recht gut verzichten – ging Lady Vy nach oben ins Schlafzimmer, um zu packen.

»Trotzdem muß ich Arnold ein paar Zeilen dalassen«, dachte sie und schrieb ein kurzes Briefchen des Inhalts, sie habe nach London fahren müssen, um Daddy zu besuchen, weil der unpäßlich sei, und sie sei in ein paar Tagen wieder zurück.

»Nun komm schon, Vy Liebes«, rief Tantchen Bea. Gehorsam ging Lady Vy nach unten und legte das Briefchen auf den Tisch neben der Haustür. Dort sah es Tante Bea, öffnete den Umschlag, las es und steckte es unauffällig in ihre Handtasche. Sollte Sir Arnold ruhig krank werden vor Sorge. Und Vy würde nicht zurückkommen, es gab also keinen Grund, ihn zu täuschen. Mit diesem angenehm moralischen Gedanken ging sie zum Mercedes, und kurz darauf waren sie Richtung Süden unterwegs. Als der Chief Constable den Land Rover in der Garage abstellte, hatten sie schon den halben Weg nach London hinter sich.

17

An diesem Abend schafften sie den nur mit einem Badetuch bekleideten Timothy Bright in das alte Kinderzimmer rauf, dessen Fenster mit massiven Gitterstäben versehen war. Der Begriff »Kinderzimmer« war ein Euphemismus. Die Gitterstäbe waren massiv und die Tür dick, weil im späten achtzehnten Jahrhundert einer von Miss Middens Vorfahren, ein gewisser Elias Midden – einem ebenso ausgefallenen Impuls folgend wie »Black« Midden, als der sein heimisches Mausoleum errichtet hatte –, von ein paar Zigeunern auf dem Rummel in

Twixt einen kleinen Bären erstanden hatte. Elias, der gerade den Ringerwettbewerb gewonnen und zum Meister des Hochlands ausgerufen worden war, hatte zur Feier des Tages große Mengen Bier getrunken und geglaubt, das Tier sei ein ausgewachsener Bär, und daß es Spaß machen müsse, gelegentlich abends seine Kräfte mit denen des wilden Tieres zu messen. Dabei waren die Zigeuner froh gewesen, den Bären loszuwerden. Sie hatten ihn im Hafen von Tween irgendwelchen Matrosen abgekauft, die den Bären von einer Kanadareise mitgebracht hatten, auf der einer von ihnen die Bärenmutter erschossen hatte. Kurz und gut, der Bär war noch sehr jung gewesen und wuchs zu einem sehr großen Exemplar heran. Da Elias Midden sehr viel Geld für das Tier bezahlt hatte, wollte er ihm unbedingt die bestmögliche Unterkunft bieten und ihn für abendliche Kämpfe in der Nähe wissen. Seine Frau war alles andere als begeistert gewesen. Sie teilte nur ungern das Bauernhaus mit einem jungen und noch nicht ausgewachsenen Bären, auch wenn er einen Maulkorb trug. Sie hatte gedroht, Elias und seinen Bären zu verlassen und die Kinder mitzunehmen, falls das Monstrum nicht sicher weggeschlossen würde. Da Elias Midden das Tier nur ungern aufgab, aber wußte, daß ihn jeder Bauer zwischen Stagstead und ... nun, so ziemlich überall sonst auslachen würde, falls er seine Frau wegen eines Bären aus dem Haus trieb – die Leute hätten unflätige Dinge über seine Beziehung zu dem Viech erzählt –, hatte er ein sehr stabiles Zimmer gebaut und ihn dort untergebracht. Und das war auch gut so. Wochen und Monate gingen ins Land, und der Bär wuchs. Er wuchs so gewaltig, daß sogar Elias, ein stolzer Mann mit einem phantastischen Körperbau, seine Unterlegenheit eingestehen mußte. Dieser Bär war zum Ringen ungeeignet. Er war äußerst stark und äußerst bösartig. Und er war riesig, so riesig und so bösartig, daß die Fütterung des Tieres zu einem gefährlichen Unterfangen wurde. Da Elias das Bärenzimmer in der Annahme gebaut hatte, sein Bewohner sei ausgewachsen und umgänglich, hatte er keine Luke in der Tür gelassen, durch die man Futter hätte durchreichen können, und da sich die schwere Tür nur nach innen und nicht nach außen öffnen ließ (Mrs. Midden hatte vernünftigerweise auf dieser Vorsichtsmaßnahme bestanden. In ihren Alpträumen brach der Bär mitten in der Nacht aus seinem Zimmer aus und tat ihr und den Kindern gräßliche Dinge an), riskierte Elias jedesmal sein Leben, wenn er sie öffnete. Das Maß war voll, als er bei dem Versuch, etwas Streu ins Zimmer zu schieben, zwischen Tür und Türpfosten drei Finger seiner rechten Hand verlor.

»Das ist allein deine Schuld«, hatte er seine Frau angebrüllt. »Du mußtest dich ja über den Gestank beschweren.«

Mrs. Midden hatte entgegnet, er sei so blöde gewesen, einen Haufen Geld rauszuwerfen und einen Welpen zu kaufen oder wie auch immer man junge Grizzlies nennen mochte, und sie teile ihr Haus nicht mit einem Bären, der sein Geschäft nicht im Freien verrichten konnte, und der Gestank sei widerwärtig und nichts, womit sich eine anständige Frau, die ihren Ruf, eine gründliche Hausfrau zu sein, zu verlieren habe, abfinden könne, und er solle etwas unternehmen, sonst...

Elias Midden hatte entgegnet, er beabsichtige, wegen des beschissenen Bären etwas zu unternehmen. In Wahrheit unternahm er gar nichts. Nicht für Geld und gute Worte wollte er diese Tür noch mal öffnen. Sollte der Bär doch ins Gras beißen. Das tat der Bär. Bei ihm war auch schon vorher Schmalhans Küchenmeister gewesen, doch jetzt verhungerte er. Sein letzter Happen waren besagte drei Finger gewesen. Tag für Tag und

Nacht für Nacht schlug er gegen die Tür und kratzte daran. Er probierte es auch an den Wänden und verbog die Gitterstäbe am Fenster. Schließlich verendete er, doch Elias verbreitete, er habe das Tier in einem fairen Kampf getötet und dabei seine Finger verloren. Er verscharrte den stark abgemagerten Kadaver und mehrere Schubkarrenladungen Bärendung im Küchengarten, wo er zu mehr nutze war als im Haus. Weil sich seine Frau danach immer noch weigerte, die Bärenhöhle zu betreten, putzte er sie gründlich und strich die Wände neu. Die Tür rührte er nicht an. Sie blieb zerkratzt, zerbissen und ramponiert, damit er Besuchern zeigen konnte, wie wild der von ihm getötete Bär gewesen war. Kultivierteren Middens nach ihm blieb es überlassen, den Raum in »altes Kinderzimmer« umzubenennen. Mit seinen verbogenen Gitterstäben und der ramponierten Tür hatte der Name des Zimmers einen leicht makabren Zug, und die jungen Middens, die in ihm schliefen, litten an entsetzlichen Alpträumen, derer sich in aufgeklärteren Zeiten Psychotherapeuten, Spezialisten für Extremtraumatisierung und Streßberater angenommen hätten. In diesem Bärenzimmer hatte »Black« Midden zum erstenmal von einem wüsten Leben in Afrika geträumt, wo es keine Bären gab. Jetzt sperrte man Timothy Bright dort ein.

»Sie bleiben da drin, bis Sie uns verraten, wer Sie sind und warum Sie ausgerechnet in mein Haus eingebrochen sind«, sagte sie ihm, als er gegessen hatte. »Wenn Sie nicht bleiben wollen, müssen Sie es nur sagen, und ich rufe die Polizei.«

Timothy Bright sagte, mit der Polizei wolle er auf keinen Fall etwas zu tun haben, aber ob er bitte seine Kleidung zurückhaben könne.

»Falls wir sie finden«, antwortete Miss Midden und verriegelte die Tür. Dann ging sie nach unten, saß im nachlassenden

Abendlicht und fragte sich, welcher der arroganten und idiotischen Middens drüben in der Hall für dieses Verbrechen verantwortlich sein mochte. Unter anderen Umständen hätte sie den Major verdächtigt, doch der war bei ihr gewesen und hatte seine panische Angst nicht gespielt, als er den jungen Mann fand. Wenn ihr andererseits jemand verraten konnte, welcher Insasse des Schlangennests sadomasochistische Neigungen hatte, dann war er das. Nicht daß sie mit dem lächerlichen Männlein reden wollte. Sie hatte immer noch eine Mordswut auf ihn, und ihre Verachtung für seine Feigheit war enorm. Und doch mußte sie ihn fragen. Als sie ihn aufsuchte, betrachtete er gerade sein verschmutztes Bett. Auch roch es im Zimmer ekelhaft.

»Hundekacke«, sagte Miss Midden. »Danach stinkt es.« Aber unten im Schlangennest hatte niemand einen Hund. »Es muß jemand sein, der wußte, daß ich fort war«, sagte sie zum Major. »Und eigentlich wußten es nur die Leute da unten.«

»Soll ich runtergehen und soviel wie möglich herausfinden?« fragte er, aber Miss Midden schüttelte den Kopf.

»Ein Blick auf Sie, und wer auch immer es getan hat, wird beruhigt schlafen. Mit Ihrem blauen Auge und der genähten Wunde sind Sie der perfekte Verdächtige.«

»Aber ich kann beweisen, daß sie aus diesem Pub in Glasgow stammen.«

»Aus welchem Pub?«

Der Major dachte angestrengt nach. Er war in so vielen Pubs und dermaßen betrunken gewesen.

»Da sehen Sie's. Sie wissen es nicht mal«, sagte Miss Midden. »Und welchen Namen haben Sie im Krankenhaus angegeben? Sie haben sich garantiert nicht McPhee genannt, schließlich sind Sie genausowenig Schotte wie ich.«

»Jones«, gab der Major zu.

»Und dieser überarbeiteten Ärztin haben Sie überhaupt nicht gefallen. Daher wird sie keine große Hilfe sein. Und das ist noch nicht alles. Wir wissen nicht, wann der junge Mann ins Haus gekommen ist, und was ihm auch immer zugestoßen sein mag, wir wissen nicht, wann es passiert ist. Womöglich haben Sie ja versucht, irgendein Alibi zu konstruieren. Nur ein Geisteskranker würde sich in einem Pub zusammenschlagen lassen. Oder ein verängstigter und schuldbewußter Mensch. Wenn Sie nach Middenhall rübergehen, kriegt die Polizei einen anonymen Anruf von einer gewissen Person da unten, die weiß, daß sich der Mann hier im Haus befindet, und die ihn vielleicht für tot hält. Und was ist mit Ihren Vorstrafen?«

»Vorstrafen?« sagte der Major und fing an zu zittern.

»Erzählen Sie mir bloß nicht, Sie wären nicht im Knast gewesen. Bei Ihren abscheulichen Neigungen? Natürlich, Sie standen schon vor dem Kadi. Wahrscheinlich weil Sie in einer öffentlichen Bedürfnisanstalt durch ein Loch geguckt haben. Oder Schlimmeres. Mich täuschen Sie nicht. Die Polizei wäre nur zu froh, Sie in die Pfoten zu kriegen. Aber keine Sorge. Dazu wird es nicht kommen, solange ich mich darum kümmere.«

»Aber was machen wir dann statt dessen?« fragte er.

»Eins werden wir jedenfalls nicht machen, nämlich uns blikken lassen. Wir sind nicht da. Wir werden uns ruhig verhalten und abwarten, wer nach dem jungen Mann sieht und herausfinden will, ob er noch lebt. Das werden wir machen. Sie sind durch das Eßzimmerfenster gekommen. Wenn sie das nächstemal kommen, bin ich vorbereitet. Und jetzt verstecke ich das Auto im Schuppen. Das wird vielleicht sogar noch spaßig.«

Unter Spaß stellte sich Major McPhee etwas anderes vor.

In London sah der Mann, der sich Mr. Brian Smith genannt hatte, ausgesprochen kränklich aus. Er amüsierte sich ganz und gar nicht.

»Der kleine Scheißkerl hat sich dünne gemacht«, sagte er am Telefon. »Und zwar mit dem verdammten Sparschwein. Yea, ich weiß, wie viele Megabytes es waren. Aber ... Nein, hab ich nicht im Traum dran gedacht. Ich hätte nie gedacht, daß er soviel verdammten Mumm hat. Er hätte auf der Fähre sein müssen, war er aber nicht.

Yea, das Ganze ist nicht lustig, weiß ich. Das sollte ich doch wohl wissen, stimmt's? Natürlich hätte er einen Unfall haben oder eine andere Strecke nehmen können. Ich hatte als Aufpasser bloß einen Typ in Santander, und auf einer Fähre war er nicht. Wenn er den Rest des Auftrags nicht nach Zeitplan erledigt, erfahren wir's. Ja, ja ... ja ... natürlich.« Er legte sanft den Hörer auf und verfluchte Timothy Bright so lange, laut und dermaßen wüst, daß sämtliche Ängste des jungen Mannes berechtigt waren.

Sir Arnold Gonders telefonierte ebenfalls, und zwar von einem Münzfernsprecher aus mit dem Kerl, dem Der Heilige Tempel des Göttlichen Wesens und Das Himmlische Tor zum Paradies gehörten. Er sah, daß in dem Zimmer über dem mit weißer Farbe zugepinselten Fenster des Sex-Shops Licht brannte, und war in einem Regenmantel und mit einer tief ins Gesicht gezogenen Schirmmütze schon zweimal daran vorbeigegangen. Außerdem trug er Handschuhe. Beim zweitenmal war er kurz stehengeblieben, um einen braunen Briefumschlag durch den Briefkasten zu stecken. Jetzt verwendete er einen Stimmverzerrer. Der Chief Constable nutzte jede Sicherheitsvorkehrung und überließ nichts dem Zufall.

»Ich interessiere mich für junge Leute«, sagte er mit, wie er hoffte, affektiert-authentischer Stimme. »Sie wissen doch, was ich meine?«

Der Ladeninhaber sagte, er glaube schon.

»Männlichen oder weiblichen Geschlechts, Sir?« erkundigte er sich.

»Sowohl als auch«, sagte Sir Arnold.

»Und jung?«

Sir Arnold zögerte. »Ja, jung«, sagte er schließlich. »Und gefesselt, Sie wissen doch?«

Der Inhaber wußte sehr gut, was gemeint war.

»Fotos. Zeitschriften. Und ich lege Wert auf Diskretion. Wenn Sie Ihren Laden betreten, werden Sie einen Umschlag mit meinem Geld drin finden. Schicken Sie das Material in einem Karton an die angegebene Adresse. Zweihundert sollten die Kosten abdecken, stimmt's?«

»Ganz bestimmt, Sir.«

»Für die Diskretion habe ich noch einen Hunderter draufgelegt. In Ordnung?«

»In Ordnung, Sir. Sehr freundlich.«

»Und wenn mir die Lieferung gefällt, bekommen Sie noch einen Auftrag. Ich heiße McPhee.« Erneut zögerte er, ehe er mit weit drohenderer Stimme fortfuhr: »Und kommen Sie bloß nicht auf die Idee, mir die Sachen nicht zu schicken und das Geld zu behalten. Ich habe Beziehungen.«

»Beziehungen, Sir?«

»Beispielsweise zu Freddie Monce, zur Fackel. Die würde ich nur ungern anrufen müssen.«

Der Kerl wollte ebensowenig, daß er sie anrief. Wenn eine Brandbombe in seinen Sex-Shop fiel, hätte das keinerlei Vorteile für ihn. Der Chief Constable hängte den Hörer ein und machte sich aus dem Staub. Der erste Teil seines Plans war angelaufen. Er ging nach Hause und zog sich um. Jetzt war die Zeit reif, die zweite Spur zu verfolgen. Es war zehn Uhr, als er in seinem eigenen Jaguar von zu Hause aufbrach und die Küste runter nach Urnmouth fuhr. Max im Kurhotel wußte, was mit so ziemlich jedem los war. Er wollte ein wenig mit Maxie plaudern.

18

Das Kurhotel Urnmouth ist ein imposantes Gebäude. Es wurde im Zeitalter mittelviktorianischer Pracht nach untadelig klassischen Vorbildern erbaut und erhebt sich wie ein griechischer Tempel auf seinem eleganten Grundstück. Seine weißen gußeisernen Säulen sind aus der Kanonengießerei Gundron, die Mauern aus braunem Eisenstein. Doch im Inneren paßt das klassische Flair des Gebäudes am besten zu seiner heutigen Nutzung. Der ursprüngliche Eigentümer hatte darauf bestanden, daß die Inneneinrichtung so authentisch den Geschmack der alten Römer widerspiegelte, wie das Äußere irgendeinem Athener Gebäude entsprach. Der Innenarchitekt und Maler hatte sich so präzise an diese Vorgaben gehalten, wie es seine Kenntnisse römischer Geschichte und Sitten zuließen. Einen von der damaligen Kontroverse um Darwin bereits mitgenommenen älteren Geistlichen hatten die an den Wänden des Atriums abgebildeten Ausschweifungen dermaßen schokkiert, daß er in den Armen des Butlers an einem Schlaganfall verschied. Und eben diese Wandgemälde verfehlten auch heutzutage ihre Wirkung auf die Besucher nicht. Es hieß sogar, bei einigen Herren sei es zur Ejaculatio praecox gekommen, bevor sie sich auch nur ihres Mantels entledigt hatten. Und an eben diesen Friesen lag es, daß das Haus nach einer langen Phase der Vernachlässigung von Maxie Schryburg, einem Unternehmer aus Miami, zu einem, wie er es nannte, »Kurhotel« umgebaut worden war. Sir Arnold Gonders hatte sich von Anfang an für Maxie Schryburgs Unternehmungen interessiert. Das Kurhotel würde, soviel stand für den Chief Constable fest, die Klientel anziehen, über die er genauestens Bescheid wissen wollte. Außerdem war Maxie selbst für Sir Arnold interessant. Maxie hatte immer behauptet, er sei »aus 'm Big Apple«, also aus New York, doch dem Chief Constable lagen Informationen vor, daß er in Wirklichkeit ein kleinerer Gangster in Florida war, bevor er es für ratsam hielt, wegen einiger kubanischer Konkurrenten dort das Feld zu räumen. Zweifellos war Urnmouth der letzte Ort, wo man einen so skurrilen Restaurateur wie ihn suchen würde. Der vom Meer einfallende kalte Wind machte das Städtchen für Fremde nicht gerade einladend. Von etlichen Pubs entlang der Hauptstraße abgesehen, bot das Kurhotel die einzige Zerstreuung im Ort, doch die theoretisch für alle zahlenden Gäste offene Mitgliedschaft war in der Praxis denen vorbehalten, die sehr viel zahlen konnten, ob in Geld oder in Naturalien. Sir Arnold, der immer den Künstlernamen Mr. Will Cope benutzte, gehörte zwar zu letzteren Gästen, doch im Austausch für seine schützende Hand entlockte er Maxie eine Menge Informationen.

Als Sir Arnold jetzt das Gebäude durch den Privateingang an der Rückseite betrat, von wo es auf einem überdachten Weg zu Maxies Bungalow ging, stieg er in dem angenehmen Bewußtsein die Treppe zu seinem gewohnten privaten Speisezimmer empor, daß er es sich – nun, da Vy und die ekelhafte Bea fort waren, vermutlich in Harrogate – leisten konnte, alles lockerer zu nehmen und das Angenehme mit dem Nützlichen zu verbinden. Er ließ sich von dem servilen Maxie in dessen Rolle als Oberkellner die Speisenkarte reichen.

»Darf ich Ihnen als Vorspeise die Nummer drei empfehlen?« sagte er. »Sehr frisch und zart.«

»Tatsächlich? Interessant. Ansprechende Proportionen, wie?«

»Ich glaube, Sie werden durchaus zufrieden sein, Sir. Sehr, wie sagt man, ›üppig‹.«

»Hört sich gut an«, sagte Sir Arnold. »Und als Hauptgericht? Was gibt's heute abend? Irgendwas Besonderes?«

»Die gemischte Grillplatte wird gegen zehn soweit sein. Vorher sind wir leider 'n bißchen knapp besetzt. Die Zeiten sind nicht mehr wie früher.«

»Wem sagen Sie das, Maxie, wem sagen Sie das«, sagte der Chief Constable. »Ich warte dann wohl auf die gemischte Grillplatte. Ist doch frisch, oder?«

Maxie kombinierte ein Nicken mit einem Schulterzucken als Dementi.

»Tja, Mr. Cope, was soll ich sagen? Ich liefere frisch, muß aber nehmen, was reinkommt. Dabei zahle ich Spitzenlöhne.«

»Es bleibt also bei der gemischten Grillplatte«, sagte Sir Arnold und lehnte sich zurück, um sich die Vorstellung anzusehen. Sie war, gelinde gesagt, dem äußeren Rahmen absolut angepaßt. Zwei junge Frauen tanzten einigermaßen unbeholfen auf einem ölbeschmierten Wasserbett, bevor sie mit dem Höschen der jeweils anderen rangen und sich schließlich auf eine eigenartige längere Küßorgie einließen. Der Chief Constable trank seinen Whisky aus und bestellte gleich noch einen.

»Diesmal einen spanischen, Maxie«, sagte er. »Und wie steht's mit der Vorspeise? Die dauert ja eine halbe Ewigkeit.«

»Is noch nicht eingetroffen«, teilte Maxi ihm mit.

»Und was mache ich in der Zwischenzeit?«

»Sie könnten sich jederzeit eine kleine Massage gönnen.«

»Sie überraschen mich, Maxie. Sie kennen mich doch. Für so was hab ich nichts übrig.«

Wieder nickte Mr. Schryburg und zuckte mit den Schultern.

»Ich auch nicht«, sagte er. »Ich auch nicht. Sie werden es nicht für möglich halten, aber ich glaube fest an familiäre Werte. Klar, Sie lachen, aber es stimmt. Wie sagte die Große Regierungschefin doch gleich: ›Was wir brauchen, sind familiäre Werte, wie sie die Viktorianer hatten.‹ Und damit hatte sie recht. Wissen Sie, Mr. Cope, sie hätte es durchstehen müssen. Eine tolle Frau. Ich trinke auf sie. Die Eiserne Jungfrau.«

Der Chief Constable hob sein Glas und trank. Wenn Mr. Schryburg solche Sachen sagte, war er immer ein wenig peinlich berührt. Wie jemand, der in der Kirche furzte. Es war unpassend, und außerdem war er sich gar nicht so sicher, von wegen Eiserne Jungfrau. Während er wartete, schaltete er sich durch die verschiedenen Kanäle auf der Fernsehüberwachungsanlage mit ihren diversen Bildschirmen. Im Speiseraum 1 war gar nichts los. Im Speiseraum 3 goß sich ein mageres und ziemlich nervöses Individuum einen großzügigen polnischen Wodka ein. Sir Arnold schüttelte mißbilligend den Kopf. Er hatte Fred Phylleps erkannt, Wahlkampfmanager der Konservativen für South Twixt und außerdem einflußreicher Geschäftsführer für den Bereich Transportwesen der Firma Intergrowth Chemicals. Ja, Sir Arnold wußte aus zuverlässiger Quelle, daß FF, wie Fred Phylleps von seinen Freunden genannt wurde, der Überbringer einer Schmiergeldzahlung an jemanden war, der ein wenig zuviel über die finanziellen Angelegenheiten eines engen Verwandten einer gewissen Person wußte. Verschwiegenheit Ehrensache. Es war bestimmt eine gute Idee, wenn er FF seiner kleinen Sammlung von Prominenten auf Video einverleibte, obwohl Sir Arnold von dessen Speisenwahl ehrlich gesagt alles andere als beeindruckt war. Fünfunddreißigjährige, die sich als Teenybopper gerierten, machten ihn überhaupt nicht an, und Leder hatte er sich kürzlich komplett abgewöhnt. Dennoch konnte sich FF als nützlich erweisen, falls er einmal Schutz brauchte. Nachdem der Chief Constable noch ein paar andere Speiseräume überprüft hatte, widmete er sich wieder seinen eigenen Bedürfnissen. Er war nicht zum Speisen hergekommen. Er brauchte Informationen.

»Für einen Montagabend haben Sie nicht viele Kunden«, sagte er, als Maxie seinen dritten Whisky brachte.

»Mal so, mal so. Montags. Manchmal ist hier der Bär los, wenn beispielsweise die Frauen weg sind oder gerade ein Kongreß stattfindet. Und natürlich kommen nachmittags die Stammkunden, aber auch morgens haben wir ein paar. Kommen hauptsächlich mit ihren Angelruten an. Morgens ist erstaunlich viel los.«

»Muß wohl so sein«, sagte der Chief Constable. »Haben Sie eigentlich viele Kunden, die auf Fesselung stehen?«

»Probieren Sie's im Kerker«, empfahl Maxie, beugte sich vor und drückte auf einen mit »K« beschrifteten Knopf. Sir Arnold starrte unversehens in einen Raum, der aussah, als enthielte er einen mit Riemen versehenen Operationstisch, einen Zahnarztstuhl und, was besonders unheimlich war, einen kleinen Galgen mit Seil und Schlinge. An den Wänden hingen diverse Gerätschaften und Peitschen.

»Ich glaube, sagen zu können, daß wir gut ausgestattet

sind«, sagte Maxie. »Yea, Mann, wir können den Leuten die volle Behandlung verabreichen. Einen Kunden haben wir, der ist Arzt und glaubt, wir bräuchten bloß ein Wiederbelebungszimmer, schon könnten wir dem staatlichen Gesundheitssystem Konkurrenz machen. Was er nicht weiß, ist, daß wir gleich eine Tür weiter in dieser Ecke ein Wiederbelebungszimmer haben. Sie würden nicht glauben, was sich einige Leute gern antun. Wir hatten mal so'n alten Sack da, der zur Beichte seinen eigenen Priester mitgebracht hat, und zwar einen koscheren Priester. Ich schwör's bei Gott, der Typ hatte einen echten Priester dabei. Als wär er katholisch oder so was. Dann mußte sich eins der Mädchen umziehen und darf nichts weiter tragen als eine Kapuze, diese Hosen und einen BH mit freiliegenden Brustwarzen, alles aus schwarzem Leder. Sie macht den Henker, und zwei andere Mädels schnüren den Alten total fest zusammen, und der Priester nimmt ihm die Beichte ab und verabreicht ihm die Letzte Ölung, Sie wissen schon, das Übliche. Und da wird mir klar, daß der Priester echt ist, weil ... ihm gefällt kein bißchen, was er da macht. Schwitzt und bekreuzigt sich die ganze Zeit. Und Rudy, sie macht den Henker, zieht dem Alten erst einen Seidenbeutel über den Kopf und bindet dann die Schlinge an so'n Bungeegummi, läßt sich dabei aber Zeit, damit er was kriegt für sein Geld, denn der Zauber kostet. Bei diesen ganzen Geräten und den Extras wie dem Galgen und so weiter. Dann tritt sie einen Schritt zurück und betätigt den Hebel, und schon saust der Alte an dem Bungeeseil runter. Das hätten Sie sehen sollen. Wir hatten allerdings die Geräusche auf der Tonspur, hörten also seinen richtigen Lärm nicht. Mann, war ich froh, daß wir an diesem Abend einen Spitzenarzt im Speiseraum 10 hatten. War das einzige Mal, daß ich einen Kunden bitten mußte, aufzuhören und sofort rüberzukommen. Schon ehe er durch die Klappe fiel, hatte der alte Typ einen Schlaganfall. Dann kriegt er diese beschissenen Zuckungen und schwups, hängt er am Bungeeseil und kriegt den Hals langgezogen, aber es bringt ihm überhaupt nichts. Zuckt und zappelt rum, als gäbe es kein Morgen, was in diesem Fall ausnahmsweise zutrifft. Und dieses Bungeeseil hilft ihm auch nicht weiter. Es fliegt andauernd durch die scheiß Falltür, und der Priester ist dermaßen verstört, daß er wieder mit der Letzten Ölung anfängt. Und als wär das nicht schon schlimm genug, ich ruf schnell den Krankenwagen, der kommt angerast, und was sehen die Sanitäter als erstes? Rudy in Leder und ein nackter verfickter Arzt mit'm Kondom am Schniedel, der versucht, das alte Sackgesicht vom Seil zu holen, damit er ihm 'ne Mund-zu-Mund-Beatmung verpassen kann, und deshalb hackt er vergeblich mit 'ner Schere auf das Bungeeseil ein, und der kniende Priester stöhnt auf lateinisch oder so was vor sich hin. Das erstemal, daß ich erlebt habe, wie ein und derselbe Kerl innerhalb von zehn Minuten zweimal die Letzte Ölung verpaßt bekommt. Stellen Sie sich mal die Unkosten für so'ne Aktion vor. Scheiße. Ich muß den Sanitätern Schweigegeld bezahlen und dem Arzt drei Wochen freien Eintritt geben. Aber das ist noch nicht alles. Ich muß außerdem zum katholischen Glauben übertreten, damit ich richtig beichten und den Scheißpriester beruhigen kann, so hysterisch ist der. Klar, 'türlich, der Alte zahlt. Als er von der Intensivstation kommt, was damals zweifelhaft war, und insgesamt lag er sieben Wochen im Krankenhaus. Danach hab ich gesagt, wir brauchen unser eigenes Wiederbelebungszimmer. Und das war mein Glück. Einmal hatten wir einen Unfall mit dem elektrischen Stuhl, und dabei war das gar kein Unfall. Der Typ war ein mieser Kunde. Der stand auf Schmerzen, ein echt bösartiger Mistkerl. Der will bis zum äußersten gefoltert werden. Terminals und Elektroschocks und was weiß ich. Die ganze Palette. Er hat also Lucille da drin. Sie ist für S & M zuständig, spielt beide Rollen. Kompaktes Mädchen, von dem man nicht glaubt, daß sie so was macht. Mütterlicher Typ, Sie verstehen schon.«

Das tat der Chief Constable. In seinem Safe hatte er ein Video von Lucille, wie sie mit echtem Vergnügen den Abgeordneten für den Wahlkreis East Seirsley mit dem Griff eines Ochsenziemers verdrosch. Sie genoß ihre Arbeit, was man von dem Abgeordneten nicht gerade behaupten konnte. Als sie ihm nachher den Knebel rausnahm, äußerte er sich dahingehend. Es war ein interessantes Band.

»Dieser bösartige Mistkerl hatte also seinen eigenen Transformator dabei«, fuhr Maxie fort. »Seit diesem Vorfall filzen wir das Zubehör, was die Leute mitbringen, aber das war vorher. Der Typ schnallt also Lucille auf dem Stuhl fest, drückt ihr das Kopfterminal auf und die Maske, tritt beiseite und dreht seine eigene Maschine auf. Beide Regler. Ist das zu fassen? Lucille erwartet, simulieren zu müssen, sobald er Stoff gibt, aber da braucht sie nix zu simulieren. Sie hätten die scheiß Brandflecken mal sehen sollen, die er bei ihr hinterlassen hat. Was für'n Scheißkerl. Hatte sogar die Stirn, an der Rechnung rumzumäkeln. Einige Typen läßt man nur einmal rein. Und seitdem filzen wir das Gepäck.«

Sir Arnold setzte den Kerker auf seine Liste zukünftiger Videobetrachtungen. Außerdem stellte er eine wichtige Frage.

»Haben Sie irgendwelche Fesselungsfreaks, die den Kerker benutzen?« wollte er wissen.

Wieder grinste Maxie Schryburg süffisant.

»Mr. Cope, ob wir Fesselungen haben ... Mann, wir haben hier jede Sorte Spinner, die Sie sich vorstellen können, und ein paar, von denen Sie noch nie was gehört haben.«

»Maxie, ich will's nicht hören«, sagte der Chief Constable. »Ich will lediglich die Namen Ihrer Fesselungsfreaks und Männer, die junge Männer unter Drogen setzen. Alle, ist das klar, alle einschlägigen Namen.«

Maxie machte ein langes Gesicht. »Ich bitte Sie, Mr. Cope, Sie wissen doch, daß ich keine...«

»Ich weiß, daß Sie's nicht tun, Maxie«, sagte Sir Arnold in beschwichtigendem Ton. »Das ist ja eine Ihrer netten Eigenschaften. Und Sie wissen, daß ich nie irgendwelche Informationen verwende, die man zu Ihnen zurückverfolgen kann. Das ist für uns beide ein gute Rückversicherung. Wenn Sie also irgendwelche Informationen über Kerle haben, die auf Knaben stehen, die unter LSD völlig ausgerastet sind, will ich sie haben.«

Maxie Schryburg wurde merklich lockerer.

»Wenn Sie so was wollen, kein Problem«, sagte er. »Wenn Sie's privat wollen, hab ich nichts dagegen. Sie wollen wohl mal der Knabe sein, was. Nichts leichter...« Er brach ab. Der Chief Constable lief rot an, ein sehr unangenehmes Rot.

»Sie wollen bloß die Namen haben, na klar«, sagte Maxie rasch, um seinen Fehler wieder auszubügeln. »Absolut, bin sofort wieder da.«

Und noch ehe der Chief Constable sagen konnte, was er von ihm hielt, war er weg. Den restlichen Abend lehnte sich Sir Arnold zurück und beobachtete die gemischte Grillplatte auf dem Wasserbett. Doch gelegentlich drückte er auf den mit »K« beschrifteten Knopf und betrachtete interessiert den Apparat im Kerker. Maxie mußte ihm mal eine persönliche Führung spendieren. Das einzige Problem war, daß er noch nie weiter als bis in den Videoraum gekommen war, wo er sich jetzt befand, und dabei sollte es auch bleiben. Niemand würde ihn auf Videoband festhalten.

Um halb zwölf Uhr nachts machte er sich vorsichtig auf den überdachten Weg und fuhr nach Tween zurück. In seiner Tasche steckte eine Namensliste, die ihn möglicherweise zu dem Jungen in seinem Bett führen konnte, und er war recht zufrieden mit sich selbst. Er spielte sogar mit dem Gedanken, sich ein wenig Entspannung zu gönnen, und Glenda ging nie vor Mitternacht ins Bett. Außer natürlich, wenn er da war. Aber eigentlich wohl eher nicht. Er hatte ein anstrengendes Wochenende hinter sich und mußte morgen früh wieder arbeiten.

19

Weit entfernt im Süden gab sich Bea alle erdenkliche Mühe, Lady Vy davon zu überzeugen, daß sie ihren Fall ihrem Vater schildern müsse.

»Liebling, du mußt verstehen, daß du dich nur so retten kannst. Arnold will dich mit negativer Publicity erpressen und deinen Namen in die Boulevardpresse bringen. Wenn du deinen Vater dazu überredest, sofort zu handeln...«

»Aber Bea, verstehst du nicht, wie schockiert Daddy wäre«, sagte Lady Vy und sah sich wie Hilfe heischend in dem Restaurant um. Irgendwie herrschte in dem pseudo-Art-deco-mäßig eingerichteten »Le Clit«, das erst kürzlich in einer ehemaligen Autowerkstatt an der Fulham Road eröffnet hatte, nicht die richtige Atmosphäre, um über Daddy zu reden. Sir Edward Gillmott-Gwyre hatte dezidierte Ansichten über solche Frauen.

»Und überhaupt«, fuhr sie fort, »selbst wenn ich mit ihm

spreche, was kann der arme Daddy schon tun? Er ist fast achtzig und kränkelt in letzter Zeit ein wenig...«

»Blödsinn«, entgegnete Tantchen Bea herrisch. »Dein Vater ist ein sehr gesunder alter Mann und hat den größten Spaß daran zu demonstrieren, wie einflußreich er noch ist. Wenn du ihm erzählst, was Arnold getan hat...«

»Aber das kann ich nicht«, sagte Vy. Tantchen Beas behandschuhte Finger schlossen sich hart um ihren Unterarm und drückten schmerzhaft fest zu. Mit tränenverschleiertem Blick sah Vy ihr in die Augen. »Du verlangst zu viel von mir.«

»Angenommen, ich sage, daß ich später noch ganz andere Sachen von dir verlangen werde«, zischte Tantchen Bea leise. Mit der Zunge feuchtete sie ihre Lippen an, und Vy fühlte sich hoffnungslos schwach. »Und das werde ich. Du gehst morgen früh zu deinem Vater und sagst ihm alles. Alles, hast du verstanden?«

Lady Vy nickte. Über ihren sanften, blauen Augen lag ein Schleier.

»Alles? Auch über uns?« fragte sie mit mädchenhaft leisem Stimmchen. Die behandschuhten Finger bohrten sich tiefer in ihren Arm.

»Nein, nicht über uns«, fauchte Bea sie böse an. »Natürlich nicht über uns. Über Arnold und den jungen Mann in deinem Bett...«

»O nein, Bea, das könnte ich nicht. Verstehst du denn nicht, daß Daddy glauben würde, ich hätte ihn zu mir ins Bett geholt. Er würde mir nicht glauben, daß ich ihn nicht gefragt habe. Er hat nie etwas geglaubt, das ich gesagt habe. Er hält mich für eine...«

»Verstehe, Liebes«, sagte Tantchen Bea rasch und dachte über dieses neue Problem nach. Es war allgemein bekannt, daß

Sir Edward Gillmott-Gwyre der Ansicht war, Frauen gehörten in die Küche und sollten außerdem den Mund halten. Man munkelte sogar, daß er seine älteste Tochter daran gehindert habe, eine Abtreibung vornehmen zu lassen, weil er fand, wenn sie sich schon wie eine Moschusgeruch verströmende Elefantenkuh benahm, sollte sie gefälligst auch mit den Konsequenzen fertig werden. Daß nur Elefantenbullen nach Moschus rochen, hatte keinerlei Einfluß auf Sir Edwards Ansicht, alle Frauen würden von Natur aus von unverständlichen und finsteren sexuellen Trieben regiert, die sie gefälligst zu bändigen oder, noch besser, zu ignorieren hatten. Und Lady Vy hatte ihre eigenen Gründe, seine Wut zu fürchten.

»Jetzt hör mir mal zu, Liebling«, fuhr Bea fort, setzte wieder einmal ihren Blick ein, um Vys Gehorsam zu erzwingen, und packte sie am Handgelenk, »du mußt ihm als erstes erzählen, daß Arnold den Jungen selbst dort hingebracht hat, mit dem klaren Vorsatz, dich in seine Verbrechen hineinzuziehen.«

»Aber Bea, ich begreife nicht, wie.«

»Verrät es dir etwa nichts über Arnolds Vorlieben, daß der Junge nackt und mit Bettlaken gefesselt war, und daß Arnold ihm ständig Valium verabreichte?«

»Schon möglich, daß er ein wenig in diese Richtung tendiert«, gab Vy zu. »Er kann sehr gewalttätig werden, und ich vermute, daß er irgendwo in Tween ein Flittchen hat.«

»Aber ist es wirklich nur ein Flittchen? Nicht vielleicht ein hübscher Knabe?«

»Also ich weiß nicht recht. Das ist alles so verwirrend«, gestand Lady Vy, die sich nach einem Themenwechsel sehnte. »Ich hab mich so darauf gefreut, bei Tamara's einen Mantel zu kaufen. Glaubst du wirklich, daß er mir steht?«

Aber Tantchen Bea ließ sich von den Sirenengesängen superteurer Damenschneider nicht ablenken. Gleich würde sie ihre Trumpfkarte ausspielen.

»Offenbar bist du dir nicht darüber im klaren, daß die Medien Arnold schon auf die Schliche gekommen sind«, sagte sie. »Sie haben die Witterung eines größeren Skandals aufgenommen, gigantischer als der letzte, und du mußt etwas unternehmen, ehe er veröffentlicht wird und du samt Arnold und den anderen in diesem Sumpf versinkst.«

»Welcher neue Skandal? Worum geht's dabei? Du mußt es mir erklären.«

»Nur wenn du versprichst, daß du morgen früh deinen Vater aufsuchst. Versprochen?«

Einen Augenblick lang zögerte Lady Vy, doch der Gin und ihre Neugier gewannen die Oberhand.

»Versprochen«, sagte sie, aber Tantchen Bea wollte es ihr immer noch nicht verraten.

»Du mußt ihm alles erzählen, was du über Arnold weißt. Es muß sein, zu deiner eigenen Rettung. Dein Vater wird wissen, was zu tun ist.«

Tante Bea rief die Bedienung und zahlte. Sie nahmen ein Taxi zu Beas Wohnung.

»Heute nacht mußt du allein schlafen«, sagte sie. »Ich möchte, daß du dir sorgfältig überlegst, was du morgen sagen wirst, und morgen früh erzählst du es mir.«

Und mit einem flüchtigen Kuß war sie weg. Lady Vy ging seufzend zu Bett. Sie dachte nur ungern über Unangenehmes nach. Und Daddy aufzusuchen war wirklich sehr unangenehm.

Überall spitzte sich die Lage zu. In dieser Nacht klingelte im Voleney House um halb eins das Telefon, bis Ernestine Bright aufstand und in ihrem Ankleidezimmer den Hörer abnahm.

»Wissen Sie, wieviel Uhr es ist?« fragte sie in betont arrogantem Tonfall und war entsetzt, als der aus Drumstruthie anrufende Fergus antwortete, das wisse er allerdings.

»Ja, ich weiß sehr wohl, daß es ein gutes Stück nach Mitternacht ist«, sagte er, »und ich würde nicht anrufen, wenn es nicht wichtig wäre. Wo ist dein Sohn Timothy?«

»Vermutlich ist er in London. Dort hält er sich gewöhnlich auf.«

»Das ist mir klar, und ich würde dich nicht anrufen, wenn ich ihn finden könnte. Ich muß allerdings herausfinden, wo er jetzt gerade steckt.«

»Du klingst so eigenartig, Fergus«, sagte Ernestine zu ihm. »Ein Mann deines Alters sollte keine Spirituosen trinken. Das bekommt deinem Blutdruck nicht. Also, falls du morgen früh noch mal anrufen möchtest...«

»Dieses Geplänkel können wir uns sparen, wenn du nichts dagegen hast«, sagte Onkel Fergus. »Du solltest wissen, daß ich nichts getrunken habe. Außerdem solltest du wissen, daß Boskie hier bei mir ist und...«

»Boskie bei dir?« fragte Ernestine, ehrlich verdutzt. »Tante Boskie? Aber du hast uns doch erzählt, sie habe letzten Monat an der Schwelle des Todes gestanden. Da kann sie doch unmöglich bei dir sein.«

»Ich versichere dir, sie ist hier, und sie liegt keinesfalls im Sterben, oder Tante Boskie?«

Wie es sich anhörte, bestand wohl kein Zweifel daran, daß Boskie trotz ihrer einundneunzig Jahre noch nicht tot war.

»Also, Ernestine, sie will mit deinem Sohn reden.«

»Warum denn? Was will sie von Timothy?«

»Ich habe den Eindruck, daß sie ihn umbringen will, wenn du's wirklich wissen willst«, antwortete Fergus. »Wenn ich an ihrer Stelle wäre – was ich Gott sei Dank nicht bin –, würde ich dem kleinen Drecksack einen ausgesprochen schmerzvollen Tod wünschen, beispielsweise bei lebendigem Leibe gekocht zu werden. Aber hier ist Boskie, sie kann es dir selber sagen.«

Aus dem Hörer drangen verschiedene Geräusche. Ernestine wollte als erste zu Wort kommen.

»Hallo, Boskie«, sagte sie, raffte den Morgenmantel enger zusammen und wünschte, sie hätte Pantoffeln an. Es war ziemlich kalt. Aber diese Kälte war nichts, verglichen mit der Eiseskälte in Boskies Stimme, als man ihr Hörgerät endlich telefontauglich eingestellt hatte.

»Bist du das, Ernestine?« wollte sie wissen. »Ich sagte: ›Bist du das?‹ Sie sagt nichts. Ich sagte: ›Sie sagt nichts‹, Fergus.«

»Und ob ich etwas sage«, brüllte Ernestine in die Muschel und wurde mit einem Kreischen Boskies belohnt, die Fergus mitteilte, man müsse sie nicht anschreien, sie könne für ihr Alter noch ganz gut hören. Ernestine, die den nachhallenden Hörer von ihrem Ohr abhielt, war die Bedeutung dieses mitternächtlichen Anrufs ganz und gar nicht klar. Offenbar hatte Timothy die alte Boskie mit irgend etwas verärgert... Sie wurde von der alten Boskie unterbrochen, die ihr zubrüllte, wenn ihr Guillamo noch am Leben wäre, wüßte er, was man mit diesem dreckigen kleinen... Ernestine hielt den Hörer noch weiter vom Ohr weg und versuchte, zugunsten ihres Sohnes einzugreifen.

»Hier spricht Ernestine, liebe Boskie«, schrie sie. Mittlerweile bellten in der Küche die Hunde. »Liebe Boskie«, wiederholte sie, »hier spricht...«

Wieder hallte der Hörer recht beunruhigend nach, als am anderen Ende der Leitung Boskie zurückkreischte.

»Da ist irgendein boshaftes Geschöpf in der Leitung, das mich ›liebe Boskie‹ nennt. Unverschämte Schlampe. Sag ihr, sie soll verschwinden, Fergus, ich will mit dieser dämlichen Ernestine reden. Wenn ich bei Frauen etwas hasse, dann Dummheit. Diese Ernestine...«

Nach etwas, das sich wie ein Handgemenge in der Diele von Drumstruthie anhörte, wurde der alten Dame der Hörer entwunden, und Fergus meldete sich zu Wort.

»Das war Boskie«, sagte er überflüssigerweise.

»Das weiß ich«, erwiderte Ernestine wütend. »Und du kannst der alten Frau von mir ausrichten, daß...«

»Das werde ich ihr keineswegs ausrichten«, unterbrach Fergus. »Ich an deiner Stelle würde alles Menschenmögliche tun, um zu der lieben Boskie nett zu sein. Willst du auch wissen, warum?«

»Warum?« fragte Ernestine törichterweise.

»Weil dein lieber kleiner Timothy soeben ihre sämtlichen Aktien verkauft hat, alle Aktien, im Gesamtwert von hundertachtundfünfzigtausend Pfund, und verschwunden ist...«

»Aber das kann nicht sein«, sagte Ernestine verzweifelt. »Er darf doch die Aktien eines anderen gar nicht verkaufen.«

»Nein, Ernestine, da hast du ganz recht. Ich bin froh, daß du das auch so siehst«, sagte Fergus. »Und jetzt hat sich der liebe Junge dünngemacht, verpißt, ist durchgebrannt, verschwunden, nenne es, wie du willst. Ich weiß jedenfalls, wie es Boskie nennt.«

Das konnte sich auch Ernestine lebhaft vorstellen. Ein lautes Wehklagen im Hintergrund ließ vermuten, daß Boskie eine Art Anfall hatte. Ernestine bemühte sich, die Lage in den Griff zu bekommen.

»Bestimmt irrt sie sich. So etwas würde Timothy nicht machen, und wie könnte er auch, selbst wenn er wollte? Die Aktien wurden doch wohl auf Boskies Namen hinterlegt?«

»Das ist ganz einfach. Er hat auf einer Vollmacht ihre Unterschrift gefälscht«, klärte Fergus sie auf.

»Das glaube ich nicht«, sagte Ernestine. »So etwas würde Timothy niemals tun! Was hast du gesagt? Ach, du glaubst es? Na, dann mußt du es auch beweisen. Boskie ist offensichtlich schwachsinnig.«

»Endlich sagst du mal etwas Vernünftiges«, stimmte ihr Fergus zu. »Leider ist es kein mit Verwirrtheit einhergehender Altersschwachsinn. So gut wie jetzt hat sie seit geraumer Zeit nicht ausgesehen. Als personifzierte Gesundheit würde ich sie zwar nicht bezeichnen, aber für eine Neunzigjährige ... na, sagen wir einfach, daß sie nicht gerade an zu niedrigem Blutdruck leidet. Jetzt würde ich gern mit Bletchley reden, wenn du nichts dagegen hast.«

»Das geht nicht. Er ist nicht da.«

»Ach, natürlich, wir haben ja Wochenende«, sagte Fergus. »Vermutlich ist er mit ... Spielt er wieder Golf?«

»Ich weiß nicht, was du meinst«, sagte Ernestine und tat wieder arrogant, um etwas Selbstvertrauen zurückzugewinnen.

»Nein, ist schon in Ordnung«, sagte Fergus, der wußte, daß man einige Dinge besser ungesagt ließ. »Falls du ihm eine Nachricht zukommen lassen kannst, mach ihm klar, daß ich Boskie daran hindere, den Polizeipräsidenten des Scotland Yard persönlich zu informieren, die Situation aber nicht mehr sehr viel länger unter Kontrolle halten kann. Sag Bletchley einfach, das Geld muß gefunden und zurückgezahlt werden. Ich wiederhole: muß zurückgezahlt werden. Es ist mir ernst, Ernestine. Das ist alles andere als ein Scherz, Boskies Söhne fliegen aus Detroit und Malaga nach Hause, um ...«

Ernestine legte den Hörer auf und kauerte sich auf dem Sessel zusammen. Sie bemerkte die Kälte nicht mehr. Bald darauf griff sie wieder zum Telefon und wählte Timothys Nummer in London. Der Ton zeigte an, daß keine Verbindung zustande kommen würde. Schließlich betrat sie das Arbeitszimmer ihres Mannes und fand eine Telefonnummer, die sie noch nie zuvor benutzt hatte. Sie wählte, und eine schläfrige Frauenstimme meldete sich.

»Ich möchte mit Mr. Bletchley Bright sprechen«, sagte Ernestine bestimmt, »und vergeuden Sie keine Zeit mit der Behauptung, er sei nicht da. Es geht um einen Notfall.«

Sie wartete, während diese Nachricht weitergegeben wurde und schließlich ihr Mann an den Apparat ging.

»Was, in Gottes Namen, machst du da?« wollte er wütend wissen.

»Du kommst jetzt besser nach Hause, mein Lieber«, sagte Ernestine kühl.

»Nach Hause? Warum? Was ist los? Ist jemand gestorben?«

»Irgendwie schon, so könnte man es formulieren«, antwortete Ernestine. »Wenn du mehr wissen willst, ruf Fergus in Drumstruthie an, aber es wäre wohl besser, wenn du das von hier aus tätest. Ich bleibe auf, bis du kommst.«

Sie legte auf und ging in die Küche, um sich eine schöne ... eine Tasse Tee zu kochen. Schön war sie nicht.

Bei Morgengrauen hatte die Suche nach Timothy Bright begonnen.

Im alten Kinderzimmer auf der Middenfarm lag Timothy Bright im Bett, starrte die schrecklichen Kratzspuren auf der dicken Holztür an und fragte sich, wo um alles in der Welt er sich befand. Und die ganze Zeit über versuchte er sich an das zu erinnern, was ihm zugestoßen sein mochte. Er wußte wieder, daß er auf seinem Motorrad zu Onkel Victors Häuschen gefahren war, doch das schien schon sehr lange her zu sein. Sogar diese Fahrt stand in keinem Zusammenhang mit den Ereignissen, die sie verursacht hatten, und eine Zeitlang konnte er sich nicht erinnern, warum er hinunter nach Fowey gefahren war. Doch als die Auswirkungen der Drogen und seiner Gehirnerschütterung nachließen, fiel ihm die schreckliche Vergangenheit nach und nach bruchstückhaft wieder ein. Eine plötzliche Erkenntnis führte unversehens zu einer umfassenderen Erinnerung, so daß er auf einmal wieder an das Kasino dachte und an Mr. Markinkus, der in zehn Tagen komplett bezahlt werden wollte. Es folgte ein weiterer Sprung, diesmal vorwärts zu dem Mann mit dem Rasiermesser in einer Weinstube, und wie er, Timothy, sich Tantchen Boskies Aktien ausgeliehen hatte. Und verkauft. In diesem Moment verhinderte panische Angst, daß er weitere Überlegungen anstellte, statt dessen legte er sich auf die Matratze zurück, beinahe grün vor Furcht. Daß er Tante Boskies Aktien verkauft hatte, erfüllte ihn mit größerer Angst als die Drohungen von Mr. Markinkus und Brian Smith. Jetzt war ihm klar, daß er nichts Schlimmeres hätte tun können. Diese schmierigen Kleinkriminellen hätten ihm nichts anhaben können, wenn er sich an die Familie um Hilfe gewandt hätte. Brights würden immer für ihresgleichen sorgen, wenn die Lage wirklich auswegslos war. Das taten sie, um den Namen der Familie zu schützen. Doch jetzt war es anders. Daß er Tante Boskies Aktien verscherbelt hatte und das Geld nicht zurückzahlen konnte, würde man ihm nie verzeihen. Seine Panik nahm solche Ausmaße an, daß er sich beinahe so sah, wie er war, doch dann senkte sich die Nebelwand aus Selbsttäuschung und Selbstmitleid wieder, und er war der arme Timothy, dem so übel mitgespielt worden war. Und was war aus dem vielen Geld geworden, das er aus der Bank mitgenommen hatte? Irgendwo mußte es sein. Timothy Bright kramte in den entferntesten Winkeln seines Gedächtnisses, um dieses Geheimnis zu lösen. Er hatte das Geld sorgfältig in einer großen Aktentasche verstaut. Das wußte er. Und wer hatte ... Nein, er war sich nicht sicher, ob er die Aktentasche mit hinunter zum Motorrad genommen hatte. Ihm war so, als hätte genau in diesem Moment jemand angerufen ... Nein, es war etwas passiert. Er probierte es am anderen Ende der Reise. Hatte er die Aktentasche damals dabeigehabt? Er erinnerte sich noch genau an das Päckchen, das wie ein Schuhkarton aussah und wohl ebenfalls Geld enthalten hatte. Wenn das stimmte, hatte er die Aktentasche bestimmt auch mitgenommen. Und sie mußte immer noch in Onkel Victors Haus sein. O Gott, er mußte dorthin und ... Miss Middens Eintreffen unterbrach seinen Gedankengang.

»Haben Sie schon einen Nachnamen?« wollte sie wissen.

»Bright. Ich heiße Timothy Bright. Hören Sie, können Sie mir meine Kleidung holen?«

»Nein«, antwortete Miss Midden. »Sie sind nackt gekommen, und nackt werden Sie bleiben, bis ich herausfinde, warum und mit wem Sie gekommen sind und was genau vorgefallen ist. Sie können mit dem Handtuch Ihre Blöße einigermaßen bedecken.«

»Aber hier kann ich nicht bleiben. Das heißt, ich weiß nicht, wer Sie sind und wo ich bin, und es ist furchtbar wichtig, daß ...« Er verstummte. Mehr durfte er dieser Frau nicht verraten. Nicht einmal seinen Namen hätte er ihr sagen dürfen.

»Was ist so furchtbar wichtig?« erkundigte sie sich.

»Gar nichts«, sagte Timothy Bright trotzig.

»Und genau das kriegen Sie zum Frühstück«, sagte Miss Midden, ging hinaus und verriegelte die Tür.

Timothy Bright stand auf und sah durch die Gitterstäbe auf das offene Hochland. Niemand war zu sehen. Ein paar Schafe grasten neben dem Damm einer stillgelegten Eisenbahnstrecke, die sich auf einer leichten Steigung bis zu einer bläulichen Hügelkette am Horizont hinzog. In weiter Ferne glitzerten die Sonnenstrahlen auf dem Wasser des Stausees, doch dieser Anblick löste in seinem Gedächtnis nichts aus. Statt dessen war eine andere Erinnerung aufgetaucht. Sie hatte irgend etwas mit Onkel Benderbys Yacht zu tun ... O Gott, das in Packpapier gewickelte Päckchen, das er nach Spanien hätte bringen sollen. Während die – allesamt recht schauderhaften – Erinnerungen an die Oberfläche stiegen, wurde Timothy Bright fast bewegungsunfähig. Wenigstens war er hier, in diesem Raum, im Augenblick sicher. Er wollte nicht nachdenken. Er legte sich auf das blutbefleckte Federbett und versuchte zu schlafen.

In seinem Büro im Polizeipräsidium schob der Chief Constable den Bericht über die Ereignisse vom Wochenende beiseite und überlegte, wie er wohl das Thema des anonymen Anrufs über das Middensche Bauernhaus anschneiden konnte, ohne Verdacht zu erregen, er stamme von ihm selbst. Offenbar war es unmöglich, es sei denn ... Er ließ den Leiter des Dezernats für Schwerverbrechen kommen.

»Äh, Rascombe«, sagte er, »großartiger Umtrunk Samstag abend. Gratuliere. Habe mich köstlich amüsiert. Gab es noch mehr Probleme mit den Medien?«

»Dank der Saphegie-Brüder kümmern sie sich nicht mehr um unsere Angelegenheiten, Sir.«

»Die Saphegie-Brüder? Sind die wieder im Geschäft? Ich dachte, die hätten beschlossen, sich eine Atempause zu gönnen«, sagte der Chief Constable.

»Oh, sie pausieren immer noch, Sir. Halten sich präzise an den Zeitplan. Aber so wie die Presseleute nun mal funktionieren, dachte ich mir, ich gebe ihnen den Puddley-Mord, an dem sie sich festbeißen können. Damit ihnen nicht bloß unsere kleine Sache durch die Köpfe geht.«

»Aber die Saphegies hatten doch mit der Puddley-Sache gar nichts zu tun«, sagte der Chief Constable, bemüht zu begreifen, was der Inspector meinte.

»Das ist es ja, Sir«, klärte ihn Rascombe auf. »Es juckt die überhaupt nicht, wenn die Presse das glaubt. Ist ihrem Ruf förderlich. In ihren Kreisen zählt es was, wenn man mit einem richtig üblen Mord in Verbindung gebracht wird. Ich hab mich vorher mit ihnen unterhalten. Sie waren mehr oder weniger einverstanden.«

»Sehr entgegenkommend, das muß ich zugeben«, sagte der Chief Constable.

Rascombe grinste. »Wie sagt man so schön, Sir: Es gibt keine schlechte Publicity.«

Sir Arnold Gonders schwieg. Nie war ihm die Absurdität dieser Redewendung so deutlich geworden wie in diesem Augenblick. Doch wenn die Saphegie-Brüder, die sich auf die Eintreibung von Schulden spezialisiert hatten, aber auch mit Schutzgelderpressung befaßt waren, in der Öffentlichkeit gern mit dem Batteriesäuremord an einer ganzen Familie in Verbindung gebracht werden wollten, war das ihre Sache. Bei Sir Arnold lag der Fall genau umgekehrt. Irgendwie mußte er die Schuld an dem Eindringling Miss Midden anhängen.

»Sollte ich sonst noch über irgendwas Bescheid wissen?«

fragte er und musterte den Inspector scharf. »Liegt gar nichts Ungewöhnliches vor?«

Solche Fragen und diesen Blick kannte Inspector Rascombe, und normalerweise hätte er gewußt, wie er reagieren mußte. Doch diesmal stand er völlig auf dem Schlauch.

»Können Sie das ein wenig spezifizieren, Sir?« erkundigte er sich.

Sir Arnold überlegte kurz. Rascombe war ein guter Polizist, einer, wie er selbst gewesen war, außerdem hatte er genug gegen ihn in der Hand, um sicherzustellen, daß der Detective Inspector ihm gegenüber loyal blieb. Dennoch zögerte der Chief Constable. Manche Dinge behielt man besser für sich. Andererseits wußte diese verdammte Bea Bescheid und hatte sehr wahrscheinlich demjenigen geholfen, der den Lump abgeladen hatte. Dieses Problem bekam der Chief Constable gedanklich noch nicht ganz in den Griff, und dann war da noch Mrs. Thouless. Die war inzwischen bestimmt in Solwell gewesen, um Brot und Milch zu holen, so daß mittlerweile mit ziemlicher Sicherheit die halbe Nachbarschaft Bescheid wußte. Da konnte man nichts machen. Es war jetzt an der Zeit, zurückzuschlagen und wenigstens ein wenig Verwirrung zu stiften.

»Hat schon mal jemand versucht, Ihnen was anzuhängen, Rascombe?« fragte er.

Der Inspector lächelte. »Schon vorgekommen«, antwortete Rascombe und verstand, warum sein Chef so zögerte. Wenn er es recht bedachte, hatte er auch schon mal was über Edgar Hoover gehört. Allerdings hatte er gewisse Schwierigkeiten, sich den verdammten Sir Arnold Gonders in Frauenkleidern vorzustellen. Gräßlicher Gedanke.

»Wohl als Sie noch bei der Kriminalpolizei waren«, soufflierte der Chief Constable. Rascombe ließ sich nichts einreden.

»Nein, leicht geben sie nicht auf, Sir«, sagte er. »Sie denken sich, wenn man bei der Polizei ist und miterlebt, daß so viele Verbrecher ihren Schnitt machen, Sie verstehen schon, das kann einen Mann schon schwach machen. Also probieren sie's wieder, und manchmal mit Erfolg. Klar, bei anderen geraten sie mit ihren Pfoten in eine verdammte Rattenfalle. So isses meinen Gangstern ergangen. Die fragen sich übrigens immer noch, wie ihnen geschah, sitzen unten in Parkhurst. Vierzehn und zehn hat man ihnen aufgebrummt. Wenn ich nachts vor der Glotze sitze, fallen sie mir manchmal ein.«

Detective Inspector Rascombe mußte lächeln, als er daran dachte.

»Vierzehn und zehn?« wiederholte der Chief Constable. »Soll das etwa heißen, daß Bugsy Malone und Sundance Kid Ihnen was anhängen wollten?« Der Inspector nickte. »Und Sie haben ihnen für ihre Mühen zwei Kilo Koks untergeschoben? O weh, o weh, Rascombe, und ich hab immer gedacht, die hätten es wirklich getan. Prima, daß Sie ihnen das untergeschoben haben. Das ist wirklich köstlich. Allerdings haben sie es auch verdient, weil sie einen Polizeibeamten bestechen wollten. In meinen Augen gibt es nichts Dreckigeres als den Versuch, einen von uns umzudrehen. Na, bestimmt können wir dafür sorgen, daß sie nicht auf Bewährung rauskommen. Wie ich schon immer gesagt habe: Hat man seine Arbeit gut gemacht, hat sie sich auch gelohnt.«

Und dann machte der Chief Constable einen Vermerk in seinen Terminkalender, daß er sich mit Laurie Osbenn unterhalten wollte, die in der für die Isle of Wight zuständigen Kommission für Haftentlassungen saß.

»Also, wo waren wir stehengeblieben?«

Detective Inspector Rascombe entschied sich für taktvolles Vorgehen. »Bei Vermutungen, daß jemand etwas im Schilde führt?« schlug er vor.

Der Chief Constable war einverstanden.

»So ähnlich«, sagte er und faßte einen Entschluß. »Mir ist da bloß etwas zu Ohren gekommen. Nichts Genaues, und vielleicht ist ja auch gar nichts dran.«

»Klar. Ist ja fast immer so«, ermutigte ihn der Inspector. »Und doch sind es häufig solche vagen Gerüchte, dank derer wir ein großes Ding erfahren, sage ich immer. Jemand, den ich kenne?«

Sir Arnold befleißigte sich wieder der Diskretion.

»Auch niemand, den ich kenne. Da liegt ja das Problem.« Er brach ab. »Sagt Ihnen der Begiff ›Kinderfreund‹ etwas?«

»Nur das Naheliegende«, sagte Rascombe. »Sie wollen damit doch nicht andeuten, daß...«

»Schon möglich, Rascombe, wäre durchaus möglich«, antwortete der Chief Constable, »und wenn dem so ist, müssen wir es ausmerzen, bevor es zu einem zweiten verdammten Orkney wird. Und mit ausmerzen meine ich ausmerzen. Ich werde nicht zulassen, daß Twixt und Tween als eine Gegend in die Geschichte eingehen, wo pädophile Orgien gefeiert werden. Das Ganze ist eine gräßliche Perversion.«

»Schändlich, Sir, abscheulich und schändlich«, sagte Rascombe und nahm allmählich von der Vorstellung Abschied, daß jemand versucht hatte, dem Chief Constable ein Verbrechen anzuhängen. Sir Arnolds Entsetzen angesichts der Aussicht auf pädophile Orgien war nicht zu übersehen. »Haben Sie eine Ahnung, wo man mit den Nachforschungen anfangen könnte, Sir?«

Der Chief Constable schaute aus dem Fenster auf die Stadt.

»Die Abteilung Kindesmißbrauch des Jugendamtes kann man jedenfalls vergessen«, stellte er fest. »Wenn man bei denen auch nur eine Andeutung macht, weiß in Null Komma nichts die ganze Grafschaft Bescheid.«

»Genau, Sir, diese Weltverbesserer versauen im Handumdrehen alles.«

»Das können Sie laut sagen«, pflichtete ihm Sir Arnold bei, dachte aber im stillen, daß in seinem Fall so ziemlich jeder alles versauen könnte, da brauchte es gar keine Weltverbesserer. Andererseits war das mit den Pädophilen eine ganz ausgezeichnete Idee: Die bloße Erwähnung von Kinderschändern ging den Menschen so sehr ans Gemüt, daß sie offensichtliche Tatsachen nicht mehr wahrnahmen. Von Verwirrungstiften ganz zu schweigen. Und dann war da noch etwas. Eine wirklich nette Dreingabe. Wie handgemacht für Schwierigkeiten.

»Ich möchte, daß Sie nach einem Bericht suchen, nach irgend etwas, das auf Unstimmigkeiten hindeutet. Ganz egal, wie unwichtig es aussieht, überprüfen Sie's ... Und wenn mich mein Gefühl nicht trügt – und nicht vergessen, mehr ist es nicht – und das, was ich gehört habe, irgendeine Bedeutung hat ...« Er brach ab und betrachtete Rascombe kurz, wie um herauszufinden, ob der Inspector auch wirklich der richtige Mann für diese Angelegenheit war. »Die Worte lauteten: ›oben hinter Stagstead‹. Er war früher beim Militär, und seine Behausung liegt sehr günstig, um Fotos von ihnen zu machen. Das ist die eine Quelle, und ich habe es ganz zufällig mitbekommen, durch eine gestörte Telefonverbindung. Normalerweise hätte ich nicht darauf geachtet, und der Kerl hatte eine dieser Stimmen, die man nicht mit einem Gesicht in Verbindung bringen kann, aber ich könnte schwören, daß er mir irgendwann schon mal über den Weg gelaufen ist, und zwar in Zusammenhang mit diesem ekelhaften Delikt, Sie verstehen. Ich hätte den Hörer auflegen können, tat es aber nicht, und dann sagte der andere etwas, das mich aufhorchen ließ: ›Glauben Sie, es sollte im Gide Bleu stehen?‹ Was sagt Ihnen das?«

»Müßte doch Guide Bleu heißen, Sir, oder? Bestimmt nicht Gide.«

»Tja, natürlich hätte ich normalerweise auch gesagt, daß er es falsch ausgesprochen hat, bloß klang er zu hochnäsig, um solche Fehler zu machen. Aber das Wichtigste war, daß es der andere Kerl mit der schmierigen Stimme wiederholte: ›Wir sollten es wohl nicht auf einer Liste wie dem Gide Bleu auftauchen lassen. Müssen vorsichtig sein.‹ Danach verschwanden sie aus der Leitung.«

»Das mit dem Gide Bleu klingt ein bißchen daneben, Sir«, sagte der Inspector.

»Mehr daneben, als du denkst«, dachte Sir Arnold und dankte insgeheim Tantchen Bea für die Idee zu dieser literarischen Desinformation. Sie hatte Vy angeregt, mit »La porte étroite« ihr Französisch aufzufrischen, und der Chief Constable hatte sich zu dem Eingeständnis hinreißen lassen, er wisse nicht, wer Gide sei. »Du bist wirklich ein Philister«, hatte Vy gesagt, als sie an jenem Abend zu Bett gingen. Na, die alte Schachtel hatte ihm damit einen guten Tip gegeben.

»Folgendes, Inspector«, fuhr Chief Constable fort. »Ich habe mich über diesen Gide schlau gemacht und herausgefunden, daß er ein wirklich gräßlicher alter Schwuli mit 'ner Vorliebe für Araberjungs war. Über die hat er Bücher geschrieben. Eins heißt ›Die enge Pforte‹, und man muß nicht lange überlegen, warum. Altes Schwein. Sie sehen also, der Gide Bleu ist etwas anderes.«

Inspector Rascombe wirkte beeindruckt.

»Das könnte eine ganz große Sache sein, Sir,« sagte er. »Nach all der schlechten Presse, die wir in letzter Zeit hatten, könnten wir ein wenig Unterstützung in der Öffentlichkeit bekommen, wenn wir eine Ladung Perverser hinter Gitter bringen.«

»Genau das dachte ich mir auch«, sagte der Chief Constable.

»Mir fällt da noch etwas ein, Sir«, fuhr der Inspector, von Sir Arnolds Haltung ermutigt, fort. »Wenn ich dabei nämlich an die richtige Gegend hinter Stagstead denke, da oben wohnen ein paar wohlhabende Leute mit großen Häusern und Grundstücken und so was allem...« Er verstummte und sah den Chief Constable an in dem Bewußtsein, daß er sich hier auf sehr dünnem Eis bewegte. Schließlich hatte auch der alte Sack da oben eine Bude. Doch Sir Arnold blieb recht locker, obwohl er ziemlich abgespannt wirkte.

»Ich weiß, was Sie sagen wollen, Inspector, und ich weiß Ihr Taktgefühl und Ihre Zurückhaltung zu schätzen, aber denken Sie nicht an mich«, sagte der Chief Constable. »Sie müssen Ihre Pflicht tun, ohne meine Stellung in der Gemeinde zu beachten. Jetzt verstehen Sie auch, warum ich Ihnen diese spezielle Aufgabe anvertraut habe. Es ist sehr wichtig, daß ich der Angelegenheit absolut unvoreingenommen gegenübertrete, und Sie sind der Mann, dem ich die ganze Problematik ruhigen Gewissens anvertrauen kann. Sie müssen nichts weiter tun, als sämtliche bekannten Sexualstraftäter in der Gegend per Computer zu ermitteln und herauszufinden, ob sich in der Gegend irgend etwas Ungewöhnliches tut.«

Und in dem sicheren Bewußtsein, daß der Computer Major MacPhees Name ausspucken und anschließend eine gründliche Nachforschung in Stagstead den anonymen Telefonanruf ans Tageslicht bringen würde, laut dem auf Gut Midden Analverkehr mit Knaben betrieben wurde, entließ der Chief Constable Detective Inspector Rascombe und widmete sich wieder der Arbeit an der Predigt, die er am kommenden Sonntag in der Kirche zum Heiligen Grabmal halten sollte. Er wollte herausarbeiten, auf welch wunderbaren Wegen ER seine Ziele erreichte. Wie üblich hatte der Chief Constable keinerlei Zweifel, wessen Ziele das waren. Und er hatte überhaupt keinen Zweifel daran, daß die Wege dorthin voller Geheimnisse waren.

Er hatte die Predigt zur Hälfte fertig und betonte gerade, wie wichtig es sei – als Vorgeschmack auf das, was im Leben nach dem Tode auf uns zukam –, schon im Diesseits die Verbrecher zu bestrafen, als ihn das nagende Gefühl beschlich, irgend etwas übersehen zu haben, was die eher praktische Seite seines eigenen Lebens betraf. Er mußte etwas unternehmen, wollte er nicht sein restliches Leben in der Furcht vor Erpressung verbringen. Er mußte herausfinden, wer wirklich versucht hatte, ihm den jungen Mistkerl unterzuschieben. Er würde mal sehen, ob ihm Tantchen Bea auf den Leim ging, doch zuvor mußte er noch andere Ermittlungen vornehmen. Und das war noch nicht alles. Sir Arnold schüttelte hektisch den Kopf und stand auf, um sich eine Tasse starken schwarzen Kaffee zu machen. Er wollte wirklich wieder klar denken.

20

Zur Mittagessenszeit hatte sich Timothy Brights Erinnerungsvermögen erheblich verbessert. Und als es Zeit wurde, zu Abend zu essen, war ihm alles mit erstaunlicher Klarheit wieder eingefallen. Beschleunigt wurde dieser Vorgang durch seinen Hunger und die Gerüche, die, wie er annahm, aus der Küche zu ihm drangen. Und zwar, erstens der Geruch von gebratenem Schinkenspeck mit Eiern. Zweitens der Geruch von Lammbraten mit Rosmarin, und schließlich, so gegen sechs Uhr abends, hätte er schwören können, daß sie eine Schweinshaxe im Ofen hatten. In Wirklichkeit war es nur ein Kotelett, aber mit ein wenig zusätzlicher Bratenkruste, um die gewünschte Wirkung zu erzielen. Doch der Geruch, dieser köstliche Geruch, entströmte nicht der Küche. Miss Midden hatte auf Strümpfen und mit Tabletts beladen die Treppe zum alten Kinderzimmer erklommen und die Essensdünste zehn Minuten lang unter der Tür durchziehen lassen. Dann war sie wieder nach unten geschlichen, hatte dort die Schuhe angezogen, war nach oben gepoltert und hatte sich erkundigt, ob er zu Mittag essen wolle. Und ob Timothy Bright das wollte. Er war völlig ausgehungert. Dennoch weigerte er sich, ihr haarklein Bericht zu erstatten, warum er in ihr Haus eingestiegen war und sich unter dem Bett des Majors versteckt hatte. Er probierte es mit einem Wutanfall.

»Sie haben kein Recht, mich hier so einzusperren«, sagte er nach der Lammbratenfolter. Miss Midden leugnete, daß sie ihn einsperrte.

»Sie dürfen das Haus noch in diesem Augenblick verlassen. Niemand hält Sie auf.«

»Aber Sie geben mir ja meine Kleider nicht zurück. Ich kann doch nicht nackt gehen.«

»Ich kann Ihnen Ihre Kleidung nicht geben, weil ich sie nicht habe. Ich habe überall im Haus danach gesucht. Im Garten auch, aber sie bleibt unauffindbar. Wenn Sie sich entschließen, splitterfasernackt in anderer Leute Häuser einzubrechen, ist das Ihre Sache. Ich bin nicht verpflichtet, Einbrecher mit Hemden und Hosen auszustatten.«

»Schön, das versteh ich ja«, sagte Timothy Bright. »Aber Sie lassen mich verhungern.«

»Das stimmt absolut nicht«, widersprach Miss Midden. »Ich kleide Eindringlinge nicht ein, und ich verpflege keine Menschen, die bei mir einbrechen und sich anschließend weigern, mir zu erzählen, wer sie genau sind und was sie hier zu suchen haben.«

Timothy Bright sagte, er wisse auch nicht, was er in ihrem Haus zu suchen habe.

»Dann sollten Sie besser sehr gründlich darüber nachdenken, denn wenn Sie mir nicht die Wahrheit und nichts als die Wahrheit sagen, bleiben Sie ein sehr hungriger junger Mann.« Sie wandte sich zum Gehen, hielt aber inne. »Falls Sie allerdings die Polizei verständigen möchten, würde ich das nur zu gern für Sie erledigen.«

Doch Timothy Bright erbleichte.

»Nein, bitte, nur das nicht«, sagte er. Wenn sie die Polizei holte, kam er in noch größere Schwierigkeiten. Der Mann mit dem Rasiermesser, Schweinehack und das Geld, das er Tante Boskie gestohlen hatte ... Nein, sie durfte die Polizei nicht verständigen.

Der Schweinebratenduft brach seinen Widerstand. Vor allem die Kruste. Er mußte dabei an das enthäutete Schwein denken und daran, daß es keine Kruste haben würde, auch wenn man es briet. Und der Major hatte ihn zweimal aufgesucht, um sich zu erkundigen, wie es ihm ging, und um ihm mitzuteilen, Miss Midden sei ein anständiger Mensch und keineswegs hartherzig.

»Sie können ihr vertrauen«, hatte er gesagt. »Im Grunde ist sie furchtbar nett, aber eine Midden und von altem Schrot und Korn. Geht für andere durchs Feuer, wenn man sie ordentlich behandelt. Sie läßt sich halt bloß nicht belügen und will nicht, daß man ihr auf der Nase herumtanzt.«

»Mir kommt sie aber nicht sehr gutherzig vor«, entgegnete Timothy Bright.

»Das liegt daran, daß Sie ihr nicht die Wahrheit sagen«, klärte ihn der Major auf. »Sie haßt Menschen, die sie belügen oder ihr mit Ausreden kommen. Wenn Sie ihr die Wahrheit sagen, läuft alles bestens. Eins noch: Sie mag die Polizei nicht und wird Sie daher nicht den Behörden übergeben, vorausgesetzt, Sie sagen ihr alles.«

Timothy Bright wollte wissen, warum sie die Polizei nicht mochte.

»Weil sie sagt, Polizisten sind korrupt und schlagen Leute in ihren Zellen zusammen. Den Chief Constable hat sie auch gefressen. Er ist ein gräßlicher Mensch. Sie haben doch bestimmt gelesen, wie sie hier Unschuldige hinter Gitter gebracht haben. Das war in der Fernsehsendung ›Panorama‹ und stand in den Zeitungen. Die in der Abteilung für Schwerverbrechen haben alle Dreck am Stecken. Brutal ist noch geschmeichelt.«

Mit diesem erquicklichen Ausblick war der Major zur Berichterstattung zurück in die Küche gegangen.

»Noch ein Essen, und er plaudert alles aus«, sagte er. »Er vertraut Ihnen einfach nicht.«

»Ich vertraue mir ja selber nicht«, erwiderte Miss Midden dunkel und machte sich an dem Schweinebraten zu schaffen.

An diesem Abend um sechs Uhr brach Timothy Bright unter Tränen zusammen. Er sagte, er wolle ihnen alles verraten, wenn sie nur versprachen, es nicht weiterzusagen. Miss Midden versprach gar nichts.

»Falls Sie etwas wirklich Entsetzliches verbrochen haben, irgendwelche Gewalttaten wie Vergewaltigung oder Mord ...«, fing sie an, doch Timothy Bright schwor, er habe nichts dergleichen getan. Es habe mit Geld und Schulden zu tun, und ob er nicht etwas zu essen kriegen könne?

»Das hängt davon ab, was Sie mir erzählen«, antwortete Miss Midden. »Wenn Sie mir auch nur eine einzige Lüge auftischen, finde ich es heraus. Fragen Sie ihn.« Sie wies auf den hinter ihr in der Tür stehenden Major. Dieser nickte. Miss Midden habe ein untrügliches Gespür für Lügen, sagte er.

»Und glauben Sie ja nicht, daß ich Sie nicht der Polizei übergebe, nur weil ich mit dem Chief Constable im Clinch liege«, fuhr Miss Midden fort. »Das heißt, falls Sie lügen.«

Timothy Bright schwor bei seiner Ehre, sie nicht zu belügen. Da hatte Miss Midden so ihre Zweifel, behielt sie aber für sich.

»Na schön, kommen Sie mit runter in die Küche, und erzählen Sie uns Ihre Geschichte«, sagte sie. »In das Handtuch gewickelt. Sie kriegen erst was zum Anziehen, wenn ich weiß, wen und was ich da in der Hand habe.«

Am Küchentisch, von Schweinebratenduft umhüllt, erzählte Timothy Bright seine Geschichte. Danach war Miss Midden zufrieden. Sie tischte das Schweinefleisch und die Kruste, die Bratkartoffeln und die dicken Bohnen, die Möhren und das Apfelmus auf und sah ihm beim Essen zu, während sie überlegte, was zu tun war. Wenigstens hatte er gute Tischmanieren, und was sie gehört hatte, klang irgendwie wahr. Er war genau die Sorte eingebildeter junger Narr, der mit Rauschgifthändlern und Spielern Ärger bekam. Besonders beeindruckt hatte sie sein Eingeständnis, daß er Tante Boskies Aktien gestohlen hatte.

»Wo wohnt denn Ihre Tante?« fragte sie.

»Sie hat ein Haus in Knightsbridge, lebt aber meist in einem Pflegeheim. Schließlich ist sie ein- oder zweiundneunzig.«

Als sich Miss Midden nach ihrer genauen Adresse erkundigt hatte, wirkte Timothy Bright beunruhigt.

»Warum wollen Sie das wissen?« erkundigte er sich. Er war mittlerweile beim gedeckten Apfelkuchen angelangt. »Sie wollen sich doch wohl nicht mit ihr in Verbindung setzen? Ehrlich, umbringen würde sie mich, wenn sie's wüßte. Sie ist eine echt boshafte alte Frau.«

»Ich will lediglich wissen, ob sie existiert, Ihre Tante«, erklärte Miss Midden und zwang ihn, ihr sowohl diese Adresse als auch die seiner Eltern und seines Onkels Fergus zu nennen. Timothy Bright verstand nicht und geriet in Panik, als sie zum Telefon im Hausflur ging.

»Herrje, benutzen Sie doch Ihr offenbar winziges Hirn«, forderte sie ihn auf, als er ihr in den Flur folgte, das Handtuch um die Taille gewickelt. »Ich rufe nur die Telefonauskunft an. Gehen Sie zurück und essen Sie auf.«

Doch er blieb neben ihr stehen, während sie wählte und bestätigt bekam, daß unter der von im angegebenen Adresse eine Miss Bright wohnte. Und ein Mr. Fergus Bright in Drumstruthie.

»Das wäre ja wohl geklärt«, sagte sie, als sie den Hörer auflegte. »Jetzt bekommen Sie Ihren Kaffee.«

Eine halbe Stunde später ging Timothy Bright in das alte

Kinderzimmer, unter dem Arm ein Buch, das ihm Major MacPhee geliehen hatte. Es war von Ruth Rendell und hieß passenderweise »Schuld verjährt nicht«.

Unten saß Miss Midden über ihrem Abendessen und dachte scharf nach. Ihr Mitgefühl für Master Bright hielt sich in engen Grenzen, aber immerhin war er so vernünftig gewesen, ihr die Wahrheit zu sagen. Sie würde etwas unternehmen müssen.

In seiner Wohnung mit Blick auf den Hyde Park legte Sir Edward Gillmott-Gwyre mit einem tiefen nachdenklichen Seufzer den Hörer auf. Seine Tochter meldete sich nicht oft bei ihm, und dafür war er dankbar. Doch jetzt hatte diese vermaledeite Person angerufen, um ihm mitzuteilen, daß sie vorbeikommen und ihm etwas schrecklich Wichtiges mitteilen wolle.

»Warum kannst du mir das nicht telefonisch mitteilen, meine Liebe?« hatte er fast wehleidig gefragt.

»O nein, dafür ist es viel zu wichtig, Daddy«, hatte sie geblökt. »Und außerdem würde es dir nicht gefallen.«

Sir Edward rutschte mit seinem massigen Körper auf dem Stühlchen herum und konnte sich das durchaus vorstellen. An seiner Tochter hatte ihm noch nie etwas gefallen. Zum einen erinnerte sie ihn zu sehr an seine Frau, und zum anderen war sie das einzige ihm bekannte Mädchen, das sich vom Babyfett des Teenageralters nahtlos in die Phase der übereinandergestapelten Rettungsreifen der mittleren Jahre weiterentwickelt hatte, ohne daß dazwischen auch nur ein Minimum an geschmeidiger Anmut festzustellen gewesen wäre. Was ihren Geist – falls man ihn so nennen konnte – betraf, war auch der so unbedarft geblieben, wie ihn etliche teure Koedukationsschulen und ein Schweizer Internat nur machen konnten. Für ihren sie alles andere als abgöttisch liebenden Vater hatte die dreiundzwanzigjährige Vy Carteret Purbrett Gillmott-Gwyre die geballte körperliche und geistige Attraktivität einer bleiverseuchten Blutwurst. Er war mehr als begeistert gewesen, als Arnold Gonders, damals noch einfacher Superintendent, um ihre Hand angehalten hatte. Und wie es damals hieß, ihr Vater hatte die Braut weniger zum Altar geführt, als sie mit Freuden weggegeben. Ihrem tumben Gewinsel am Telefon nach zu urteilen, befand sie sich nun womöglich in ernsten Schwierigkeiten. Um sich auf ihren Besuch vorzubereiten, genehmigte er sich zwei große Brandys und versteckte die Ginflaschen. Verdammt wollte er sein, wenn er sie abfüllen würde. Und Alkoholmangel war die beste Gewähr dafür, daß sie schneller wieder ging. Elisha Beconn wollte zum Abendessen vorbeikommen, und schon lange bevor dieser gelehrte Professor eintraf, wollte er sie wieder aus der Wohnung entfernt haben. Als sie kam, stellte er zu seiner Bestürzung fest, daß sie völlig nüchtern und offenbar ernstlich beunruhigt war.

»Was ist denn los?« erkundigte er sich mit dem für all seine Kontakte mit den Frauen der Familie charakteristischen fehlenden Mitgefühl. Lady Valence, seine Frau, hatte einmal erklärt, mit Sir Edward verheiratet zu sein wäre nur damit vergleichbar, als Schinken geräuchert zu werden.

»Nicht daß ich etwas gegen sein Rauchen hätte«, sagte sie. »Aber der erbarmungslose Weiberhaß dieses Unholds hat mich zu dem verschrumpelten Geschöpf gemacht, das Sie hier vor sich sehen.« Dieser Vergleich war ungerecht. Die von der Gesprächsführung seiner Frau ausgehende unsägliche Langeweile sowie die Plumpheit seiner Tochter hatten dazu geführt, daß Sir Edward felsenfest glaubte, mit Hilfe der Frauenbewegung seine Privatsphäre schützen zu können.

»Der große Vorteil der befreiten und gebildeten Frau besteht darin, daß sie nichts mit mir zu tun haben will«, hatte er erklärt und genauso intensiv universelle lesbische Liebe propagiert, wie er aus demselben Grund für die Wehrpflicht von Frauen eintrat. Als er jetzt seiner verstörten und nüchternen Tochter gegenüberstand, konnte er sich nur seufzend wünschen, die nächste halbe Stunde möge rasch vorübergehen.

»Ich weiß nicht, wie ich's dir sagen soll, Daddy«, verfiel Vy in die, wie sie irrtümlich annahm, von ihm geschätzte Kleinkindersprache.

»Warum machst du dir dann die Mühe?« fragte ihr Vater. »Wenn dir nicht danach ist...«

»Weißt du, es geht um Arnold, Daddy«, fuhr sie fort. »Er ist unmöglich geworden.«

»Geworden?« wiederholte Sir Edward, für den sein Schwiegersohn schon immer eher schwer erträglich gewesen war.

»Er hat sich gegen mich verschworen, Daddy, Ehrenwort.«

»Verschworen? Warum zum Teufel?«

»Er will mich zum Schweigen bringen.«

»Tatsächlich? Unternehmungslustiger Bursche, dein Mann. Ich hab das bei deiner Mutter jahrelang versucht, aber es war ein verdammter Schuß in den Ofen.«

Lady Vys Gesicht wurde noch länger.

»Warum bist du immer so fies zu mir, Daddy?« winselte sie.

»Weil du mich besuchst, Liebes, darum«, antwortete Sir Edward. »Wenn du wegbleiben würdest, könnte ich es nicht sein, korrekt?«

»Aber du hörst ja nicht mal, was ich zu sagen habe.«

»Ich bemühe mich wegzuhören, aber das eine oder andere bleibt hängen. Woran dachtest du?« fragte Sir Edward.

»Daran, daß sich Arnold gegen mich verschworen hat. Er will nämlich verhindern, daß ich mit den Zeitungen rede.«

Sir Edward musterte sie über seine wulstigen Wangen hinweg.

»Sehr vernünftig von ihm, will ich meinen«, sagte er. »Bin ganz seiner Ansicht. Du solltest dich von den Zeitungen möglichst weit fernhalten. Worüber beklagst du dich, Liebes?«

Lady Vy sah sich hektisch in dem von Büchern gesäumten Zimmer um und heftete dann ihren Blick auf die schweren Samtvorhänge.

»Er hat neulich einen nackten Mann in mein Bett gelegt und ihn später fast totgeschlagen.« In ihrer Panik schrie sie fast. »Dann mußte ich ihm helfen, den Mann runter in den Keller zu bringen, wo er ihn mit zwei Laken und meterweise Klebeband verschnürt hat, und dann hat er aus der Küche eine Bratenspritze geholt und ...«

»Augenblick mal, Augenblick mal. Da muß ich passen. Arnold hat aus der Küche eine Bratenspritze geholt? Warum in Gottes Namen hat er das getan?«

»Er hat sie benutzt, um dem Jungen Valium mit Whisky zu verabreichen. Es war grauenhaft, Daddy.«

»Ja, das will ich wohl meinen. Absolut widerwärtig und gefährlich. Das solltest du ihm klarmachen. Schließlich ist er dein Mann, auch wenn Gott allein weiß, warum du diesen Mistkerl geheiratet hast. Aber du hast dich in dieses gemachte Bett gelegt, und da mußt du nun gefälligst auch liegen.«

»Aber doch nicht mit einem nackten Freund oder sonstwas von Arnold, Daddy. Das kannst du nicht von mir erwarten.«

»Nicht? Warum eigentlich nicht? Ich könnte mir denken, daß jeder besser wäre als Arnold. Schauderhafter Geselle. Fand ich schon immer.«

»Aber begreifst du denn nicht, was ich da sage, lieber Daddy?« flehte ihn Lady Vy weinerlich an.

»Ich bemühe mich, es nicht zu tun, meine Liebe«, sagte Sir Edward und spülte sich den Mund mit Brandy aus, um das zu unterstreichen und um ins Kaminfeuer zu spucken. »Es klingt alles so absolut widerwärtig. Aber wenn du meine Aufmerksamkeit darauf lenkst...«

Lady Vy unternahm noch einen letzten Versuch.

»Daddy, du mußt etwas tun. Das darf man Arnold nicht durchgehen lassen. Man muß ihn aufhalten.«

Sir Edward zuckte mit seinen fleischigen Schultern und schwieg. Er hatte oft bemerkt, daß man die Konzentrationsspanne seiner Tochter am besten überstrapazierte, weil sie dann vergaß, was sie gesagt hatte. Doch diesmal klappte es nicht.

»Er bringt mich um, wenn er herausfindet, daß ich es dir erzählt habe«, fuhr sie fort.

Sir Edward betrachtete sie hoffnungsvoll.

»Das wäre eine Möglichkeit, natürlich«, sagte er prompt.

Doch dieses eine Mal hielt sich seine Tochter nicht mehr bei der Kleinkindersprache auf, die ihm ihrer Meinung nach so gefiel.

»Er wird auch deinen Namen in den Schmutz ziehen. Er hat gesagt, er bringt die ganze Familie in die Boulevardblätter, so wie bei Fergies Vater und Prinz Charles, und das kann er auch, wirklich. Er hat einige schreckliche Dinge getan, und man wird ihn festnehmen, darum will er uns benutzen, um seine Haut zu retten. Du begreifst das nicht. Und ich habe ihn endgültig verlassen. Und er will Blut sehen.«

Alle Worte, die Tantchen Bea ihr eingetrichtert hatte, sprudelten aus ihr heraus, und zum erstenmal in seinem Leben nahm Sir Edward von seiner Tochter Notiz. Besonders entsetzte ihn, daß Major Fergusons Name fiel, und daß Blut erwähnt wurde, war ihm gar nicht recht. Ja, er war ernsthaft beunruhigt.

Er hatte sich nie groß mit Sir Arnold befaßt, mußte aber zugeben, daß der Mann nicht so idiotisch sein konnte, wie er aussah. Seiner Ansicht nach war es eine Schande, daß man eine solche Kreatur zum Chief Constable ernannte, und für ihn war diese Ernennung ein weiteres Beispiel für administrative Dekadenz sowie der Unfähigkeit der Männer in Whitehall gewesen, in gesellschaftlich relevanten Bereichen realitätsnah zu entscheiden. Besagte Dekadenz reichte mittlerweile bis in höchste Kreise, wie man der Aufdeckung jener privaten Skandälchen entnehmen konnte, die es zwar immer gegeben hatte, die aber aus völlig einsichtigen Gründen der Staatsräson nicht vor Krethi und Plethi breitgetreten worden waren. All dies hatte sich geändert, und selbst die königliche Familie war vor öffentlicher Bloßstellung und der Zerstörung jener für die politische Stabilität so unabdingbaren Aura nicht mehr gefeit. Sir Edward Gillmott-Gwyre kannte seinen Burke, gab sich aber auch keinerlei Illusionen hin, was die Loyalität all seiner Freunde betraf, falls er erst einmal am Pranger stand. Die Meute würde sozusagen auf dem Absatz kehrtmachen und ihn zerfleischen. Er führte diese Tendenz auf die Notwendigkeit zurück, das Ansteckende der Schande so schnell wie möglich loszuwerden. Das war genauso wichtig wie das schnelle Eingreifen von Hyänen, die verhinderten, daß das Aas in der Sonne verfaulte. Andererseits beabsichtigte er nicht, besagtes Aas zu werden, und diesmal war die Moral auf seiner Seite. Er wurde, wenn man Vy glauben konnte, von einem Mann bedroht, der so schamlos korrupt war wie kein anderer Polizist, den Mrs. Thatcher je befördert und protegiert hatte. Man mußte das Gleichgewicht wiederherstellen, indem man mit Hilfe der Vergangenheit die Gegenwart säuberte. Mit solch zündenden und weitgehend hohlen Phrasen hatte Sir Edward in der Vergangenheit die Wähler übertölpelt. Er sah nicht ein, weshalb er seine rhetorischen Fähigkeiten nicht auch einmal zu privaten Zwecken nutzen sollte.

»Nun denn, meine Liebe«, sagte er zu seiner Tochter. »Ich möchte, daß du schriftlich festhältst, also aufschreibst, was du mir soeben erzählt hast.« Er zögerte kurz. Mit der Bitte, etwas auch nur annähernd Schlüssiges aufzuschreiben, ja überhaupt etwas aufzuschreiben, stellte er die arme Frau vor eine unlösbare Aufgabe. »Hast du jemanden, der dir beim Aufschreiben helfen kann? Wo wohnst du zur Zeit?«

»Bei Tantchen Bea, Daddy«, antwortete Vy, die jetzt viel glücklicher war, da sich das Unwetter gelegt zu haben schien.

Erneut zögerte Sir Edward.

»Tantchen Bea?« sagte er, und wieder überlief ihn ein Schauer des Entsetzens. Mitte der siebziger Jahre hatte er einmal an einem parlamentarischen Informationsbesuch in der Äußeren Mongolei teilgenommen und gezwungenermaßen ein Zelt mit dem sogenannten Tantchen Bea geteilt; welche Faszination Riemen und Leder als erotische Stimulantien auf sie ausübten, hatte ihn zunächst erregt und dann abgeschreckt. Nie zuvor hatte er bei einem Tête-à-tête mit einer Frau die Rolle einer Frau übernommen. Eton war schon schlimm genug gewesen; Ulan Bator war das Grauen schlechthin. Daß nun seine Tochter die Gespielin einer Frau wie Tantchen Bea sein sollte, erschien ihm äußerst bizarr und wie eine Ironie des Schicksals.

Doch Tantchen Bea besaß unzweifelhaft einen leistungsfähigen Intellekt, wenn sie sich dazu entschloß, ihn einzusetzen. Sir Arnold Gonders' bösen Lebenslauf konnte er frohen Mutes in ihre Hände legen. Und Vy natürlich auch. Sir Edwards Stimmung besserte sich. Er hatte wieder ein Ziel im Leben, und seine Tochter hatte endlich eine Frau gefunden, die Verwendung für sie hatte. Als er Lady Vy schließlich losgeworden war, tätigte er etliche Anrufe und zog sich dann zum Abendessen um. Er wollte den alten Elisha Beconn über Korruption bei der Polizei und wie man sie bekämpfte aushorchen und noch einen wichtigen Hebel in Bewegung setzen. Das war es wert, einen wirklich guten Rotwein zu entkorken. Außerdem hatte er herausgefunden, warum sich Lady Thatcher so leidenschaftlich dafür einsetzte, die bosnischen Moslems zu bewaffnen. Ihr Sohn war Waffenhändler, und indem sie die Moslems so offen unterstützte, stärkte sie zwangsläufig die Position des lieben kleinen Markie in Saudi-Arabien. Die Aufdeckung wahrer politischer Hintergründe verschaffte Sir Edward Gillmott-Gwyre die größte Befriedigung.

21

Natürlich weiß ich nicht, wo er ist«, sagte Victor Gould gereizt. Er ließ sich nur höchst ungern mitten in der Nacht anrufen, und am verhaßtesten war ihm, mitten in der Nacht von Bletchley Bright angerufen zu werden, der ihn nach seinem vermaledeiten Sohn Timothy fragte. Aus diesem Grund – und weil er leichte Gewissensbisse hatte – war er nicht gerade entgegenkommend. »Er war vor einiger Zeit hier, das stimmt...«

»Was in drei Teufels Namen hat ihn denn dazu getrieben?« wollte Bletchley, taktvoll wie immer, wissen.

»Vielleicht brauchte er eine Unterkunft«, sagte Victor, sich mühsam beherrschend. »Warum fragst du ihn nicht selbst?«

»Ihn fragen. Wie soll ich das verdammt noch mal anstellen? Ich versuche ja gerade herauszufinden, wo er steckt. Der verflixte Junge ist verschwunden.«

»Das tut mir leid«, sagte Victor. »Ich kann dir versichern, daß ich ihn nicht habe.«

»Das hab ich auch nicht im Traum angenommen«, sagte Bletchley. »Begreife sowieso nicht, warum er überhaupt bei dir auftauchen sollte. Falls er es doch tut, sei so gut und laß es uns wissen.«

»Natürlich«, sagte Victor und legte auf, diesmal wild entschlossen, von nun an jeden Kontakt mit der verfluchten Familie Bright abzubrechen. Sie waren durch die Bank unglaublich grob und arrogant, und sogar Bletchley, normalerweise noch einer der höflicheren Brights, zeigte jetzt seine wahre Natur. Victor Gould machte das Licht aus und fragte sich, was mit dem gräßlichen Timothy passiert sein mochte. Vielleicht war er ja bei der Motorradfahrt umgekommen, und man hatte bloß seine Leiche noch nicht gefunden. Diese Möglichkeit gefiel Victor ganz und gar nicht, aber sie mußte in Betracht gezogen werden. Am allerwenigsten gefiel ihm die Vorstellung, daß unter der Treppe dermaßen viel Geld herumlag. Und schließlich und ganz entschieden mußte Henrys Zukunft in Betracht gezogen werden. Egal, was in jener schicksalhaften Nacht geschehen war, Victor Gould war fest entschlossen, seinen Neffen nicht mit hineinzuziehen. Schließlich hatte sich Timothy Bright selbst nach Pud End eingeladen und sich den Tabak mit dem »Krötenstoff« selbst genommen, ja gestohlen. Was auch immer danach geschehen war, er hatte es sich selbst zuzuschreiben, und man konnte keinem anderen einen Vorwurf machen. Als er zu diesem Schluß gekommen war, drehte sich Victor Gould auf die andere Seite und schlief ein.

Die auf Drumstruthie versammelten Mitglieder der Familie Bright hingegen fanden keinen Seelenfrieden. Besonders Bletchley Bright fiel es schwer einzusehen, daß sein Sohn ein Dieb war, doch obwohl er bestrebt war, etwas zu unternehmen, war er keineswegs gewillt, Tante Boskie ihre hundertachtundfünfzigtausend Pfund aus eigener Tasche zu erstatten.

»Natürlich mit Zinsen«, teilte Fergus ihm mit.

Bletchley musterte den alten Mann, als hätte er etwas Obszönes gesagt.

»Mit Zinsen am Arsch«, erwiderte er. »Selbst wenn Boskie recht haben sollte – und ich bin keineswegs davon überzeugt, daß uns sämtliche Fakten vorliegen...«

»Blödsinn«, unterbrach ihn Fergus. »Red nicht wie ein Premierminister in der Fragestunde des Parlaments. Red dich nicht raus, Sir. Dein Sohn hat Boskies Ersparnisse geklaut, da gibt's nichts dran zu rütteln. Wenn du nicht willst, daß er vor Gericht erscheint, sorgst du dafür, daß Boskies Forderungen komplett beglichen werden, und zwar samt den banküblichen Zinsen. Mehr noch, falls der Wert dieser Aktien gestiegen ist, seit dieser verdammte Knabe sie verkauft hat, wirst du auch die Differenz ersetzen.«

Bletchley sah sich verzweifelt im Kreis der Familienmitglieder um, die sich auf Drumstruthie versammelt hatten, stieß aber auf kein Mitgefühl.

»Das läuft mit ziemlicher Sicherheit darauf hinaus, Voleney zu verkaufen«, sagte er. »Und ihr wißt, was das heißt. Das alte Haus ist seit 1720 im Familienbesitz, und...«

»Und da bleibt es auch«, grummelte Richter Benderby

Bright, der immer noch ungehalten war, weil er kurzfristig aus seinem Urlaub auf seiner Yacht in Llafranc hatte zurückfliegen müssen. »Falls du gezwungen bist, zur Begleichung der Schulden deines Sohnes das Haus zu veräußern, wirst du Voleney der Familie zu einem angemessenen Preis anbieten. Solltest du etwas anderes versuchen, wird umgehend das Betrugsdezernat von den Verbrechen deines Sohnes informiert. Ich habe mich hoffentlich deutlich ausgedrückt.«

Daran gab es keinen Zweifel. Selbst Boskies leerer Stuhl wirkte wie ein Menetekel.

»Wenn du es sagst«, antwortete Bletchley, »muß es wohl so sein.«

»Es muß nicht sein, falls du deinen Jungen findest und von ihm Boskies Geld zurückbekommst«, gab Fergus zu bedenken.

»Aber wie soll ich das tun, ohne daß wir alle in einem schrecklichen Medienrummel versinken«, klagte Bletchley. »Das könnt ihr doch nicht wollen.«

Niemand sagte etwas, aber aller Augen am Tisch waren auf ihn gerichtet. Bletchley spürte, daß die Initiative jetzt bei ihm lag.

»Na gut, ich werde in allen Zeitungen Anzeigen mit seinem Foto schalten. Das wird Resultate zeitigen.«

Es war umsonst. Noch immer rührte sich niemand, aber die Blicke signalisierten Einspruch. Nie hätte ein wahrer Bright eine so schreckliche Drohung ausgesprochen. Bletchley Bright kroch zu Kreuze.

»Also meinetwegen«, sagte er. »Trotzdem ist es mächtig schwer herauszukriegen, wie man Timothy findet, wenn er nicht gefunden werden will. Er ist wie vom Erdboden verschluckt.«

»Sehr klug von ihm«, murmelte der Richter. »Ich an seiner Stelle würde da auch bleiben. Hast du dich schon bei der französischen Fremdenlegion erkundigt?«

»Oder bei der Polizei«, sagte Vernon. »Vielleicht hast du da ja Glück. Ich war immer der Ansicht, daß es eine ganz gefährliche Sache war, ihm ein Motorrad zu kaufen.«

»Ich habe ihn nie dazu ermuntert«, wandte Bletchley ein, »außerdem war er achtundzwanzig. Da kann man ihn kaum noch einen Jungen nennen.«

»Egal, wie man ihn nennen kann. Ich will damit folgendes sagen: Es ist durchaus möglich, daß er von dem Ding gefallen ist und vielleicht sogar... Weißt du zufällig, ob er versichert ist?«

»Das ist er bestimmt«, sagte Bletchley, und diese Aussicht gab ihm neue Hoffnung.

»Vermutlich nicht hoch genug, um Boskie das Geld zurückzahlen zu können«, sagte Fergus. »Außerdem ist das mehr, als man sich erhoffen kann.«

Bletchley Bright verließ das Treffen als ausgelaugter und verhärmter Mann. Die Realitäten, denen er sein Leben lang ausgewichen war, hatten ihn endlich in Gestalt eines zügellosen und kriminellen Sprößlings eingeholt. Als er wieder auf Voleney eintraf, empfing ihn eine verzweifelte Ernestine.

»O Gott«, sagte sie. »Es ist zu schrecklich. Weißt du, daß Boskie geflohen ist?«

»Geflohen? Was um alles in der Welt redest du da? Das ist unmöglich. Schließlich ist sie nirgends eingesperrt.«

»Fergus hat es soeben telefonisch mitgeteilt«, klärte ihn seine Frau auf. »Er sagte, ich sollte dir ausrichten, sie sei aus der Klinik geflohen und nach London gefahren, um den Innenminister zu sprechen.«

»Aber sie ist ernsthaft krank und...«

»Fergus sagte, falls sie stirbt, macht die Familie dich für ihren Tod verantwortlich.«

Aus blutunterlaufenen Augen glotzte Bletchley seine Frau an. Es war eine lange Heimfahrt aus Drumstruthie gewesen, und er hatte Zeit zum Nachdenken gehabt.

»Ganz egal, ob das alte Miststück stirbt. Aber warum will sie den Innenminister sprechen? Warum um alles in der Welt?«

»Natürlich, um ihm von Timothy zu erzählen. Offenbar kennt sie den Minister persönlich. Fergus glaubt offenbar, daß sie mal ein Verhältnis mit ihm hatte... Er ist sich da sogar ganz sicher.«

Während sie zusammenbrach und zu weinen anfing, nahm Bletchley die Karaffe und goß sich einen großen Whisky ein.

»Wenn du mir ernsthaft weismachen willst, daß die neunzigjährige Tante Boskie ein Verhältnis mit einem Mann hatte, der im Höchstfall dreiundvierzig ist, mußt du verrückt sein. Dann wäre sie nämlich über sechzig gewesen, als er gerade in die Pubertät kam. Allein der Gedanke ist schon vollkommen unanständig. Sie wäre damals älter gewesen, als du heute bist, Herrgott noch mal. Sei nicht albern.«

Der Hohn war zuviel für seine Frau.

»Ich sage dir nur, was Fergus erzählt hat. Und was ist daran so albern? Hältst du es für albern, daß eine Frau meines Alters von einem jungen gesunden Mann geliebt werden will, der echte Gefühle hat und dazu den Körper, sie auch auszudrükken? Du bist hier der Verrückte. Verrückt, verrückt, verrückt, verrückt...«

Während sie aus dem Zimmer eilte und ihre Worte ihn aus dem entfernten Flur erreichten, sah sich Bletchley Bright besorgt in dem großen Raum um und ließ seinen Geist sozusagen durch die Jahrhunderte schweifen bis zu der Zeit, als der erste Bright, der »Brandy« genannte alte Bidecombe Bright, dort gestanden hatte und auf die Leistungen stolz gewesen war, die im Bau von Voleney House gipfelten. Und jetzt mußte er, Bletchley Bright, ein direkter Nachkomme des alten »Brandy«, dank des kriminellen Irrsinns seines verdammten Sohns das Haus verkaufen, in dem er geboren und aufgewachsen war und ein so herrlich faules Leben geführt hatte. Diese Vorstellung war unerträglich. Er goß sich noch einen Scotch ein und ging in das Waffenzimmer.

22

Als Miss Midden in Fowey eintraf, war sie ein völlig anderer Mensch. Sie hatte umsteigen müssen, um nach Plymouth zu gelangen, und kaum geschlafen. Während sie in dem Spiegel der Bahnhofstoilette ihr Gesicht betrachtete, hielt sie es für ausreichend von Sorgen gezeichnet, um der Rolle zu genügen, die sie für sich vorgesehen hatte. In einem Second-hand-Laden erstand sie einen runden Hut und einen blauen Mantel, mit denen sie sich ausstaffierte. Außerdem kaufte sie eine große leinene Reisetasche. Dann suchte sie eine Mietwagenfirma auf, mietete für den Tag einen Escort und fuhr nach Pud End. Sie wollte um die Mittagszeit eintreffen, wenn Mr. Gould zu beschäftigt oder hungrig war, um zu viele peinliche Fragen zu stellen. Er fragte eigentlich fast gar nichts. Von dem unseligem Timothy Bright wollte er nichts wissen. Er kochte immer noch vor Wut darüber, wie unhöflich Bletchley am Telefon gewesen war.

»Ich bin vom Krankenhaus«, sagte sie zu ihm. »Ich möchte Timothy Brights Sachen abholen. Seit er nicht mehr am Tropf hängt, geht es ihm viel besser, und er hat danach gefragt.«

Victor Gould erwiderte, es freue ihn, das zu hören, allerdings ließ sich unmöglich sagen, ob er froh war, daß Timothy Bright nicht mehr am Tropf hing oder daß er im Krankenhaus war oder bloß, weil er die Sachen des verflixten Flegels nicht mehr in seinem Haus aufbewahren mußte. Er ging sie holen, und während Miss Midden hinter ihm hereilte, quasselte sie davon, wie beschäftigt sie sei, und daß sie rüber nach Bodmin fahren müsse, weil der alte Mr. Reavis sein Insulin brauche ... Victor Gould sah ihr nach, als sie wegfuhr, und dann erst fiel ihm ein, daß er nicht gefragt hatte, in welchem Krankenhaus sein verdammter Neffe lag. Eigentlich war es ihm auch schnurz. Am nächsten Tag erwartete er Mrs. Gould zurück und freute sich nicht auf ihre Rückkehr. Er beschloß, nichts von Timothy oder dessen Sachen zu erzählen. Schweigen war, was die Brights anging, Gold, und außerdem verzieh sie ihm so schon genug, daß er sich nicht noch mehr Schuldgefühle aufladen mußte.

Um vierzehn Uhr saß Miss Midden wieder im Zug. Sie hatte den Major angerufen und ihn angewiesen, sie abends um elf am Bahnhof abzuholen.

Um diese Zeit hatten Inspector Rascombes Nachforschungen bezüglich ungewöhnlicher Aktivitäten im Gebiet um Stagstead den anonymen Anruf ermittelt.

»Kam Montag vormittag um 11.12 Uhr rein«, teilte ihm die diensthabende Polizeibeamtin mit. »Männliche Stimme. Wollte weder Namen noch Adresse angeben. Benutzte eine öffentliche Telefonzelle. Hier unten steht es.«

Der Detective Inspector sah sich die Meldung an.

»›Auf Middenhall werden Knaben zum Analverkehr gezwungen‹, und das dreimal hintereinander. Interessant, sehr interessant. Da wohnt doch diese gräßliche Frau, oder?« fragte er. »Hat uns vor ein paar Jahren 'ne Menge Schwierigkeiten gemacht.«

Die Polizistin teilte seine Abneigung nicht.

»Miss Midden. Eine hochangesehene Frau, nach allem, was man hört. Die Middens leben seit Menschengedenken da oben.«

»Das ist ja alles gut und schön, aber was sind das für Leute auf Middenhall«, sagte Rascombe und überprüfte zwei Autodiebstähle in Pyal, einen Einbruch in Ratfen und schließlich ein paar Schafdiebstähle auf dem Loft Fell Moss. Nichts fügte sich zu einem wasserdichten Fall von Pädophilie. Mehr Glück hatte er in der Computerdatei über Sexualstraftäter, und vor allem fiel ihm der Name MacPhee auf, der 1972 wegen Unzucht in öffentlichen Bedürfnisanstalten gesessen und 1984 als Adresse das Hotel Ruffles in Stagstead angegeben hatte. Außerdem war MacPhee im Laufe der Jahre viermal wegen Trunkenheit und Erregung öffentlichen Ärgernisses festgenommen und angeklagt worden.

»Am besten überprüfen Sie den Wichser mal«, sagte der Inspector. »Ja, ich würd gern ein bißchen mehr über diesen Major MacPhee wissen.«

Doch eigentlich kam der Major auf seiner Liste interessanter Sexualstraftäter ziemlich weit unten, und davon gab es in der Region genug, um den Inspector eine Weile auf Trab zu halten. Er fiel ihm erst wieder auf, als er in sein Büro kam und merkte, daß die aktuelle Adresse ebendieses Majors MacPhee »Middenfarm« lautete.

»Ein Spinner ruft hier an, daß auf Middenhall irgendein Junge anal mißbraucht wird, und dann finden wir raus, daß ein Typ da wohnt, der wegen Trunkenheit, Erregung öffentlichen Ärgernisses und Unzucht in öffentlichen Bedürfnisanstalten in den Akten steht. Da stinkt doch was, oder? Was haben wir sonst noch da oben, Sergeant? Ich will's wissen.«

»Nur dort oder auch die Straße runter auf Middenhall?« erkundigte sich der Sergeant.

»Middenhall? Was ist das?«

»Schwer zu beschreiben«, antwortete der Sergeant. »Ist keine richtige Pension, auch kein Pflegeheim. Wenigstens glaub ich das nicht. Ist eher so 'ne Art Wohngemeinschaft, wo die Leute hinkommen und leben.«

»Tatsächlich? Eine Wohngemeinschaft? Was für Leute?« fragte Rascombe, dessen Antenne für gräßliche Sauereien jetzt unverrückbar auf Middenhall gerichtet war.

»Tja, weiß auch nicht genau. Jemand hat mal gesagt, daß Miss Midden, die Zicke, der der Laden gehört, also Miss Midden hatte dieser Person erzählt, sie seien alle Mitglieder der Familie und hätten Anspruch darauf, dort umsonst zu wohnen.«

»Tatsächlich? Familie? Was für eine Familie? Gibt's da auch Kinder?« fragte der Inspector. »Ich will mehr über diese Familie wissen.«

»Die Namen besorge ich bei der Gemeinde, aus den Namenslisten für die Kopfsteuer. Vielleicht finden wir so eine Spur.«

»Dranbleiben, Sergeant. Ich will alles Verfügbare über dieses Middenhall und die Bewohner erfahren. Schicken Sie jemanden zur Gemeinde rüber. Noch was, sorgen Sie dafür, daß die Erkundigungen diskret erfolgen. Das könnte ein wirklich äußerst wichtiger Fall sein.«

Aufgrund dieser Anweisung suchte ein Beamter in Zivil die Behörde für Gemeindesteuern mit solch nachhaltiger Diskretion auf, daß sich die Information, die Polizei interessiere sich für Miss Midden und die Vorgänge auf Middenhall, wie ein Lauffeuer in der Shire Hall und weiter in der gesamten Öffentlichkeit Stagsteads verbreitete.

Am selben Nachmittag zog der Inspector einige seiner Männer aus Tween ab und stellte eine Sondereinheit zur Beobachtung von Middenhall zusammen.

»Ich habe Sie hierher befohlen«, sagte er zu seinen Leuten, »weil es eine große Sache werden könnte, und falls die Sache so groß ist, wie ich glaube, müssen wir ungeheuer vorsichtig vorgehen. Wenn wir diese Geschichte hier richtig anpacken, können wir unser Ansehen in der Öffentlichkeit so aufpolieren, wie es nötig ist. Wir stehen kurz davor, einen Fall aufzuklären, wofür uns die Medien bejubeln werden. Und wenn man an die Scheiße denkt, die sie kübelweise über uns ausgekippt haben, dann werden sie uns diesmal den Arsch küssen, und zwar mit Begeisterung.« Er hielt inne, bis es alle kapiert hatten. »Allerdings haben wir es mit politisch und auch anderweitig sehr einflußreichen Leuten zu tun. Darum habe ich Sie kommen lassen. Sie sind nicht von hier, man kennt Sie in dieser Gegend nicht. Wir können uns keine Ausrutscher leisten. Klar? Klar. Irgendwelche Fragen?«

Ein Detective Sergeant in der ersten Reihe hob die Hand.

»Ja, Bruton, was gibt's?«

»Ich bin von hier«, sagte er.

»Tja, also, Sie brauchen wir als Ortskundigen. Darum sind Sie hier.«

»Dürfen wir erfahren, in welcher Gegend sich das Ganze abspielt, Sir?«

»Ja, zu gegebener Zeit dürfen Sie das natürlich. Ich versuche nur, das Umfeld in Ihren Köpfen zu etablieren, damit wir den Fall nicht verbocken. Und das könnte passieren, wenn wir zu neugierig sind. Ja, sobald diese Leute Lunte riechen, tauchen sie so schnell unter, daß wir nicht mal wissen, ob sie jemals da waren. Die Devise lautet also Fernüberwachung, was es für uns natürlich nicht leichter macht. Klar? Klar.« Und nachdem der Inspector seine eigene Frage beantwortet hatte, fragte er, ob die Anwesenden noch irgendwelche hätten. Und erneut hob der Sergeant aus der ersten Reihe die Hand.

»Wenn Sie Fernüberwachung sagen, Sir, was genau schwebt Ihnen da vor?«

Rascombe musterte Bruton skeptisch. Allmählich fragte er sich, ob es klug war, einen solchen Unruhestifter ins Team zu holen. Je weniger sie fragten, desto besser gefiel es ihm. Und gefielen *sie* ihm. Allmählich entwickelte er eine Abneigung gegen den Sergeant.

»Mit Fernüberwachung, Sergeant«, sagte er, in die offiziellen Floskeln der Polizeisprache verfallend, »meinen wir die Vermeidung von Sichtkontakt jeder Art mit dem oder, wie in diesem Fall, den Verdächtigen sowie die Verwendung audiovisueller Hilfsmittel auf diskrete Art zum Zwecke der Aufrechterhaltung einer ständigen Überwachung des Modus vivendi oder operandi besagter Verdächtiger, die Bewertung des gewonnenen Materials durch geschulte Beamte mit dem Ziel, ein umfassendes und gründliches psychologisches Profil von der Psychologie der Verdächtigen zu erstellen. Hoffentlich habe ich mich klar ausgedrückt, Sergeant.«

Einen Moment lang sah es so aus, als werde Sergeant Bruton offen und ehrlich antworten. Doch dann behielt seine Diskretion die Oberhand.

»Selbstverständlich, Sir. Ich wollte es nur wissen«, sagte er. »Sehr klar, zweifelsohne.«

Inspector Rascombe warf einen Blick in den Flur, dann schloß er ebenso vorsichtig wie verstohlen die Tür und wandte sich wieder seinem Team zu.

»Wenn ich Ihnen unser Untersuchungsgebiet nenne, werden Sie gewiß alle einsehen, wie absolut unabdingbar Verschwiegenheit ist«, sagte er gedämpft und faltete eine in großem Maßstab gehaltene Landkarte des nördlichen Hochlandes auf. Plötzlich sprach aus den Mienen der Polizisten Interesse. Sie alle wußten, wer da oben ein Haus hatte.

Inspector Rascombes Zeigestock glitt zur Middenhall. »Wie Sie auf dieser Karte erkennen, ist die Annäherung an dieses Objekt alles andere als einfach. Das ist mit ziemlicher Sicherheit auch der Grund, warum man es für diese abscheulichen Aktivitäten ausgewählt hat. Und das macht die Überwachung verflucht schwierig. Hier drüben haben wir offenes Hochland, das sich über mehrere Kilometer erstreckt, bis man zur Old Parson's Road und Six Lanes End hier kommt. Auf dieser Seite findet man keine Deckung, sieht man von der einen oder anderen Feldsteinmauer und einer Anzahl Schafe ab, die, wie Sie sehen können, keine große Hilfe sind. Hier oben liegt die Middenfarm, die rund um die Uhr überwacht werden muß. Also, hier die Straße entlang kommt man zu dem Middenhall genannten Gebäude. Das ist ein zentrales Objekt, ja sogar das zentrale Objekt. Außerdem liegt, wie Sie sehen, in Richtung Süden ein See, und hier hinten herum durch diesen Wald gelangt man zu dem Steinbruch. Dahinter liegen der Fluß Idd, dessen Ufer gute Deckung bieten, und die Rieselfelder in dem Tal dort. Meines Wissens ist das der einzige Weg, den die Überwachungsmannschaften nehmen können, und da dem so ist, werden wir ihn nicht nehmen. Kann mir jemand den Grund dafür nennen?«

»Könnte es wohl damit zusammenhängen, daß Miss Midden eventuell damit rechnet, daß wir ihn benutzen?« fragte Sergeant Bruton in der ersten Reihe. Inspector Rascombe betrachtete ihn mit neu erwachtem Interesse.

»Das ist sehr clever von Ihnen, Bruton«, sagte er. »Sind ganz allein darauf gekommen. Und dürften wir erfahren, woher Sie wissen, über wen ich die ganze Zeit rede?«

»Nun, Sir, Sie sagten, Middenhall solle rund um die Uhr überwacht werden, und Middenhall und die Middenfarm gehören Miss Midden, also dachte ich mir einfach, sie könnte womöglich beteiligt sein oder so.«

»Sehr gut. Freut mich, daß Sie mitdenken. Sonst noch irgendwelche Kommentare?«

»Wenn wir bei der Annäherung nicht die Deckung entlang des Flusses benutzen dürfen, von wo kommen wir dann?« fragte ein Detective in der dritten Reihe.

Inspector Rascombe lächelte.

»Von hier«, sagte er und deutete auf die im Westen gelegene offene Hochebene. »Wenn wir diese Strecke benutzen, vermeiden wir das Nächstliegende, worauf sie ihr Augenmerk richten werden. Daß wir über das Hochland kommen, ist das letzte, womit sie rechnen. Deshalb nehmen wir diese Route.«

»Aber ich dachte ... gar nichts, Sir«, sagte Sergeant Bruton und verzichtete auf den Hinweis, wenn das zuträfe, was Inspector Rascombe soeben behauptet hatte, und die Verdächtigen auf Middenhall untertauchten, sobald sie Lunte rochen, hätten sie schon längst das Weite gesucht und wären spurlos verschwunden, weil jeder in Stagstead wußte, daß gegen Miss Midden ermittelt wurde. Er hielt Schweigen für sicherer. Außerdem hatte er mit Miss Midden in mehreren Komitees zur Beschaffung von Geldern für wohltätige Zwecke gesessen und konnte sich nicht vorstellen, daß sie an einem pädophilen Verbrecherring beteiligt war. Doch wenn dieser schwachsinnige Inspector ernst machen wollte, konnte man ihn unmöglich aufhalten. Am besten hielt er sich da raus. Der Inspector stellte die verschiedenen Einheiten zusammen und teilte ihnen ihre Aufgaben zu.

»Einheit A übernimmt die Verkehrskontrolle«, sagte er. »Symes, Rathers, Blighten und Saxton. Sämtliche Fahrzeuge, die sich auf dieser Straße hier bewegen, werden rund um die Uhr überwacht.« Der Zeigestock fuhr über den Strich, der die Straße nach Middenhall und zum Bauernhof darstellte. »Ich will jedes Kennzeichen wissen, und sobald sich etwas Ungewöhnliches ereignet, verständigen Sie den Stützpunkt hier, wo Einheit B die Verfolgung übernimmt oder ein hinausfahrendes Fahrzeug, falls erforderlich, verfolgt oder abfängt.«

Als er die Befehle erteilte, wurde klar, wie umfassend die Operation war.

»Es findet kein Funkverkehr statt, außer in einem absoluten Notfall«, fuhr Rascombe fort. »Die Kommunikation zwischen den Einheiten A und B erfolgt über eine direkte Telefonverbindung. Ich habe mit der Telefongesellschaft vereinbart, daß so bald wie möglich eine Leitung zur Verfügung gestellt wird. Bis es soweit ist, benutzt Einheit A für Meldungen an Einheit B die Telefonzelle in Iddbridge. Auf der anderen Seite desselben Überwachungsgebietes steht diese hier unten über das Tal des Idd führende Straße unter Beobachtung durch Einheit C, deren Männer sich sowohl auf dieser als auch auf der anderen Seite des Flusses aufhalten und eine Durchschnittsfahrtzeit zwischen den beiden Wachtpunkten ermitteln. Jedes Fahrzeug, das nicht innerhalb dieser Durchschnittszeit wieder auftaucht und somit eventuell jemanden am überwachten Objekt abgesetzt hat oder von dort hat zusteigen lassen, wird besonders aufmerksam beobachtet und nötigenfalls hier abgefangen.« Er deutete auf die fünf Kilometer weiter nördlich gelegene Kreuzung.

»Und wenn sie aus der anderen Richtung kommen, Sir?« fragte ein Detective und wurde mit einem finsteren Blick belohnt, den der Inspector in ein Lächeln verwandelte.

»Ausgezeichnete Frage, ausgezeichnete Frage, gut, daß Sie sie gestellt haben«, sagte er mit beinahe monotoner Exerzierplatzstimme. »Fahrzeuge, die sich auf der Nord-Süd-Achse fortbewegen, werden ...«, der Stock schwenkte auf der Suche nach einer geeigneten Kreuzung unschlüssig herum und senkte sich schließlich auf das acht Kilometer entfernte Iddbridge, »... hier abgefangen. Oder, als Alternative, hier ...« Dort kreuzte eine Viehtrift etwa vier Kilometer weiter die Straße nach Iddbridge. Doch bevor die verschiedenen möglicherweise damit verbundenen Probleme angesprochen werden konnten, hatte sich Inspector Rascombe schon einem anderen Thema zugewandt. »Ich beabsichtige, die Einheiten D und S persönlich zu leiten, die sich als Überwachungseinheiten mit der Farm, dem Haus und dem Gut befassen. Ich habe vor, etwa in dem Bereich hier bei Six Lanes End eine mobile Basis zu installieren. Wir werden nachts vorrücken und hoffentlich das gesamte Anwesen im Schutz der Dunkelheit interpolieren können, weiterhin werden wir – abhängig von den herrschenden Umständen – in Vierundzwanzig-Stunden-Schichten arbeiten und ...«

Eine Dreiviertelstunde lang redete der Inspector mit monotoner Stimme weiter, und erst als Sergeant Bruton zum fünfzehnten Mal »Muß ›interpolieren‹ im Wörterbuch nachschlagen« aufgeschrieben hatte, um sich wach zu halten, kam Rascombe wieder auf die Sorte Verbrechen zu sprechen, der ihre Ermittlungen galt.

»Wir müssen«, sagte er, »insbesondere Ausschau nach jedem Kind oder nach Kindern, Plural, Ausschau halten, die in das Gebiet um Middenhall hinein- und hoffentlich auch wieder herausgebracht werden... Ja, Sergeant?«

»Sie wollen damit doch wohl nicht andeuten, daß Miss Midden irgend etwas mit Kindesmißbrauch zu tun hat, Sir?« erkundigte sich Sergeant Bruton fast gegen seinen Willen. »Ich meine damit, sie ist, na ja... ich meine...« Er gab es auf.

»Wenn Sie so lange bei der Polizei wären wie ich«, sagte der Inspector, der übrigens weniger lange dabei war als Bruton, »dann wäre Ihnen klar, daß die äußere Erscheinung einiger der übelsten Verbrecher in direktem Gegensatz zu ihrer Gefährlichkeit steht. Vergessen Sie das nicht, Sergeant, dann kann man Ihnen nichts vormachen. Und das gilt natürlich auch umgekehrt.«

In der folgenden Nacht hatten sämtliche Einheiten in der Umgebung von Middenhall Stellung bezogen. Operation Kiddlywink, für diesen Codenamen hatte sich Rascombe entschieden, hatte begonnen.

23

An diesem Abend kam Miss Midden erst lange nach Mitternacht nach Hause, und sie war erschöpft. Und euphorisch.

»Ich finde, jetzt ist ein Schlummertrunk angebracht«, sagte

sie, holte eine Flasche Schlehenlikör, den sie vor Weihnachten angesetzt hatte, und goß sich ein Gläschen ein. Dann betrachtete sie den Major skeptisch. Der arme Mann sah die Flasche so sehnsüchtig an und hatte sich gegenüber Timothy Bright bewährt.

»Na schön«, sagte sie. »Sie auch. Holen Sie sich ein Glas. Wir haben Grund zum Feiern. Ich weiß nicht, wieviel Geld in dieser Reisetasche liegt, aber meine grobe Schätzung beläuft sich auf eine halbe Million Pfund. Außerdem befindet sich da drin ein Päckchen, das bestimmt auch Geld enthält. Das sollte er nach Spanien bringen und dort irgendwem übergeben. Na dann prost. Und gucken Sie nicht so fassungslos. Es ist bloß Geld.«

Der Major war tatsächlich fassungslos, so fassungslos, daß er noch nicht mal seinen Schlehenlikör anrührte.

»Eine halbe Million? Eine halbe Million?« stammelte er. Und da sagte sie, es sei bloß Geld! Major MacPhee war noch nie in seinem Leben in der Nähe von soviel Geld gewesen. Und er hatte noch nie eine Frau erlebt, die eine solche Summe so geringschätzig behandelte. Er konnte seine Erschütterung nicht in Worte fassen.

»Es könnte weniger und es könnte mehr sein«, fuhr Miss Midden fort. »Was macht das schon aus? Es ist ein Haufen Geld. Mehr nicht.«

»Was haben Sie damit vor?« fragte er gepreßt. Miss Midden nahm am Küchentisch Platz. Ihr triumphierendes Grinsen offenbarte eine Spur Boshaftigkeit. Der Major war ein schwacher Mensch und sollte wissen, daß er nichts davon in die Hände bekommen würde.

»Ich werde das Gewehr neben das Bett legen, wenn ich schlafen gehe. Das habe ich als erstes vor«, antwortete sie. »Und dann sehen wir weiter.«

Sie trank ihren Schlehenlikör, nahm die Reisetasche und begab sich in ihr Büro, um die Waffe und eine Maulwurfsfalle zu holen. Mit Maulwurfsfallen konnte man nicht nur Maulwürfe fangen, sondern beispielsweise auch Hände. In ihrem Schlafzimmer leerte sie die Reisetasche und packte das Geld in einen Pappkarton oben auf ihren alten Mahagonikleiderschrank. Anschließend füllte sie die Tasche mit leeren Schuhkartons und ein paar alten Kleidern. Als letztes stellte sie die jetzt gespannte und offene Maulwurfsfalle in die Mitte und deckte ein Papier drüber. Außerdem schloß sie die Tür ab und klemmte einen Stuhl unter den Türknauf. Dann ging sie zu Bett. Draußen war das Wetter umgeschlagen. Ein nächtlicher Wind wehte über das offene Hochland, begleitet von Regen, von Regenböen, die gegen das Fenster peitschten. Miss Midden schlief tief und fest. Allmählich erreichte sie, was sie sich vorgenommen hatte. Mit Geld hatte das sehr wenig zu tun.

Am Morgen regnete es immer noch, als ein Motorrad vorfuhr und ein Mann mit einem in braunes Packpapier gewickelten Paket zur Hintertür kam. Miss Midden öffnete sie widerstrebend.

»Paket für Major MacPhee«, sagte er und reichte es Miss Midden samt einer Empfangsbestätigung, die sie unterschrieb. Sie legte das Paket auf den Küchentisch und sah dem Mann nach, als er wegfuhr. Dann ging sie mit Timothy Brights Frühstück in das alte Kinderzimmer rauf.

»Ich werde Ihnen etwas zum Anziehen holen«, sagte sie. »Der Major hat nicht Ihre Größe. Er ist zu klein, aber ich habe wohl noch ein paar Sachen meines Großvaters, die Ihnen passen könnten.«

Timothy Bright bedankte sich und machte sich über seinen

Haferbrei und die Eier mit Schinkenspeck her. Wo auch immer er sein mochte, wenigstens schmeckte das Essen. Er hatte seit Ewigkeiten nicht mehr so gut gegessen. Und selbst seine panische Angst hatte ihn verlassen. Allmählich fühlte er sich sicher.

Miss Midden kam mit einer blauen Latzhose und einem alten kragenlosen Hemd sowie einem an den Ellbogen durchlöcherten Pullover zurück. Außerdem brachte sie Schnürstiefel, die aussahen, als wären sie im Garten getragen worden, und die rostige Beschlagnägel an den Sohlen hatten. Die Stiefel waren ihm mehrere Nummern zu groß, und die Schnürsenkel fehlten.

»Aber kommen Sie bloß nicht auf die Idee, das Haus zu verlassen«, sagte sie zu ihm. »Oder sich an den Fenstern blikken zu lassen. Nur ein anderer Mensch soll wissen, daß Sie hier sind.«

»Welcher andere Mensch?« fragte Timothy Bright beunruhigt.

»Derjenige, der Sie hierhergebracht hat«, antwortete Miss Midden und ging nach unten, wo der Major am Küchentisch stand und das Paket betrachtete.

»Stehen Sie doch nicht bloß da herum. Machen Sie's auf, und sehen Sie sich die feinen Sachen an«, empfahl sie.

»Aber ich weiß doch nicht, was drin ist. Ich habe nichts bestellt. Ich habe keine Ahnung, wer es mir geschickt hat.«

Miss Midden machte sich an den Abwasch.

»Vermutlich eine Ihrer Bewunderinnen im Schlangennest«, schlug sie vor. »Irgendeine alte Flamme.«

Hinter ihr holte der Major eine Schere und schnitt das Paketklebeband durch. Einen Moment lang blieb er stumm, dann hörte sie ihn nach Luft schnappen. Sie drehte sich um und sah sich an, was da auf dem Tisch lag. Es waren keine feinen

Sachen, sondern das genaue Gegenteil. Sie waren abscheulich. In ihrem ganzen Leben hatte Miss Midden noch nie so etwas gesehen. Und solange sie lebte, wollte sie etwas Derartiges gewiß nie wieder sehen. Von äußerstem Ekel erfüllt, sah sie den Major an.

»Sie dreckiges Tier!« stieß sie hervor. »Sie zutiefst abstoßender ... Sie perverses Schwein. In Kinder. Kleine Kinder. Sie sind die niedrigste Form tierischen Lebens ... nein, nicht tierischen Lebens. Tiere geben sich nicht dazu her, kleine Kinder zu quälen. Pfui!«

Doch Major MacPhee schüttelte den Kopf und hatte auf einmal eine gräßlich fleckige Haut.

»Ich hab das nie bestellt«, stammelte er. »Ich schwöre es, wirklich nicht. Ich hab's ehrlich nicht getan. Ich habe keine Ahnung, woher das ist. So etwas mag ich überhaupt nicht. Ich ...«

Miss Midden schwieg. Sie dachte scharf nach. Diesmal neigte sie dazu, dem Major zu glauben. Hätte er das Zeug bestellt, wäre er nicht so dumm gewesen, das Paket in ihrer Gegenwart zu öffnen. Daran zweifelte sie nicht. Er hätte es in sein Zimmer gebracht und sich hinter verschlossenen Türen an diesen abscheulichen Fotos und Magazinen ergötzt. Andererseits war nicht von der Hand zu weisen ... Hand!

»Fassen Sie das nicht an«, sagte sie. »Ich hole Karton und Bindfaden. Rühren Sie bloß nichts an.«

Dann zog sie sich Handschuhe an und packte den schmutzigen Kram, diese Produkte kranker und geldgieriger Hirne für kranke und bösartige Hirne, ganz vorsichtig in einen Pappkarton. Der verstörte Major schüttelte pausenlos den Kopf, während er ihr dabei zusah.

»Ich nicht, ich nicht«, wiederholte er, fast unter Tränen.

»Viel aufschlußreicher ist die Frage: Warum Sie?« sagte Miss Midden. »Die stellen Sie sich mal. Erst liegt er unter Ihrem Bett, nackt und übel zugerichtet. Und jetzt dieser obszöne Dreck.« Sie brach ab. Allmählich wurde es richtig gefährlich. Jemand wollte dem Major etwas anhängen. Und damit auch ihr. Doch da hatte sie ein Wörtchen mitzureden. Und bei dem vielen Geld im Haus wurde alles noch gefährlicher. Jetzt mußte sie rasch handeln.

»Wir sind früher zurückgekommen«, verkündete sie. »Wetterumschwung oder so ähnlich. Jedenfalls sind wir wieder da. Legen Sie diesen Schmutz hinten ins Auto und decken Sie ihn mit... Nein, stecken Sie den Karton in einen Müllsack.«

Und während sich der Major noch fragte, was sie sich da wohl ausgedacht hatte, flitzte sie nach oben und schmiß den Inhalt der Reisetasche aufs Bett, wo die Maulwurfsfalle zuschnappte. Dann packte sie das Geld wieder in die Tasche und ging nach unten. Sie setzte ihren alten Hut auf, zog einen Regenmantel an und ging rüber in die Scheune. Fünf Minuten später war sie in Middenhall. Niemand war zu sehen. Sie waren Spätaufsteher, und so gelang es ihr, sich ohne gesehen zu werden an der Vordertür vorbei und zur Rückseite des Hauses zu schleichen. Während des Kriegs hatte es in dem ummauerten Garten einen Luftschutzbunker gegeben, zu dem eine Betontreppe hinunter in die Dunkelheit führte. Der Eingang war von dornigen Zweigen und einer wildwachsenden Buddleia überwuchert und der Hügel grasbewachsen. Ihres Wissens hatte nie jemand den Eingang gefunden, aber sie hatte ihn schon als Kind gekannt. Als sie einmal mit ihrem Vetter Lennox unten war, hatte sie schreckliche Angst gehabt. In den Gängen hatte fünfzehn Zentimeter hoch das Wasser gestanden, und die Kälte, die Dunkelheit und Lennox' Behauptung, dort unten seien Gefangene gefoltert worden, hatten ihr angst gemacht. Doch nun brauchte sie diesen tiefen, geheimen Bunker. Sie kletterte durch das Gestrüpp, räumte die Erde über der Eisentür fort und öffnete sie. Anschließend holte sie eine Taschenlampe und die Reisetasche aus dem Wagen und stieg in die Dunkelheit hinab. Das Wasser stand immer noch da, vielleicht dasselbe Wasser, durch das sie vor dreißig Jahren gewatet war. Diesmal fürchtete sich Miss Midden nicht. Sie war wild entschlossen. Jemand hatte ihr den Fehdehandschuh hingeworfen. Genau das hatte sie gebraucht. Sie war eine energische Kämpfernatur. Am äußersten Ende des Gangs, vorbei an Räumen, in denen auf beiden Seiten verrostete Eisenbetten standen, tauchte im Schein der Taschenlampe das auf, was sie gesucht hatte. Es war ein langer schmaler Spalt, der sich die halbe Betonwand hinaufzog. Lennox hatte behauptet, dort habe man die Leichen der da unten erschossenen Männer hineingeschoben. Sie hatte keine Ahnung, wozu er wirklich benutzt worden war. Doch von der Tür aus war er nicht zu sehen, und wer nur einen Blick in den Bunker warf, sah ihn nicht, es sei denn, er betrat das Zimmer. Sie fuhr mit der Hand den Spalt entlang; er war trocken. Das würde gehen. Dann schob sie die Reisetasche hinein, holte den Karton mit den obszönen Zeitschriften und Fotos und brachte sie ebenfalls hinunter; als erstes zog sie den Karton aus dem Müllsack und steckte die Reisetasche mit dem Geld hinein, damit es bei der Feuchtigkeit in dem alten Bunker besser trocken blieb. Als das erledigt war, stapfte sie platschend zurück, stieg die Treppe zum Eingang hinauf und spähte vorsichtig durch das Gestrüpp, ob auch niemand in der Nähe war. Dann häufte sie Erde und Gras wieder auf die Eisentür, und als sie zu dem alten

Auto zurückkehrte, sah man kaum noch, daß etwas angerührt worden war. Miss Midden fuhr zurück zum Haus. Es war nicht einmal nötig gewesen, irgendwem in Middenhall zu sagen, daß sie wieder von ihrem Kurzurlaub zurück war. Sie hatte niemanden gesehen. Den restlichen Tag arbeitete sie im Haus und plante ihren nächsten Schritt. Draußen goß es in Strömen, und es wehte ein so starker Wind, daß sogar die Schafe unter der Böschung und den Dornbüschen entlang der alten Trift zusammenzurücken schienen. Als es Nacht wurde, war der Regen noch heftiger geworden, und der Wind heulte immer noch durch das Wäldchen hinter dem Middenschen Haus und über die Schornsteine.

Für die an der Operation Kiddlywink beteiligten Polizeibeamten war es eine Nacht, in der man sich besser nicht draußen herumtrieb. Doch Inspector Rascombe blieb hart. Eine finstere, regnerische und windige Nacht war für die Pädophilen in Middenhall genau richtig, um im Haus zu bleiben und sich pornographische Videos anzusehen. Sie würden garantiert nicht im Freien nach Einsatzgruppen der Polizei Ausschau halten, die sich bei der Königlichen Marineinfanterie ausgeliehene Schneeanzüge übergezogen hatten, damit sie wie gemütlich auf Scabside Fell weidende Schafe aussahen.

Der Inspector hatte seine Männer auf der Parson's Road versammelt. Von dort aus mußten sie bis Middenhall drei Kilometer unwegsames Gelände durchqueren, und es war eine wirklich ausgesprochen finstere, regnerische und windige Nacht.

»Also, sobald die Vorhut in dem Park gegenüber vom Haus Posten bezogen hat und die Hilfstruppen bereit sind, auf das Bauernhaus vorzurücken, bewegen Sie sich mit äußerster

Vorsicht. Rutherford, Sie und Mark rücken um diesen See hier vor...«

In diesem Augenblick öffnete ein Polizeibeamter die Tür zum Lieferwagen der British Telecom, den der Inspector in seinem Polizeipräsidium ausgeliehen hatte, und der Wind wehte die Generalstabskarte die Wand hoch. Sobald es dem Inspector und Sergeant Bruton gelungen war, die Karte wieder glattzustreichen, setzte Rascombe seine Einsatzbesprechung fort.

»Wie ich gerade sagte, Sie werden hier unten an der Auffahrt zu Larkin und Spender stoßen und gemeinsam versuchen, sowohl von vorn wie von hinten eine visuelle Überprüfung des Hauses vorzunehmen. Noch Fragen?«

Sergeant Bruton hatte Unmengen von Fragen, hütete sich aber, sie zu stellen. Statt dessen wollte ein Detective Constable wissen, was er tun sollte, falls er von einem der Verdächtigen angehalten und gefragt werde, was er da mache.

»Nun, erstens hoffe ich doch sehr, daß die von uns durchgeführten Übungen eine solche Möglichkeit ausschließen, und zweitens verlasse ich mich darauf, daß Sie alle Eigeninitiative entwickeln. Ich würde lediglich nicht verraten, daß ich Polizeibeamter bin. Das ist unerläßlich, wenn wir verhindern wollen, daß die Verdächtigen im Nu untertauchen. Sie können Wanderer sein, die sich verlaufen haben, oder sonst was, das Ihnen gerade einleuchtend erscheint. Sagen Sie nur nicht, Sie seien Speiseeisverkäufer.«

Nach diesem famosen Schlußwort wünschte der Inspector seinen Männern viel Glück, und die Überwachungsteams machten sich auf den Weg über das Hochland. Es war 23.30 Uhr. Sechs Kilometer weiter an der Straße hinter Middenhall berichtete Einheit C, seit 21.30 Uhr hätten keine Fahrzeuge ihre Beobachtungsposten passiert, und ob man bitte gehen könnte.

Da sie den öffentlichen Fernsprecher in Iddbridge benutzen mußten, erfuhr Rascombe erst von ihrem Anruf, als ein Detective aus Stagstead um 1.41 Uhr zur mobilen Einsatzzentrale fuhr.

»Natürlich dürfen sie jetzt nicht nach Hause fahren«, sagte er gereizt. »Am Ende jeder Schicht werden sie von Ersatzbeamten abgelöst.«

»Jawohl Sir, das weiß ich», sagte der Detective, »aber die Straße am Fluß ist wegen Bauarbeiten gesperrt, und es kann sie sowieso niemand benutzen. Eigentlich besteht keinerlei Veranlassung, sie zu beobachten.«

Doch Inspector Rascombe wollte davon nichts wissen.

»Um so wichtiger, sie im Blick zu behalten«, sagte er. »Wenn jemand die Straße benutzt, obwohl sie gesperrt ist, tut er es garantiert aus finsteren Motiven. Das verrät die Logik.«

»Aber niemand benutzt die Straße. Wie sollte man auch?«

»Vergessen Sie das Wie«, sagte der Inspector. »Sagen Sie ihnen einfach, sie sollten von jetzt an ein Auge mehr offen halten.«

»Zyklopenmäßig, Sir?« sagte der Detective und eilte in die Nacht hinaus, ehe der Inspector die Bemerkung begriffen hatte und ihm sagen konnte, er solle sich seine verdammte Impertinenz sparen.

Auf seinem Zimmer spielte der Major mit seinem alten Rundfunkgerät. Er war irritiert. Er empfing äußerst seltsame Meldungen, aus denen er nicht schlau wurde. Inspector Rascombes Anweisungen über die Funkstille wurden ignoriert. Der Major erfuhr zu seiner Verblüffung und erstaunlich deutlich, daß ein gewisser Rittson soeben in einen »verdammten stinkenden Bach oder so was« gefallen war. Der entpuppte sich gleich darauf als Desinfektionsbad für Schafe, und als sich der Major gerade fragte, was für ein sonderbares Ereignis er soeben akustisch miterlebt hatte, wurde der Mensch namens Rittson wütend aufgefordert, Funkstille zu wahren.

»Ist bestimmt die Marineinfanterie drüben in den Meltsea Marshes«, dachte der Major, stellte sein Radio ab und schlief ein.

Draußen im Hochland rückten die zehn Polizisten wie von Inspector Rascombe befohlen in merkwürdigen kleinen Etappen vor. Zuerst stolperten zwei Männer vorwärts, um dann in einer Art Hocke zu verharren, gefolgt und überholt von vier anderen Männern, denen wiederum der Rest folgte. So merkwürdig und angeblich schafartig bewegten sie sich voran, gegen den peitschenden Regen und beißenden Wind. Um sie herum flohen die richtigen Schafe in die Dunkelheit, wo sie verharrten und ihre unheimlichen Imitatoren anglotzten. Und so überquerte die kleine Gruppe das offene Gelände, kletterte über Feldsteinmauern und – im Falle von Detective Constable Rittson – fiel in das Desinfektionsbad für Schafe. Um zwei Uhr morgens hatten sie ihr erstes Ziel erreicht, den Wald auf der anderen Seite des Sees, und schauten über das Wasser auf Middenhall. Das Gebäude lag fast völlig im Dunkeln, und im Haus brannte nur ein Licht. Doch im Freien strahlten Scheinwerfer auf den See, deren Licht zwischen den Wasserlilien reflektiert wurde.

»Scheißschwierig, zwischen diesen verfluchten Lichtern irgendwas zu sehen«, sagte der Detective namens Mark. »Und sie können uns total leicht ausfindig machen.« Sie krochen in den Wald zurück und probierten es auf der anderen Seite. Die Lichter waren immer noch recht hell.

»Er hat gesagt, wir müssen rauf zum Bauernhaus«, sagte Larkin. »Also sollten wir das wohl besser auch tun.«

Er und Spender umrundeten den See, überquerten die kleine Brücke beim Schleusentor und brachen über die Auffahrt in Richtung Middenfarm auf. Hinter ihnen glaubte Rutherford ein dunkles Fleckchen an der Ecke der Middenhall bei den Mülleimern entdeckt zu haben. Er ließ es Mark auf der anderen Seite versuchen, wo mehrere Azaleenbüsche standen, huschte selber über den Rasen und hatte sich dem Haus bereits auf zehn Meter genähert, als sich vor ihm etwas bewegte. Da er nicht genau sehen konnte, was es war, gehorchte er seinen Befehlen und verhielt sich schafsmäßig, wozu er sich auf allen vieren niederließ und gleichzeitig versuchte, im Auge zu behalten, was sich vor ihm befand. Er hatte eine Dachsfamilie aufgeschreckt. Als ein Mülleimerdeckel fiel, schepperte es, ein Knurren ertönte und ein Scharren. Detective Constable Rutherford drehte sich um und trollte sich über den Rasen und weiter über die Holzbrücke.

»Scheiße, hat keinen Zweck«, sagte er zu den anderen. »Sie haben hinten einen Beobachtungsposten aufgestellt. Wir ziehen wohl besser Leine.« Die erste Phase der Operation Kiddlywink war ein gründlicher Mißerfolg.

24

Am Freitag hatte selbst Inspector Rascombe Mutlosigkeit befallen. Drei Mitglieder seines Einsatzkommandos hatten sich krank gemeldet, einer mit einem bösen, von der Desinfektionslösung für Schafe herrührenden Hautleiden, einer mit verstauchtem Knöchel, und ein dritter lag mit einer Brustfellentzündung flach. Wie der Inspector dem Chief Constable meldete: »Dieses Objekt ist so abgelegen und so schwer zu überwachen, daß wir echte Schwierigkeiten haben.«

Das konnte sich der Chief Constable vorstellen. Auch seine eigenen privaten Ermittlungen kamen nicht voran, und allmählich glaubte er, das vermaledeite Tantchen Bea habe sich die ganze Geschichte einfallen lassen, um ihm Vy auszuspannen. Erhärtet wurde diese Vermutung durch einen grantigen Anruf seines Schwiegervaters, in dessen Verlauf ihm Sir Edward nicht nur in deutlichen Worten klarmachte, was er von ihm hielt, sondern nebenbei auch erwähnte, daß seine Tochter endlich einmal Vernunft bewies, indem sie mit einer hundertprozentigen Lesbierin zusammenzog. In Sir Edwards Ausbruch waren noch weitere Hinweise auf bevorstehende Probleme zur Sprache gekommen. Er werde bald zum Essen in der Downing Street erwartet und habe vor, gegenüber dem Premierminister das Thema »beklagenswerte Neigungen des Chief Constables« anzusprechen. Es war ein höchst unangenehmer Monolog gewesen, in dessen Verlauf Sir Arnold gelegentlich dementiert hatte, er lege unter Drogen gesetzte Jugendliche ins Bett seiner Frau und »stehe« auf Plastikmüllsäcke, Paketklebeband und Bettlaken.

»Du erwartest doch wohl nicht ernsthaft von mir zu glauben, du hättest keine Bratenspritze verwendet, um ihm eine Mischung aus Valium und Whisky zu verabreichen?« schrie Sir Edward. Das tat der Chief Constable. Und zwar ganz entschieden. Von solchen gräßlichen Anschuldigungen höre er das erstemal.

»Aber ich glaube es«, tobte sein Schwiegervater. »Weil meine geistesschwache Tochter nicht mal das Hirn einer Kopflaus hat und sich eine solche Geschichte nicht in hundert Jahren ausdenken könnte. Du hast den Knilch unter Drogen gesetzt und ihn verschnürt. Das weiß ich. Und wenn du denkst ...«

Genau das tat Sir Arnold. Nachts erstellte er stundenlang Listen mit Namen, Adressen und dazugehörigen Geldsummen, die jetzt offenbar sein einziger Schutz waren. Er unternahm aber nichts, um Inspector Rascombe zu bremsen. Dieser Idiot konnte keinen Schaden anrichten, und vielleicht förderte er ja bei seinen Ermittlungen in der Gegend um Stagstead irgend etwas zutage.

Mittlerweile gingen sogar Miss Midden andere Dinge durch den Kopf. Anfang August schickte die Porterhouse-Mission für das Londoner East End alljährlich einige Kinder nach Middenhall. Diese Praxis stammte noch aus der Nachkriegszeit, als der Dekan des Porterhouse-College mit Lesegruppen hinauf ins Hochland gefahren und samt Brigadegeneral Turnbird, auch ein ehemaliger Porterhouse-Student und sehr offensiver Christ, im Carryclogs House abgestiegen war. Die jungen Leute hatte man ursprünglich in Rundzelten auf dem Gelände von Carryclogs untergebracht, wo sie sich – vom sporadischen Absingen von Kirchenliedern und gelegentlichen Bibellesungen durch die Generalstochter Phoebe abgesehen – auf dem Anwesen und in dem damals ziemlich flachen Fluß Idd nach Herzenslust austoben konnten.

»Es schadet unseren Stadtkindern nichts, wenn sie einen Blick auf Arkadien erhaschen«, hatte der General einmal einer Abordnung benachbarter Bauern erklärt, die sich beschwert hatten, daß Schafe in panischer Angst über Mauern geflohen waren, Kühe heimtückischen Katapultangriffen ausgesetzt wurden und Verstecken spielende Knaben etliche Heuhaufen in Brand gesetzt hatten. Die Anspielung auf Arkadien hatten die Bauern nicht verstanden, und falls doch, wäre es ihnen scheißegal gewesen. Am Ende setzten sich ihre Auffassung und die Pacht, die sie zahlten, durch. Schon vor dem Tod des Generals war die Mission nach Middenhall gezogen, das ausgesprochen abgelegen lag und so den Bauern die früheren Verwüstungen erspart blieben. Hinter den Mauern des Anwesens erkundete die gemischtgeschlechtliche und gemischtreligiöse Gruppe, die sich teilweise aus islamischen Familien rekrutierte und folglich nicht von Miss Phoebes Lesungen profitierte, vierzehn Tage lang die Wälder und wechselseitig ihre Körper, bevor sie wieder nach Hause in den mittlerweile weitgehend von der Mittelklasse bewohnten Londoner Bezirk der Isle of Dogs zurückfuhren, wo die Porterhouse-Mission immer noch tätig war. Hätte übrigens Miss Midden nicht darauf bestanden – was auch mit den Neigungen des Dekans in Einklang stand –, daß man das Kontingent alljährlich den Trupp begleitender Porterhouse-Studenten verdoppelte, um mit den Kindern fertig werden zu können, hätte der alljährliche Besuch wohl kaum fortgesetzt werden können. In den vergangenen beiden Sommern waren ältere Bewohner der Hall mindestens ein dutzendmal nach dem Essen in ihre Zimmer gekommen, wo ihre Habseligkeiten durchstöbert und Sachen entwendet waren, und bei einer schrecklichen Gelegenheit war ein Vierzehnjähriger mit einem höchst widernatürlichen Angebot an Mrs. Louisa Midden herangetreten. Mr. Joseph Midden, ihr Gatte und renommierter Gynäkologe im Ruhestand, war sowohl von dem eigentlichen Angebot als auch davon, daß seine Frau kurz gezögert hatte, bevor sie es ausschlug, so entsetzt gewesen, daß man Dr. Mortimer hatte holen müssen, der sich seiner Arrhythmie annahm. Als der mit den Kindern beladene Bus diesmal die Auffahrt hinunterfuhr, überkam Miss Midden eine seltsame Unruhe. Die Anwesenheit so vieler neugieriger junger Gemüter auf dem Anwesen stellte eine Gefahr dar, die sie hätte vorhersehen müssen. Wegen des Luftschutzbunkers im ummauerten Garten mußte sie sich etwas einfallen lassen. Timothy Brights Angelegenheiten hatten sie so in Anspruch genommen, daß sie die Mission völlig vergessen hatte. Während auf der anderen Seite des Sees die Zelte aufgebaut wurden, versah Miss Midden sämtliche Türen in den Mauern des Küchengartens mit Vorhängeschlössern und faßte den Entschluß, noch einmal zu verreisen. Im Wohnzimmer führte sie ein langes Zwiegespräch mit Timothy Bright und telefonierte kurz. Dann fuhr sie zum Busbahnhof und reiste erneut gen Süden. Es war Zeit zu handeln.

Dieser Ansicht war auch Inspector Rascombe. Daß ein Bus mit dreißig Kindern eingetroffen war, ließ auf eine so gewaltige pädophile Orgie schließen, daß er den Bericht des Überwachungsteams auf der Straße nach Middenhall kaum glauben konnte.

»Dreißig? Dreißig Kinder sowie mehrere junge Männer und Frauen? In einem Bus? Großer Gott, das sieht ja aus, als ... Keine Ahnung, wonach es aussieht. Aber das ist jedenfalls das größte Ding, ganz ohne Zweifel. Jungs, ich glaube, diesmal haben wir sie.«

Im Anschluß an diese Information bat der Inspector den Chief Constable persönlich um die sofortige Genehmigung, die Ermittlung mit höchster Priorität durchführen zu dürfen. Sir Arnold hörte ihn kaum. Er las gerade den Brief eines Anwalts, der ihn davon in Kenntnis setzte, daß seine Frau beabsichtige, die Scheidung einzureichen, und zwar aus Gründen, die das Ende seiner Laufbahn bedeuten würden. Für ihn hatte es höchste Priorität, das Miststück aufzuhalten. Er war einverstanden, woraufhin Inspector Rascombe eine Besprechung des Dezernats für Schwerverbrechen abhielt, um die zweite Phase der Operation Kiddlywink zu umreißen. Wie üblich stellte Sergeant Bruton peinliche Fragen. Er hatte sich genauer über die in Middenhall wohnenden Personen informiert. Alle waren mindestens siebzig.

»In dem Gemäuer wimmelt es von Geriatriepatienten«, sagte er. Inspector Rascombe blieb unbeeindruckt.

»Na und?« entgegnete er. »Genau solche alten Männer stehen auf kleine Kinder. Nur dann kriegen sie einen hoch, die Drecksäcke. Womöglich sind wir nahe dran, den ersten Senioren-Sexskandal aufzudecken.«

»Aber die Hälfte ist verheiratet oder verwitwet. Da oben wohnen drei ledige alte Jungfern«, wandte der Sergeant ein. «Die können unmöglich alle einen auf Kindesmißbrauch machen.«

Der Inspector dachte kurz über diesen Einwand nach und fand eine Antwort.

»Mag sein, aber vielleicht wurden sie bedroht und sind zu verängstigt, um zu reden. Echte Hardcore-Perverse mit sadistischen Neigungen können alten Damen eine Heidenangst einjagen.«

Die Planungen für eine umfassende Überwachung von Middenhall wurden abgeschlossen.

»Laut Wettervorhersage wird es eine wolkenlose Nacht. Wir rücken also gegen ein Uhr vor. Die Zwei-Mann-Überwachungsteams will ich auf dem Anwesen haben, wo sie die Vorgänge auf Video aufnehmen und Abhörvorrichtungen installieren können, die uns die erforderlichen Informationen liefern, wann wir das Objekt am besten angreifen. Eine Einheit wird hier im Wald stationiert, die andere hinter dem Haus. Sie haben Verpflegung für achtundvierzig Stunden, und bis dahin dürften wir den Fall abgeschlossen haben.«

Das war am Freitag.

Am Samstag schlug Miss Midden zu. Um neun Uhr früh verließ sie ihre Pension in Clapham und begab sich zu Richter Benderby Brights Haus in der Brooke Street. Ein Diener öffnete die Tür, ein ehemaliger Londoner Polizist, der auch als Leibwächter fungierte. Richter Brights Leben war schon so oft bedroht worden, daß er sich nur noch auf hoher See sicher fühlte. Selbst ein Sturm von Windstärke zehn war milde, verglichen mit den Reaktionen, die er bei den Verwandten von Personen hervorrief, die er zu den ihm rechtlich möglichen Höchststrafen verdonnert hatte. Er war nicht gerade beliebt. Der Leibwächter musterte Miss Midden mißtrauisch.

»Was wollen Sie?« fragte er.

»Ich will Richter Bright sprechen. Es ist wichtig. Und nein, ich habe keinen Termin.«

»Tja, dann sind Sie zur falschen Zeit gekommen. Richter Bright liegt noch im Bett. Samstags steht er spät auf, aber wenn Sie Name und Adresse hinterlassen ...«

Miss Midden unterbrach ihn.

»Wecken Sie ihn auf und sagen Sie ihm: ›Tante Boskies Aktien.‹ Ich warte hier an der Tür, und er wird mich empfangen«, sagte sie. »›Tante Boskies Aktien.‹«

Sie drehte dem Mann den Rücken zu, und er schloß die Tür. Dann zögerte er. Miss Midden sah zwar nicht aus wie eine Gestörte, aber man konnte nie wissen. Andererseits strahlte sie eine gewisse Autorität und ein beeindruckendes Selbstvertrauen aus. Er ging zum Haustelefon, weckte den Richter, bat vielmals um Verzeihung und wiederholte dann Miss Middens Nachricht, und daß sie den Richter sprechen wolle. Was nun folgte, hatte er kaum erwartet.

»Lassen Sie sie nicht weggehen«, schrie Richter Bright. »Bringen Sie sie auf der Stelle ins Haus. Ich bin sofort unten.«

Der Diener ging zur Tür zurück und öffnete.

»Sie sollen reinkommen«, sagte er, bereit, sie sich zu greifen, falls sie weglaufen wollte.

»Ich weiß«, sagte Miss Midden und ging an ihm vorbei, die Reisetasche in der Hand.

»Das muß ich leider durchsuchen, Ma'am«, sagte er.

»Sie dürfen sie öffnen, reinsehen und von außen fühlen«, teilte ihm Miss Midden mit. »Rausnehmen dürfen Sie nichts.«

Der Mann warf einen Blick hinein und wußte sofort, was sie meinte. So viele Geldscheine hatte er nicht mehr gesehen, seit er versucht hatte, eine Bankfiliale in Putney auszurauben. Er begleitete Miss Midden ins Wohnzimmer, und noch ehe er sich entfernt hatte, traf der in einen Morgenmantel gekleidete Richter Bright ein. Wie gewöhnlich war er schlecht gelaunt und außerdem nicht begeistert davon, mit rätselhaften Nachrichten über Boskies Aktien geweckt zu werden. Es war schon schlimm genug gewesen, daß ihn letzte Nacht eine durchgedrehte Ernestine geweckt hatte, um ihm die Neuigkeit mitzuteilen, Bletchley habe seinen Selbstmordversuch vermasselt und sich lediglich mit einer sehr großen Startpistole den Großteil seiner Zähne weggeschossen.

»Der verdammte Narr muß verrückt sein«, hatte er zu ihr gesagt. »Warum hat er kein Gewehr genommen und es ordentlich gemacht.«

»Das hat er wohl versucht, aber seinen großen Zeh nicht auf den Abzug bekommen. Es ist wirklich gräßlich. Er sieht ganz und gar nicht gut aus. Ich weiß nicht, was ich tun soll.«

»Besorg ihm einen ordentlichen Revolver«, empfahl der Richter. »Ein Fünfundvierziger müßte reichen, sogar bei einem so dicken Schädel wie seinem.«

Jetzt richtete er seinen Blick, eben den furchterregenden Blick, der etliche tausend der übelsten Verbrecher Englands in Angst und Schrecken versetzt hatte, auf Miss Midden. Er hielt sie für eine ganz gewöhnliche Frau. Da irrte er sich.

»Setzen Sie sich doch«, sagte Miss Midden.

»Was?« brach es aus dem Richter heraus. Es war weniger eine Frage als eine Explosion. Vor der Tür fing der Ex-Polizist an zu zittern und überlegte, ob er ins Zimmer stürzen sollte oder nicht. Miss Midden setzte noch einen drauf.

»Ich sagte: ›Setzen Sie sich doch‹«, wiederholte sie. »Und glotzen Sie mich nicht so an. Sie tun sich sonst noch etwas an.«

Der Richter setzte sich. Noch nie in seinem langen und häufig turbulenten Leben war er von einer fremden Frau in seinem eigenen Haus aufgefordert worden, sich zu setzen. Und sie hatte recht, daß er sich etwas antat. Sein Herz vollführte eigenartige Kapriolen. Es raste und schlug unregelmäßig.

»Also«, fuhr sie fort, als er es sich ein bißchen weniger unbequem gemacht hatte. »Ich muß Ihnen eine Frage stellen.«

Sie brach ab. Richter Benderby Bright gab äußerst eigenartige Geräusche von sich. Es klang, als ersticke er. Auch mit seiner Gesichtsfarbe stimmte etwas nicht.

»Ich möchte wissen, ob Sie Ihren Neffen Timothy wiedersehen wollen.«

Der Richter glotzte sie aus weit aufgerissenen Augen an. Ob er diesen widerwärtigen kleinen Scheißer wiedersehen wollte?

Die Frau mußte wahnsinnig sein. Umbringen würde er den Mistkerl. Das tat er bestimmt, sollte ihm dieser verfluchte Schweinehund, der Boskies Aktien gestohlen hatte, je wieder vor die Augen kommen. Ihn wiedersehen?

»Tja, ich merke schon, daß Sie es nicht wollen«, stellte Miss Midden fest. »Das ist so klar wie Kloßbrühe.«

Kloßbrühe war nicht klar, jedenfalls hatte er noch nie klare Kloßbrühe gesehen. Klar war aber, daß an seinen Schläfen die Zornesadern schwollen.

»Wer zum Teufel sind Sie?« brüllte er. »Sie kommen in mein Haus, verbreiten irgendwelchen absurden Blödsinn über die Aktien meiner Schwester und...«

»Ach, benehmen Sie sich doch nicht wie ein Idiot«, schrie Miss Midden zurück. »Werfen Sie lieber einen Blick in die Reisetasche.«

Einen Moment lang, einen schrecklichen und nicht enden wollenden Moment lang überlegte der Richter, ob er sie schlagen sollte. Er hatte noch nie eine Frau geschlagen, aber es gab immer ein erstes Mal, und im Wohnzimmer an einem Samstagmorgen um neun, bevor er auch nur eine einzige Tasse Tee getrunken hatte, kam es ihm wie eine passende Gelegenheit vor. Mit bewundernswerter Beherrschung hielt er sich zurück.

»Na los«, sagte Miss Midden. »Sitzen Sie nicht einfach herum wie ein läufiger Totempfahl. Sperren Sie Ihre Glotzerchen auf.«

Richter Benderby Bright hörte nicht recht. Anders war das nicht zu erklären. In seinem ganzen Leben war noch niemand, wirklich niemand, so gräßlich mit ihm umgesprungen. Aber er tat wie geheißen und spähte wütend in die Tasche. Er spähte sehr lange, dann sah er auf.

»Woher... woher in drei Teufels Namen haben Sie...«,

fing er an, doch schon hatte sich Miss Midden erhoben. Einen Gesichtsausdruck wie den ihren hatte er nicht mehr gesehen, seit seine Mutter ihn dabei ertappt hatte, wie er eines Spätnachmittags in der Speisekammer das Zimmermädchen befummelt hatte. Er hatte ihn damals verunsichert, und er verunsicherte ihn jetzt.

»So reden Sie nicht mit mir. Ich bin nicht irgendein armer Tropf auf der Anklagebank oder ein Anwalt, den Sie beschimpfen können«, sagte sie. »Also, sagt Ihnen der Name Llafranc etwas? Dort haben Sie im Yachthafen einen Liegeplatz für Ihre Yacht, die Lex Britannicus.«

Es war zwar eigentlich keine Frage, doch trotzdem nickte der Richter gehorsam.

»Zu Ihrem großen Glück hat Timothy Sie davor bewahrt, unwissentlich zu einem Rauschgiftkurier zu werden. Sämtliche Einzelheiten finden Sie in diesem Umschlag. Ich habe dafür gesorgt, daß er sie alle aufschreibt. Den Wahrheitsgehalt können Sie überprüfen. Und das Geld in dieser Tasche ist der Betrag, den Ihr Neffe seiner Tante gestohlen hat. Sie werden dafür sorgen, daß sie es zurückbekommt. Und jetzt muß ich gehen.«

Noch ehe der Richter fragen konnte, wer sie war oder was sie mit seinem abscheulichen Neffen zu tun hatte, hatte Miss Midden das Haus verlassen. Zurück ließ sie einen verwirrten alten Mann, der nur noch wußte, da sie ihn in seinem eigenen Wohnzimmer zur Schnecke gemacht hatte. Sie hatte etwas angehabt, das wie ein alter fleckiger Tweedrock aussah. Und einen abgetragenen Anorak. Es war unheimlich.

25

Sir Arnold Gonders ging im Haus am Sweep Place auf und ab und grübelte über sein Schicksal nach. Und daß es Schicksal war, bezweifelte er nicht. Ein Schicksal, das sich leise und in schrecklicher Absicht an ihn herangeschlichen hatte. Irgendeine Bedeutung mußte es haben. Für den Chief Constable hatte alles eine Bedeutung. Notgedrungen wandte er sich an Gott. Er fiel in seinem Arbeitszimmer auf die Knie und betete, wie er noch nie gebetet hatte. Er betete um göttlichen Beistand, um Inspiration, um irgendein Zeichen, das ihm sagte, was er in dieser, der größten Krise seines Lebens tun sollte. Oder, falls Gott dieser Aufforderung nicht nachkam, würde er ihm dann bitte schön verraten, was er getan hatte, daß er dieses schreckliche Schicksal verdiente. Der Chief Constable verglich sich zwar nicht mit dem Pharao, der von Gott mit Heuschreckenplagen, Jahren des Mangels und so weiter gestraft worden war, weil dieser Muselmane ein echter Drecksack gewesen war und alles verdient hatte, was Gott der HERR ihm angetan hatte. Doch gelegentlich mußte er an ihn denken, und dann hoffte und betete er, daß ihm keine jahrelangen Plagen bevorstanden.

Viel intensiver dachte er an Hiob. Und er verglich sich mit Hiob. Schließlich war der ein voll respektierter Bursche gewesen, ohne Zweifel 'ne Stütze der Gesellschaft mit haufenweise Moneten und all so was, und wenn man sich dann anguckte, was Gott ihm auferlegt hatte! Der Chief Constable las nach, welche Mißgeschicke Gott Hiob aufgebürdet hatte, und war entsetzt. Der arme Sack war total erledigt gewesen. Rinder und Eselinnen futsch; die von Saba waren eingefallen und hatten sie genommen, nachdem sie die Knechte mit der Schärfe des

Schwertes geschlagen hatten; drei Rotten Chaldäer hatten die Kamele gestemmt und sogar noch mehr Knechte umgenietet (an dieser Stelle dankte Sir Arnold seinem Schöpfer, daß er nicht bei Hiob angestellt gewesen war, und fragte sich, wie der Mann je wieder Arbeitskräfte gefunden hatte); und dann, als wäre das noch nicht genug, hatten die Söhne und Töchter bei 'ner Art Wirbelsturm ins Gras gebissen. War garantiert 'ne teuflisch große Beerdigung, doch der Chief Constable begriff absolut nicht, warum Hiob sich zu diesem Anlaß den Kopf geschoren hatte. Aber Gott hatte immer noch nicht aufgehört. Es war nur natürlich, daß Hiobs Gesundheit gelitten hatte. Sir Arnolds Ansicht nach war es erstaunlich, daß der Bursche nicht ausgeklinkt war. Statt dessen bekam er so ziemlich überall böse Schwären, »von der Fußsohle an bis auf seinen Scheitel«. Und natürlich hatten sie damals keine Antibiotika. Sir Arnold hatte einmal an seinem Nacken eine Schwäre gehabt und wußte, wie verdammt schmerzhaft so was war. Er mochte nicht mal daran denken, wie die sich an den Fußsohlen anfühlten. Und als ob das noch nicht reichte, suchten ihn seine drei sogenannten Freunde auf, hielten ihn sieben Tage und sieben Nächte lang wach und sagten nicht mal »Kopf hoch« oder sonst was Aufmunterndes. Der Chief Constable hatte erlebt, was aus einem wurde, den man eine Woche lang wach hielt. Sie hatten sich dabei abgewechselt, um den Fiesling mit Fragen zu bombardieren, aber das wiederum hatte dem Schurken Stoff zum Nachdenken gegeben. Sir Arnold würde es bei weitem vorziehen, gelegentlich mal angeschrien zu werden, als daß drei verfluchte Freunde herumsaßen, ihn anglotzten und schwiegen. Davon konnte man glatt einen Dachschaden kriegen. Aber Hiob hatte nichts weiter getan als den Mund aufgemacht und seinen Tag verflucht. Was zum Teufel hatte denn sein Tag damit zu tun?

Der Chief Constable mußte abbrechen. Darüber nachzudenken war zu grauenhaft, und wenn ihn sein Gedächtnis nicht im Stich ließ, war Mrs. Hiob auch nicht gerade eine Hilfe gewesen, die elende Zicke. Meinte, Hiob hätte schlechten Atem oder so was. Kein Wunder. Bei den Unmengen von Schwären hatte er vermutlich am ganzen Körper gestunken. Mit Sicherheit würde keine vernünftige Frau in seine Nähe kommen wollen. Sir Arnold übersprang das meiste und stellte am Ende des Buches Hiob erstaunt und erfreut fest, daß Hiob nach allem, was er durchgemacht hatte, schließlich doch wieder prima auf die Beine gekommen war. Vierzehntausend Schafe, sechstausend Kamele, tausend Joch Rinder und die gleiche Menge Eselinnen. Und seine Frau hatte sich ihm willig hingegeben. Logisch, nach so vielen Monaten ohne Verkehr. Sieben Söhne und sieben Töchter, und die Mädels sahen echt spitze aus. Und zur Krönung des Ganzen lebte Hiob hundertvierzig Jahre – erstaunlich, nach allem, was er durchgemacht hatte. Hatte bestimmt Ginseng genommen oder so was. Alles in allem fand der Chief Constable das Buch Hiob beinahe tröstlich. Als wär man drei Jahre im Knast gewesen und bei der Entlassung um ein paar Millionen reicher. Hauptsache Gott sagte Satan nicht, er solle einem diese Schwären verpassen. Schwären an den Fußsohlen waren überhaupt nicht lustig.

Genausowenig wie das Schreiben aus London, das ihn nach Whitehall zitierte. Es war betont knapp gehalten, traf gleichzeitig mit einem weiteren Brief von Vys Anwälten ein und enthielt eine ausführliche und beeidete Darlegung dieser Schlampe, in der sie behauptete, er habe sie wiederholt vergewaltigt, während der Flitterwochen zum Analverkehr gezwungen und sie zum Sex mit den Frauen seiner Freunde aufgefordert ...

»Verfluchte lügende Kuh«, tobte der Chief Constable und erkannte hinter all dem die Hand der elenden Tante Bea. Sie besorgte es ihm, so wie sie es mit ziemlicher Sicherheit seiner Frau besorgte. Oder so ähnlich. Der Brief schloß mit dem Vorschlag, Sir Arnold solle sein Einverständnis erklären, daß sich seine Frau wegen Ehebruchs von ihm scheiden lasse, und alle ihre anfallenden Kosten bezahlen, um, Zitat, unnötige und höchst negative Publicity zu vermeiden, Zitatende. Sir Arnolds Reaktion darauf war nicht zitierfähig. Die Kosten für die Anwaltskanzlei Lapline & Goodenough erreichten bereits horrende Höhen. Er würde das Alte Bootshaus verkaufen müssen, um die Rechnung zu begleichen. Da erst fiel ihm zu seinem großen Bedauern ein, daß er den Kauf in Vys Namen getätigt hatte, um dem Vorwurf zu entgehen, er profitiere von seiner Freundschaft mit Ralph Pulborough, dem neuen Chef der Wasserwerke Twixt & Tween. Kurz, Sir Arnold war weder in der Position noch in der Gemütsverfassung, um sich mit Polizeiangelegenheiten zu befassen. Er war anderweitig beschäftigt.

Inspector Rascombe beschäftigte sich mit Erfreulicherem. Besonders begeistert hatte ihn, von dem überwachenden Inspector im Wald zu erfahren, daß ein alter Knilch, so nackt wie der Tag lang war, um sieben Uhr dreißig Middenhall verlassen und langsam im Adamskostüm den Rasen überquert hatte, um anschließend in den See zu hechten und auf dem Rücken, wiederhole: auf dem Rücken zu schwimmen, wobei er seinen Schniepel zur Schau stellte, so daß ihn alle Welt sehen konnte, insbesondere dreißig Kinder in den Zelten.

»Seinen was?« hatte der Inspector über sein Mobiltelefon nachgefragt.

»Seinen Unaussprechlichen«, antwortete der Detective Constable. »Seinen Pint, meine Güte. Soeben hat er das Wasser verlassen und trocknet sich ab.«

»Was, vor all den kleinen Kindlein? Dieser Wüstling! Nehmen Sie's auf Film.«

»Haben wir bereits«, sagte der Überwachungsexperte. »Wir haben den Auftritt vollständig auf Band, und ich würde sie nicht gerade kleine Kindlein nennen. Ein paar von denen sind echt mächtige Schränke.«

»Diese Scheißkerle sind keine Kostverächter, die Schweine«, befand der Inspector. »Was macht er jetzt, der alte Lump?«

»Geht splitternackt ins Haus zurück, winkt dabei mit der Hand ... Moment, er wirft Kußhände in Richtung ...«

»Was?« grölte der Inspector so laut, daß ein benachbartes Kaninchen voller Panik durch den Wald davonhoppelte. »Er wirft den Kindlein Kußhände zu? Dafür kriegt er etliche Jahre aufgebrummt.«

»Nicht den ... na ja, wenn Sie sie unbedingt Kindlein nennen wollen, meinetwegen, aber ich habe nicht den Eindruck, daß sie ...«, sagte der Detective.

»Mir egal, was Sie für einen Eindruck haben. Halten Sie die Kamera drauf. Wie er den Kindlein Kußhände zuwirft.«

»Das tu ich ja. Aber er wirft nicht den Kindlein Kußhände zu, sondern jemandem im Haus. Oben an einem Fenster. Augenblick. An den Fenstern ist keine Menschenseele zu sehen. Ich hab keine Ahnung, was er macht.«

»Aber ich, verdammte Axt«, schrie der Inspector. »Und ich weiß auch, was ihm bevorsteht. Ein verflucht langer und unangenehmer Knastaufenthalt, diesem Tier.«

Doch um dreiviertel neun erfüllten sich endlich Inspector Rascombes übelste Hoffnungen, als Phoebe Turnbird in ihrem

Auto eintraf samt dem Dekan von Porterhouse. Er trug einen schwarzen Umhang über seinem Talar und einen Schaufelhut auf dem Kopf. Normalerweise lief er nicht so ausstaffiert herum, aber der verblichene Brigadegeneral Turnbird hatte immer behauptet, der Umhang und vor allem der Schaufelhut seien dazu angetan, den Stadtkindern aus dem East End die Bedeutung religiöser Zeremonien nahezubringen, und zum Gedenken an seinen alten Freund behielt der Dekan diese Sitte bei. Phoebe hingegen hatte das sommerlichste Sommerkleid angezogen, ein leuchtendweißes Etwas, das ihr, wie sie meinte, ein verblüffend jugendliches Aussehen verlieh. Zur Vervollständigung dieses Ensembles hatte sie sich als Krönung einen auffallenden, breitkrempigen, federgeschmückten Hut aufgesetzt und, kurzsichtig wie sie war, ausgesprochen grellen Lippenstift aufgetragen.

»Dort unten schlafen die wunderbaren Studenten unter ihren Zeltbahnen«, hatte sie dem Spiegel in ihrem Zimmer anvertraut, außerdem war es herrlich, einen Mann im Haus zu haben, auch wenn es nur der alte Dekan war. Da sie zu lyrischen Ergüssen neigte, murmelte sie: »Meine Jugend, meine Anmut und mein Reiz, sie dulden heute keinen Geiz. Es ist solch ein schöner Tag, daß ich mich nicht verstecken mag.«

Den Eindruck hatte auch die Überwachungseinheit, allerdings hätte sie das mit der Jugend und der Anmut nicht unterschrieben. Und von Reiz konnte schon gar keine Rede sein. Selbst aus dem Sattel und auf einen Kilometer Entfernung bot Phoebe Turnbird einen so irritierend reizlosen Anblick, daß sie zahlreichen Füchsen das Leben gerettet hätte, deren Panik ihnen auf ihrer verzweifelten Flucht vor dem Tod magische Kräfte verliehen hätte.

»Meine Fresse, das muß die größte Fummeltrine aller Zeiten

sein«, murmelte der Detective, während er den Dekan und Phoebe dabei filmte, wie sie sich zum Landesteg begaben und in das kleine Ruderboot stiegen. Phoebe ruderte mit einer Energie, die so gar nicht zu ihrem Outfit passen wollte. Der Dekan saß nervös im Heck und guckte finster. Er hatte ein großes Messingkreuz und die Familienbibel von Brigadegeneral Turnbird dabei, beide Teil der Tradition, die zu dem Aufenthalt der Mission gehörte.

»Was haben Sie gesagt?« erkundigte sich Inspector Rascombe in der Funkzentrale. Der überwachende Polizist hatte Schwierigkeiten, seine Eindrücke in Worte zu fassen. Er hatte nie viel für Rascombe übrig gehabt, aber diesmal hatte der miese Hund den Nagel auf den Kopf getroffen.

»Ich glaube, die wollen hier eine vermaledeite schwarze Messe abhalten«, sagte er. »Gerade wird eine Art Priester mit einem verdammt großen Kreuz und einem saumäßig riesigen alten Buch von Mister Universum in einem weißen Kleid über den See gerudert. Der Typ hat Arme wie ein Freistilringer. So was haben Sie noch nie gesehen. Ich jedenfalls nicht.«

»Und Sie haben auch wirklich alles auf Film?«

»Ich geb mir Mühe. Sie sind immer noch ein Stück weit weg. Sind in 'nem alten Daimler vorgefahren. Könnte das eine Spur sein? Sieht aus wie ein beschissener Leichenwagen.«

»Großer Gott«, sagte der Inspector, über die sich abzeichnenden Ereignisse gleichermaßen entsetzt wie erfreut. »Und das ist er wahrscheinlich auch. Sie wollen mit einem der Kindlein ein Menschenopfer vornehmen. Lassen Sie sie nicht entwischen.«

»Entwischen? Sie machen wohl Witze. Diese Fummeltunte könnte einem nicht mal in stockfinsterer Nacht entwischen. Nicht mit diesem weißen Kleid und dem Hut.«

»So hab ich das nicht gemeint. Ich meinte: Filmen Sie weiter, und daß man Sie um Himmels willen nicht sieht. Das wird zur Hauptsendezeit über sämtliche Kanäle ausgestrahlt. Dafür mobilisiere ich die Weltverbesserer von der Kinder- und Jugendfürsorge, Sonntag hin oder her.«

»Besser wär's, wenn Sie das Bewaffnete Schnelle Einsatzkommando anfordern, und zwar fix«, empfahl der Detective. »Sie verlassen gerade das Boot, und ein paar von den anderen Kerlen haben vor den Zelten so 'ne Art Altar aufgebaut. Allmächtiger, das ist ja grauenhaft. Ich habe selber Kinder.«

Einen Moment lang zögerte der Inspector. Er wollte nicht dafür verantwortlich sein, daß auf diesem Altar ein nacktes Kindlein gemeuchelt wurde.

»Hören Sie«, sagte er, »sobald das arme kleine Kerlchen nackt und bloß da oben liegt und dieser Priesterlump seinen Spruch aufgesagt hat, gehen Sie rüber und schlagen zu. Haben Sie mich verstanden?«

»Ich habe verstanden«, sagte der Detective. »Ich habe verstanden. Aber wenn Sie glauben, daß ich ein Handgemenge mit diesem Monster im Kleid lebendig überstehe, dann wissen Sie nicht, was ich hier vor Augen habe.«

Es folgten eine Pause und ein gedämpfter Ausruf des Erstaunens. Inspector Rascombe war zu beschäftigt, um diesen Laut zu hören. Er war mittlerweile vollauf damit beschäftigt, einen Zug kampferprobter Kindesmißbrauch- und Traumatisierungsexpertinnen über das Polizeipräsidium in Twixt anzufordern, scheiterte aber, weil es, wie man ihm mitteilte, Sonntag sei, und die Belastung, die dadurch zustande komme, daß man die ganze Woche über von erzürnten und unschuldigen Eltern als Arschlöcher beschimpft und von den Kollegen Sozialarbeitern als »Kits« verspottet werde, fordere am Wochenende seinen Tribut, und sie lägen gerne ein wenig länger...

»Ich weiß, was sie gerne haben, und daß sie lügen, ist mir auch klar. Ich habe sie vor Gericht erlebt, also verschonen Sie mich mit dem Geschwätz. Dies ist ein Befehl höchster Priorität. Sagen Sie der Abteilung Soziale Notfälle... und sie sollen sich verflucht noch mal aus dem Bett schälen... daß wir hier oben eine schwarze Teufelsmesse haben und der Priester genau in diesem Moment mit der ›Kommunion‹ beginnt... Ja, ich weiß, daß das Kreuz umgedreht werden muß. Erzählen Sie mir nichts vom Pferd, verdammte Axt! Ich mach mir um das Kindlein Sorgen, das nackt auf dem Altar liegt. Nein, sie werden's dem Kleinen nicht von hinten besorgen, jedenfalls noch nicht. Zuerst schlitzen sie dem armen kleinen Kerlchen die Kehle auf, um dann sein Blut aus dem Kelch trinken. Kriegen Sie das in Ihren begriffsstutzigen Kopf. Ende und aus.«

Inspector Rascombe widmete sich wieder dem Überwachungsteam. Die Ausrufe des Erstaunens hatten aufgehört.

»Was jetzt?« wollte er wissen. »Liegt das Kindchen schon nackt auf dem Altar?«

»Kindchen? Nein, soweit ich sehen kann, nicht. Sie warten auf eine Frau, die gerade um den See joggt, und mein lieber Mann, das Warten lohnt sich! Also echt, die Alte ist der echte Wahnsinn. Ein richtiger Knaller in 'nem silbrigen einteiligen Trikot. Hat Möpse wie...«

Der Inspector wollte nicht wissen, wie ihre Möpse aussahen. Von ihm aus konnte sie Dolly Parton mit Knöpfen dran sein. Mit dieser Einschätzung kam er der Wahrheit ziemlich nahe. Consuelo McKoy, geborene Midden, konnte man beim besten Willen nicht den »echten Wahnsinn« nennen. Sie hatte ihre Jahre – und davon hatte sie eine ganze Menge auf dem Buckel –

und gewaltige Geldbeträge ihres Mannes benutzt, um den Reichtum der besten Schönheitschirurgen zwischen Santa Barbara und L. A. zu mehren. Auf mehrere hundert Meter Entfernung sah sie unbezahlbar aus, und um diese Illusion zu erzielen, hatte sie weit über eine Million Dollar berappt. Sie hatte die phantastisch biegsame Figur einer Achtzehnjährigen, was – wenn man bedachte, daß sie auf die Dreiundachtzig zuging – keine Kleinigkeit war, schon gar nicht für den Geldbeutel des verstorbenen Mr. McKoy. Was Fettabsaugung an ihren Oberschenkeln und Silikonimplantate in ihren Brüsten nicht zuwege brachten – ihre neuesten Brustwarzen waren außerordentlich gelungen –, schaffte das silbrige Trikot. Es bändigte sie und bewahrte die Illusion, daß ihr Nabel dort war, wo er sich früher befunden hatte, statt eigenartigerweise in ihrem Dekolleté. Selbst in Santa Barbara war sie etwas Besonderes gewesen. Auf Middenhall war sie etwas noch Besondereres, nämlich eine Erscheinung von so überirdischer Schönheit, daß dem überwachenden Detective auf zweihundert Meter Entfernung und im morgendlichen Sonnenschein bei ihrem Anblick der Atem stockte. Er ließ die Kamera laufen. Diese Vorgehensweise sollte er noch bedauern. Erst als sie den See umrundet hatte und er auf ihr Gesicht zoomen konnte, wurde ihm allmählich klar, daß da etwas oberfaul war. Irgendwie paßte es nicht zu ihrem Körper. Genaugenommen paßte es überhaupt nicht. Selbst den besten Schönheitschirurgen war es nicht gelungen, das Rad der Zeit und der ehelichen Verbitterung zurückzudrehen. Nicht daß Consuelo McKoy je ein hübsches Gesicht gehabt hätte. Schon mit achtzehn hatte ihr Gemüt, das sich nie weit von der Registrierkasse im väterlichen Laden entfernte, bösartig und habgierig ausgesehen, was Stabsunteroffizier McKoy eigentlich hätte warnen müssen. Doch da er ein unglaublich naiver und begeisterungsfähiger Mensch war, der leidenschaftlich an allem Englischen hing, vergaß er, ihr genau in die Augen zu sehen. Statt dessen betrachtete er sie lieber als Fenster der Seele, was sie bis zu einem gewissen Grad auch waren. Im Fall Consuelos wären sie es gewesen, wenn sie eine Seele gehabt hätte, die Fenster brauchte. Dem war nicht so. Sie hatte ungefähr soviel Seele wie ein Skorpion, der sich durch das Eindringen eines nackten Fußes in einen leeren Wüstenstiefel gestört fühlt. Als Detective Constable Larkin auf diese straffe, sonnengegerbte Ledermaske zoomte, waren diese Augen für ihn der Beweis, daß die Hölle existierte, und daß der alte Widerling mit dem unheimlichen Hut nun jeden Moment auf dem improvisierten Altar etwas wirklich Teuflisches anrichten würde. Seine Nackenhaare fühlten sich auf einmal so kalt wie Eiszapfen an. Als der Dekan aus der Turnbirdschen Familienbibel vorzulesen begann, brabbelte der Constable in sein Handy.

»Ach du Scheiße, beeilen Sie sich«, blökte er. »Sie haben angefangen. Ich will da nicht hinsehen. O Gott.«

Aber Rascombe und das Schnelle Einsatzkommando näherten sich Middenhall bereits von mehreren Seiten. Ihre Pkw und Mannschaftswagen rasten über die schmalen Straßen, töteten vor Charlie Harrisons Bauernhof einen Schäferhund und zwei Katzen und brausten ohne anzuhalten weiter. Das war auch gut so.

Genau in diesem Augenblick schlich »Buffalo« Midden, der sechzig Jahre lang Herden von Elefanten, Nashörnern, Löwen, Gnus und, natürlich, Büffeln kreuz und quer durch ganz Afrika dezimiert hatte und für sich in Anspruch nahm, mehr Tiere aufgespürt zu haben als irgendein anderer Großwildjäger nördlich des Sambesi, mit tödlicher Präzision und einem nicht registrierten Lee-Enfield-Gewehr vom Kaliber .303 über die bleiernen Dachplatten von Middenhall. Von seinem Schlafzimmerfenster aus hatte er gesehen, wie sich im Gestrüpp hinter dem Küchengarten die Einheit B voranrobbte und in einer kleinen Wellblechhüte Stellung bezog, die früher als Abort für den Gärtnergehilfen gedient hatte. Leider konnte er nicht erkennen, womit sie bewaffnet waren, wenn überhaupt, aber Männer in Tarnanzügen, die durch das Gras robbten und dann ins Außenklo eilten, führten garantiert irgend etwas Gemeines und Mörderisches im Schilde. »Buffalo« Midden hatte am Abend zuvor einen Artikel über die IRA und sonstige Terroristen gelesen, der ihm kalte Schauer über den Rücken gejagt hatte. Die Rote Gefahr des Bolschewismus mochte zwar ausgeräumt sein – was er allerdings bezweifelte, sie lag einfach da und wartete auf die zivilisierte Welt wie ein angeschossener Büffel unter einem einsamen Dornbusch, wo man ihn am wenigsten erwartete –, doch in seiner Phantasie gab es immer noch eine Weltverschwörung, die aus Zionisten und den mit ihnen verbündeten Ayatollahs, aus Iren, natürlich Schwarzen und sämtlichen anderen Dämonen bestand. Und jetzt, an diesem herrlichen Sommermorgen, setzte sie ihre mörderischen Fähigkeiten gegen Middenhall ein. Warum, wußte »Buffalo« Midden auch schon. Middenhall war ideal gelegen; isoliert, von der Welt abgeschnitten und ausgestattet mit Militärbaracken und Bunkern, erfüllte es alle Bedingungen für einen Terroristenstützpunkt.

Allein lag er im Schatten eines riesigen Schornsteins auf dem Dach des gräßlichen Hauses und zielte betont sorgfältig auf den Abort und die gemeinen Schweinehunde darin. Mit der ganzen Erfahrung eines alten Hasen schob er vorsichtig den Abzug zurück, und zwar einen Stecher, den er nach seinen eigenen Vorstellungen selbst justiert hatte und mit dem er bestens vertraut war. Genau wie, einen Sekundenbruchteil später, die beiden Polizisten in dem Abort aus Wellblech. Natürlich wußten sie nicht, wie ihnen geschah, aber sie konnten sich recht gut vorstellen, was geschehen würde, wenn sie blieben, wo sie waren. Sie würden sterben. Das wollten sie nicht. Kaum hatte das Geschoß die Aborttür durchschlagen und war aus der Rückwand wieder entwichen, als sie auch schon im Freien waren und wie der Teufel in Deckung rannten. »Buffalo« Midden feuerte wieder. Und wieder. Und wieder. Er hatte seinen Spaß. Die Polizisten nicht. Platt auf den Boden hinter einem Schweinestall aus Beton gedrückt, der zum Glück für das Schwein leerstand, hörten sie zu, wie die Querschläger durch das Stallinnere irrten, und funkten hektisch um Hilfe. Einer der beiden war in die Schulter getroffen worden, der andere hatte einen Beindurchschuß. Die Sehkraft des fünfundachtzigjährigen »Buffalo« Midden war zwar nicht mehr die alte, aber immer noch so gut, daß er auf knapp hundertfünfzig Meter Entfernung einen Schweinestall traf, und das alte Lee-Enfield, von dem er immer behauptet hatte, mehr brauche er nicht, um einen angreifenden Elefantenbullen so zu fällen, daß er zu seinen Füßen niedersank, feuerte eine Kugel ab, deren Durchschlagskraft ausreichte, um das Leben hinter dem Schweinekoben ausgesprochen unangenehm zu gestalten.

Auf der anderen Seite des Sees weckten die Schüsse eine gewisse Befürchtung. Das Gewehr war nicht mit einem Schalldämpfer ausgestattet. »Buffalo« prahlte gern, wenn er schoß, würde das Tier, auf das er schoß, diesseits der Ewigkeit sowieso nichts mehr hören, außerdem scheuche der Schuß die Herde seiner potentiellen Opfer so auf, daß sein nächstes Ziel mit einem Affenzahn davonrase, und so mache die Jagd ohnehin am meisten Spaß. Als das Gewehrfeuer verstummte (»Buffalo« begab sich zu einer Stellung, von der aus er den hinter dem Stall kauernden Schweinehund besser treffen konnte), wandten sich der Dekan und seine seltsame Gemeinde um und blickten Richtung Middenhall. Detective Constable Larkin tat es ihnen nach. Er war Schußwaffenexperte und erkannte ein großkalibriges Gewehr am Lärm. Einen Augenblick lang glaubte er, dieser Kretin Rascombe hätte das gesamte Schnelle Einsatzkommando gegen das Haus eingesetzt, wo es gar nicht gebraucht wurde. Gebraucht wurde es auf dieser Seite des Sees, wo die schwarze Messe stattfand. Gerade überlegte er, was zu tun sei, als das Gewehrfeuer erneut aufflammte, diesmal von Schreien begleitet. »Buffalo« hatte wieder sein Ziel gefunden, und diesmal war er zufrieden. Solche Schreie hatte er schon sehr oft gehört, und sie bedeuteten Tod, einen schrecklichen und qualvollen Tod. Triumphierend stand er auf und eilte vom Dach. In seinem Zimmer hatte er einen Union Jack, und den wollte er an dem Fahnenmast hissen, den »Black« Midden errichtet hatte, um die Krönung von Georg V. zu feiern.

26

Wenn sie auf die Ereignisse dieses Sonntags zurückblickte, pflegte Miss Midden gewöhnlich zu sagen, daß das Schnelle Einsatzkommando oder wie auch immer diese Clowns hießen, gerade rechtzeitig eingetroffen sei. Rechtzeitig wofür, war nicht ganz klar, so wie es allen, die an dem teilgenommen hatten, woran sie teilgenommen hatten, nicht klar war, woran sie eigentlich teilgenommen hatten. Nicht einmal Detective

Constable Larkin wußte das, und der hatte so ziemlich alles miterlebt, was sich offenbar seit der Morgendämmerung ereignet hatte (er sah zwar nicht, was auf der anderen Seite des unheimlichen Hauses passierte oder passiert war, konnte es sich aber lebhaft vorstellen. Den Scheißleichenwagen würde man noch gut brauchen können), doch als die gerichtlichen Untersuchungen – und zwar mehrere – stattfanden, konnte er unter Eid bei dem überaus gründlichen und äußerst unangenehmen Kreuzverhör seine Hand nicht aufs Herz legen und schwören, daß seine Beobachtungen einigermaßen präzise waren. Er mußte zugeben, daß er mit einer Videokamera und einem Handy (vor Gericht nannte man es ein Walkie-talkie, und die von ihm aufgenommenen Videos wurden immer und immer wieder gezeigt) unter einem Laubhaufen gelegen hatte, doch obwohl er ein ausgebildeter, intelligenter und wachsamer Polizeibeamter war, klang seine Aussage ziemlich konfus. Jedenfalls hatte sie für ihn keinen Sinn ergeben, sie ergab keinen Sinn, und sie würde auch nie einen Sinn ergeben. Er wußte nur, daß ein alter Knabe im Adamskostüm draußen ein paar Runden geschwommen war und... Woher zum Teufel hätte er wissen sollen, daß dieses Wesen unter dem Hut und in dem Kleid eine Frau war? (Zum Glück war Phoebe Turnbird gerade zu diesem Zeitpunkt nicht im Gerichtssaal, sondern anderweitig beschäftigt.) Und wenn kleine dicke Geistliche durch die Gegend watschelten, die Umhänge trugen und merkwürdige platte Schaufelhüte aufhatten – ein Begriff, den er damals noch gar nicht kannte –, in den Händen absurd große, in Leder gebundene Bibeln und saumäßig gigantische Messingkreuze, wenn sie in Boote stiegen und über Seen gerudert wurden, zu einem Haufen Kinder, die, wie ihm ein Vorgesetzter offiziell mitgeteilt hatte, in Bälde mißbraucht und gequält werden sollten, weshalb er sich ja überhaupt an diesem Ort aufhielt, woher zum Teufel sollte er dann wissen, daß es ein echter Geistlicher und der Dekan des Porterhouse-College in Cambridge war, eine altehrwürdige Bildungseinrichtung etc. pp.? Die Frage, ob er psychotherapeutisch beraten werden wolle oder schon beraten worden sei, verneinte er. Die einzige Therapie, die er brauche, sei die, möglichst schnell aus dem Polizeidienst der Grafschaft Twixt und Tween raus- und in einen anderen Job reinzukommen, wo man nicht von ihm erwarte, Situationen einzuschätzen, aus denen er damals nicht schlau geworden sei und auch heute noch nicht schlau werde, vorausgesetzt, man könne aus eben dieser Situation überhaupt schlau werden. Die Aussage des Detectives war ebenso konfus wie zutreffend und unendlich viel scharfsichtiger als die von Inspector Rascombe, der diese furchtbare Katastrophe nur verschlimmert hatte und für ihr Resultat verantwortlich war.

Als Inspector Rascombe übrigens an jenem Morgen an der Spitze der Kolonne Bewaffneter Schneller Einsatzkommandos (BESES) in Richtung Middenhall hetzte, war er nicht ganz er selbst. Schlaflose Nächte in der Funkzentrale, das laute Gewehrfeuer vor ihm und die Dringlichkeit seiner Mission, die kleinen Kindlein davor zu bewahren, daß ihnen eine Königin der Nacht im Fummel oder was auch immer das war auf einem Altar die Hälse durchschnitt, hatten vor des Inspectors innerem Auge eine neue Vision seiner selbst entstehen lassen. Er sah sich nicht als einfachen Polizei-Inspector des Dezernats für Schwerverbrechen, sondern – und das mochte etwas mit dem Buch von Alan Clark über den Krieg in Rußland zu tun haben, das er gerade las (es hieß »Barbarossa«) – als Standartenführer Sigismund Rascombe von der Sturmtruppe der Waffen-SS, die vom Oberkommando der Wehrmacht den Befehl erhalten hatte, Middenhall zu erstürmen oder bei dem Versuch zu sterben. Inspector Rascombe fehlten die nötige Intelligenz oder die Fähigkeiten, etwas anderes als eine größere Katastrophe zu organisieren. Und er hatte nicht nur überhaupt keinen Schimmer, in was er seine Männer hineinführte, sondern wußte auch kaum, wo Middenhall lag. Das Haus hatte er nie gesehen, es war nichts weiter als eine Markierung auf der Generalstabskarte in seinem geliehenen Lieferwagen der British Telecom (dabei kombinierte er den Standartenführer mit General Montgomery, der von einer Art Wohnwagen aus operiert hatte), und seine Überwachungseinheiten hatten sich nicht die Mühe gemacht, es ihm zu beschreiben. Ohnehin war es ein unbeschreibliches Gebäude. (Sogar Sir John Betjeman hatte auf diesen beängstigenden Versuch verzichtet und sich zwei Tage lang in sein Hotelzimmer nach Stagstead zurückgezogen, nachdem er es zehn Minuten lang vom anderen Ende der Auffahrt aus betrachtet hatte.) Als der Inspector schließlich das riesige Gebäude sah, war es nicht das, was er erwartet hatte.

Die mit Gewehren bewaffnet aus ihren Fahrzeugen springenden Mitglieder des Schnellen Einsatzkommandos waren auch nicht das, was »Buffalo« Midden erwartet hatte. Als sie eintrafen, hatte er soeben seinen Union Jack bis an die Spitze des Fahnenmastes gezogen, und er kam zu dem schlimmstmöglichen Schluß. Er dachte, er habe einen Angriff der Moslemisch-zionistisch-schwarzen-IRA-Terroristen zurückgeschlagen, sei aber zu optimistisch gewesen. Die Lumpen waren mit Verstärkung zurückgekehrt. »Buffalo« zog sich hastig vom Dach zurück und eilte auf sein Zimmer, wo er sein Gewehr, einen Revolver und frische Munition für seine Lee-Enfield holte. Um dann die Mistkerle unten abzulenken und hinsichtlich seiner endgültigen Schußposition zu täuschen, jagte er durch die Vorderreifen sämtlicher Einsatzfahrzeuge Kugeln, durchlöcherte den Kühler des vordersten Wagens und zog sich dann in das zweite Stockwerk zurück, von wo aus er Vorder- wie Rückseite vonMiddenhall kontrollieren konnte, wenn er von einem zum andren der an den vier Ecken des Hauses stehenden, bequemerweise mit Schießscharten versehenen Türmchen hastete.

Niemand, der noch ganz bei Trost war, nicht einmal »Black« Midden in seiner größenwahnsinnigsten Phase, hatte je vermutet, daß diese Scharten irgendeinem militärischen Zweck dienten. »Buffalo« Midden wußte es besser. Seiner verqueren Ansicht nach waren sie bestens geeignet, um den Feind abzuknallen. Als die Scharfschützen des Schnellen Einsatzkommandos in Deckung liefen, traf er drei von ihnen, jeden in einem anderen Teil des Gartens und in einen anderen Teil der Anatomie, um sich dann dem Entsatztrupp zu widmen, der versuchte, den überlebenden und stöhnenden Überwachungsmann zu erreichen, der noch hinter dem Schweinestall lag.

Als »Buffalo« Midden fertig war, lagen drei verwundete Polizisten hinter dem Stall, und acht weitere hatte er hinter dem Steingarten festgenagelt. Es war Zeit, die Taktik zu ändern. Er eilte die Wendeltreppe hinunter ins Erdgeschoß, um sich jedes Terroristen anzunehmen, der in die Küche eindringen sollte. Das erwies sich als überflüssig. Die Köchin und das gesamte Hauspersonal hatten sich bereits in den Keller geflüchtet, und die anderen Gäste – außer Consuelo – liefen durch die Korridore und den Hausflur und fragten einander, was denn los sei. »Buffalo« Midden machte die Verwirrung komplett, als er schrie, sie würden von IRA-Terroristen angegriffen und müßten einen Kampf auf Leben und Tod führen. Mrs. Devizes war bereits tot, obwohl vor Gericht darüber gestritten wurde, ob sie gekämpft oder lediglich einen kurzsichtigen Blick aus dem Fenster geworfen hatte, als sie von einem Scharfschützen der Polizei erschossen wurde. Der Scharfschütze konnte nicht mehr als Zeuge aussagen. Sein Triumph war nicht von langer Dauer gewesen. Der von seiner Stellung hinter dem Bibliothekssofa aus feuernde »Buffalo« hatte ihn durch das offene Fenster erledigt und war anschließend in das Frühstückszimmer gehastet, um einer anderen Gestalt im schwarzen Overall das Lebenslicht auszublasen, die sich gerade zur Hintertür schlich.

Während sich die Zahl der Leichen häufte – Mr. Joseph Midden, der Gynäkologe im Ruhestand, war bei dem Versuch getötet worden, von einem verwundeten Polizisten zu erfahren, warum er da in der Auffahrt lag; daß ihn seine Frau nur daran hindern wollte, aus dem Fenster zu fallen, war aller Wahrscheinlichkeit nach fehlinterpretiert worden –, lösten sich Inspector Rascombes militärische Hirngespinste in Luft auf. Genau wie ein Großteil des Schnellen Einsatzkommandos. Die Überlebenden von »Buffalos« mörderischem Beschuß hatten sich in etliche abgelegene Bereiche des Gartens geflüchtet, wo sie darauf warteten, die Dreckskerle in diesem verdammten Haus zu erledigen, und der hinter dem vordersten Fahrzeug kauernde Inspector war nicht in der Lage, die nächste Phase der Operation Kiddlywink zu koordinieren, weil sein Walkietalkie im Freien lag und er vernünftig genug war, es nicht holen zu wollen. Schließlich war es Constable Larkin auf der anderen Seeseite, der um Hilfe rief.

»Hier findet gerade ein unglaubliches Massaker statt«, brüllte er in sein Funkgerät. »Die Jungs fallen um wie die Fliegen. Scheiße verdammte, tut doch was.«

Daß er so laut schrie, war ein Fehler. Der Dekan hatte gerade beschlossen, es sei klüger, die Missionskinder und Miss Turnbird in Sicherheit zu bringen – ihm war scheißegal, was mit dieser gräßlichen Frau in dem Trikot geschah, so sie denn eine war –, als Phoebe Detective Constable Larkins Hilferuf hörte und ihre eigenen Schlüsse über Männer in Tarnanzügen zog, die unter Laubhaufen herumlagen. Ihre Schlüsse waren ebenso falsch wie die seinen, was ihr Geschlecht betraf (ein Geschlecht, das übrigens ohne das dazugehörige Geschlechtsleben auskommen mußte), doch unter den gegebenen Umständen verständlich. Als tapfere Frau, die sie nun einmal war, die in ihrem ganzen Leben auf der Jagd nie dem von ihr gerittenen Pferd erlaubt hatte, vor einem Zaun oder einer Feldsteinmauer mit einem Graben auf der anderen Seite zu verweigern (das eine oder andere hatte es versucht, war aber eines besseren belehrt worden), richtete Phoebe Turnbird ihre gesamte nicht erwiderte Leidenschaft für Männer auf Detective Constable Larkin. Aufgrund sexueller Frustration steigerte sich ihre Raserei nur noch. Es war ein ungleicher Kampf. Ein unter einem Laubhaufen liegender Polizist, der gerade an einem völlig natürlichen Anfall von Homophobie leidet, hat keine guten Karten, wenn er von einer kräftigen Frau angegriffen wird, die einer Sippe entstammt, deren Stammbaum bis in die Zeit der Sachsen zurückreicht. Ein Turnbird hatte zusammen mit Harold in der Schlacht von Hastings gefochten, und derselbe Geist ihrer Ahnen beseelte jetzt Phoebe. Sie würde sterben, um ihren Mann zu kriegen. Tatsächlich kam Detective Constable Larkin dem Tod verdammt nahe. Es ist nicht gerade angenehm, von einer fünfundneunzig Kilogramm schweren Fünfunddreißigjährigen gegen den Kopf getreten zu werden, die mit Spiegeln redet und Gedichte verfaßt, bevor sie loszieht, um

Füchsen und anderem Ungeziefer das Leben zur Hölle zu machen. Phoebe Turnbird zweifelte nicht im mindesten daran, daß es sich bei dem Ding unter dem Laub um Ungeziefer handelte, und wenn es eines Beweises bedurft hätte, wie ungezieferhaft es war, so lieferte sein mangelnder Widerstand diesen Beweis. Daß es pausenlos jammerte, es wolle lieber nicht in den Arsch gefickt werden bitte, es wolle kein Aids kriegen, steigerte weder ihren Respekt für noch ihre Zuneigung zu diesem Geschöpf. Um diesem Schwall schmutziger Worte ein Ende zu bereiten, kniete sich Phoebe Turnbird auf den Constable und preßte sein geschwärztes Gesicht in die matschige Erde. Die Kindlein um sie herum feuerten Phoebe an, und eins der älteren wurde von Consuelo McKoy ins Unterholz geführt, wo sie ihm etwas zeigte, das er noch nie zuvor gesehen hatte.

Doch eine neue und erschreckendere Entwicklung bahnte sich in der Auffahrt nach Middenhall an. Die auf Kindesmißbrauch spezialisierten Familientherapeutinnen trafen in erstaunlichen Mengen ein. Sie stammten aus ganz Großbritannien und kamen gerade aus Tween, wo sie an einer dem Schließmuskel gewidmeten Konferenz teilgenommen hatten: Der Schließmuskel und seine diagnostische Rolle bei der Untersuchung von interfamilialem sexuellen Mißbrauch. Da kamen Teufelskultexpertinnen aus Schottland, Spezialistinnen für Analverkehr aus Südwales, Fachfrauen für oralen Sex bei Kleinkindern, Beraterinnen in Sachen gegenseitiger Masturbation bei Heranwachsenden, eine Reihe Expertinnen in Fragen der Klitorisstimulation, vier Chirurginnen (Spezialgebiet Vasektomie) und schließlich fünfzehn Nutten, die der Konferenz gern berichtet hätten, was Männer wirklich wollten. Wenn man sie so sah, wollten Männer alles, aber wirklich alles, was zwei Beine, einen kurzen Rock und einen Mund voller schlechter Zähne hatte. Und was darüber jammerte, wie wenig es gesellschaftlich anerkannt sei. »Benachteiligt« lautete das Schlüsselwort der Konferenz. Schließmuskel waren benachteiligt, Arschficker waren benachteiligt... es hatte eine längere Debatte über die Frage gegeben, wer am benachteiligtsten sei, und alles in allem bekamen die Arschficker die meisten Stimmen, was hauptsächlich daran lag, daß sie – so die Erfahrung der Delegierten – für Frauen unter fünfundsechzig keine Bedrohung darstellten (in ihrem Fall: dargestellt hatten). Consuelo McKoy hätte ihnen etwas anderes berichten können. Was sie am Rande des Grundstücks im dichten Unterholz bekam, war nicht das, was sie erwartet hatte oder genoß. Das Kindlein aus London, Isle of Dogs, mochte zwar nicht mit absoluter Sicherheit zwischen einer Vagina und einem Schließmuskel unterscheiden können, obwohl Zweifel daran angebracht waren, doch was er in Consuelos Fall bevorzugte, wußte er genau. Ihre aufgrund der Entfernung und ihres Unvermögens, den Mund weit zu öffnen, wenn sie sich nicht selbst skalpieren wollte, gedämpften Schreie verhallten ungehört.

Doch auch wenn die Familientherapeutinnen für mißbrauchte Kinder sie gehört hätten, wären sie nicht eingeschritten. Omamißbrauch fiel in eine andere Abteilung. Auf der Suche nach den Kindern, die sie beraten sollten, irrten sie ziellos umher, die Gesichter von Verzweiflung und Mitgefühl gezeichnet. Oder besser gesagt: vor Verzweiflung und Mitgefühl erstarrt. Sie waren beunruhigt. Sie hatten sich eingefunden, um sich mit Elend und Hilflosigkeit zu befassen und in noch größerem Maß ihr eigenes Elend und ihre eigene Hilflosigkeit zur Schau zu stellen. Ihre Spezialitäten hießen Grausamkeit und Sadismus, und die ließen ihnen keine Ruhe. Von

Schuldgefühlen wegen Massakern und Dürren in weit entfernten Ländern duchdrungen, beruhigten sie ihr unnützes Gewissen, indem sie unnütze Dinge taten. Und die Gesellschaft für alles verantwortlich machten. Oder Gott. Oder Männer und Eltern, die ihre Kinder liebten und dazu erzogen, höflich und zuvorkommend zu sein und in der Schule mitzuarbeiten. In erster Linie gaben sie dem Sex die Schuld, dabei schwärmten sie unaufhörlich von ihren eigenen Neigungen.

Als sie nun von der Pflicht aus ihren Betten, ihren gemeinsamen Betten im teuersten Konferenzhotel von Tween gerufen worden waren, hatte kaum eine von ihnen Zeit gefunden, sich zu waschen. Nicht daß sie sich gewaschen hätten, wenn sie alle Zeit der Welt dazu gehabt hätten. Sie mochten ihre Körpergerüche. Dieser Fischgeruch erinnerte sie an ihre Berufung, und sie genossen ihre Ablehnung von Hygiene. Der Hexenzirkel aus Aberdeen stank besonders widerlich, und einige der Expertinnen für oralen Sex hatten noch Schamhaare am Kinn. Als ihre Autos eins nach dem anderen die Auffahrt hinunterdrängten und das Tor am Pförtnerhäuschen verstellten, besprachen die Frauen, was zu tun sei. Sie hielten eine Konferenz ab, und die eine oder andere entschlossenere Natur suchte sogar nach Kindern, die sie beraten und denen sie ihre Fürsorge und ihr Mitgefühl angedeihen lassen konnte. Da waren keine zu sehen. In weiser Voraussicht hatten der Dekan und seine Studenten sie an Miss Turnbird vorbei tief in den Wald hineingeführt und sie gezwungen, sich hinter der Gartenmauer zu verstecken und der Gefahr so aus dem Weg zu gehen. Nur einige Prostituierte machten sich nützlich, von denen eine einem sterbenden Scharfschützen seltsame Sterbesakramente verabreichte. Der Scharfschütze war noch nie angeschossen worden, und er hatte noch nie auf Fellatio gestanden. Doch das wußte die Hure nicht. Sie ging ihrem Gewerbe nach. Ebenso die Geschöpfe unter den Kastanienbäumen. Sie hatten die Atmosphäre einer erfolglosen Sterbeklinik nach Middenhall gebracht. Einen besseren Ort hätten sie sich dafür nicht aussuchen können.

27

Für Miss Midden war es nicht unbedingt eine Überraschung, als von Middenhall her Gewehrschüsse erschollen. Der alte »Buffalo« hatte schon oft geprahlt, er werde den Knaben aus den Slums schon noch beibringen, wie man flüchtende Nashörner oder dergleichen aufspürte und aus tausend Metern Entfernung erlegte und wie man dazu allgemein mannhaft auftrat. Zweifellos war er gerade im Begriff, das zu tun. Sie drehte sich um und schlief weiter. Sie war spät aus London nach Hause gekommen, weit nach Mitternacht, und wollte ausschlafen. Außerdem ging es sie nichts an, was der alte »Buffalo« Midden gerade trieb. Andererseits schienen die vorbeidonnernden Lastwagen des Sturmtrupps von SS-Standartenführer Sigismund Rascombe doch darauf hinzudeuten, daß da etwas verdammt Merkwürdiges im Gange war. Miss Midden zog einen Morgenmantel an und ging in die Küche, wo der Major bereits ängstlich aus dem hinteren Fenster auf den Union Jack spähte, den man über den Baumwipfeln vom Fahnenmast flattern sah.

»›Buffalo‹«, sagte Miss Midden und setzte den Wasserkessel auf. »Das kann nur dieser alte Idiot sein, der sich als Pfadfinderopa aufspielt. Hält sich wohl für Baden Powell.«

Der Major hatte da so seine Zweifel. Zwar entstammten

seine militärischen Kenntnisse weitgehend der Phantasie und waren aus zweiter Hand, doch er wußte genug, um zu merken: Die Richtung des Gewehrfeuers und seine Heftigkeit ließen darauf schließen, daß »Buffalo« Midden den Missionskindern nicht demonstrierte, was eine Lee-Enfield mit einem angreifenden Nashorn oder ähnlichem Getier machte, sondern daß er sie unter Feuer nahm. Dies war zwar verständlich – der Major war einmal von einer Reihe der kleinen Racker überrascht worden, als er sich gerade der Selbstbefleckung widmete, während er auf ihre Zelte hinabschaute, und er mochte sie genausowenig, wie jene Gäste sie mochten, in deren Zimmer eingebrochen und die bestohlen worden waren –, aber auf die kleinen Mistkerle schießen, das ging eindeutig zu weit. Besonders beunruhigt hatte ihn der Anblick von Rascombes bewaffneter Kolonne. Die hatte zwar nicht, wie in der Phantasie des Inspectors, aus Schützenpanzern bestanden, aber beim Vorbeifahren wirkte sie sehr schlagkräftig und somit authentisch. Major MacPhee erkannte Mannschaftswagen der Polizei, wenn er welche sah. Er hatte früher selbst in etlichen dieser Dinger gesessen. Und besonders verstört hatte ihn die Anwesenheit eines ausgesprochen großen Polizeilastwagens, der seitlich mit dem Wort »Polizeihundestaffel« beschriftet war. Daß die wie auch immer gearteten Vorgänge unten in Middenhall die Aufmerksamkeit dermaßen vieler Hunde erforderlich machte, wie dieser verflucht große Lkw anzudeuten schien, fand er alles andere als beruhigend. Major MacPhee fürchtete sich vor Hunden. Er war einmal von einem Jack-Russell-Terrier in den Knöchel gebissen worden, und das hatte ihm gereicht. Die Vorstellung, von einer kompletten Polizeihundestaffel zerfleischt zu werden, ließ ihm die Haare zu Berge stehen.

Dieser Gedanke kam Miss Midden überhaupt nicht, und

wenn er ihr gekommen wäre, hätte sie das nicht gestört. Viel irritierender waren die gequälten Schreie, die der Wind gelegentlich von Middenhall herübertrug. Miss Midden öffnete die Hintertür und hörte genauer hin. Es wurde wieder geschossen. Und geschrien. Sie schloß die Tür und dachte sehr gründlich nach.

»Oh, was sollen wir nur tun, meine Liebe?« fragte Major MacPhee. »Etwas Schreckliches geht da vor. Es ist zu, zu grauenhaft. Leute schießen, und die Polizei...«

»Sie machen erst mal einen besonders starken Tee«, befahl Miss Midden. »Und reißen Sie sich am Riemen. Ich muß telefonieren.«

»Aber die Polizei ist doch schon da...«, fing der Major an, doch Miss Midden hatte bereits den Hörer abgenommen und wählte die Nummer ihres Vetters Lennox, des Familienanwalts.

»Mir ist schnurzegal, ob du gerade eine Runde Golf spielen wolltest, Lennox«, sagte sie zu ihm, als er jammerte, er könne jetzt unmöglich vorbeikommen, weil gerade das alljährliche Golfturnier von Urnmouth stattfinde und... »Und morgen genügt nicht... Nein, ich kann dir nicht sagen, was gerade passiert, aber ein Polizeikonvoi samt Hundestaffel ist vorhin vorbeigefahren, und es wird wie wild gefeuert... Ja, ich sagte ›gefeuert‹, und jawohl, damit meinte ich Gewehrfeuer. Ich öffne jetzt die Haustür, dann kannst du es selber hören.« Sie hielt den Hörer in die Türöffnung und sah gerade noch rechtzeitig nach draußen, um den ersten mit Mißbrauchstherapeutinnen beladenen Kleinbus vorbeifahren zu sehen. Die grimmig-engagierten Mienen der Frauen erschütterten sie bis ins Mark. »Leck mich am Arsch«, sagte sie.

»Was?« sagte der zutiefst schockierte Lennox. »Was hast du

gesagt? Nein, wiederhol es nicht. Ich habe es ganz deutlich gehört.«

»Und die Schüsse, die Schreie?«

Lennox Midden gab zu, die auch ziemlich deutlich zu hören. Er komme so bald wie möglich rüber. Miss Midden legte auf und dachte wieder nach. Irgend etwas mußte sie wegen Timothy Bright unternehmen. Ihn zumindest erst einmal aus dem Haus schaffen, bevor die Kripo ernsthaft untersuchte, was unten in Middenhall vor sich ging. Sie nahm den Hörer ab und rief diesmal im Carryclogs House an.

»Ich hätte gern Miss Phoebe gesprochen«, sagte sie zur Dienstmagd, wie der alte Turnbird die Haushälterin Dora immer genannt hatte.

»Miss Phoebe ist in die Kirche gegangen«, teilte Dora ihr mit. »Sie müßte jeden Augenblick zurück sein.«

Miss Midden dankte ihr und ging nach oben, um Timothy Bright davon zu überzeugen, daß er sich unverzüglich nach Carryclogs begeben mußte. Doch da bedurfte es keiner großen Überzeugungskraft. Was er gehört und dann von seinem Fenster im alten Kinderzimmer aus gesehen hatte, hatte ihn davon überzeugt, daß die Leute mit den Rasiermessern gekommen waren, um ihn der Schweinehack-Behandlung zu unterziehen. Eine andere Erklärung konnte er sich nicht vorstellen. Und der Major wollte ihn nur zu gern rüberbringen. Ihm hatte genausowenig wie Miss Midden gefallen, wie diese Frauen in den Kleinbussen ausgesehen hatten, und wie sich jetzt unten auf der Zufahrt die Wagen stauten.

»Aber mit dem Auto komm ich nie auf die Straße raus«, gab er zu bedenken.

Miss Midden mußte ihm beipflichten.

»Dann geht ihr eben zu Fuß. Die Bewegung wird euch beiden guttun«, sagte sie. »Ich bleibe hier und halte die Stellung.«

Dieses Bild paßte haargenau. Während der Major und Timothy Bright zu ihrem Marsch über die Hochebene aufbrachen, wurde der Schlachtenlärm lauter. »Buffalo« Midden hatte von einem Schlafzimmerfenster aus das Feuer eröffnet und sich dann zum anderen Ende des Gebäudes zurückgezogen, von wo aus er vielleicht den Scheißkerl erwischen konnte, der sich draußen hinter dem vordersten Lastwagen versteckt hielt. Als ihm das nicht gelang, wollte er das Walkie-talkie erwischen, das vor dem Wagen auf dem Boden lag. Er zielte durch die Scharte im Ostturm und feuerte. Das Walkie-talkie explodierte, und Bruchstücke des Gerätes trafen Inspector Cecil Rascombe und zerschlugen seine Brille. Von dem Rest seiner Truppe und der Realität abgeschnitten, stellte sich der ehemalige SS-Standartenführer tot. Das spielte keine Rolle. Gleich sollte sich etwas noch Katastrophaleres ereignen.

Es war nur eine Kleinigkeit, aber mit weitreichenden Konsequenzen. Nur die Köchin, die mit dem übrigen Hauspersonal in der kühlen Sicherheit des Kellers kauerte, wußte, daß sie vor der Flucht zwei sehr große Bratpfannen mit zahlreichen Schinkenspeckscheiben auf dem Gasherd zurückgelassen hatte. Da es Sonntag war und einige der Bewohner wenigstens einmal in der Woche auf Schinkenspeck mit Eiern bestanden, dazu gebratene Brotscheiben und Champignons und, scheiß auf das Cholesterin, war sie gerade bei der Frückstückszubereitung gewesen, als »Buffalo« das Feuer eröffnet hatte. Doch selbst sie, eine diensteifrige, wenn auch nicht sehr gute Köchin, hatte keine Ahnung, was zwei Pfund fetter Frühstücksspeck (der verstorbene Leonard Midden, der nun samt der verstorbenen Mrs. Midden in ihrem Schlafzimmer auf dem Fensterbrett lag, hatte aufgrund höchst zweifelhafter medizinischer Erkenntnisse immer behauptet, fetter Frühstücksspeck sei gut für den Uterus, und darauf bestanden, daß seine Frau den fettesten Frühstücksspeck bekam) für einen Qualm anrichten, wenn man ihn über Gebühr lange auf einem Propangasherd erhitzte. Und erst die Flammen.

Von dem Mädchen, das als Aushilfe aus Stagstead kam, war es ausgesprochen fahrlässig gewesen, den Behälter mit der Fritüre für die Pommes frites direkt neben die Bratpfannen zu stellen. Als Speckrauch die Küche erfüllte, mochte das Öl nicht länger zurückstehen. Es kam zu einer Explosion mit Brandentwicklung und dem ersten Prasseln einer Katastrophe, die man später das Middenhall-Inferno nannte. Doch man hätte die Situation auch jetzt noch in den Griff bekommen können. Daß dies nicht geschah, war auf das wohlmeinende Eingreifen von Mrs. Laura Midden Rayter zurückzuführen, die sich mit außerordentlicher Tapferkeit durch den Qualm gekämpft hatte, ohne jedoch zu ahnen, was passieren würde, wenn man einen Eimer Wasser auf einen Fritierfettbrand kippte. Sie fand es rasch heraus. Diesmal brauchte man nicht zu erahnen, was das Prasseln bedeutete, als acht Liter brennendes Öl in die Lüfte stiegen. Der große gelaugte Küchentisch aus Fichtenholz schloß sich dem Großbrand an, innerhalb einer Minute loderten die Schränke und Regale, und Mrs. Laura Midden Rayter, die bei ihrem Fluchtversuch die Tür zur Diele hatte offenstehen lassen, konnte einen kurzen Blick darauf erhaschen, wie der Wandteppich, mit dem »Black« Midden die holzgetäfelten Wände des Eßzimmers geschmückt hatte, so schnell in Flammen stand, wie es das abgebildete Motiv verdiente. Im ersten Stock versuchten etliche von Panik erfaßte Kolonialisten-Middens – die sich zu Boden geworfen hatten, weil sie von Scharfschützen der Polizei beschossen wurden, die wiederum aus ihrer Stellung hinter dem Steingarten entkommen waren und sich hinter den Bäumen zu beiden Seiten des großen Hauses in Sicherheit gebracht hatten –, zu der gewaltigen Eichenholztreppe zu gelangen, bevor diese in Rauch aufging und in Flammen stand. Sie schafften es nicht. Der Treppenläufer brannte bereits lichterloh, und die Hitze im Flur war zu groß. Sargents großes Ölgemälde von »Black« Midden über dem Marmorkamin verwandelte sich in einen Vorhof der Hölle. Er war nie ein attraktiver oder auch nur halbwegs gutaussehender Mann gewesen, auch nicht nachdem Sargent seine gesamte kosmetische Kunstfertigkeit aufgewandt hatte, doch nun trug das Porträt wahrhaft teuflische Züge. Nicht daß einer der Gäste lang genug geblieben wäre, um es sich gründlich anzusehen. Die Dringlichkeit, mit der sie Middenhall verlassen wollten, stellte selbst die Beharrlichkeit in den Schatten, mit der sie bei ihrer Ankunft ein Zimmer verlangt hatten. Damals hatte sie niemand aufgehalten. Rauszukommen aber war eine vollkommen andere Sache. Während die Flammen das gesamte Erdgeschoß verschlangen und sogar der Billardtisch zu brennen begann, gingen sie zur Treppe in den zweiten Stock und begaben sich nach oben. Das war unklug. Nur Frank Midden, ein Rentner und ziemlich fußkranker ehemaliger Straußenzüchter vom Kap, war so vernünftig, auf das Verandadach zu springen und sich nach unten rollen zu lassen. Ob er erschossen wurde, war ihm egal. Immer noch besser, als in dem gräßlichen Haus bei lebendigem Leib zu verbrennen.

Auf einem der Dachtürmchen über ihm kam sogar »Buffalo« zu einem ähnlichen Schluß. Ein Ball aus Flammen, ein regelrechter Feuerball, der sich mit einem schrecklichen Zischen löste, warnte ihn davor – soweit noch irgendwas den schwachsinnigen Alten warnen konnte –, machte ihn also darauf aufmerksam, daß sich seine Feinde einer neuen und schrecklichen Methode bedienten, um ihn aus seinem Versteck zu jagen. Es war zwar nicht gerade die Methode, mit der er gerechnet hatte, aber das bewies nur, wie skrupellos Terroristen waren. Sie brannten Middenhall vorsätzlich bis auf die Grundmauern nieder, wohl als eine Art Propagandasieg wie damals, als sie den Jumbo der Pan Am in die Luft gesprengt hatten. Na, was die konnten, konnte er schon lange, und wenn er gehen mußte, und allmählich sah es ganz danach aus, dann beabsichtigte er, mit einem Knall zu gehen. Scheiß aufs Winseln. Und er hatte gerade gesehen, daß zwei Männer in unheimlichen schwarzen Overalls den aus der Küche dringenden Rauch als Deckung benutzten, um sich rasch hinter dem gewaltigen Tank voller Propangas zu verstecken, mit dem in Middenhall geheizt und gekocht wurde. Er zog eine Leuchtpistole aus der Tasche, in der er seine Munition aufbewahrte, und zielte damit auf den Propangastank. Dann zögerte er. Er wußte nicht recht, was für eine Durchschlagskraft diese Pistole hatte. Er hatte gesehen, was sie mit einem Warzenschwein machte, und er hatte einmal einen über ihm kreisenden Geier runtergeholt, als er sich totgestellt und gewartet hatte, bis der Vogel tiefer kam und ein Häppchen fressen wollte, doch selbst »Buffalos« simples und blutrünstiges Hirn machte einen sehr großen Unterschied zwischen Warzenschweinen (echt häßliche Biester waren das), Geiern und Propangastanks. Vielleicht war es klüger (Klugheit? Lieber Gott!), den Tank zuerst mit dem Gewehr zu durchlöchern und dann eine Leuchtkugel aus der Pistole auf das austretende Gas abzufeuern. Viel besser. Größerer Knall, und scheiß auf das Gewinsel.

Der folgende Knall, der bis nach Tween zu hören war, hatte

alle Eigenschaften einer Mischung aus Donnerschlag und explodierender Ölraffinierie. Hinter Middenhall ging eine Art gigantische Bombe hoch. Die Explosion erwischte sogar Phoebe Turnbird, die den widerstandslosen Detective Larkin im Polizeigriff mit sich schleifte, daß es ihn immer mal wieder vom Boden hob. Andere hatten weniger Glück. Sie bekamen Teile von Middenhall ab. Zwei riesige korinthische Schmucksäulen lösten sich von der Fassade und stürzten auf einige der Lastwagen und Polizeiautos in der Auffahrt (jetzt endlich wurde Inspector Rascombe klar, daß für ihn nicht von höchster Priorität war, irgendwelche Kindlein davor zu bewahren, ihre Hälse auf Altaren durchgeschnitten zu kriegen, was soll's, und er sprintete in Richtung See); ein grotesk proportionierter Pseudo-Tudorschornstein stürzte auf und durch das Bleidach (das der Feuerball aus der Küche nicht eben stabiler gemacht hatte); mehrere Familientherapeutinnen (Spezialgebiet Kindesmißbrauch) hatten wahrhaftig Grund, betroffen zu sein, konnten aber von ihren Waffengefährtinnen keine Hilfe erwarten, die hysterisch kreischend die Auffahrt hochliefen, verfolgt von wildgewordenen Deutschen Schäferhunden, die von ihren Hundeführern vernünftigerweise aus dem überhitzten Lastwagen befreit worden waren; nur die Prostituierten wichen nicht und machten sich nützlich. Sie hatten schon Polizeihunde im Einsatz erlebt, waren unbekümmert, standen unter Heroin und waren daher auch nicht betroffen. Aber fürsorglich waren sie. Sie halfen den ernsten fürsorglichen Frauen, die diese Prostituierten verachteten, jedenfalls denen, die noch stehen konnten, führten sie beiseite und verbanden ihre Wunden so gut sie konnten, was dazu führte, daß sich einige der verletzten KITs Aids zuzogen.

Die zuvor hinter dem Propangastank in Deckung gegangenen Scharfschützen der Polizei waren weder fürsorglich noch betroffen. Wie es um sie stand, ließ sich am besten auf die Redewendung »Asche zu Asche, Staub zu Staub« reduzieren. Sie waren Teil des Wolkenpilzes, der über »Black« Middens architektonischem Grabstein aufstieg. Und »Buffalo« Midden stieg mit ihnen auf, aber, erstaunlicherweise, an einem Stück. Er landete auf einem großen Misthaufen, der auf der anderen Seite des Küchengartens hübsch vor sich hin fermentierte, und tauchte eine halbe Stunde später wieder auf, ohne zu wissen, was passiert war, aber irritiert darüber, daß er so intensiv nach Schwein und versengten Haaren stank. Auf wackligen Beinen entfernte er sich von dem Inferno, hielt aber an, um ein Mitglied des Schnellen Einsatzkommandos, das er zuvor erschossen hatte, nach dem Weg zum Piccadilly Circus zu fragen.

»Ungehobelter Klotz. In diesem verfluchten Land kriegt man aus keinem mehr eine höfliche Antwort raus«, nuschelte er, als er seines Wegs wankte.

Hinter ihm loderte Middenhall und fiel langsam in sich zusammen. Und auf die anderen unglücklichen Middens, die das Haus als ihr Heim in der Fremde betrachtet hatten, mit freier Kost und Logis und allem Drum und Dran, beispielsweise, daß man grob zu dem Personal war, wie sie es in den Tropen gewohnt waren. Falls sie überlebt hätten, wäre allerdings kaum Personal übriggeblieben, zu dem sie hätten grob sein können. Die Köchin, ihre Tochter und die anderen Küchengehilfen wurden von dem Wassertank über ihnen gerettet, der platzte und den Keller flutete. Trotzdem wären sie fast bei lebendigem Leib gekocht worden. Daß eine ganze Flotte Feuerwehrwagen eintraf, half ihnen auch nicht. Sie kamen nämlich nicht an den Autos vorbei, die die Auffahrt und das Tor am

Pförtnerhaus zugeparkt hatten. Sie hätten ohnehin nichts tun können. Middenhall, dieses Backstein-, Stein- und Mörtelgebilde von abgrundtief schlechtem Geschmack, dieses Monument imperialer Eitelkeit, Dummheit und Habgier, war zu dem Mausoleum geworden, von dem »Black« Midden geträumt hatte, wenn auch nicht so, wie von ihm erhofft. Das Gebäude würde in die Geschichte der Grafschaft Twixt und Tween eingehen.

Und während alledem, bei dem Chaos und dem Strudel von Katastrophen, die Middenhall und seine Bewohner verschlangen, saß Miss Midden unbeteiligt in der Diele des alten Middenschen Bauernhauses und unterhielt sich ausführlich und ununterbrochen mit einer alten Schulfreundin in Devon über alles mögliche, was nicht um sie herum ablief, über die schönen Erinnerungen vergangener Zeiten, als sie und Hilda runter nach Land's End getrampt waren. Sie schuf ein unerschütterliches Alibi. Nie würde jemand behaupten können, sie sei für die Zerstörung dieses verabscheuungswürdigen Hauses verantwortlich, das ihren Vater zu einem gebrochenen Mann gemacht hatte.

28

Der Anblick, der Lennox Midden empfing, als er in Middenhall eintraf, auch wenn empfing wohl kaum das zutreffendste Wort war (wegen der verstopften Straßen mußte er fast einen Kilometer zu Fuß gehen), war nicht dazu angetan, einen anständigen Anwalt aus einem stillen Vorort zu beruhigen, der erst ein paar Stunden zuvor in der Erwartung aufgewacht war, an dem alljährlichen Turnier des Golfclubs Urnmouth teilzunehmen. Hier war nichts zu sehen von den sanften Grüns, den breiten Fairways sowie der flachsenden Kameraderie nach dem Spiel im Clubhaus unter Männern, die glaubten, einen kleinen weißen Ball ganz weit weg zu schlagen, verleihe dem Leben einen Sinn. Eine tiefe Kluft, ein Abgrund tat sich auf zwischen der friedlichen Welt und dem, was in Middenhall passierte. Wo sich der Rasen hinunter zum See erstreckte, sah man durch den Qualm hier und da grüne Flecken, aber sie waren nicht sanft. Von den Zinnen und Ziertürmchen auf dem Dach abgesprengte Betonbrocken hatten sich in die Grasnarbe gebohrt, dazwischen lagen anrührend tote oder verwundete Scharfschützen der Polizei. In der Auffahrt loderten zerstörte Lkw und Einsatzfahrzeuge. Auch die riesige Veranda brannte, während die Mauern des gewaltigen Hauses gräßlich qualmten und rauchten und unvermutet Flammen aus ihren Tiefen spien wie ein aktiver Vulkan. Einem deutschen Überlebenden der russischen Schlußoffensive auf Stalingrad oder einem amerikanischen Soldaten, der die Verwüstungen betrachtete, die man unnötiger- und barbarischerweise nördlich von Kuwait dem irakischen Konvoi beigebracht hatte, wären der Anblick und die Gerüche vertraut vorgekommen.

Für Lennox Midden in seiner Knickerbocker galt das nicht. Tod und Verwüstungen dieses Ausmaßes hatte er noch nie zuvor erlebt, und mit jedem schrecklichen Schritt entlang der Straße und die Auffahrt hinunter, vorbei an den versprengten Resten des Teams von Familientherapeutinnen und Traumaspezialistinnen, vorbei an verwundeten Polizeibeamten, an verkommenen, aber beherzten Prostituierten mit rauchgeschwärzten Gesichtern, an wildgewordenen Deutschen Schäferhunden mit glimmenden Schwänzen und versengten Barthaaren, vorbei sogar an dem unter seinem Überzug aus Schweinemist unkenntlichen »Buffalo« Midden, der immer noch den Weg zum Piccadilly Circus wissen wollte, schwand Lennox Middens Glaube an das friedliche Landleben.

Als er am unteren Ende der Auffahrt angelangt war, wo sich die Feuerwehrleute versammelt hatten, um in ehrfürchtiger Stille das zu beobachten, was sie eigentlich hatten löschen wollen, waren die Hoffnungen des Anwalts dahin. In Middenhall gab es nichts zu retten. Dann und wann stürzten immer noch Teile der oberen Stockwerke in das Inferno hinab, und es stiegen Staub- und Qualmwolken empor. Es stank ekelerregend. Sogar Lennox erkannte, daß mehr verbrannt war als das phantastische Herrenhaus seines Urgroßvaters. Der Gestank gegrillter Verwandter, der Middens aus Afrika, Indien und anderer unruhiger Weltengegenden, die sich in dem Haus zur Ruhe gesetzt und dort Sicherheit und Bequemlichkeit gesucht hatten, hing übelriechend in der sommerlichen Luft. Lennox Midden begriff das alles zwar nicht, aber als Rechtsanwalt hielt er nach jemandem Ausschau, dem er die Schuld in die Schuhe schieben konnte. Und den er verklagen konnte. Was er wissen mußte, erfuhr er von Frank Midden, dem Straußenzüchter, der klugerweise aus seinem Schlafzimmerfenster gesprungen und das Verandadach heruntergerollt war, um auf dem Dach eines Mannschaftswagens der Polizei zu landen.

»Diese Schweine haben angefangen«, stöhnte er (jetzt lahmte er auf seinem anderen Bein, doch das war ihm egal) und deutete auf die Leiche eines Polizeischarfschützen in schwarzem Overall. »Sie sind wie die Irren in den Mannschaftswagen angerast gekommen und haben auf jeden geschossen, der sich bewegte. Ich habe gesehen, wie sie Mrs. Devizes am Fenster ihres Zimmers umgebracht haben, dabei hat sie bloß gefragt, was da eigentlich vor sich ging. Jetzt wird sie's wohl nie erfahren.«

»Aber es sind doch Polizisten«, sagte Lennox, der die Beschriftung der Fahrzeuge gesehen hatte. »Wenn sie das Feuer eröffneten, müssen sie doch irgendeinen Grund gehabt haben.«

Doch davon wollte Frank Midden nichts wissen.

»Grund? Polizisten? Wenn das britische Polizeibeamte sind, gehe ich zurück nach Südafrika. Unsere ›Gesetzeshüter‹ sind schon schlimm genug, aber diese Schweine hier...« Ihm fehlten die Worte, um zu beschreiben, was er von ihnen hielt. Lennox Midden hatte genug gehört. Wenn die Polizeibehörde von Twixt und Tween für diesen mörderischen Angriff auf Personen und Eigentum verantwortlich war, würde sie dafür zur Rechenschaft gezogen werden. Sein Hauptinteresse galt dabei der Immobilie, für die sich zwar nie ein Käufer gefunden hätte, deren Bau aber ein Vermögen gekostet hatte und die in ihrem jetzigen Zustand als schwelende Ruine von unschätzbarem Wert war. Auch die toten Middens waren von Nutzen. Noch fehlte seinem während jahrelanger Rechtsstreitigkeiten in Sachen Entschädigung und Schadenersatz bis zur Perfektion gedrillter Juristenverstand die Phantasie, sich vorzustellen, was dieses Fleckchen Land einbringen würde. Oder wie er es gegenüber Miss Midden formulierte, als er sie immer noch telefonierend im Bauernhaus antraf: »Von wegen Schäfchen ins trockene bringen.«

Miss Midden behielt ihre Überlegungen für sich. Sie hatte keine Ahnung, was die katastrophalen Ereignisse dieses Morgens ausgelöst oder warum »Buffalo« Midden begonnen hatte, sein Gewehr abzufeuern, doch egal, was es bewirkt hatte und wie makaber es klingen mochte, sie war dankbar. Der Fluch von Middenhall war gebrochen.

Genau wie Inspector Rascombes Brille. Nicht daß er sie brauchte, um verschwommen zu erkennen – auch sein Verstand arbeitete eher verschwommen –, daß er partiell für die Zerstörung eines großen Gebäudes, den Tod von mindestens einem halben Dutzend Scharfschützen des Schnellen Einsatzkommandos sowie, dem grauenhaften Gestank nach zu urteilen, einiger ehemaliger Bewohner des verfluchten Hauses verantwortlich war. Während er sich durch den Schlamm aus dem künstlich angelegten See schleppte, in den er sich geflüchtet hatte, sagte ihm sein letzter Rest gesunder Menschenverstand, daß seine Laufbahn als Polizeibeamter beendet war. Gott allein wußte, was der Chief Constable sagen würde, wenn er von diesem Desaster hörte, und dem Getöse nach zu urteilen, das mehrere über dem Anwesen kreisende Hubschrauber veranstalteten, hatte er bereits davon gehört und suchte rasend vor Wut jemanden, den er verschlingen könnte (»könnte«? Am Arsch: würde). Die einzige Hoffnung des Inspectors – und sie war sehr, sehr schwach, kam allerdings von Herzen – war die, daß Sir Arnold Gonders mittlerweile einem Schlaganfall oder einem tödlichen Herzinfarkt erlegen war.

Doch der Chief Constable hatte noch nicht gehört, was das böswillige Schicksal an diesem Sonntag für ihn bereithielt. Diese Kenntnis war ihm erspart geblieben, weil er die Gemeinde der Kirche zum Heiligen Grabmal in dem gut fünfzig Kilometer nördlich von Tween gelegenen Boggington mit den Ergebnissen seiner Zwiesprache mit Gott verwöhnte. Diese bestanden in erster Linie aus einer Reihe Ermahnungen, die sich anhörten, als wäre Gott die Größte Premierministerin aller Zeiten beim Tanz um das Goldene Kalb.

»Und wahrlich, ich sage euch, wenn wir nicht die Gebote des freien Unternehmertums und der freien Marktwirtschaft befolgen, werden wir dazu verdammt sein, das Werk des Teufels zu verrichten«, verkündete er von der Kanzel. »Es ist unser Geschäft in dieser Welt, die in Gottes Liebe liegende Güte mit den Segnungen des freien Unternehmertums zu vermehren und all jene Dinge zu verwerfen, die uns der Wohlfahrtsstaat auf einem silbernen Tablett serviert hat, wodurch er uns der Notwendigkeit beraubte, der wir zu huldigen haben. Diese Notwendigkeit, liebe Brüder und Schwestern im Herrn, besteht freilich darin, daß wir selbst für uns als Individuen sorgen und es der übrigen Gemeinschaft ersparen, dies auf Kosten des Steuerzahlers zu tun. In dieser Woche erst hatte ich die Freude mitanzusehen, wie viele Bürgerkomitees und Nachbarschaftsvereine entstanden sind, um die großartige Arbeit der Polizei überall und insbesondere der Männer unter meinem Kommando zu unterstützen. Nicht oft bietet sich mir die Möglichkeit oder, so möchte ich sagen, die Gelegenheit, die Werke des Herrn so zu verrichten, wie er es von mir erwartet, nämlich so wie uns selbst auch andere zu ermutigen, sich der Fesseln der Passivität und der Hinnahme zu entledigen und in die Welt hinauszugehen und all jenen die positiven und aktiven Segnungen von Gesundheit, Wohlstand und Zufriedenheit zu bringen, die weniger vom Glück begünstigt waren als wir. Dies bedeutet keineswegs, daß wir von sozialer Bedürftigkeit oder sogenannter Benachteiligung auf die Knie gezwungen werden. Vielmehr müssen wir uns und unsere Begabung in geschäftlichen Dingen und bei der Anhäufung von Wohlstand so intensiv wie möglich verwirklichen. Wie mir der Herr verraten hat, gibt es auf dem

Weg in den Himmel ebenso viele Tochtergesellschaften wie Almosen auf dem glitschigen Weg in die Hölle. Einem Bettler einen Penny zu geben, ist eine Sache; selber zu betteln jedoch ist etwas ganz anderes. Und daher sage ich zu euch, liebe Freunde, helft der Polizei bei der Vereitelung von Verbrechen und bei dem Streben nach Gerechtigkeit, aber vergeßt nie, daß der Weg zur Rechtschaffenheit der Weg der Selbstbedienung ist und nicht umgekehrt. Und nun lasset uns beten.«

Ernst neigten die Gemeindemitglieder vor ihm ihre Köpfe, während der Chief Constable seine geballten rhetorischen Fähigkeiten einsetzte und ein Gebet zugunsten der Kampagne gegen Autodiebstahl und für Selbsthilfegruppen der Bürger vom Stapel ließ. Es war ein begnadeter Auftritt.

»Ich glaube, Sie haben Ihren Beruf verfehlt, Sir Arnold«, sagte der Pfarrer, als der Chief Constable nach dem Gottesdienst ging. »Doch wenn Sie irgendwann die großartige Arbeit beenden, die Sie als Chief Constable leisten, spüren Sie vielleicht die Berufung zum Geistlichen. Einem Visionär stehen viele Türen offen.«

»Ganz recht«, sagte Sir Arnold, der es gar nicht gern hörte, wenn man auf seine Pensionierung anspielte. »Doch ich sehe mich in einer weit bescheideneren Rolle, Reverend, nämlich als armer Sünder, dem es von Herzen Freude bereitet, wenn er die Botschaft der Bibel den ...«

»Ganz recht, Sir Arnold, ganz recht«, pflichtete ihm der Geistliche bei, der den Redefluß des Chief Constables unbedingt stoppen wollte, bevor dieser so richtig in Gang kam. »Eine glänzende Predigt. Glänzend.«

Er wandte sich ab, um sich einem Gemeindemitglied zu widmen, und Sir Arnold ging die Treppe hinunter zu seinem Auto. Auf der Rückfahrt zum Sweep Place überlegte er, wie er sich die moralische Rechtschaffenheit am besten zunutze machte, von der er stets erfüllt wurde, wenn er von Gott sprach.

»Damit müßte so etwas ausgeschlossen sein, wie es Hiob widerfahren ist«, dachte er bei sich. »Selbst Gott würde sich nicht in die Aufrechterhaltung von Recht und Ordnung in meinem Revier einmischen.«

Diese Hoffnung hielt nicht lange an. Als er das Autoradio anstellte, hörte er eine aktuelle Kurzmeldung, die ihn fast dazu brachte, mit seinem Wagen in eine Bushaltestelle zu rasen.

»Die Schlacht von Middenhall, zu der es heute morgen im Zuge einer polizeilichen Aktion kam, ist beendet. Das Gebäude steht in Flammen, und es gab eine gewaltige Explosion. Wie es heißt, sind neun Polizeibeamte zu Tode gekommen. Über die Opfer unter den Bewohnern des Herrenhauses liegen noch keine Angaben vor. Sobald uns neue Informationen erreichen, werden wir sie Ihnen umgehend mitteilen.«

Der Chief Constable fuhr links ran und starrte auf das Radio. Neun Polizisten tot? Neun seiner Jungs? Das war ausgeschlossen. Nicht seine Jungs. Sie waren keine Jungs mehr. Sondern Leichen. Scheiße auch, und da dachte Hiob, ihm sei übel mitgespielt worden, der weinerliche Jammerlappen. Doch jetzt wußte Sir Arnold, warum er seinen Tag verflucht hatte. Er tat es auch. Und zwar den Tag, an dem er diesen hirnverbrannten Idioten Rascombe zum Leiter des Dezernats für Schwerverbrechen gemacht hatte. Das war sein Tag, den er verfluchte. Und Gott natürlich, der Rascombe überhaupt erst erschaffen hatte. Der blöde Alte hätte vernünftiger sein müssen. Schon bei dem Spermium hätte man doch merken müssen, daß er nicht mal den Verstand eines ... na ja, jedenfalls den eines Spermiums besaß. Und was für eine dämliche Eizelle hatte ihn rangelassen? Hatte garantiert 'ne Vollmeise, diese beschissene Eizelle. Wäre es nach Sir Arnold Gonders gegangen, hätte er diesem bösartigen kleinen Spermium den Hals umgedreht und die schwachsinnige Eizelle auf die Straße geworfen. Und wenn das nicht geklappt hätte, und er glaubte fast, daß ihn diese Aufgabe ein wenig überfordert hätte, hätte er ohne zu zögern eine Stricknadel benutzt, um an die üble Spermium-Eizelle-Kombination zu gelangen. Oder besser noch, Mrs. Rascombe mit Rohrfrei oder Domestos eine Gebärmutterspülung verabreicht, damit sie es sich zweimal überlegte, ob sie mit Rascombes elendem Daddy noch mal 'ne Nummer schob.

Wie der Chief Constable so in seinem Jaguar saß, am Rande eines der Bergwerksdörfer, das dank seiner Mitwirkung zu einem Ort ohne Arbeit geworden war, sah er den strahlenden Sommertag anders als andere Menschen. Es war ein finsterer, bewölkter Tag, überall am Himmel standen dicke Gewitterwolken, schwarz und drohend, so schwarz und drohend wie die Reihenhäuschen der Bergarbeiter, triste und erbarmungslose Behausungen, vor denen leere Bierdosen im Rinnstein lagen. An einigen Häuschen waren die Fenster verrammelt, andere wurden von unglücklichen Männern bewohnt, die nie wieder Arbeit finden würden und im Alter unter Staublungen litten, und von ihren viehischen Sprößlingen. Doch selbst diese Leute in ihren erbärmlichen Bruchbuden würden den Sturz des Mannes genießen, der seine Männer angewiesen hatte, nicht nur ihre Streikpostenkette zu durchbrechen, sondern auch alle Schädel, die ihnen dabei in die Quere kamen; wen kümmerten schon die Folgen. Die Dreckskerle in diesen Häusern würden wahrscheinlich Straßenfeste organisieren, um seine Schande zu feiern, und sich sinnlos betrinken, prost, auf seine schlechte Gesundheit.

Rasch fuhr der Chief Constable weiter, um dieser furchtbaren Vision seiner Zukunft zu entkommen. Er hatte zwar manche Illusionen, kannte aber seine Freunde und politischen Verbündeten zu genau. Sie würden ihn fallenlassen wie eine heiße Kartoffel oder eher wie ein heißes Stück Hundekacke; die Bloads und Sents und die beschissenen arroganten Magnaten, denen er geholfen hatte, wie Pullborough, dem Wasserwerks-Magnaten. Allesamt Schönwetterfreunde. Und für Gonders war das Wetter wirklich schauderhaft geworden. In seiner Phantasie hatte es angefangen zu regnen, und der Wind blies ihm ins Gesicht.

Noch eine Kurzmeldung. Die Zahl der getöteten Polizisten war auf dreizehn hochgeschnellt, und die Zahl der toten Middenhall-Bewohner schätzte man mittlerweile auf zehn. Der Chief Constable war angewidert. Das Schnelle Einsatzkommando konnte offensichtlich nicht mal ordentlich gezielte Todesschüsse abgeben. Man habe vergeblich versucht, den Chief Constable zu erreichen, aber dessen Stellvertreter Henry Hodge habe telefonisch bekannt, er wisse von keiner Genehmigung, eine bewaffnete Razzia auf Middenhall durchzuführen. Das sei ihm neu.

»Dämliches kleines Arschgesicht«, brüllte der Chief Constable ins Radio. »Hätte ›Kein Kommentar‹ nicht gereicht?«

Es war eine dumme Frage. Sogar Sir Arnold sah das ein. Der Dreckskerl war scharf auf seinen Job, darum fiel er ihm in den Rücken und schob ihm die Verantwortung in die Schuhe. Und er konnte unmöglich in sein Haus am Sweep Place fahren. Das wurde garantiert von Reportern und kamera- und mikrobewehrten BBC-Leuten belagert, die schon immer seinen Kopf gefordert hatten. Tja, jetzt hatten sie ihn. Mit der Gerissenheit einer in die Ecke getriebenen pestinfizierten Ratte suchte Sir

Arnold nach einem Fluchtweg aus der Falle, in die er geraten war. Und er fand ihn. In Gestalt einer schweren Krankheit. Irgendwann im Laufe seines brutalen und elenden Lebens hatte er gehört, wenn man eine Tube Zahnpasta aß, bekäme man ein paar scheußliche und ziemlich authentisch wirkende Krankheitssymptome. Er hielt an einem offenen Supermarkt und kaufte zwei große Tuben unterschiedlicher Sorten – eine Marke reichte vielleicht nicht aus – und eine Flasche Tonicwasser. Irgendwo in der Nähe des Stadtkrankenhauses von Tween – schließlich wollte er nicht sterben – würde man ihn zusammengesackt in seinem Auto finden, rasch einliefern und behandeln.

Mit neuer Entschlossenheit und innerer Kraft fuhr der Chief Constable nach Tween, wo es ihm, nachdem er direkt vor den Toren des Krankenhauses geparkt hatte, unter größten Schwierigkeiten und mit Hilfe des Getränks gelang, den Inhalt der Zahnpastatuben hinunterzuwürgen. Das sollte er noch bereuen. Die Wirkung trat beinahe sofort ein. Und war furchtbar. Er wankte aus dem Jag und brach auf der Straße zusammen. Er simulierte nicht. Er hatte nicht gewußt, daß er ein Magengeschwür hatte. Jetzt wußte er es. Und wie. Oder irgendwas anderes. Eine Zwerchfellhernie war es nicht. Könnte aber eine Fluoridvergiftung sein. Herrje, daran hatte er nicht gedacht. Als er auf das Tor zum Krankenhausgelände zukroch, wußte er, daß er sterben würde, er mußte einfach sterben. Dieses verfluchte simulierende Stinktier hatte damals gelogen, was Zahnpasta anging, schamlos gelogen. Es war ein schrecklicher Fehler gewesen.

Eine Stunde später war ihm klar, was für ein Fehler es in mehr als einer Hinsicht gewesen war.

»Hab noch nie erlebt, daß einer versucht, sich mit Zahnpasta das Leben zu nehmen«, sagte der Arzt, der ihm den Magen ausgepumpt hatte. »Er muß völlig verrückt gewesen sein.«

Dieser Ansicht war man auch in Whitehall. Selbst der Premierminister, der das Middenhall-Inferno im Fernsehen verfolgt hatte (die Hubschrauber hatten erstklassige Arbeit für die Medien geleistet) und der Sir Arnold liebend gern und mit eigenen Händen erdrosselt hätte, fand die Neuigkeit ganz erstaunlich, daß der Chief Constable nach dem Verzehr von mindestens zwei Tuben Zahnpasta noch am Leben war. Außerdem hatte er zu seinem Entsetzen von dem Leiter der Staatssicherheitsabteilung erfahren, daß die Geheimpolizisten, die aus London eingeflogen waren, um das Haus am Sweep Place zu durchsuchen, Unmengen in einem Bordell aufgenommener Videobänder entdeckt hatten, auf denen wichtige Mitglieder des Ortsverbandes der Partei, prominente Geschäftsleute und Männer, die der Partei erhebliche Beträge gespendet hatten, die Hauptrollen spielten. Außerdem hatte man auf Sir Arnolds Festplatte zahlreiche potentiell schädliche Informationen gefunden.

»Er muß weg«, sagte der Premier zum Innenminister. »Mir ist egal, wie Sie argumentieren, so einen korrupten Menschen dulde ich nicht in einem öffentlichen Amt mit derart hoher Verantwortung. Auf keinen Fall.« Das war eine starke Aussage für einen so schwachen Mann. Doch der Innenminister hatte nicht die Absicht, sich dem Premierminister zu widersetzen. Auch er hätte den Chief Constable liebend gern erdrosselt, nicht nur wegen dem, was er Middenhall angetan hatte, sondern auch wegen dem, was er ihm persönlich angetan hatte. Jemand hätte ihn vor diesem Etablissement in Urnmouth warnen müssen und davor, daß man ihn dort in seiner Rolle als

Marlene Dietrich filmen würde. Sir Arnold Gonders stand, gelinde gesagt, keine sehr angenehme Zukunft bevor.

»Andererseits dürfen wir das örtliche Parteiboot nicht zum Kentern bringen«, fuhr der Premier fort. Er war wirklich ein sehr schwacher Mann. Der Innenminister brachte es nicht über sich, ihm beizupflichten. Er hätte das verdammte Parteiboot mit Torpedos beschossen und etwaige Überlebende mit Maschinengewehrsalven niedergestreckt. Er war ausgesprochen finsterer Laune.

29

Sobald der letzte Scharfschütze von der Rasenfläche getragen worden war, widmeten sich die von Scotland Yard (»Mir ist scheißegal, was dieser Trottel Gonders sagt. Ich erteile Ihnen das Kommando«, sagte der Innenminister zu dem Polizeichef von Scotland Yard) eingeflogenen Gerichtsmediziner der schier unlösbaren Aufgabe, Mrs. Devizes' sterbliche Überreste von denen von Mrs. Laura Midden Rayter und den anderen zu unterscheiden (was höchstens mit Hilfe von DNS-Tests gelingen konnte), während die hummerfarbene Köchin einem aus mindestens fünfzehn Millionen Zuschauern bestehenden Fernsehpublikum erklärte, wie sie und die anderen Küchenkräfte dem Inferno entkommen waren, indem sie sich im Keller versteckt hatten und dort gekocht wurden, und während die Personen, die fürsorglich und tief betroffen waren, in ihr sündhaft teures Konferenzhotel zurückkehrten, um den Schließmuskel in einem gänzlich neuen Kontext zu diskutieren, nämlich als Bestandteil der Arschlöcher des antifeministischen

Staates, sprich der Polizei; kurz, als sich die Lage wieder normalisierte, brachte der Dekan die Porterhouse-Mission für die Isle of Dogs fort von dem schwelenden Haufen Dreck, der einmal Middenhall gewesen war. Im Unterholz tastete Consuelo McKoy an ihrem silbrigen Trikot herum und fragte sich, ob ihre Einstellung gegenüber kleinen Jungen je wieder wie früher werden würde. Inspector Rascombe konnte diese Frage für seine Person mit einem klaren Nein beantworten. Er saß im hinteren Bereich eines Mannschaftswagens der Polizei und interessierte sich nicht im geringsten für das Schicksal kleiner Kindlein. Von ihm aus konnte man schwarze Messen abhalten und die kleinen Ekel im Stundentakt abschlachten, er würde frohlocken. Ansonsten hatte er wenig Anlaß zu frohlocken. Im Polizeipräsidium wartete man auf ihn, und die beiden Detectives, die ihn abgeholt hatten, sagten, zwei Vernehmungsbeamte mit Sonderauftrag seien aus London zu einem kleinen Plausch mit ihm eingeflogen worden. Rascombe wußte, was das bedeutete. Auch er hatte schon »kleine Pläusche« mit Leuten geführt, die überhaupt nicht begeistert davon gewesen waren.

Hinter ihm im Wald ließ Phoebe Turnbird Detective Constable Larkin zurück, dessen Daumen sie hinter seinem Rücken um einen Baum geführt und zusammengebunden hatte, ein Trick, den ihr Brigadegeneral Turnbird beigebracht hatte. Dann machte sie sich in ihrem befleckten und zerrissenen weißen Kleidchen triumphierend zum Middenschen Bauernhaus auf. Sie wollte die arme Marjorie Midden trösten und sie wissen lassen, wie schrecklich leid es ihr tat und wie sehr sie im Augenblick dieses Verlustes mit ihr fühlte. Zu ihrem Erstaunen saß Miss Midden vor der Haustür und sah für eine Frau, die alles verloren hatte, erstaunlich vergnügt aus.

»O meine arme, liebe ...«, fing Phoebe an, ohne das zufriedene Leuchten in Miss Middens Miene weiter zu beachten. Trotz ihrer lyrischen Neigungen war Miss Turnbird kein sehr sensibler oder aufmerksamer Mensch, oder vielleicht war die Lyrik auch ein Ersatz für Sensibilität und Aufmerksamkeit. Sie war gekommen, um der armen, lieben Marjorie ihr Mitgefühl auszusprechen (und sie herablassend zu behandeln), was sie auch tun würde, mochte kommen, was da wollte. Aber viel mehr als an diesem Morgen konnte nicht mehr kommen. Und Miss Midden hatte bisher einen zu angenehmen Tag gehabt, um sich jetzt Phoebe Turnbirds Gefühlsduseleien kombiniert mit abscheulichem Mitgefühl anzuhören. Außerdem hatte Phoebe augenscheinlich nicht den ganzen Tag in der Kirche verbracht, sondern sonstwo. Darauf ließen die Humuserde auf ihrem Gesicht und der Zustand ihres Kleides schließen. Offenbar hatte sie sich auf der Erde gewälzt und sich köstlich amüsiert. Als Miss Midden sie so ansah, kam ihr plötzlich eine Idee. Sie hob die Hand und ihre Stimme.

»Sei endlich still, Phoebe. Ich will nichts davon hören. Und jetzt hol dir einen Stuhl ... nein, geh nach oben und wasch dir zuerst das Gesicht. Du siehst aus wie Barbara Cart ... Du siehst ganz anders aus als sonst. Lippenstift steht dir nicht. Vermutlich hast du ihn für diesen gräßlichen alten Dekan aufgelegt, weil er einmal gesagt hat ... Egal. Ich mache jetzt eine schöne Kanne Tee, und dann erzähle ich dir alles.«

Phoebe stapfte nach oben, und als sie wieder nach unten kam, sah sie schon viel besser aus. Wenigstens war der Lippenstift verschwunden, allerdings sah man nun überdeutlich, daß ihr Versuch vom Vorabend, ihre Augenbrauen auszuzupfen, ein Fehler gewesen war. Sie holte sich einen Stuhl und setzte sich zu Miss Midden in den Garten.

»Also, Phoebe, ich muß dir etwas erzählen. Darum möchte

ich, daß du genau zuhörst. Leider habe ich deine Gastfreundschaft ausgenutzt«, sagte sie und reichte Miss Turnbird eine sehr große Tasse samt Untertasse. »Bei mir war ein ganz netter Junge untergebracht. Er hatte einen Nervenzusammenbruch und ist ein wenig schreckhaft. Als daher heute morgen das Remmidemmi in Middenhall losging... Nein, Liebes, sag nichts. Ich möchte nicht darüber reden. Diese Sache ist weit wichtiger. Wie gesagt, als die Polizei anfing, da unten die vielen Menschen umzubringen, dachte ich sofort an dich, und daß Carryclogs der ideale Ort zur Unterbringung dieses armen Jungen ist. Na ja, ehrlich gesagt, eigentlich ist er kein Junge, eher ein achtundzwanzigjähriger stämmiger Riese und nicht besonders helle. Er heißt zwar Timothy Bright, ›bright‹ wie helle, aber das ist er nicht. Das trägt zu seinen nervlichen Problemen mit bei. Er war mal wer in der Londoner City, und der Streß hat ihn ganz schön mitgenommen. Er leidet an schrecklichen Alpträumen, was mich gar nicht überrascht. Niemand sollte einen gesunden jungen Mann den lieben langen Tag vor einen Computerbildschirm setzen und ihn blitzschnelle Entscheidungen treffen lassen, bei denen es um viel Geld geht. Das ist unnatürlich. Na, da die Zeit bekanntlich alle Wunden heilt, und wenn er liebevolle Zuwendung, viel zu essen und frische Luft bekommt – bestimmt schießt und reitet er gut, er ist einfach der Typ –, wird er bald wieder auf dem Damm sein. Darum hab ich ihn rüber in dein Haus geschickt, weil ich weiß, wie gut und freundlich und liebevoll du bist. Außerdem hat er deine Klasse. Ich habe seinen Onkel kennengelernt, und er kommt aus einer wirklich sehr guten Familie. Und recht gute Manieren hat er auch. Bestimmt kannst du dem armen Jungen helfen. Hoffentlich nimmst du mir nicht übel, daß ich dich so ausgenutzt habe, aber ich dachte...«

Was Miss Midden wirklich dachte, behielt sie eisern für sich. Wenn Phoebe Turnbird diesen gräßlichen Flegel nicht an ihren üppigen Busen drückte und zum Altar schleifte, hieß sie selbst nicht Marjorie Midden, Tochter von Bernard Foss Midden und Cloacina von Misthaufen, Tochter des Generals von Misthaufen, die ihr Vater kennengelernt und geheiratet hatte, als man ihr gestattete, den im Sterben liegenden General im Jahre 1949 auf Middenhall zu besuchen. Miss Midden hatte ihre Mutter nie gekannt. Sie war im Kindbett gestorben, aber ihr Vater hatte sie immer als ungemein willensstarke Frau geschildert. »Die liebe Clo«, sagte er häufig. »Manchmal fehlen mir ihre Blutwurst und die Nachspeise. Deine Mutter war eine bemerkenswerte Frau. Sie hatte den Durchblick.«

Während hinter ihr der Qualm über den Himmel zog, fuhr Miss Midden Phoebe zum Carryclogs House und holte Major MacPhee ab. Sie war die protzige Middenhall los und mußte nicht mehr drüber nachdenken.

Über Geld mußte sie auch nicht mehr nachdenken. Auf ihrem Kleiderschrank lag in einem Pappkarton ein in braunes Papier gewickeltes Päckchen, das Tausende und Abertausende Pfund von dem Mann mit dem Rasiermesser enthielt, der Timothy Bright in so panische Angst versetzt hatte. Das blieb nun hier. Die Brights hatten ihr Geld zurück und Phoebe einen Verlobten im Wartestand. Sie selbst würde weiterhin im Middenschen Bauernhaus wohnen, während Lennox die Behörden für die Zerstörung von Middenhall um jeden Penny schröpfte. Doch zu Phoebes Hochzeit würde sie auf keinen Fall gehen, obwohl es zweifellos von ihr erwartet wurde. Als Brautjungfer. Bei der Vorstellung lief es Miss Midden kalt den Rücken runter. Es würde eine entsetzlich laute Hochzeit werden, außerdem war sie keine Jungfer und beabsichtigte auch nicht, eine Braut zu werden. Sie würde das bleiben, was sie war und immer sein würde, eine unabhängige Frau. Sie hatte nicht vor, nur so aus Jux zu heiraten. Es gab schon genug Middens, da mußte man keine neuen mehr in die Welt setzen. Und der Major konnte bleiben, wenn er wollte. Es war ihr egal, so oder so. Er war ein erbärmliches kleines Geschöpf, und sie konnte Hilfe im Haus gebrauchen. Aber sie bezweifelte, daß er blieb. Die Vorliebe des Majors für das Leben der Gosse – sie hatte einmal gehört, wie man es Nostalgie de la boue nannte, obwohl es in seinem Fall weniger boue als Unrat war – würde ihn rufen.

Als der Humber an Six Lanes End vorbeifuhr, sah sie eine zerlumpte und besudelte Gestalt auf sich zukommen. Miss Midden hielt an und fragte, ob sie irgendwie helfen könne.

»Wirklich sehr nett von Ihnen. Ich suche den Weg zum Piccadilly Circus, aber anscheinend kennt den hier niemand.«

Es war »Buffalo« Midden, und in seinem Fall war der boue absolut echt.

»Steigen Sie ein«, sagte Miss Midden. »Ich muß auch in die Richtung.«

Neben ihr stammelte Major MacPhee einen Protest.

»Mund halten«, sagte Miss Midden. »Sie halten den Mund, oder Sie steigen aus und gehen zu Fuß.«

Der Major hielt den Mund. Er war an dem Tag schon genug gegangen.

Als sie auf den Hof einbogen, wußte Miss Midden, daß sie dumme alte Männer und ihre verrückten Phantasien nie loswerden würde. Doch als herzensgute, vernünftige Frau störte sie das nicht. Irgendwie war es ihre Berufung.

TONY EARLEY

Unser kleines Paradies

Erzählungen

Deutsch von Sabine Saßmann
221 Seiten · Gebunden

Tag für Tag macht er sich auf, den Wasserstand des kleinen Sees in den Bergen von North Carolina zu kontrollieren. Für ihn, den Staudammwärter, ist dies längst zur vertrauten Routine geworden. Doch woran er sich nicht gewöhnen kann, ist die Leere in seinem Haus und in seinem Herzen. Noch immer kann er es nicht fassen, daß seine Frau ihn verlassen hat, schwanger mit dem Kind eines anderen. Sein Traum vom Glück scheint plötzlich zerstört – dem Untergang geweiht wie einst das kleine Dorf, das auf dem Grund des Stausees begraben liegt...

Mit »Unser kleines Paradies« ist Tony Earley ein erstklassiges Erzähldebüt gelungen, das in seiner amerikanischen Heimat Kritiker wie Leser begeistert hat. Seine Geschichten sind wahre Meisterstücke, die wie die des Staudammwärters in der Geschichte »Der Jupiter-Prophet« unter die Haut gehen und ein Kaleidoskop von menschlichen Erfahrungen, von der Macht der Gefühle und von der Lust und dem Schmerz des Liebens entfalten.

»Diese wunderschöne Sammlung ist außergewöhnliche Literatur.«
New York Times

GOLDMANN VERLAG

MICHAEL DIBDIN

Insel der Unsterblichkeit

Roman

Aus dem Englischen von Regina Rawlinson
411 Seiten · Gebunden

Eine Serie von Morden erschüttert die USA. Scheinbar unmotiviert und wahllos werden ganze Familien von skrupellosen Verbrechern ausgelöscht – kein Motiv, keine Spuren, keine Verdächtigen. An einen Zusammenhang mit diesen Ereignissen denkt allerdings niemand, als der kleine Sohn von Phil und Rachael nach einer Geburtstagsparty plötzlich spurlos verschwindet. Der Verlust bedeutet das Ende der Familie, und Phil bricht schließlich zutiefst verstört zu einer ziellosen Reise durch Amerika auf. Wie durch Zufall trifft er auf einer Insel vor Kalifornien seinen Jugendfreund Sam wieder. Aber Sam verfolgt einen diabolischen Plan, in dem Phil eine feste Rolle zugedacht ist...

»Die extreme Spannung wird so gekonnt ausgereizt, daß es völlig unmöglich ist, das Buch aus der Hand zu legen.«
Daily Telegraph

GOLDMANN VERLAG